드
향
사랑, 그 설렘에 취하고 향기에 물들다.

향

사랑, 그 설렘에 취하고 향기에 물들다.

너만 모르는 사랑

최윤서 장편소설

NAHYANG ROMANCE STORY

너만 모르는 사랑

content

1. 어떻게 우리가 ⋯7
2. 가질 수 없는 너 ⋯23
3. 사랑이 길을 잃어서 ⋯35
4. 너에게 닿기를 ⋯52
5. 너는 꿈이 아니었다 ⋯69
6. 8년을 사랑했던 자격으로 ⋯86
7. 나, 네가 너무 간절한데 ⋯103
8. 내가 모르는 너의 시간까지 ⋯117
9. 네가 나의 전부였음을 ⋯131
10. 갖고 싶다 ⋯147
11. 내가 한 걸음 다가서면 ⋯164
12. 이제야 네가 보이는데 ⋯180

13. 내가 너를 사랑하는 거 ···202

14. 네 숨결이 닿는 곳마다 꽃이 피어나 ···222

15. 너를 위해 흘리는 내 마지막 ···236

16. 나무의 열매가 너이기 때문에 ···252

17. 사랑한다는 흔한 말 ···270

18. 네가 내 곁으로 와 주기만 한다면 ···283

19. 안녕히 가세요, 나의 ···299

20. 나는 너에게 사랑한다고 말하지 못했다 ···316

21. 내가 몰랐던 너의 모습은 ···335

22. 영원히 너일 것이기 때문이다 ···358

23. 외전 — 그것은 사랑이었다 ···369

작가 후기 ···382

1.
어떻게 우리가

 아침 여섯 시. 하나는 알람 소리에 잠에서 깼다. 조금 더 자고 싶은 마음이 몸을 짓눌렀지만 강한 정신력으로 몸을 일으켰다. 고개를 돌려 곤히 자고 있는 시언을 보았다. 시언은 아침이라 얼굴이 퉁퉁 부은 데다 입까지 반쯤 벌어져 있었지만, 그녀의 눈에는 그저 고운 왕자님처럼 보였다. 하나는 그의 이마에 살짝 입을 맞춘 뒤 자리에서 일어났다.
 씻고 나온 하나는 화장대에 앉아 머리를 말리고 간단히 화장을 했다. 같이 산 지 벌써 3년이나 되었지만 하나는 항상 시언보다 먼저 일어나 씻고 단장을 했다. 아직 결혼한 것도 아닌데 벌써부터 축 늘어진 아줌마의 느낌을 주고 싶지는 않았다. 그리고 결혼을 한다고 해도 이렇게 하고 싶었다. 하나는 남녀 간에는 적당한 신비감이 있어야 사랑이 유지된다고 믿었다. 그리고 본인은 그러한 신비감을 잘 조절하고 있기 때문에 8년의 사랑이 이토록 무리 없이 진행되고 있다고 생각했다.

하나는 남색 원피스에 귀여운 앞치마를 두르고 거울 앞에서 빙 돌아보았다. 남색 원피스를 입으니 안 그래도 하얀 피부가 더욱 희게 보였다. 하나는 검고 긴 생머리에, 우유처럼 새하얗고 부드러운 피부, 약간 처진 듯 순수해 보이는 눈매, 크고 맑은 눈동자, 오뚝한 콧날, 연분홍빛 입술, 계란형 얼굴을 가진 대표적인 청순 미인이었다. 하나는 거울을 보며 긴 머리를 살짝 묶고 주방으로 갔다.

오늘 아침 메뉴는 동그랑땡과 콩나물무침, 감자볶음, 김치, 된장찌개였다. 된장찌개가 보글보글 끓으며 구수한 냄새를 풍겼다. 간도 잘 맞았다. 오늘따라 요리가 잘된 것 같아 콧노래가 절로 났다. 상을 다 차리자 시언이 잠에서 막 깬 부스스한 얼굴로 방에서 나왔다.

"일어났어? 얼른 와."

"이제 아침 너무 신경 쓰지 말라니까. 간단히 토스트 같은 거 해 먹어도 돼."

"밀가루 잘 안 받잖아. 3년을 꼬박꼬박 밥 챙겨 먹다가 어떻게 갑자기 그런 걸 먹어. 얼른 앉아."

하나가 웃으며 시언을 끌어당겨 자리에 앉혔다.

"흠~ 요즘 날 왜 이렇게 생각해 주나? 뭔가 수상해."

하나가 장난치듯 말하자 시언이 갑자기 진지한 표정이 되어 말했다.

"아냐. 그냥, 고마워서 그렇지. 자기 힘든 것도 싫고."

"나 하나도 안 힘들어. 적응된 지 한참인데 뭘. 그러니까 우리 착한 자기는 그만 미안해하고 그냥 맛있게 먹어 주기만 하면 돼요. 알았지?"

하나가 싱긋 웃으며 시언의 볼을 꼬집자 시언도 얼핏 웃었다.

"알았어. 고마워."

"고마우면 어떻게 해야 하지?"

하나가 입술을 내밀고 시언을 보았다. 시언은 헛웃음을 흘리며 상체를 일으켜 하나의 입술에 쪽 하고 입을 맞춰 주었다.

"좋아. 이거면 밥값은 다 한 거야."

하나가 해맑게 웃으며 말했다. 시언은 그런 하나의 머리를 쓰다듬어 주고 빙긋 웃으며 밥을 한술 떠먹었다.

"맛있다."

시언의 웃는 모습을 보며 하나는 더없는 행복감을 느꼈다. 그리고 오늘따라 유독 결혼이 하고 싶다는 생각이 들었다. 그를 처음 만났던 스무 살이 엊그제 같은데, 그녀는 벌써 스물여덟 살이었고 그는 서른 살이었다. 이제는 슬슬 8년 연애의 종지부를 찍어야 할 것 같았다.

의현은 팔짱을 끼고 서서 배우들이 연습하는 것을 지켜보다가 결국 깊은 한숨을 내쉬며 고개를 숙였다. 조연출 성수는 의현의 눈치를 살피며 배우들을 흘긋거렸다. 배우들도 의현의 심각한 분위기를 느끼고는 약간 주눅 든 기세로 연기를 계속했다.

의현이 차가운 표정으로 고개를 들어 앞을 보았다.

"잠깐 멈출까요?"

성수가 조용히 물었으나 의현은 대답하지 않고 계속 앞만 보았다. 그의 앞에는 약간 삐딱한 자세로 시큰둥하게 연기를 하고 있는 은영이 있었다.

"그만."

한참 뒤, 결국 의현이 입을 열었다. 배우들이 모두 동작을 멈추었다.

"고은영, 따라 나와."

의현은 그 말만 던지고 먼저 연습실을 나가 버렸다. 이어서 천둥이 내리치는 듯한 '쾅' 소리가 들렸다. 참다못한 배우들이 은영을 향해 저마다 한마디씩 했다. 그러나 은영은 사과는커녕 덤덤한 표정으로 고개를 빳빳이 들고 있었다. 이에 화가 난 배우들과 은영 사이에 작은 싸움이 날 뻔했지만 성수가 필사적으로 말려 은영을 연습실 밖으로 내보냈다.

의현은 건물 벽에 등을 기대고 서 있었다. 은영은 당당한 걸음으로 그의 앞으로 가 섰다. 의현은 한눈에 보아도 알 수 있었다. 지금 은영의 눈에 서린 감정들이 무엇인지를.

"너."

의현은 한 템포 쉰 뒤 차분하면서도 서늘한 목소리로 말했다.

"이쯤에서 그만둬라."

"뭘 말이에요?"

"연기 하지 말라고. 넌 그럴 주제가 안 되는 것 같다."

의현이 말을 마치고 들어가려는데 은영이 떨리는 목소리로 소리쳤다.

"그런 선배는요? 선배는 연출 할 자격이 있다고 생각해요?"

의현이 뒤를 돌아보았다.

"개인적인 감정 때문에 공적인 일도 제대로 처리 못 하면서. 그게 연출이에요?"

그러자 의현이 얼핏 웃으며 말했다.

"넌 이래서 안 돼."

"뭐라구요?"

"넌 눈치도, 판단력도, 프로 정신도 없어. 오직 사사로운 감정 따위에나 목매고 너만 생각하지. 개인적인 감정 때문에 공적인 일을 처리 못 한다고? 네가 말하는 개인적인 감정이 뭔데. 일주일 전에 네가 나한테 고백한 거? 그게 나한테 어떤 감정이라도 불러올 만큼 중요한 사건이었다고 생각해? 그리고 또, 공적인 일은 뭐지? 내가 오늘 네 역할을 주연에서 조연으로 바꾼 거? 그래, 그건 공적인 일이라 치자. 근데 그게 네 고백 때문이라는 건 아주 큰 착각이야. 다시 한 번 말하지만, 그 일은 나한테, 넌 나한테…… 아무것도 아니거든."

의현의 말에 은영은 잠시 멍해 있다가 이내 허탈한 웃음을 흘렸다.

"이제 알겠어? 개인적인 감정 때문에 공적인 일을 처리 못 하는 건 내가 아니라 너야. 지난 일주일 동안 네가 연기에 한 번이라도 몰입한 적 있어? 그저 잡생각만 하고 나만 신경 쓰고 어떻게든 잘 보이려고 애쓰고. 내가 네 역할을 바꾼 건, 순전히 네 연기가, 노력이 부족해서야."

"진짜 잔인하네요."

은영은 어느새 눈물이 가득 차오른 눈으로 의현을 보며 말했다.

"아무리 그래도 8년이에요. 스무 살 때 첨 대학 와서 선배 만나고 지금까지 8년이요. 지금까지 선배 하나만 보고 믿고 따르면서 여기까지 왔다구요. 선배한테 내 인생의 3분의 1을 바쳤는데. 그 시간도, 그동안의 맘고생도, 다 너무 억울하고 아파 죽겠는데. 근데 뭐라구요? 연기까지 그만두라구요? 정말, 그런 말이 나와요?"

8년이라는 말에 의현은 속으로 움찔했지만 겉으로는 동요하지 않은 척, 차가운 말투로 말했다.

"내가 언제 네 시간 나한테 바쳐 달라고 부탁했어? 8년 동안 나 사랑해 달라고 부탁했냐고. 네 맘대로 좋아하고 네 맘대로 따라온 거야. 근데 이제 와서 내 탓을 하면 안 되지. 그러게, 8년이나 참아 온 거 조금 더 참지 그랬어. 그랬으면 이런 일도 없었을 텐데."

"……뭐라구요?"

은영은 의현의 마지막 말에 마음이 꽁꽁 얼어붙는 것만 같았다.

"선배 정말, 내가 알던 최의현 맞아요?"

"넌 날 알았던 적이 없어. 알고 있다고 멋대로 착각했을 뿐이지."

은영은 헛웃음을 흘렸다. 각오를 안 했던 것은 아니지만 이 정도일 줄은 몰랐다. 그저 한 번의 용기 때문에, 지난 8년의 시간은 물론 한 사람까지 완전히 잃게 될 것이라고는 생각지 못했다.

"선배는, 사랑이란 걸 해 본 적 있어요?"

은영은 스무 살 때부터 항상 그의 곁에 있었다. 그가 스물다섯 살 때부터 지금까지, 세 번의 길고 짧은 연애를 했음을 모르는 것은 아니었다. 다만 은영은 궁금했다. 그가 그 세 번의 연애에서 정말 '사랑'을 했었는지. 그의 연애는 세 번 다 여자 쪽에서 고백했고 여자 쪽에서 이별을 통보했다. 그러는 동안 그는 늘 무덤덤했고 무신경했다. 그러한 모습들이 은영의 짝사랑을 8년이나 가능하게 한 이유 중 하나였지만, 은영은 그의 그러한 모습들이 한편으로는 가엾게 느껴지기도 했다.

은영의 질문에 의현은 한동안 대답하지 않았다. 그러나 은영이 물러서지 않고 끝까지 그의 눈을 마주하고 있자, 마침내 입을 열어 말했다.

"있어."

"……."

"지금도 하고 있고."

예상치 못했던 대답에 깜짝 놀란 은영을 두고, 의현이 먼저 등을 돌렸다. 다시 연습실로 들어가는 그를 보면서 은영은 서둘러 정신을 차리고 말했다.

"나, 못 들은 거예요!"

의현이 잠시 발을 멈추었다.

"선배가 내 고백 못 들은 걸로 한다고 했던 것처럼, 나도 못 들은 거라고요. 오늘 말들 다요. 나 연기 계속할 거예요. 그러니까 맘대로 조연 자리까지 빼 버리진 마요."

잠시 후, 그는 여전히 등을 돌린 채로 말했다.

"너 하는 거 봐서."

"정말!"

의현은 연습실로 들어갔고 은영은 한참을 그 자리에 서 있었다.

'있어.'

'지금도 하고 있고.'

그 말이 진심인가 싶어, 도저히 발을 뗄 수가 없었다.

하나는 해영과 함께 공항에 갔다. 1년 전에 파리로 디자인 공부를 하러 간 윤아가 오늘 귀국을 하기 때문이었다.

윤아와 해영은 대학에서 만난 하나의 가장 친한 친구였다. 세 명 다 처음엔 K대 사범대 국어교육과에서 만났지만, 하나와 해영은 본래대로 과를 졸업해서 교사가 된 반면, 윤아는 중간에 의상학과로 전과를 해서 디자이너를 준비하고 있었다.

"얘들아!"

게이트에서 나온 윤아가 친구들을 발견하고 함박웃음을 지으며 달려왔다. 세 사람은 마치 신입생 때로 돌아간 것처럼 서로 껴안고 요란스러운 인사를 했다. 그러다 윤아가 문득 주위를 둘러보며 말했다.

"오빠는? 우리 오빠는 안 왔어?"

"응. 내가 아까 연락했는데 오늘 연극 연습 때문에 많이 바쁘신 것 같더라고. 이따 집에서 보재."

해영의 말에, 윤아는 내심 서운한 듯 입술을 삐죽 내밀며 말했다.

"쳇. 내가 오늘 들어갈 줄 아나 보지?"

"오늘 안 들어가려구?"

"당연하지! 이게 얼마 만에 보는 건데. 너네, 오늘 들어가면 배신이야!"

하나는 잠시 휴대폰을 들여다보았다. 시언에게선 아무 연락도 없었다. 아무리 친한 친구들이라도 외박하는 것은 싫어할 텐데. 시언이 혼자 자면서 걱정할 것을 생각하니 마음이 편치 않았다.

하지만 오랜만에 만난 윤아의 부탁도 무시할 수 없어서 일단은 즐겁게 놀기로 했다.

그런데 그날 밤, 하나의 걱정은 아무 짝에도 쓸모없는 것이 되었다.

"야, 너희들 사랑은 다 영원할 것 같지? 절대 그렇지 않다. 남잔 다 쓰레기야, 쓰레기! 이게 바로 진리라고! 알아?"

그동안 서로의 근황을 이야기하며 화기애애하던 것도 잠시, 윤아가 자신과 반년을 동거했던 파리의 남자가 다른 글래머 여성과 바람이 나서 떠나 버린 얘기를 하면서 술을 엄청 마신 덕에 가장 먼저 취해 버린 것이었다.

시간은 아직 열한 시가 좀 안 되어 있었다.

"어떡하지?"

그런데 해영이 아까부터 계속 전화를 하는 듯하더니 결국 난감한 얼굴로 하나에게 말했다.

"현준이가 지금 많이 아픈가 봐. 아침부터 몸살기가 있더니. 나 먼저 가 봐야 될 것 같은데."

현준은 해영이 만나는 세 살 연하의 남자였다.

"그럼 윤아는 어떡하고?"

"의현 오빠 불러서 데리고 가라고 해야지, 뭐. 내가 전화할 테니까 네가 의현 오빠 올 때까지 좀만 더 달래고 있어라. 미안해, 하나야. 오랜만에 셋이 같이 자면 좋은데."

"아니야. 내가 잘 돌려보낼게. 넌 얼른 가 봐. 걱정되겠다."

"고마워. 내가 전화해 둘게!"

해영은 남자친구의 목숨이 금방 위태롭기라도 한 듯 다급히 술집을 빠져나갔다. 윤아는 여전히 오징어처럼 몸을 흐느적거리며 없는 술을 탈탈 털어 마시고 있었다. 하나는 착잡한 마음으로 휴대폰을 꺼내어 보았다.

시언에게서는 저녁 여섯 시쯤 한 번 연락이 온 뒤로 아무 연락도 없었다. 그것도 하나가 오늘 윤아와 해영을 만나서 조금 늦을 것 같다는 말을 하자, 자신도 오늘 야근 때문에 밤을 새워야 할지도 모르니 편하게 놀다 오라는 이야기였다. 예전에는 누구랑 있든 술을 먹는다고 하면 삼십 분에 한 번씩은 연락을 하면서 걱정을 하고 조금이라도 늦으면 삐치곤 했는데, 지금은 아무 연락도 없으니 왠지 서운한 마음이 들었다. 하나는 반 정도 찬 소주잔을 만지작거리다가 가볍게 입으로 털어 넣었다. 오늘따라 술도 유독 쓰게만 느껴졌다.

혼자 소주 한 병을 시켜 마실까 말까 고민하면서 안주를 뒤적거리고 있던 때였다. 윤아의 휴대폰으로 전화가 왔다. '오라버니'라고 쓰여 있었다.

"여보세요."

— 너 죽을래?

하나는 깜짝 놀라 말문이 닫혔다.

— 내가 네 대리 기사냐? 술을 적당히 먹어야지. 여보세요? 야. 안 들려?

의현의 목소리는 거의 반년 만에 듣는 것이었다. 윤아가 유학가기 전에는 친오빠처럼 자주 봤지만 윤아가 유학을 가고 나서는 둘이 따로 볼 일이 없어서 만나지 못하다가 반년 전쯤 해영과 함께 그가 올린 연극을 보러 갔던 것이다.

— 야, 최윤아!

"오빠. 저 하나예요."

그러자 의현에게서는 잠시 아무 말도 들리지 않았다. 통화가 끊겼나 싶어 휴대폰을 확인하려던 순간 그의 목소리가 들렸다.

— 어, 하나야.

"네. 죄송해요. 제가 말렸어야 되는데……. 여기 2층 오른쪽 구석진 곳이에요."

— 어. 그래. 금방 갈게.

전화가 끊겼다. 하나는 물 한 잔을 마시고 머리를 살짝 다듬었다. 오랜만에 보는 의현 앞에서 흐트러진 모습은 보이고 싶지 않았다.

그때, 멀리서 낯익은 형체가 다가오는 것이 보였다. 하나는 곧 그가 의현이라는 것을 알아차리고 엷게 미소 지었다.

스무 살 때 윤아와 친구가 된 후로, 의현과도 벌써 8년째 알고 지내는 중이었다. 윤아의 집은 무척 잘살았다. 윤아의 아버지는 영하대병원의 부원장이었고 어머니는 70년대를 풍미했던 유명한 여배우였다. 윤아는 오빠 의현처럼 아버지보다는 어머니의 피를 이어받아 예술 쪽으로 재능이 발달했고 자유롭게 살고 싶어 했다. 그래서 대학은 아버지의 뜻대로 갔지만, 먼저 나와서 살던 오빠의 집에 들어가서 살기 시작했다. 하나는 그런 윤아의 집에 자주 놀러갔고 자연스럽게 의현과도 가까워지게 되었다.

"오랜만이네."

어느새 테이블에 다가온 의현이 하나를 보고 짧게 웃으며 말했다.

"네. 하하."

하나는 네, 말고는 딱히 할 말이 생각나지 않아 어색하게 웃었다. 의현은 더 말하지 않고 취해서 흐느적거리는 윤아의 이마를 쿵 쥐어박더니 그녀의 양팔을 잡고 일으켰다.

"좀 도와줄래?"

"아, 네."

하나는 얼른 가서 그가 윤아를 업는 것을 도와주었다. 문득 취한 동생을 업고 가는 의현의 등이 참 넓고 듬직하다는 생각이 들었다. 의현은 윤아를 곧바로 차에 태운 뒤 하나를 향해 말했다.

"너도 같이 타. 너부터 데려다 주고 집에 가면 되니까."

"아니에요. 전 그냥 전철 타고 가도 돼요."

"말 들어."

의현은 단호한 표정으로 열린 차 문을 가리켰고 하나는 그의 고집은 절대 꺾을 수 없음을 알고 있었기에 어쩔 수 없이 윤아의 옆으로 올라탔다. 의현은 그제야 운전석에 올랐다.

"감사합니다."

"뭘."

또다시 어색한 기류가 흘렀다. 의현과는 오래 알고 지내긴 했지만 어쩐지 가까운 것 같으면서도 가깝지 않은 거리감이 있었다.

"근데 저희 집……."

"알아. 네 남자친구 집으로 가면 되잖아. 전에 한 번 간 적 있어서 기억해."

시언과 만난 기간이 오래된 만큼, 의현도 시언을 몇 번 본 적이 있었다. 가장 최근에 본 것은 1년 전, 윤아가 유학을 가기 전날이었다. 그때 윤아가 시언의 집에서 하나, 해영과 함께 송별회를 하다가 너무 취한 바람에 의현이 데리러 왔다. 하나는 그때를 생각하자 더 어색해지는 것 같았다. 동거를 한다는 사실이 무안해서인지, 그녀는 시언의 집에서 의현을 만나는 것이 왠지 민망했다.

그런데, 바로 그때였다.

"잠깐만요!"

멍하니 창문을 보고 있던 하나가 갑자기 소리쳤다.

"왜 그래?"

분명히 모텔촌이었다. 잘못 본 게 아니라면 그쪽 방향은 분명히 모텔들이 즐비한 골목인데, 왜 시언의 차가 그리 들어가는 건지 알 수 없었다. 혹시나 잘못 본 게 아닐까 싶어 번호판까지 자세히 들여다보았지만 틀림없었다. 그의 차였다.

하나는 갑자기 가슴이 미친 듯이 뛰기 시작했다.

"저…… 저 차 좀 따라가 주세요."

그 순간 의현은 이게 무슨 상황인지가 직감되어 표정이 굳었다.

의현은 시언의 차를 조심스럽게 따라갔다. 시언의 차는, 하나의 예감대로 한 모텔 주차장으로 들어갔다.

"들어가?"

의현이 낮은 목소리로 물었다. 하나는 대답 대신 고개를 끄덕였다. 의현은 뜨거운 숨을 내쉬며 시언의 차를 따라 주차장으로 들어갔다. 룸미러로 본 하나의 두 눈은 벌써부터 붉게 달아올라 있었다.

차가 멈추었다. 의현은 시동을 껐다. 하나는 가만히 시언의 차를 바라보았다. 시언이 차에서 내리더니, 반대편으로 가서 낯선 여자를 부축해 내렸다. 여자는 만취한 듯 몸을 가누지 못했다.

"하나야."

의현의 목소리가 들린 순간, 하나는 벌컥 차 문을 열고 내렸다. 그리고 가차 없이 시언에게 다가갔다. 의현은 내려야 하나 말아야 하나 고민하다가 둘 사이의 문제에 방해가 될 수도 있으니 일단 안에서 지켜보기로 했다.

여자를 부축하다가 거의 끌어안다시피 한 시언이, 자신의 앞으로 걸어오는 하나를 보고는 놀란 듯 그 자리에 굳어 섰다.

"하나야……."

하나는 잠시 아무 말 없이 시언을 바라보았다. 그녀의 길고 가느다란 속눈썹이 파르르 떨렸다.

8년이었다. 8년 동안 거의 하루도 빠짐없이 봐 온 남자였고, 3년 동안 매일같이 밥을 먹고 웃고 떠들고 잠을 자던 남자였다. 그토록 익숙한 남자였는데, 그 순간만큼은 지독히도 낯설고 멀게 느껴졌다.

마치, 생전 처음 보는 사람처럼.

"하나야, 잠깐만. 이게 어떻게 된 거냐면……."

"버려."

"뭐?"

맘 같아선 드라마에서 나오는 것처럼 시원하게 뺨이라도 한 대 올려붙이고 싶었지만, 8년이었다. 8년이었기 때문에, 하나는 이 순간, 그에게 한 번의 믿음은 주어야 한다고 생각했다.

"그 여자. 지금 여기. 이 바닥에 버려."

"……하나야."

"내려놓지도 말고, 그대로 손 놔. 떨어져서 머리가 깨져 죽든 말든 상관 말고. 그리고 차에 타."

"하나야, 잠깐만. 일단 우리 얘기부터 하자……."

"내 말 안 들려? 그 여자 당장 이 주차장 바닥에 버리고 차에 타라고!"

시언은 난감한 표정으로 하나를 보았다. 하나는 온갖 감정이 뒤섞인 눈으로 시언을 바라보았다. 그녀는 이미 이성을 잃은 상태였다.

"……못 해."

"……뭐?"

"그렇게 못 해, 하나야."

하나는 그 자리에 얼어붙은 채 시언을 쳐다보았고, 시언은 그런 그녀를 언제나처럼 그윽하게 바라보면서도, 끝끝내 여자를 놓지 않았다.

"이시언."

놓지, 않았다.

"이시언……!"

2.
가질 수 없는 너

 하나도 알고 있었다. 지금 자신이 한 말은 현실적으로 실현 불가능하다는 것을. 시언이 안고 있는 이 낯선 여자가 정말로 그의 내연녀라고 해도, 만취해서 제 몸도 못 가누는 여자를 모텔 주차장에 버려두고 갈 수는 없는 일이었다. 그게 얼마나 감정적이고 비이성적인 말인지, 하나도 알고 있었다.
 하지만 그녀는, 적어도 그 순간만큼은, 시언이 비이성적인 척이라도 해 주기를 바랐다. 흉내라도 좋으니 낯선 여자가 아닌 자신을 잡아 주기를 바랐다. 알겠다고, 미안하다고, 내 말 좀 들어 달라고, 한 번만 잡아 주기를. 그럼 바보처럼 그를 믿어 줄 수도 있을 것 같았다.
 하지만 시언은 여자를 놓지 않았다.
 "잠깐만 기다려. 방에 데려다만 주고 올게."

시언이 말했다. 그는 원망스러울 정도로 차분해 보였다.

하나는 아무 말도 하지 않고 그를 쳐다보았다. 시언은 하나의 시선을 피하며 여자를 업었다. 하나는 지금 자신의 눈앞에서 벌어지고 있는 일을 도저히 믿을 수가 없었다.

"잠깐만 기다려."

시언이 모텔 쪽으로 몸을 틀었다.

끝이라고 말하고 싶었다. 이대로 들어가면 헤어지는 거라고 소리치고 싶었다. 하지만 목울대를 간질이는 그 어떤 말도 혀끝까지 올라오지는 않았다.

8년을 만나면서 한 번도 해 본 적이 없던 말이었기 때문에, 그 후의 일을 감당할 자신이 없었다. 차라리 몇 번씩 헤어지고 다시 만난 관계였더라면, 또다시 만날 수도 있다는 가능성에 기대어 해 볼 수도 있었겠지만, 하나는 아니었다. 그동안 수도 없이 싸우고 화해하면서도 서로 한 번도 헤어지자는 말을 해 본 적이 없었던 만큼, 그 말을 내뱉는 순간 정말 끝이라는 것을 잘 알고 있었다.

하나는 아직, 그와의 이별이 무서웠다.

시언이 모텔 안으로 들어갔다. 하나는 그의 차 앞에 홀로 서 있었다. 의현은 차 안에서 그녀의 움츠린 뒷모습을 보며 깊은 한숨을 내쉬었다. 핸들을 잡고 있던 손이 미세하게 떨렸다. 결국 그는 왼손을 차 문고리에 가져갔지만 열기 직전 손을 멈추었다. 맘 같아선 당장 문을 열고 내리고 싶었지만 그것이 자칫 하나의 마음과 선택을 해치는 일이 될까 두려웠다. 그는 지금 뒤돌아서 있는 하나가 무슨 생각을 하는지 알 수 없었다. 혹시 시언이 다시 오기를 기다리는 것이라면, 그와 다시 얘기를 하고 싶은 거라면 그가 나서는 일이 방해가 될 수도 있었다.

그런데, 바로 그때였다. 하나가 몸을 돌려 차로 다가오더니 망설임 없이 올라탔다. 그녀는 굳은 결의라도 한 듯 단호한 표정을 짓고 있었다. 하지만 의현은 알 수 있었다. 그녀가 지금 얼마나 힘들게 눈물을 참고 있는지.

"가요."

"그냥 가?"

"네. 이시언네 집으로 가 주세요."

의현은 더 묻지 않고 묵묵히 차를 돌렸다. 하나는 눈을 꼭 감고 의자에 등을 기대었다. 눈을 뜨면 혹여나 그가 벌써 내려오지는 않았는지 자꾸만 뒤를 돌아보고 싶어질 것 같아서였다.

시언의 아파트에 도착했다. 윤아는 아직도 곤히 잠들어 있었다. 하나는 아까보다 많이 침착해진 얼굴로 숨을 고른 뒤 입을 열었다.

"오빠, 저 오늘만 오빠 집에서 자도 돼요?"

의현은 잠시 놀랐는지 한 박자 쉬고 대답했다.

"어, 집, 나오려고?"

"……네."

"아예 나오는 거야?"

"……네."

"그래."

잠시 정적이 흘렀다. 의현은 왜인지 목청을 한 번 다듬고 말했다.

 "집 구하려면 시간 좀 걸릴 텐데, 더 오래 있어도 돼."

 전라도 광주가 고향인 하나는, 서울로 대학을 온 뒤로 쭉 자취 생활을 하다가 졸업한 뒤부터 시언의 집에서 함께 살았기 때문에 아직 집이 없었다. 의현은 하나의 처지를 누구보다 잘 알고 있었다.

 "맘 써 주셔서 감사해요. 내일 윤아랑 얘기 좀 해 볼게요. 그럼 저 갔다 올게요. 잠깐만 기다려 주세요."

 "천천히 와."

 하나는 엷게 웃으며 차에서 내렸다. 오늘, 의현이 곁에 있어서 다행이라는 생각이 들었다.

 한 번에 챙기기엔 짐이 너무 많았다. 하지만 짐을 핑계로 이 집에 다시 오고 싶지는 않았다. 하나는 캐리어 두 개를 꺼내서 짐을 싸기 시작했다.

 하나의 옷을 넣었던 장롱 하나가 텅 비었다. 하나가 이 집에 들어왔을 때 깜짝 선물이라며 그가 마련해 주었던 화장대도, 책상도 모두 비어 갔다. 하나는 몇 번이나 울음이 쏟아질 뻔한 위기를 넘겨 가며 짐을 챙겼다. 하지만 참을 수 없는 순간이 있었다. 두 개씩 있던 것이 하나가 되는 순간이었다. 그와 함께 샀던 커플 텀블러, 머그컵, 칫솔, 수저, 슬리퍼, 잠옷 등…… 많은 것이 짝을 잃고 혼자가 되었다. 하지만 하나는 울지 않았다. 차오르는 울음을 꾸역꾸역 참아 냈다. 마음대로 엉엉 울어 버리면 모든 것이 끝난 기분이 들 것 같아서였다.

그녀는 생각했다. 아직 그에게서 아무것도 듣지 못했다고. 아직 확실한 것은 아무것도 없다고. 그러니 아직 그는 바람을 피운 것도 아니고, 그들은 헤어진 것이 아니라고.

그런 그녀가 짐을 챙겨서 나가는 이유는 하나였다.

그에게서 무언가를 듣고 싶지 않았다. 그와의 만남이 두려웠다. 지금 불안해하고 있는 어떤 것들이 명확한 사실이 되어 다가올까 봐 그것이 두려웠다. 그래서 그녀는, 그와의 만남을 미루어서라도, 이별을 멀리하고 싶었다.

하나는 캐리어 두 개를 현관에 두고 집을 한 번 둘러보았다. 혹시 놓고 가는 게 없는지 확인 차원이기도 했고, 다시는 못 올 수도 있는 이 집을 눈과 마음에 담아두기 위해서기도 했다.

하지만 그 순간 드는 감정은 괴로움뿐이었다. 집 안 모든 곳에 그와 그녀가 있었다. 부엌에서 요리하고 있는 그녀를 그가 등 뒤에서 부드럽게 끌어안아 주었다. 그들은 밥을 먹으며 장난을 쳤고, 소파에서 입을 맞추었고, 함께 운동을 했고, 같이 드라마를 보았고, 같이 샤워를 했고, 가끔 격렬한 키스도 했고, 침대 위에서 따뜻한 사랑을 나누었다. 바로 오늘 아침까지도 그녀는 이곳에서 그와의 미래를 그리며 사무치게 행복했었다.

남색 원피스에 귀여운 앞치마를 두르고 거울 앞에서 빙 돌던 하나가, 현관에 서 있는 하나를 향해 싱긋 웃어 보였다.

가슴이 아팠다. 미어지는 것 같았다. 이곳에서 그와 함께했던 3

년이 전부 환상처럼 느껴졌다.

하나는 천천히 뒤를 돌았다. 그리고 현관문을 잡았다. 짐을 챙기는 데 꽤 오랜 시간이 걸렸지만, 아직 시언은 오지 않았다. 아직 두고 간 게 있을지도 모르는데 한 번만 더 둘러볼까, 조금만 더 있어 볼까, 하는 마음에 손가락이 멈칫했다. 하지만 이내 그런 자신이 너무 초라하게 느껴져서 웃음이 났다.

문을 열었다. 캐리어 두 개를 힘들게 끌고 나왔는데 누군가 그녀 앞에 서 있는 것이 느껴졌다. 갑자기 심장이 두근, 하고 뛰었다. 천천히 고개를 들어 보았다. 시언이길 바랐지만, 의현이었다. 의현이 가만히 그녀를 내려다보고 있었다.

그는 말없이 캐리어 두 개를 가져가더니 앞서 걸었다. 짐이 무거울까 봐 따라와 준 것임을 알고 있었지만, 고맙다는 말이 나오지 않았다. 입을 여는 순간 지금껏 참았던 눈물이 몽땅 쏟아질 것 같았다.

하나는 묵묵히 그의 뒤를 따라 걸었다. 둘은 엘리베이터를 타고 10층을 내려가고 차 앞에 도착하는 순간까지 한 마디도 하지 않았다.

의현은 트렁크를 열어 캐리어를 싣고 나서 차에 타려다가 멍하니 서 있는 하나를 보았다. 그녀는 마치 혼이 빠진 것처럼 보였다. 하나가 천천히 뒤를 돌아 아파트를 올려다보았다. 10층에는 불이 켜져 있었다.

"깜박하고 불을 켜 놓고 왔어요."

"……"

"다시 갔다 와야 될 것 같아요."

하나가 아파트로 들어가려고 발을 내디딘 순간, 의현이 그녀의 팔을 잡아 돌렸다.

"금방 갔다 올게요. 혹시 안 올지도 모르는데, 새벽 내내 켜져 있으면……."

의현은 하나의 말을 더 듣지 않았다. 그는 힘으로 하나를 잡아끌어 억지로 차에 태웠다.

"오빠."

"나 피곤해. 더 이상 기다리기 싫어."

그는 그 말만 하고 운전석에 올라 차 문을 잠갔다. 하나도 더는 아무 말 하지 않았다. 의현은 한숨을 쉬며 안전벨트를 맸다.

"벨트 매. 좀 거칠지도 모르니까."

의현의 운전은 정말 평소보다 조금 더 빠르고 거칠었지만, 하나는 시언의 생각으로 머릿속이 온통 멍해 있었기 때문에 그것을 느끼지 못했다.

의현의 집은 다행히도 방이 세 개여서 하나는 빈 방을 편히 쓸 수 있었다. 짐을 대강 정리해 놓고 잘 준비를 하는데 노크 소리가 들렸다. 의현이었다.

"바닥 좀 불편하면 내 방에서 잘래? 내가 여기서 잘게."

"아니요. 괜찮아요. 저 원래 아무 데서나 잘 자요."

"그래도. 이불이랑 베개도 새 걸로 바꿔 놨어."

"아, 아니에요. 안 그러셔도 돼요, 정말."

"오늘만 내 방에서 자. 맘이 불편할 땐 몸이라도 편해야지."

하나는 그의 마지막 말에 아무 말도 하지 못했다.

"얼른."

그는 그 틈을 타 하나를 제 방으로 끌었다. 의현의 방은 하나의 방 바로 옆이었다.

"……감사해요."

의현은 하나가 침대에 앉는 것까지 본 뒤에 방을 나갔다.

"그래. 잘 자."

잘 자, 라는 그의 말은 무척 부드럽고 따스하고 감미로웠지만 하나는 그날 밤 편히 잠들지 못했다.

새벽 다섯 시가 되도록 시언에게서는 연락이 없었기 때문이다. 그 새벽, 1분 1초가 하나에게는 10년처럼 길게 느껴졌다. 정말 지옥 같은 시간이었다. 진동이 울려서 확인해 보면 친구의 메시지나 광고 문자였다. 만약 그가 정말 여자를 방에 데려다만 놓고 나왔더라면 그녀가 없는 것을 보았을 테고, 그럼 바로 집으로 갔을 것이었다. 그리고 집에도 없는 걸 보았다면 바로 연락을 했어야 했다. 그것이 당연한 순서였다.

하나는 그와의 만남이 두려우면서도 그의 연락을 기다리고 있었다. 미안하다고 사과를 하면서 사정을 말해 주기를, 당장 윤아의 집까지 찾아와 그녀를 붙잡고 껴안아 주기를 간절히 바라고 있었다.

하지만 그는 아무 연락도 하지 않았다.

새벽 다섯 시 삼십 분. 하나는 결국 침대에서 일어났다. 이제는 화가 나다 못해 억울하고 분한 감정까지 들어서 도저히 참을 수가 없었다. 잠옷 차림으로 나온 하나는 무작정 현관으로 가서 신발을 신었다.

그때, 옆방 문이 열리고 의현이 나왔다. 하나의 소리를 들은 모양이었다.

"뭐 해?"

그는 놀라서 하나에게 다가갔다.

"잠깐 나가려고요."

"어딜 가는데."

"집에요. 놓고 온 게 있어서."

"놓고 온 게 뭔데."

"향수요. 향수를 놓고 왔어요. 오빠가 저번 달에 사 준 건데. 그게 엄청 비싼 거거든요. 얼른 가서 가져와야 돼요."

하나는 얼핏 보기에 이성을 잃은 것처럼 보였다. 하나가 결국 문을 열고 밖으로 나갔다. 의현은 재빨리 그녀를 따라 나갔다. 그리고 급히 뛰어가려는 하나를 붙잡았다.

두 사람은 아파트 복도에 서 있었다. 2월 말의 새벽 공기는 몹시 차가웠다.

"제정신이야? 그 차림을 하고 어딜 간다 그래!"

의현이 결국 하나에게 큰 소리를 냈다. 하지만 하나는 그의 말은 귀에 들리지도 않는 듯, 잡힌 손목만 빼내려 애썼다.

"이하나!"

"놔줘요. 이것 좀."

"무슨 향수인데. 내가 사 주면 될 거 아니야."

"놔 달라구요."

"그까짓 거 내가 사 줄 테니까 제발 정신 좀 차리라고!"

"놔요, 제발! 아프단 말이에요!"

하나가 의현의 손을 있는 힘껏 뿌리치며 소리쳤다. 그와 동시에 하나의 눈에서 참았던 눈물이 떨어져 내렸다.

"아프다구요. 아프단 말이에요……!"

하나는 벌겋게 부어오른 손목을 잡고 말했다. 의현은 말없이 그녀의 손목을 내려다보았다. 미안한 마음에 조심스럽게 손을 뻗어 보았지만 하나가 한 발 뒤로 주춤하더니 울먹이기 시작했다. 그 울먹거림은 이윽고 울음이 되어 터져 나왔다. 하나는 차가운 복도 바닥에 주저앉아 소리 내어 엉엉 울었다.

눈물이 앞을 가려 모든 것이 뿌옇게 보였다. 그와 동시에 시언과의 추억들이 하나둘 뿌연 안개처럼 떠올랐다 사라졌다.

대학교 1학년 때 영화 동아리에서 처음 만났던 것과, 엠티에서 만취한 하나를 챙겨 주던 시언에게 다른 남자 선배의 이름을 부르며 주사를 부렸던 것, 처음 고백 받았던 것, 학교 호수에서 밤새 이야기를 나누었던 것, 집 앞에서 첫 키스를 나누었던 것, 그가 군대를 간 뒤 일주일 내내 눈물로 밤을 지새웠던 것, 매일매일 손이 닳도록 편지를 쓰고 전화를 기다리고 면회를 가며 2년을 기다렸던 것, 영화를 보고 평이 엇갈려 사소한 말다툼을 하다 싸움으로 번져 1주일이나 모른 척 지냈던 것, 같이 제주도 여행을 갔던 것, 4주년 때 깜짝 이벤트를 받았던 것, 멀리 있을 땐 밤을 새워 통화를 하던 것, 그리워하던 것…… 미치도록 서로를 사랑하던 그 모든 순간들이 흑백사진처럼 흐리게 떠올랐다가 찢어지듯 사라졌다.

그것을 생각하니 하나는 견딜 수 없이 가슴이 아파 오는 것을 느꼈다.

"아파요. 너무 아파요……."

그녀는 결국 쓰라린 왼쪽 가슴을 움켜잡고 울며 호소하듯 말했다. 왼쪽 가슴을 부여잡은 하나의 손은 바들바들 떨렸고, 그녀의 울음소리에는 너무 가늘어서 끊어질 듯한 신음 소리가 간간이 섞여 있었다. 마치 세상이 무너진 것처럼, 그녀는 그렇게 처절하게 울었고 진심으로 고통스러워했다.

그는 아이처럼 우는 하나의 앞에 한쪽 무릎을 꿇고 앉았다. 그리고 우는 하나의 얼굴을 조심스레 들어 보았다. 눈물로 온통 범벅이 된 하나의 얼굴이 보였다.

"……괜찮아."

그는 하나의 눈물을 살며시 닦아 주며 말했다.

그의 나지막하고 따스한 음성이 하나의 귓속을 파고들어 심장까지 들어가는 것 같았다.

"……다 괜찮을 거야."

의현은 하나의 눈물을 꼼꼼히 닦아 주며 살며시 미소를 지었다. 하나는, 그의 미소에 이상하게 마음이 안정되는 것을 느꼈지만 슬픔은 배가 되어 차오르는 것 같았다.

그때 의현이 하나의 부어오른 왼쪽 손목을 잡더니 조심스럽게 쓸어 주며 말했다.

"미안해. 아프게 해서."

"……."

"미안해."

그 말을 듣는 순간, 하나의 눈에서 다시금 눈물이 터져 나왔다. 마치 시언에게서 듣는 것 같은 착각이 들었기 때문이다. 시언에게서 그토록 듣고 싶었던 말을, 의현이 대신 해 주는 것만 같았다. 하나는 더 이상 눈물을 보이고 싶지 않아서 의현의 어깨에 얼굴을 기대었다.

그러자 의현이 기다렸다는 듯 하나를 자신의 품에 꼭 끌어안았다. 그리고 아이를 달래듯 그녀의 등을 토닥토닥, 천천히 두드려 주었다.

처음 안겨 보는 의현의 가슴은 무척 넓었다. 그리고 따뜻했다. 겨울의 추위가 하나도 느껴지지 않을 정도로 따뜻했다. 하나는 그 넓고 따스한 품에서 다친 가슴을 전부 드러내 놓고 후회 없을 만큼 울었다.

그녀의 눈물이 그의 가슴을 얼마나 아프게 하는지도 모른 채. 지금 그가, 얼마나 죽을힘을 다해 버티면서 그녀의 눈물을 받아 주고 있는지도 모른 채.

그저, 편히, 울었다.

3.
사랑이 길을 잃어서

 일주일이 지났다. 3월이 되었고, 하나는 소하고등학교 2학년 8반 담임으로 배정받았다. 집은 아직 구하지 못했고, 일주일이었지만 의현, 윤아와의 생활에 그럭저럭 익숙해져 있었다. 하지만 하나는 이 생활에 익숙해지고 싶지 않았다. 어차피 윤아도 한국에 잠깐 휴식차 온 것이어서 곧 다시 파리로 돌아가야 했기 때문에 하나도 얼른 집을 구해서 나가야 했다. 아무리 절친한 친구의 오빠라지만, 의현과 단둘이 살 수는 없었기 때문이다.

 그리고 시언에게서는, 아직도 연락이 없었다.

 "식사들 하세요!"

 워낙 일찍 일어나서 밥을 차리는 것이 습관이 되어 있던 터라, 하나는 의현의 집에서도 아침 식사 당번을 자진해서 맡게 되었다. 덕분에 평소 아침을 잘 먹지 않던 의현과 윤아도 매일 건강한 아침을 강제로 먹게 되었다.

"와, 우리 하나 요리 솜씨는 진짜 죽인다니까."

윤아가 계란말이 하나를 집어 먹으며 신이 나서 말했다.

"야. 앉아서 젓가락으로 먹어."

"완전 맛있어! 오빠! 얼른 나와 봐!"

막 샤워를 마친 의현이 욕실에서 나왔다. 그는 겉보기에는 시큰둥한 얼굴로 식탁에 앉으며 말했다.

"뭘 이렇게 많이 차렸어. 잠이나 좀 더 자지."

"괜찮아요. 좋아서 하는 건데요, 뭐."

하나는 밥이 그득한 공기를 나누어 준 뒤 자리에 앉았다. 처음엔 귀찮다며 아침 식사를 가장 반대하던 윤아가 밥을 가장 열심히 먹으며 말했다.

"암튼 우리 하나 데려가는 남자는 진짜 복 받은 거야. 예쁘지, 착하지, 몸매 좋지, 요리 잘하지, 내 친구지만 진짜 완벽한 신붓감이라니까."

윤아의 칭찬에 하나는 그저 웃고 말았다.

"야. 그니까 이시언 그 개자식은 이제 잊어버리고 얼른 다른 사람 찾아. 응? 근데 또 이 남자는, 너무 멀리서 억지로 찾아내서 연을 맺는 것보단 주위에 있는 사람들을 찬찬히 둘러보는 게 좋다, 너."

윤아가 너무 앞서 나간 듯싶자, 의현은 하나의 눈치를 보며 윤아를 저지시켰다.

"밥이나 먹어."

하나는 웃고 있었지만 얼굴이 그리 밝지는 않았다. 윤아는 그때의 이야기를 들은 뒤, 아직까지 연락이 없는 것을 보면 말하지 않아도 끝난 거라며 시언을 향해 온갖 욕을 퍼부었다. 그리고 하나가 절대 먼저 연락하지 못하도록 매 순간 옆에서 감시를 했다.

윤아의 그런 노력 덕분인지 하나는 어쨌든 일주일을 버텨 낼 수 있었다. 처음엔 윤아의 만류 때문이었지만 나중엔 점점 오기가 생겼다. 잘못은 분명 시언이 했는데 왜 자신이 먼저 연락하고 매달려야 하는지도 알 수 없었고 자존심이 상했다. 그러나 한편으로는, 여전히 두려웠다. 그와 만나는 순간이 완전한 이별의 순간이 될까 봐.

하나는 소하고등학교 2학년 8반 아이들과 첫 대면을 했다. 교사가 된 지는 2년이 넘었지만, 담임을 맡은 것은 처음이라서 꽤 긴장이 됐다. 하나는 아이들이 혹시나 젊다고 얕볼까 봐 걱정이 돼서 일부러 무게를 잡고 출석체크를 했다.

"갈치운."

"네."

"강현성."

"네."

하나는 대답 소리가 들린 쪽을 쳐다보았다. 1분단 뒷자리에 앉은 남학생 두 명이 고개를 숙인 채 큭큭거리며 웃고 있었다. 하나는 목소리를 더욱 깔고 단호하게 소리쳤다.

"강현성."

"네."

머리가 길고 갈색인 아이가 손을 들며 대답했다. 하나는 그와 눈을 똑바로 맞추며 다시 입을 열었다.

"갈치운."

처음엔 분명히 누군가 네, 라고 대답했는데 이번엔 아무도 대답하지 않았다.

"갈치운. 없어?"

"……."

"그럼 아까 대답한 사람 누구지?"

"……."

"강현성. 네가 대신 대답한 거야?"

하나가 듣기에는 치운을 불렀을 때 대답한 목소리와 현성을 불렀을 때 대답한 목소리가 억양의 차이만 있을 뿐 똑같았다. 하나는 나름대로 무섭게 한답시고 굳은 표정으로 물었지만 현성은 여전히 장난기 어린 얼굴로 헤벌쭉 웃으며 대답했다.

"아뇨. 저 아닌데요."

하나는 약간 화가 나서 말했다.

"너희들이 대학생도 아니고 뻔히 걸릴 대출을 왜 해?"

"……."

"갈치운은 안 온 거지?"

그때였다. 교실 뒷문이 열리고, 키가 훤칠하고 잘생겼지만 약간 불량스러워 보이는 차림의 학생 하나가 들어왔다. 그 학생은 무표정한 얼굴로 하나를 흘긋 한 번 보더니 이윽고 뜻 모를 미소를 지어 보이고는 현성의 뒷자리로 가서 앉았다.

"네가 갈치운이니?"

"네."

"왜 늦었어?"

"죄송합니다."

그런데 이상했다. 보아하니 현성과 치운, 그리고 다른 한 명까지, 뒷자리에 앉은 남학생 세 명이 이 반에서 가장 문제적인 아이들 같았는데, 그중 가장 불량스러워 보이는 치운이 의외로 하나에게 고분고분하게 나오는 것이었다. 그것도 도무지 알 수 없는 미소를 짓고서. 하나는 그에게서 시선을 거두었지만 치운은 계속해서 하나를 뚫어져라 쳐다보았다. 하나는 그 시선이 느껴져서 혹시 얼굴에 뭐가 묻은 건 아닌지 걱정까지 되었다. 하지만 첫날부터 학생들에게 휘말리고 싶지는 않아서 전혀 개의치 않는 척하며 출석체크를 마저 했다.

그리고 간단한 자기소개를 하기 위해 칠판에 이름을 적었다.

"내 이름은 이하나야. 국어 담당이고 앞으로 1년 동안 너희들을 책임지게 됐어. 잘 부탁한다."

다행히도 반 아이들은 대부분 하나에게 호의적인 반응을 보였다. 다들 착하고 순수해 보였다. 단 몇 명만 제외하면.

아침 조회를 끝내고 교무실로 왔을 때였다. 책상 가운데 덩그러니 놓인 휴대폰이 보였다. 여기 놓고 갔나 싶어 확인하려는데 옆자리의 박 선생이 끼어들며 말했다.

"아까 자기 반 학생이 주고 가던데?"

"네? 저희 반 애가 왜……."

하나는 그제야 아침에 버스에서 급하게 내리다가 뭔가가 떨어지는 소리가 났던 것을 떠올렸다. 그게 본인의 물건일 줄은, 그것도 휴대폰일 줄은 생각지도 못했다.

"저희 반 누가요?"

"치운이. 갈치운. 그게 왜 걔한테 있어?"

그건 하나도 의문이었다. 하나는 얼른 휴대폰을 확인해 보았다. 메시지가 하나 와 있었다. 생각 없이 열어 보았는데 가슴이 덜컹하고 내려앉았다.

'오늘 좀 볼 수 있어?'

시언이었다. 여전히 '꿀♥'이라고 저장되어 있는 남자.

고작 메시지 하나였는데, 가슴이 마구 두근거렸다. 도무지 어떻게 해야 할지 알 수 없었다. 답장을 해야 하는지 전화를 해야 하는지, 아니면 그동안의 고통을 생각해서라도 한 번쯤은 무시해 주어야 하는지. 마음은 이미 통화 버튼을 누르고 있었지만, 머리는 지금까지의 마음고생을 생각해 그에게도 기다림이라는 벌을 내려 주라 외치고 있었다. 그리고 막상 연락을 해서 만난다고 해도 그가 사과를 할 것인지, 이별을 고할 것인지 알 수 없었기에 쉽게 연락할 수가 없었다. 결국 하나는 신중하게 생각을 하고 또 한 끝에, 오늘 하루만 조금 더 생각해 보고 연락을 하기로 결정을 내렸다.

그런데, 바로 그 순간이었다. 하나의 머릿속으로 불길한 예감 하나가 스치고 지났다. 하나는 재빨리 통화 내역을 확인해 보았다.

설마, 했는데 통화 내역이 있었다. 그것도 하나가 시언에게 전화를 건 발신 내역이었다. 아무래도 치운이 한 것 같았다.

하나는 얼른 교무실을 박차고 나와 교실로 갔다. 치운은 친구들과 웃으며 얘기를 하고 있었다.

"갈치운! 잠깐 나와 봐."

치운은 하나의 부름에 마치 기다렸다는 듯 여유로운 미소를 지으며 교실을 나왔다. 두 사람은 복도 한쪽에서 대화를 시작했다.

"네가 내 휴대폰 주워 준 거야?"

"네."

"그래. 그건 정말 고마워. 근데 이 통화 내역은 뭐야? 이 사람이랑 통화했니?"

"누구요, 꿀이요?"

하나는 순간 왠지 민망해져서 헛기침이 절로 났다.

"그래. 무슨 얘길 한 거야?"

"꿀이랑 싸웠어요? 왜 나한테 물어봐요?"

"그런 거 아냐. 그냥 대답해 줘."

"왜 꿀이에요? 꿀꿀, 돼지 같아서 꿀인가? 되게 뚱뚱한가 봐요?"

"갈치운! 장난치지 말고 얼른. 나 시간 없어."

당연히 허니를 뜻하는 것임을 알면서도 치운은 말을 빙빙 돌렸다. 안절부절못하는 하나를 보는 게 왠지 재미있어서였다.

치운은 오늘 아침 버스에서 하나를 보았다. 하나는 치운의 앞에서 손잡이를 잡고 서서 꾸벅꾸벅 졸고 있었다. 차가 흔들릴 때마다 하나의 가방이 치운을 툭툭 건드렸다. 어느 순간 짜증이 나서 쳐다보니, 하나의 손에서 떨어질 듯 말 듯 아슬아슬하게 붙어 있는 휴대폰이 보였다. 말을 해 줘야 하나 고민하다가 소하고등학교 정류장에 도착했다. 알아서 하겠지, 싶어 그냥 내리려는데 순간 하나가 눈을 번쩍 뜨더니 혼자 까무러칠 듯 놀라면서 급하게 버스에서 뛰어내렸다. 그 바람에 그녀의 휴대폰은 버스에 떨어졌고, 치운은 그것을 줍다가 버스를 가득 메운 사람들 틈에 갇혀 내리지 못하고 한 정거장을 더 가게 되었다.

결국 다시 학교로 돌아왔을 때는 이미 늦은 상태였다. 알지도 못하는 여자 때문에 개학 첫날부터 지각을 한 것이 화가 나서 휴대폰을 그냥 아무 데나 두고 가 버릴까 생각한 순간 메시지가 왔다. 열어 보니 [오늘 볼 수 있어? ─꿀♥]이라고 되어 있었다. 치운은 이왕 이렇게 된 거 휴대폰이라도 돌려주어야 자신의 지각이 헛되지 않을 것이라는 생각에 메시지가 온 번호로 전화를 걸었다.

'……여보세요?'

남자의 목소리는 왠지 낮고 조심스러웠다.

'이 휴대폰 주운 사람인데요.'

'네?'

치운은 상황을 간단히 설명해 주었고, 남자는 치운이 소하고등학교 학생이라는 얘기를 듣더니 2학년 교무실에 가서 이하나 선생님을 찾으면 될 것이라고 했다. 치운은 생각보다 일이 쉽게 풀려 다행이라는 생각이 들었다. 그리고 휴대폰의 주인이 자신의 고등학교 2학년 선생님이라는 사실에 놀랐다.

'그런 덜렁이가 선생님이라고?'

몸을 흐느적거리며 졸다가 오두방정을 떨며 버스에서 내리던 여자의 모습이 떠올라 웃음이 났다.

치운은 남자의 말대로 2학년 교무실에 가서 '이하나 선생님께 전해 달라'고 부탁을 한 뒤, 교실로 왔다. 그런데 교실에 들어서자마자 휴대폰의 주인이 떡하니 버티고 있는 것이 아닌가. 하나는 버스에서와는 달리 아이들의 군기를 잡으려는 듯 얼굴 표정이며 목소리에 상당한 무게를 싣고 있었다. 치운은 이 상황이 몹시 재밌게 느껴졌고, 이어서 하나에게 흥미가 생겼다.

"그래. 그게 다란 말이지?"

남자와의 통화 내용을 얘기해 주자 하나는 안심한 듯 말했다.

"네. 설마 제가 알지도 못하는 사람한테 무슨 장난이라도 쳤을까 봐요?"

"그래. 알았어. 휴대폰 챙겨 준 건 정말 고맙다. 나 때문에 지각까지 하고……. 들어가 봐."

하나는 다시 교무실로 가기 위해 몸을 돌렸다.

"근데요, 선생님."

하나가 고개를 돌려 보았다.

"결혼하셨어요?"

"……뭐?"

"결혼하셨냐구요."

치운은 여전히 빙긋 웃고 있었다. 하나는 왠지 그 웃음이 신경 쓰였다.

"그건 네가 알아서 뭐하게?"

"그냥요."

"들어가서 수업 준비나 해."

하나는 갑작스런 질문에 약간 당황한 듯하더니 빠른 걸음으로 교무실로 돌아갔다. 치운은 그녀가 결혼을 하지 않은 것을 알고 있었다. '오늘 좀 볼 수 있어?'라는 말은 부부 사이에서 흔히 하는 말은 아니었기 때문이다.

왠지 이번 학년은 재미있을 것 같은 기분이 들었다.

학교가 끝나고 퇴근할 준비를 하는데 전화가 왔다. 시언이었다. 하나는 가슴이 너무 떨려서 손까지 떨리는 것 같았다. 통화 버튼을 누를까 말까 한참을 망설인 끝에 전화가 끊겼다. 그리고 곧이어 다시 전화가 왔다. 하나는 그제야 마음을 굳히고 전화를 받았다.

언제까지 피하고 있을 수만은 없었다.

"여보세요."

— 하나야.

"……어."

— 끝났어?

"응."

하나는 최대한 차갑게 받으려고 노력했다.

— 잠깐 볼 수 있어?

"……그래."

― 그럼, 집에서 기다릴래? 아직 끝나려면 좀 더 있어야 돼서.

"아니."

하나는 그 집에 다시는 가고 싶지 않았다.

"내가 그리 갈게. 끝나면 회사 앞 카페로 와."

― 그래, 알았어. 그럼 이따 봐.

"……응."

전화가 끊겼다. 하나는 아직도 가슴이 너무 뛰어서 손으로 천천히 토닥거리며 애써 진정을 시켰다. 미안함 때문인지는 알 수 없지만 시언은 확실히 조용하고 조심스럽고 부드러운 말투로 말했다. 그 말투가 너무 평소와 같아서, '이따 봐'라는 그 말이 너무 익숙해서, 하나는 하마터면 전화를 받다가 울어 버릴 뻔했다. 만약 그가 옆에 있었다면, 아무 일 없던 것처럼 안겨 버릴 뻔했다. 할 수만 있다면 그러고 싶었다. 목소리를 듣고 나니 더욱 보고 싶어졌다.

'멍청이. 속도 없는 년.'

그녀는 스스로를 수도 없이 욕하면서 다시 자리에 앉아 화장을 고쳤다.

이따 보자는 그 말이, 부디 안녕을 말하기 위함이 아니길 바라면서.

하나는 여섯 시쯤 시언의 회사 앞 카페에 도착했다. 따뜻한 아메리카노 한 잔을 시키고 기다리고 있는데 이상하게 자꾸만 속이 울렁거렸다. 학교에 있을 때까지만 해도 괜찮았는데 오는 동안 버스에서 멀미가 나더니 커피를 마시는 순간 울렁거림이 극에 달했다. 하나는 오늘 먹은 것들을 되짚어 보았다. 점심 급식으로 나온 치킨이 잘 안 맞는 것 같더니 탈이 난 것 같았다.

그때 문자가 왔다.

[지금 가고 있어. 조금만 기다려.]

그런데 문자를 보는 순간 갑자기 구역증이 확 밀려왔다. 하나는 결국 자리를 박차고 일어나 카페 밖으로 나와서 건물 화장실로 달려갔다. 마침 건물에 들어서던 시언이 그 모습을 보고는 깜짝 놀라 그녀를 따라갔다.

"하나야!"

하나는 그의 목소리를 들었지만 구역증이 너무 심해서 곧장 화장실로 들어갔다. 변기 커버를 올리자마자 구토가 나왔다.

"하나야, 괜찮아?"

밖에서 하나의 괴로운 신음 소리를 들은 시언이 걱정스러운 목소리로 물었다. 하나는 대답하지 않고 얹혔던 것들을 다 게워 내면서 눈물도 함께 버렸다. 괜찮냐는 그의 목소리를 듣자 몸도, 마음도 더욱 고통스러워지면서 지금 이 상황이 더없이 서러워졌다. 괜찮냐니, 어떻게 괜찮을 수가 있냐고, 하나도 괜찮지 않다고 소리치고 싶었다. 그러고 보니 이렇게 속이 울렁거리는 것은 점심에 먹은 치킨 때문이 아니라, 잠시 후 닥칠 이별이 두렵고 초조해서인 것 같았다.

그동안 그와의 이별을 손톱만큼도 상상해 보지 못한 자신이 싫었다. 생각해 보면 그는 충분히 이별을 예고해 준 것 같았다. 매일 그를 위해 차려 주던 아침을 더 이상 차리지 말라고 했던 것, 그녀가 밖에서 술을 먹고 있어도 연락 한 번 하지 않던 것, 자주 멍해 있고 잘 웃지 않던 것. 그 모든 것들이 이별의 전조 증상이었음을, 그녀만 모르고 있었던 것이다.

그런 생각을 하자 너무 억울하고 분해서 참을 수가 없었다. 구토는 멈췄는데 눈물은 멈추지 않았다. 하나는 변기를 부여잡고 목놓아 울었다. 일주일 전에 의현의 품에 기대어 실컷 울고 난 뒤로 처음이었다.

"하나야!"

그 소리를 들은 시언이 하나의 이름을 계속 불렀다.

하나는 대답하지 않았다. 울고 싶은 만큼 마음껏 울었다. 그 소리가 너무 커서 화장실에 온 여자들이 모두 한 번씩 흘긋거렸다. 한참을 울고 난 뒤, 하나는 화장실에서 나왔다. 세면대에서 입을 헹구고 눈물을 닦았다. 화장이 심하게 번져 있었다. 하지만 그런 것을 신경 쓸 여유는 없었다.

하나는 마침내 화장실을 나왔다.

"괜찮은 거야?"

시언이 걱정스러운 얼굴로 물었다. 하나는 그를 아무 말 없이 쳐다보았다. 잠시 후, 건물 복도에 커다란 마찰 소리가 울려 퍼졌다. 시언의 왼쪽 뺨은 붉게 달아올라 있었고 그의 고개는 반쯤 돌아가 있었다. 시언은 잠시 그 상태로 가만히 있었다. 지나가던 사람들 몇 명이 그 광경을 보고 구경이라도 하듯 멈추어 섰다.

서로의 뜨거운 숨만이 오고 가던 끝에, 하나가 먼저 입을 열었다.

"넌 나쁜 새끼야. 그렇지?"

시언이 천천히 고개를 들어 그녀를 보았다. 하나의 눈에 다시 눈물이 차올랐다.

"억울하면 변명이라도 해 봐."

"……."

"다 들어 줄 테니까, 얼른 해 보라고!"

시언은 아무 말 없이 하나를 빤히 바라보았다.

"왜 아무 말도 안 해? 오늘 보자고 한 건 너잖아. 하고 싶은 말이 있었을 거 아니야!"

"……."

"이시언!"

"……미안해."

갑자기 툭 떨어진 듯한 그 말에, 하나는 말문이 막혔다. 그토록 듣고 싶던 말이었지만 그 말이 결코 반갑게 느껴지지 않았다. 그 순간 그가 뱉은 미안하다는 말이 어떤 의미인지, 왠지 알 것 같았기 때문이다.

"전부 사실대로 말할게. 너한테 거짓말하기 싫어."

"……."

"그날은 정말 사정이 그렇게 돼서, 데려다만 주고 바로 집에 갈 생각이었어. 그리고 정말 바로 나오려고 했는데……."

"그만해."

하나는 다시 체증이 올라오는 것처럼 가슴이 너무 울렁거려서 더 들을 수가 없었다. 할 수만 있다면, 이 순간만큼은 귀머거리가 되고 싶었다.

"들어 줘. 근데 선아가, 그 여자 이름이 선아인데……."

"누가 그 여자 이름 알려 달랬어? 그만하랬잖아. 그만하라고!"

"하나야."

"앞뒤 다 자르고 하나만 말해."

하나는 심호흡을 하고 물었다.

"잤니?"

"……."

"그 여자랑 잤어?"

시언은 언제나처럼 차분한 목소리로 대답했다.

"아니."

하나는 눈을 지그시 감았다. 감은 두 눈에서 눈물이 흘러내렸다.

"그럼, 사랑하니?"

"……."

"비겁하게 숨기지 말고 대답해. 그 여자 사랑해?"

시언은 한 박자 쉬고 힘겹게 대답했다.

"아직 사랑한다고 말할 순 없지만, 흔들린 건 사실이야."

"……."

"……미안해."

"그래서. 그래서 어쩌자는 거야?"

"……."

"어쩌자는 거냐고!"

시언은 하나를 빤히 보았다. 화장이 잔뜩 번진 얼굴로 눈물을 흘리며 원망 가득한 눈으로 자신을 바라보고 있는 그녀를. 8년이나 사랑했고, 앞으로도 영원히 사랑할 거라고 생각했던 그녀를. 오랜 시간 그의 전부였던 그녀를. 항상 자신보다 그를 먼저 생각해 주던 그녀를. 재고 따지는 것 없이 끝없는 사랑만 주던 그녀를. 어떤 식으로든 평생 그의 가슴속에 큰 자리를 차지하고 남아 있을 그녀를. 그런, 그녀를.

"……기다려 주면 안 돼?"

"……."

"나 금방 돌아갈 수 있어."

그 순간, 하나의 눈에서도, 시언의 눈에서도 참았던 눈물이 떨어졌다.

하나는 아무 말 하지 않았다. 그리고 묵묵히 시언을 쳐다보았다. 이별을 짐작하고 있었기 때문일까. 정작 그 말을 듣는 순간엔 생각보다 덤덤했다. 이별이 다가올까 전전긍긍하던 지난밤들보다 덜 아팠고, 오히려 시원하기까지 했다. 그녀는 그의 그 말을, 이별로 받아들였다. 아니, 그렇게 받아들여 주어야 한다고 생각했다.

이미 마음이 다른 사람을 향해 갔는데 다시 돌아오기 위해 노력한다는 것은 그에게도, 그녀에게도 괴로운 일이었다. 하나는 다만, 마지막 순간에 그가 내뱉은 그 말이, 고맙고 가엾게 느껴졌다.

"……거기까지만 해."

하나가 말했다.

"그걸로 됐어."

하나는 그의 얼굴을 빤히 쳐다보았다. 시언은 눈물을 감추기 위함인지 고개를 숙이고는 좀처럼 들지 못했다. 하지만 그녀는 시언을 한참 동안 보고 서 있었다. 이제 다시는 보지 못할 사람이니까, 몇 초라도 더 봐 두고 싶었다. 그의 고개 숙인 모습을 얼마나 담아 두었을까. 하나는 마침내 시언에게서 등을 돌렸다.

"잘 지내."

하나는 걸어갔고 시언은 남아 있었다. 그는 그녀가 가고 나서야 고개를 들어 그녀의 뒷모습을 보았다. 그녀는 한 번도 돌아보지 않고 냉정한 걸음으로 건물을 빠져나갔다.

그리고 그는, 그녀를 잡지 못했다.

시언은 몰랐다. 자신이 그 순간부터 이미 후회를 시작했고, 그 후회가 평생을 갈 것이라는 것을.

그렇게 이하나와 이시언의 연애는 8년 만에 완전한 끝을 보게 되었다.

4.
너에게 닿기를

 시언은 맥주 두 캔을 사서 집에 돌아왔다. 집은 컴컴했다. 하나가 집을 나간 지 벌써 일주일이나 되었지만, 시언은 이 어둠이 아직 낯설었다. 시언이 퇴근하고 돌아오면 하나가 항상 밝은 얼굴로 마중을 나와 안기곤 했었다. 집은 환하게 불이 켜져 있었고, 주방에선 구수한 음식 냄새가 났다.

 냉장고를 열어서 사 온 맥주를 넣었다. 얼마 전까지만 해도 여러 종류의 밑반찬과 과일, 채소, 음료수 등으로 가득 차 있던 냉장고가 이제는 텅 비어 있었다. 시언은 물을 한 모금 마신 뒤 방으로 들어갔다.

 씻지도 않고 침대에 드러누웠다. 두 팔과 다리를 넓게 벌려 보았다. 하지만 침대는 여전히 크게 느껴졌다. 조용히 옆으로 누워 보았다. 옆자리가 텅 빈 것이 느껴졌다. 한쪽 팔을 뻗으면 당장이라도 그녀가 귀엽게 안겨 들 것 같은데, 그녀는 없었다.

'잘 지내.'

힘없이 돌아서던 그녀의 마지막 모습이 떠올랐다. 갑자기 가슴이 싸하게 아려 왔다.

이별. 정말 이별일까?

시언은 아직 그녀와의 이별이 실감 나지 않았다. 그저 지난 일주일처럼 잠시 시간을 가진 것같이 느껴졌다.

그때 휴대폰이 울렸다. 선아의 전화였다. 시언은 보고도 받지 않았다. 전화가 끊기고 잠시 후 메시지가 왔다.

[전화 좀 받아요. 오늘은 얘기 좀 해야겠어요.]

[정말 이렇게 모르는 사람처럼 지낼 거예요?]

[그날 제가 뭐 잘못했어요?]

시언은 마지막 문자를 보고 전원을 꺼 버렸다.

그날, 그랬다. 그날을 기점으로 시언의 인생이 송두리째 뒤흔들려 버렸다. 그의 인생에서 가장 중요한 사람인 이하나를 잃었기 때문이다. 물론 본인의 선택임을 부인할 수는 없었지만 시언은 혼란스러웠다.

선아는 한 달 전 회사에 새로 들어온 신입 사원이었다. 그녀는 시언을 처음 본 순간 반했다며 끊임없이 쫓아다녔다. 시언은 처음에는 그저 애교가 많은 신입 사원의 장난이겠거니 하고 웃어넘겼다. 하지만 그녀는 시언이 여자 친구가 있음을 안 뒤에도 그를 포기하지 않았다. 그녀는 시언에게 끊임없이 자신의 마음이 진심임을 보여 주었다. 시언도 언제부턴가 항상 밝은 에너지로 분위기 메이커 역할을 하는 그녀에게 점점 끌리게 되었다. 끌림은 곧 설렘이 되어, 시언은 간혹 그녀와 눈이 마주칠 때마다 가슴을 치고 드는 불편한 떨림을 느끼곤 했다.

그러던 어느 날, 선아가 시언에게 정식으로 고백을 했다. 하지만 시언은 그녀의 마음을 받아 줄 수 없었다.

"너한테 흔들린 건 사실이지만 거기까지야. 난 8년을 사랑해 온 사람이 있고, 그 사람이 너무 소중해."

"……."

"미안하다."

그리고 다음 날, 선아는 회사에 나오지 않았다. 시언은 그녀가 자신 때문에 크게 상처를 받았을까 봐 염려가 되었고 신경이 쓰였다. 그리고 보고 싶었다. 그것이 화근이었다. 보고 싶다는 마음은 여태껏 살면서 하나 외에는 누구에게도 느껴 보지 못한 마음이었다. 시언은 혼란스러웠다. 8년 만에 느껴 보는 새로운 설렘이 그를 매우 힘들게 했다. 시언은 혼란스러운 마음을 접기 위해 일에 집중하려고 노력했다.

그는 그날 혼자서 야근을 했고 열 시가 넘어서야 회사를 나왔다. 하나에게 전화를 하려는 순간, 선아에게서 전화가 걸려 왔다. 시언은 고민 끝에 전화를 받지 않았다. 그러나 전화가 세 번 네 번 연이어 걸려 오자, 거절해야 한다는 것을 알면서도 저도 모르게 통화 버튼을 누르고 말았다.

— 저 좀 데리러 와 주시면 안 돼요?

선아는 혼자 술을 마신 것 같았고 매우 힘들어 보였다. 시언은 그녀가 술을 마신 것이 자신 때문이라는 생각에 결국 선아를 데리러 갔다. 그런데 시언이 도착했을 때 선아는 거의 정신을 잃은 상태여서 집을 알 수가 없었다. 설상가상 선아의 휴대폰도 꺼져 있었다. 그렇다고 선아의 동료에게 전화를 해 집주소를 물어볼 순 없었다. 시언은 시계를 보았다. 자신의 연락을 기다리고 있을 하나가 떠올랐다. 그는 선아를 얼른 근처 모텔에 데려다 주고 집으로 돌아가야겠다고 생각했다.

그런데 모텔 주차장에서 하나를 만나게 되었다. 생각지도 못했던 일이었다. 그녀를 보는 순간 가슴이 너무 뛰었고 머리가 하얘지는 것만 같았다. 하지만 그는 자신이 당황하면 더욱 오해를 살 것이라고 생각했다. 그가 스스로에게 당당해야 그녀가 이 말도 안 되는 상황을 조금이라도 믿어 줄 것 같았다.

"그 여자. 지금 여기. 이 바닥에 버려."

"……하나야."

"내려놓지도 말고, 그대로 손 놔. 떨어져서 머리가 깨져 죽든 말든 상관 말고. 그리고 차에 타."

"하나야, 잠깐만. 일단 우리 얘기부터 하자……."

"내 말 안 들려? 그 여자 당장 이 주차장 바닥에 버리고 차에 타라고!"

시언은 하나의 말을 들어 주고 싶었지만, 제 몸도 못 가누는 선아를 모텔 주차장에 버리고 갈 수는 없었다. 그는 언제나처럼 이성적으로 행동하는 게 맞다고 믿었다. 얼른 방에 데려다 놓고 오기만 하면 된다고 생각했다. 그래서 결국 하나에게 등을 돌리고 말았다.

그는 선아를 방에 데려다 주고 간단하게 쪽지를 써 놓은 뒤 나가려고 했다. 그런데 그때 선아가 시언의 손을 잡았다. 선아는 새파랗게 질린 얼굴로 시언을 보며 이상한 신음 소리를 냈다.

"왜 그래? 어디 아파?"

"……으윽."

그러더니 갑자기 침대 위에서 오바이트를 하기 시작했다. 그녀의 옷과 이불이 모두 토사물로 젖어 버렸다. 선아는 더욱 큰 신음 소리를 내며 앓아누웠다. 이마를 만져 보니 열까지 나고 있었다. 시언은 그런 그녀를 두고 그냥 나가 버릴까 말까 잠시 고민을 했다. 하지만 고통스러워하는 그녀를 도저히 그냥 두고 갈 수가 없었다.

그는 결국 선아의 더럽혀진 겉옷을 벗겨 주고, 얼굴을 간단히 닦아 준 뒤, 물수건까지 가져와 이마에 올려 주었다. 자는 동안 구토 냄새가 나지 않도록 이불도 멀리 치워 주었다. 선아는 그제야 몸을 뒤척이며 편안한 잠에 빠졌다. 그 모든 것을 하는 데 삼십 분이 넘는 시간이 소요됐다. 그리고 급하게 주차장으로 돌아왔을 때, 하나는 없었다.

후회하기엔 너무 늦었음을 그도 알고 있었다. 시언은 신호도 제대로 보지 못하고 초조한 마음으로 차를 몰고 집으로 갔다. 그런데 막 차를 세우고 내리려던 순간, 저 앞에서 의현과 함께 나오는 하나가 보였다. 의현은 양손에 캐리어를 들고 있었다.

가슴이 철렁 내려앉았다.

하나는 넋이 나간 듯 집을 돌아보더니 다시 들어가려고 했고, 의현이 그녀를 붙잡아 차에 태웠다. 시언은 그제야 자신이 얼마나 큰 잘못을 했는지 깨달았다. 하지만 그는 차 문을 잡은 손에 쉽게 힘을 주지 못했다.

다른 사람이었으면 모를까 의현이었다. 최의현. 시언은, 하나를 보는 의현의 눈빛에 어떤 감정이 들어 있는지 잘 알고 있었다.

시언은 결국 문에서 손을 떼고 시동을 껐다. 그는 자신이 없었다. 하나를 진심으로 사랑한다고 생각했지만, 선아를 만나고 난 뒤 그녀에게서 느낀 설렘 때문에 하나에게서 느끼는 익숙함과 편안함이 진짜 사랑인지 헷갈렸다. 하나의 곁에서 선아를 그릴까 봐 두려웠다. 아니, 어쩌면 이미 그러고 있는지도 모른다는 생각에 자주 죄책감에 시달렸다. 입으로는 매일 결혼을 얘기하면서 그녀에게 너무 익숙해지지 않으려고 노력하고, 저도 모르게 소홀해지던 순간들이 떠올랐다.

'한심한 자식.'

시언은 결국 두 사람이 사라지는 것을 가만히 지켜보았고, 그날 밤이 새도록 그녀에게 연락하지 못했다. 혼란스러운 자신의 마음을 정리할 시간이 필요했다. 자신이 진정으로 원하는 것이 무엇인지 알고 싶었다. 그래서 그는 일주일 동안 하나에게도, 선아에게도 연락하지 않고 회사에서 선아를 보아도 모른 척 지나갔다.

그렇게 생각을 하고 또 했던 일주일이 지나고, 그는 결정을 내렸다. 하나에게 돌아가기로. 모든 것을 솔직히 말하고 용서를 구하기로. 이기적이고 염치없는 것을 알지만, 말이 안 되는 것도 알지만, 자신의 마음이 정리될 때까지 기다려 줄 수 없냐고 부탁하기로.

"……거기까지만 해."

하지만 그것은 하나에게 너무 잔인한 부탁이었다.

"그걸로 됐어."

그는 울며 돌아서는 하나를 붙잡을 수 없었다. 아파하는 하나를 안아 주고 위로해 줄 수도 없었다. 그 모든 아픔이 어디서부터 비롯된 것인지를 알고 있었고, 그 아픔을 어떻게 치료해 주어야 하는지, 정말 치료해 줄 수는 있을지 여전히 자신이 없었기 때문이다.

'……미안해. 정말 미안해, 하나야.'

시언은 그 순간을 생각하며 팔등으로 눈을 가렸다. 촉촉한 액체가 피부에 닿는 것이 느껴졌다.

미안하다는 그 말조차 너무 미안해서 할 수 없는 때가 있다는 것을, 그는 그때 처음 알았다.

※※　　※※　　※※

하나는 그날 밤 포장마차에서 혼자 술을 마셨다.

"아줌마, 여기 소주 한 병만 더요."

잘 먹지도 못하는 술이 그날따라 물처럼 잘도 넘어갔다.

소주 한 잔을 따라서 마시자 헛웃음이 났다. 또 한 잔을 따라서 마시자 눈물이 났다. 세상에 태어나 이런 기분은 처음이었다. 너무 비참하고 괴롭고 화가 나고 황당하면서도, 슬펐다.

 술을 따르는 손이 떨렸다. 그러다 결국 술이 넘치고 말았다.

 "에이, 아깝게……."

 하나는 술이 가득 찬 잔을 들다가 옷에까지 흘렸다. 휴지를 꺼내 옷을 닦으려는데 몸이 맘대로 움직이지 않았다. 더딘 손이 미웠다. 가끔 시언과 술을 마시다가 이렇게 취하면 시언이 아이 챙겨 주듯 챙겨 주던 것이 생각났다.

 이별이란 이런 걸까?

 그 사람이 세상 누구보다 싫고 원망스럽다가도, 무슨 생각만 하면 전부 그와 관련된 생각으로 빠졌다. 그래서 또 보고 싶고 슬퍼졌다.

 하나는 결국 가방 깊숙이 넣어 두었던 휴대폰을 꺼냈다. 보내 줘도 너무 곱게 보내 줬다는 생각이 들었다. 뺨 한 대 때린 것으로는 부족했다. 가슴 깊이 쌓여 있는 울분과 원망을 모두 토해 내고 싶었다. 하나는 숫자 1에 엄지손가락을 갖다 대고 누를까 말까 한참을 망설였다. 그리고 마침내 결심을 했다.

 '그래. 딱 한마디만 하자. 딱 한마디만.'

 하나는 눈을 꼭 감고 1을 눌렀다. 막상 전화가 가자 무슨 말을 하려고 했는지 하나도 기억이 나지 않았다. 그런데 순간, 뭔가 이상하다는 생각이 들었다. 그는 컬러링을 1년 넘게 바꾸지 않았는데, 지금은 요즘 뜨는 아이돌의 요란스러운 신곡이 흘러나오고 있었다.

곧이어 컬러링이 끊기고 상대방이 전화를 받았다.

— 여보세요?

여자 목소리였다. 하나는 순간 온몸이 굳어 버리는 것 같았다.

— 여보세요? 야, 전화를 했음 말을 해.

그런데 이윽고 들린 여자의 말에 머리가 띵해졌다. 처음엔 이 여자가 날 언제 봤다고 반말인가 싶었지만, 잠시 후 그녀의 목소리가 분명히 귀에 익은 목소리임을 알게 되었다. 하나는 그제야 휴대폰을 귀에서 떼고 화면을 보았다.

[내 사랑 최윤아]

하나는 깜짝 놀라서 전화를 받았다.

"야, 너 뭐야?"

— 뭐긴 뭐야, 네가 전화해 놓고. 근데 너 말투가 왜 그래? 술 먹었어?

윤아는 잠시 후 경악을 하며 말했다.

— 너 설마, 술 먹고 단축번호 1번 눌러서 전화한 거야? 이시언 그 개자식한테? 내가 너 이럴까 봐 단축번호 바꿔 놨다! 아유, 이 화상아!

"……."

— 너 이시언한테 전화하기만 해! 가만 안 둬! 거기 어디야?

하나는 순간 온몸에서 맥이 빠져 테이블 위에 미끄러지듯 엎어졌다. 눈앞이 흐려지고 졸음이 밀려왔다. 하나는 다 기어들어 가는 듯한 목소리로 말했다.

"……포장마차."

─ 어디 포장마차!

"집 앞 사거리에 있는 거."

처음엔 시언에게 전화를 못 하게 방해한 윤아가 원망스럽기도 했지만, 지금은 차라리 고맙게 느껴졌다. 실컷 욕을 해 줄 거라고 마음먹고 전화를 했어도 막상 그의 목소리를 들으면 또다시 눈물을 펑펑 쏟으면서 매달렸을지도 몰랐다. 하나는 얼른 윤아가 와서 자신을 데려가 주었으면 했다.

─ 너 거기 꼼짝 말고 있어! 내가, 아니다. 난 좀 걸릴 것 같고, 오빠 지금 집에 있으니까 오빠 보낼게.

하나는 의현을 보낸다는 말에 흠칫 놀랐다. 지난번에 이어서 또 시언 때문에 힘들어하는 모습을 보이고 싶지 않았다.

"아니야. 하지 마. 그냥 내가 알아서 들어갈게."

하지만 윤아는 됐어! 한마디를 날리고는 전화를 끊어 버렸다. 다시 전화를 걸었을 때는 이미 통화 중이었다. 하나는 조금 기다렸다가 물을 두 컵 마시고 목청을 열심히 가다듬은 뒤, 말짱한 정신이 되기 위해 노력하며 의현에게 전화를 걸었다. 의현은 금방 전화를 받았다.

─ 어.

"오빠. 저 지금 가려구요. 저 진짜 괜찮으니까 굳이 나오지 마시라구요."

하나는 엉기적거리며 일어나다가 소주병 하나를 넘어뜨리고 말았다. 소주병이 테이블을 굴러 바닥에 떨어져 깨지는 소리가 휴대폰 속으로 빨려 들어갔다.

— 괜찮다고?

의현이 약간 차가운 말투로 물었다.

"아, 네. 정말 괜찮은데……."

"아유, 내 못 살아. 정말."

그때 주인아줌마가 다가와서 짜증스럽게 투덜거리며 술병을 치웠다. 그 소리 역시 휴대폰 속으로 빨려 들어갔다.

— 너 거기 꼼짝 말고 있어. 금방 갈 테니까.

의현은 하나가 대답할 틈도 없이 전화를 끊었다. 하나는 괜히 의현까지 귀찮게 한 것 같아서 마음이 착잡해졌다. 하나는 한숨을 쉬며 자리에 주저앉았다. 주인아줌마를 돕기 위해 깨진 술병 위로 손을 뻗었다. 주인아줌마가 괜찮다며 만류했지만 하나는 물러서지 않았다. 그러나 정신은 흐릿한 와중에 맨손으로 깨진 술병을 잘 치울 수 있을 리가 없었다. 하나의 입에서 금방 앗, 하는 짧은 비명 소리가 났다. 주인아줌마가 놀라서 하나를 돌아보았다.

"어이구, 피 나네! 그러게 괜찮다니까. 맨손으로 이걸 만지면 어떡해요?"

아줌마는 얼른 술병을 치우고 휴지를 가져다주었다. 하나는 급한 대로 휴지를 뜯어 지혈을 했다. 휴지 위로 피가 새어 나오는 것이 보였다. 이런 작은 상처쯤은 아무것도 아니었다. 아무것도 아니었는데, 오늘따라 그 작은 상처가 아프게 느껴졌다.

'어쩌다 이랬어. 항상 조심하라니까! 속상하게…….'

그의 목소리는 곳곳에서 들리는데, 정작 그는 옆에 없었기 때문일지도 몰랐다.

잠시 후, 의현이 포장마차에 도착했다. 의현은 테이블 위에 엎드려 있는 하나를 보고 깊은 숨을 내쉬었다. 그는 먼저 주인아줌마에게 가서 계산을 하고 하나에게 다가갔다.

그는 하나의 어깨에 조심스럽게 손을 올리고 흔들어 보았다.

"하나야."

"……."

"이하나. 일어나 봐."

하나는 그제야 천천히 고개를 들었다. 기다리는 동안 잠깐 잠이 든 것 같았다.

"일어나. 집에 가자."

"……죄송해요."

하나는 의현의 눈을 제대로 마주치지 못하며 말했다. 잠깐 자고 일어나니 정신이 더욱 몽롱한 것 같았다. 너무 어지러웠다.

"됐어."

의현은 최대한 부드럽게 말하려 애쓰며 하나를 일으켰다. 그러다 하나의 손가락에 피가 굳어 있는 것을 보았다.

"이거 뭐야? 왜 이래?"

그는 얼른 하나의 손을 잡고 살피며 심각한 얼굴로 물었다.

"아, 아까 깨진 술병에 좀 찔렸는데……. 괜찮아요."

"뭐가 괜찮아? 피가 많이 났는데."

"정말 괜찮은데……."

"넌 괜찮다는 말밖에 할 줄 몰라?"

의현은 결국 화를 내고 말았다. 하나는 그의 생각지 못한 반응에 놀랐지만, 취한 와중에도 그가 자신을 걱정해 주는 것임을 알았기 때문에 아무 말 하지 않았다. 의현은 감정을 컨트롤하지 못하고 갑자기 소리를 높인 것이 미안해져서 괜히 시선을 피하며 그녀의 앞에 등을 대고 섰다.

"업혀."

"네?"

"업히라고. 집까지 업어 줄게."

"저, 정말……."

괜찮다는 말이 혀끝까지 올라왔지만 그가 싫어할까 봐 도로 삼켰다.

"얼른."

하나는 포장마차에서 더는 실랑이를 벌이고 싶지 않아서 하는 수 없이 그의 등에 업혔다.

"고집쟁이."

포장마차를 빠져나왔을 때, 하나가 작은 목소리로 중얼거렸다. 평소에 의현을 꽤 어려워하는 하나로서는 절대 불가능한 말이었다.

"뭐?"

의현이 놀라서 헛웃음을 흘리며 되물었다.

"오빠는 다 좋은데 고집이 너무 세요."

"다 좋다는 말만 들을게."

"긍정적이라서 좋겠네요."

"무슨 술을 이렇게 많이 마셨어? 무슨 일 있어?"

의현은 조금 부드러워진 목소리로 물었다. 하지만 하나는 대답하지 않았다. 대신 의현의 목에 팔을 꼭 두르고 얼굴을 깊이 묻었다. 의현은 순간 놀라서 멈칫할 뻔했다. 그는 하나를 다시 받쳐 들고 천천히 걸었다.

어두운 밤 골목길을 하나를 업고 걸었다. 의현은 그 사실이 좀처럼 믿기지 않았다. 그런데, 집에 거의 다 왔을 무렵이었다.

"……헤어졌어요."

잠든 줄 알았던 하나에게서 잠꼬대 같은 한마디가 들렸다. 의현은 발을 멈추었다.

"오늘?"

"……네. 오늘."

의현은 한동안 아무 말도 하지 않고 그대로 하나를 업고 서 있었다. 그리고 한참 후, 입을 열어 나지막한 목소리로 말했다.

"……아프겠네."

하나는 그의 깊고 따스한 목소리를 들으며, 다시 눈물이 차오르는 것을 애써 참았다.

"내려 주세요. 이제 다 왔으니까 걸어갈게요."

"싫어."

"힘들잖아요."

"너 아직 많이 취했어."

"……고집쟁이."

의현은 얼핏 웃었다. 그리고 하나가 내리지 못하도록 양팔에 더욱 힘을 주고 아파트 안으로 들어갔다. 하나도 더는 아무 말 하지 않았다. 그녀는 그저 지금 이대로 깊이 잠들어 버리고 싶었다. 왠지 그의 품은 너무도 편안해서 시언의 생각을 하지 않고 푹 잘 수 있을 것 같았다.

의현은 하나를 제 방 침대에 조심스럽게 눕혔다. 온몸이 땀으로 범벅이 되어 있었지만 하나도 힘들지 않았다. 하나는 많이 힘들었는지 침대에 눕자마자 이불 속으로 파고들었다. 반쯤 잠이 든 상태인 것 같았다. 의현은 침대에 걸터앉아서 그런 그녀를 잠시 빤히 내려다보았다. 저도 모르게 손이 그녀의 얼굴로 향했다. 얼마나 울었는지 화장도 거의 지워져 있었다. 그 눈물자국을, 부드럽게 만져 주고 싶었다.

그때 문득 그녀의 다친 손이 눈에 들어왔다. 의현은 얼른 일어나 따뜻한 물과 연고와 밴드를 찾아 가져왔다. 그리고 잠든 그녀의 손을 살며시 들어 따뜻한 물로 피를 씻겨 주고 수건으로 닦아 주었다. 그리고 아프지 않도록 조심스럽게 연고를 바른 뒤 밴드를 붙여 주었다.

하나는 여전히 눈을 감고 있었다. 의현은 그녀의 다친 손을 가만히 만져 보았다. 그녀의 손은 부드러웠다. 하지만 그는 머지않아 그녀의 손을 놓아주었다. 그래야 한다고 생각했다. 그리고 그녀가 깨지 않도록 조용히 일어나 방을 나가려고 했다.

그런데 그때였다.

갑자기 손에서 온기가 느껴졌다. 내려다보니 하얗고 부드러운 하나의 손이, 그의 손을 잡고 있었다. 의현은 고개를 돌려보았다. 하나는 여전히 눈을 감고 있었다. 자고 있는 건지 깨어 있는 건지 알 수 없었다. 하지만 가지 말라는 뜻만은 분명해 보였다.

의현은 다시 그녀의 옆에 앉았다. 그녀는 그의 손을 더욱 꼭 잡았다. 그 순간, 의현은 심장이 뛰는 것을 느꼈다.

"……줘."

그때 하나가 입을 열어 무어라고 말했다. 의현은 잘 들리지 않아서 그녀의 입가에 귀를 가까이 대고 물었다.

"뭐?"

"……안아 줘."

의현은 그대로 잠시 굳어 버렸다. 그때 하나가 의현을 향해 양팔을 벌렸다. 여전히 눈은 감고 있었지만 입은 살짝 미소를 짓고 있었다. 의현은 그녀의 그 미소를 알았다. 아무래도 아주 달콤한 꿈을 꾸고 있거나, 의현을 시언으로 착각하는 것 같았다.

"……이하나."

그는 실소를 흘리며 그녀의 이름을 불렀다. 그리고 그녀의 양팔을 도로 잡아 내렸다. 단 그녀의 팔을 잡은 손은 놓지 않았다. 그의 손에는 약간 힘이 들어가 있었다.

하나는 그제야 뭔가 이상하다는 것을 느꼈는지 천천히 눈을 떴다. 그런데, 의현의 얼굴이 코앞에 있었다. 의현은 특유의 촉촉하고 검은 눈동자로 그녀의 입술을 그윽하게 바라보고 있었다. 하나는 아직도 정신이 몽롱한 나머지 지금 이 순간이 꿈인지 현실인지 헷갈렸다.

"잘 봐."

바로 그때, 의현이 그녀에게 더욱 바싹 다가왔다.

"최의현이야."

그가 말했다. 그의 입술이 그녀의 입술에 닿을 듯 말 듯 스치는 느낌이 들었다.

"……이시언이 아니라."

그리고 바로 다음 순간.

"최의현이야."

그의 뜨거운 입술이 그녀의 입술에 닿았다.

5.
너는 꿈이 아니었다

하나는 뇌가 자전을 하고 있는 것 같은 어지러움을 느낄 즈음에 잠에서 깼다. 눈을 뜨자마자 자동적으로 시계를 보았다. 여섯 시가 조금 안 된 시간이었다. 조금 더 자고 싶었지만 누워 있는 게 더 어지러워서 몸을 일으켰다. 하나는 그제야 자신이 매우 푹신푹신한 매트 위에 앉아 있음을 알게 되었다. 주위를 둘러보니 의현의 방이었다. 하나는 반사적으로 일어섰다.

그때였다.

'최의현이야.'

돌연 그의 얼굴이 떠올랐다. 하나는 깜짝 놀라서 저도 모르게 발이 뒤로 주춤했다.

'……이시언이 아니라.'

'최의현이야.'

그의 얼굴이 확 다가오는 장면이 떠올랐다. 하나는 마치 그때처럼 눈을 질끈 감았다. 갑자기 가슴이 쿵쾅거리며 뛰기 시작했다.

'뭐지, 꿈인가?'

하나는 곧바로 자신의 몸을 내려다보았다. 다행히 옷은 그대로 입혀져 있었다. 하지만 이윽고 자신의 생각이 너무 황당하다는 생각이 들어 제 손으로 머리를 쥐어박았다. 머리가 지끈 아파 왔다. 혼란스러웠다. 갑자기 떠오르는 이 낯선 장면들이 진짜 기억인지 꿈인지 헷갈렸다.

만일 꿈이라면 그런 꿈을 꾼 것이 민망하긴 했지만 다행이었다. 그러나 만일 진짜 기억이라면, 일이 너무 복잡해진다. 일단 그 기억 자체도 선명하지가 않았다. 의현이 다가오는 것까진 기억이 났는데, 정말 입을 맞추었는지는 알 수 없었다. 그러니 그것이 어젯밤에 진짜 있었던 일이라고 해도, 이제 어떻게 행동해야 하는지 막막했다. 하나는 머리를 쥐어짜며 생각을 되짚어 보았지만 아무것도 떠오르지 않았다. 중간중간 페이지가 뜯어진 책을 보는 것처럼 답답했다.

그때였다. 바깥에서 무슨 소리가 들렸다. 하나는 조심스럽게 방문을 열었다. 열자마자 맛있는 냄새가 코를 찔렀다. 의현이 주방에서 요리를 하고 있었다. 주로 밤늦게까지 연극 연습을 하고 들어오기 때문에 아침에 일찍 일어나서 밥 먹는 것도 힘들어하던 그였는데, 그런 그가 새벽 여섯 시에 직접 요리를 하고 있었다. 그것도 매우 능숙한 모습이었다.

하나는 뭔가에 홀린 듯 요리하는 그의 뒷모습을 보고 있었다.

그때 의현이 고개를 살짝 돌려 뒤를 보았다. 두 사람의 눈이 마주쳤다. 하나는 흠칫 놀랐고 의현은 아무렇지 않게 시선을 돌리며 말했다.

"일어났어?"

"아, 네……."

아직 그를 어떻게 대해야 할지 결정도 못 했는데, 엉거주춤 대답부터 했다.

"속은 괜찮아?"

"네……."

하나도 괜찮지 않았다. 쓰리고 울렁거렸다. 갈증도 심했다. 얼른 따뜻한 국물 같은 것을 속에 집어넣어 이 고통을 조금이라도 잠재우고 싶었다.

"거짓말쟁이."

그가 설핏 웃으며 말했다. 하나는 약간 당황했다. 거짓말쟁이라니. 일고여덟 살 아이들이나 쓸 것 같은 그 귀여운 말은, 매사에 시큰둥하고 무뚝뚝한 의현에게서 나올 수 있는 말이 아니었다.

"넌 다 좋은데 거짓말을 너무 많이 해."

"네?"

"씻고 밥 먹을 준비해. 콩나물 국 끓였어."

하나는 의아한 마음으로 몸을 돌렸다. 의현이 오늘따라 왠지 낯설게 느껴졌다. 하지만 그가 아무렇지 않아 하는 걸 보니 한결 안심이 되었다. 아침에 떠오른 이상한 기억들이 진짜 기억이 아니라 꿈인 것 같았기 때문이다. 그게 아니고서야 의현도 저렇게 태연할 수는 없다고 생각했다.

'그럼 그렇지. 그럴 리가 없지. 왜 괜히 이상한 꿈은 꿔 가지고……'

하나의 입가에 안도의 미소가 떴다.

씻고 나오자 언제 일어났는지 윤아가 식탁에 앉아 있다가 하나를 격하게 반기며 말했다.

"어이구, 우리 하나 님 안녕히 주무셨어요?"

"뭐야. 그 비꼬는 말투는?"

하나가 웃으며 물었다.

"모시기 너무 힘들어서 그런다, 인간아."

"됐어. 하나도 얼른 앉아."

의현은 윤아의 말을 막으며 하나의 의자를 빼 주었다. 그러자 윤아는 잘 걸렸다는 듯 호들갑을 떨며 말했다.

"이봐, 이봐. 우리 오빠가 원래 이런 사람이 아닌데 너는 아주 모시고 산다니까? 너 어제 일은 기억나?"

어제 일이라는 말에 하나는 움찔했다. 그러고 보니 어제 포장마차에서 의현과 통화를 했던 것까지는 기억이 났는데 그다음은 어떻게 됐는지 기억이 없었다.

"어라? 하나도 기억이 안 나는 표정인데?"

"어제 나 어떻게 들어왔지?"

"이야, 너 어제……!"

"윤아가 데리고 왔어."

의현이 말했다. 윤아가 황당한 표정으로 의현을 보았지만 그는 아랑곳하지 않고 반찬을 올리며 말했다.

"하여간 생색 못 내서 안달이지. 밥이나 먹어."

윤아는 의현을 이상한 듯 쳐다보다가 이내 호탕하게 웃었다.

"이 인간 요새 아주 이상한데?"

"시끄러워."

하나는 아무 말 하지 않았지만 뭔가 이상하다는 것은 느꼈다. 분명 어젯밤 통화까지는 기억이 났기 때문이었다.

'오빠. 저, 지금 가려구요. 저 진짜 괜찮으니까 굳이 나오지 마시라구요.'

'괜찮다고?'

'아, 네. 정말 괜찮은데…….'

'너 거기 꼼짝 말고 있어. 금방 갈 테니까.'

반찬이 하나둘 상에 오르는 것이 보였다. 하나가 좋아하는 갈치구이와 무생채, 계란말이 등이 척척 올라왔다. 가스레인지 위에서 펄펄 끓고 있는 콩나물국은 보기만 해도 속이 시원해지는 것 같았다. 의현이 하나의 앞에 보슬보슬한 흰 쌀밥과 국을 퍼서 주었다. 정말 오랜만에 먹어 보는 남이 차려 주는 밥이었다.

하나는 젓가락을 들다 말고 자신의 검지에 감겨 있는 밴드를 보았다. 씻을 때는 어젯밤에 다행히 알아서 치료를 하고 잤나 보다 했는데, 지금 보니 왠지 이상했다. 여긴 의현의 집이었다. 그 새벽, 취한 와중에 혼자서 어디 있는지도 모르는 의약품을 찾아 치료했을 리가 없다는 생각이 들었다. 분명 누군가의 도움이 있었을 것이었다. 그게 윤아든 의현이든.

"감사해요."

하나가 말했다. 의현이 자리에 앉다 말고 멈칫하며 그녀를 보았다. 하나는 의현을 향해 싱긋 웃어 보였다.

"잘 먹을게요."

의현 덕분이었을까. 하나는 학교를 가는 내내 어젯밤 꿈에 대한 생각뿐이었다.

'최의현이야.'

그 낮고 묵직하던 목소리, 차갑고 냉정한 듯하면서도 어딘가 감미로웠던 말투, 그가 다가오는 순간 느껴졌던 뜨거운 숨결. 그 모든 것이 마치 실제인 것처럼 생생하게 느껴졌다.

'정말 꿈이었을까?'

뭔가가 기억날 듯 말 듯 자꾸만 그녀의 머릿속을 간질이는 것 같았다. 그 정체가 무엇일지 생각하느라 학생들의 인사도 듣지 못하고 정문을 지나던 때였다. 갑자기 누군가 옆으로 불쑥 끼어들며 말을 건넸다.

"꿀!"

하나는 깜짝 놀라 넘어질 뻔했다. 치운이 싱글벙글 웃으며 하나를 보고 있었다.

"뭐야?"

"꿀이랑은 화해했어요?"

"앞으로 그런 얘기 묻지 마. 선생님 개인적인 일이야."

하나는 그제야 어제 시언과 헤어졌다는 사실이 다시 떠올랐다. 아침에 해장을 했는데도 속이 다시 쓰려 오는 것 같았다.

"헤어졌어요?"

"뭐?"

"눈이 퉁퉁."

치운이 자신의 눈을 축 늘어뜨리며 슬픈 표정을 지어 보였다.

"슬퍼서 울었나 봐요."

"이게. 너 얼른 교실에나 가 있어!"

"아직 일곱 시 사십 분밖에 안 됐는데요. 천천히 갈 건데요."

"너 왜 이렇게 일찍 왔어?"

그러자 치운이 웃음을 터뜨리며 말했다.

"일찍 와도 혼나는 거예요? 저 원래 일찍 오는데, 어제만 선생님 때문에 늦은 거예요."

하나는 잠시 할 말을 잃었다.

"그럼 선생님 솔로예요?"

"그런 걸 왜 물어?"

"부인을 안 하네."

"너 자꾸 장난칠래? 얼른 안 들어가!"

"잘 헤어지셨어요."

"……뭐?"

"여자는 눈 퉁퉁 붓게 하는 사람 만나면 안 돼요. 절대."

치운은 방긋 웃더니, 먼저 학교 안으로 뛰어 들어갔다. 하나는 가벼운 걸음으로 뛰어가는 치운의 뒷모습을 빤히 쳐다보았다.

"저 자식이 뭘 안다고……."

하지만 그 말이 왠지 가슴을 찌르듯 들어오는 것 같았다.

그날 저녁, 하나는 퇴근 후 윤아, 해영을 만나 피자집에 갔다. 윤아와 해영은 결국 시언과 헤어졌다는 하나의 얘기를 듣고 오히려 잘됐다며 축하해 주었다.

"안 될 인간들이랑은 빨리빨리 헤어지는 게 나. 아무것도 모르고 결혼했으면 어쩔 뻔했어?"

"그래. 차라리 잘됐어. 결혼해서 그런 일 당하는 것보다야 백배 낫지. 8년이 좀 억울하긴 하겠지만, 금방 잊고 좋은 사람 만날 수 있을 거야."

하나는 씁쓸하게 웃었다.

"다들 잘했다고 하네."

"또 누가 그랬어?"

"있어. 누구."

하나는 샐러드를 포크로 찍어 먹었다. 촉촉한 드레싱의 상큼한 맛이 입 안에 감기면서, 부드러운 감자가 스르륵 녹아내렸다. 그런데, 바로 그 순간이었다. 하나의 머릿속에 뭔가가 빛처럼 스치고 지났다. 샐러드를 먹던 하나가 돌연 석상처럼 굳어 버리자 윤아가 그녀를 툭툭 치며 말했다.

"야, 너 왜 그래?"

"뭐 이상한 거라도 씹혔어?"

해영이 의아해하며 샐러드를 한입 먹어 보았다.

"맛있는데. 부드럽고."

"……그치."

"응?"

하나가 멍한 얼굴로 입을 열었다.

"……부드럽고, 촉촉해."

"얘 진짜 뭐 잘못 먹은 거 아니야? 넋 나간 것 같은데."

'최의현이야.'

그윽한 눈빛으로 그녀의 입술을 삼킬 듯 다가오던 그가 떠올랐다. 그리고 결코 기억나지 않던 그다음 순간도 떠올랐다. 닿았다. 분명히 입술이 닿았었다. 그리고 느꼈다. 그의 입술은 부드럽고 촉촉했다. 그리고 짙은 커피향이 감돌았다. 분명히 그랬다.

이상했다.

"꿈에서도 촉감을 느낄 수가 있는 거야? 향기도?"

하나의 갑작스러운 질문에 해영이 진지하게 고민하더니 대답했다.

"꿈에선 시각밖에 느낄 수가 없지. 촉각이나 후각은, 느끼고 있다고 착각하는 거겠지."

"아닌데……."

"뭐가 아니야?"

하나는 천천히 자신의 입술을 만져 보았다. 느끼고 있다고 착각한 것이 아니었다. 분명히 느꼈다. 그 느낌과 그 향기는 마치 방금 전에 느꼈던 것처럼 생생하게 기억났다.

"아무래도 이별 후유증인 것 같다."

윤아가 혀를 끌끌 차며 말했다. 하나는 여전히 멍한 얼굴로 허공을 보고 있었다. 윤아의 말은 들리지 않는 모양이었다. 윤아는 콜라를 길게 한 모금 마시더니 하나가 들도록 쾅 소리 나게 내려놓고는 꽤 단호한 말투로 말했다.

"이하나."

하나가 윤아에게로 시선을 옮겼다.

"너 그냥 우리 집에서 살아라."

흐릿하던 하나의 눈동자가 또렷하게 되살아났다. 하나가 놀란 눈으로 그녀를 보았다.

"안 되겠어. 이 언니가 네 인생을 위해서 아주 큰 결심을 했다."

"무슨 소리야? 너 좀 있으면 다시 파리로 가잖아."

"좀 있으면이 아니고 내일모레 가게 됐어."

"뭐?"

하나와 해영이 동시에 외쳤다.

"한 2주는 더 있는 거 아니었어?"

"원래 그랬는데. 오늘 아침에 갑자기 교수님한테 연락을 받았거든. 내가 한국 오기 전에 냈던 공모전에서 우수상을 받게 됐대."

해영이 그녀의 어깨를 찰싹 때리며 소리쳤다.

"야! 엄청 잘됐네! 축하해! 넌 이 좋은 얘기를 왜 그렇게 덤덤하게 하냐?"

하나도 처음으로 환한 미소를 지으며 말했다.

"그래. 윤아야, 축하해! 진짜 잘됐다."

"모르겠어. 아직 얼떨떨해서. 암튼 그래서 급하게 올라가게 됐어. 덕분에 좋은 기회가 많이 생겼거든."

하나와 해영은, 윤아가 처음 파리에 가서 얼마나 적응을 못 하고 힘들어했는지 알았기 때문에 지금의 결실을 제 일처럼 기뻐해 주었다. 그런데 그 기쁨도 잠시, 하나는 윤아의 이해불가의 제안에 당황해서 물었다.

"근데 너도 없는데 너희 집에서 계속 살라는 게 무슨 소리야? 나보고 의현 오빠랑 둘이 살라는 말이야?"

"응."

"왜?"

하나가 정말 의아해하며 묻자 윤아가 어깨를 으쓱하며 말했다.

"뭐 어때? 8년이나 봤고 이젠 친오빠나 다름없지 않아? 너 1학년 때도 우리 집에서 많이 잤잖아."

"그래도 네가 있을 때랑 없을 땐 다르지."

하나가 당황하며 말하자, 해영도 이해할 수 없는 듯 거들었다.

"그래. 아무리 친남매 같은 사이라도 엄연히 남자 여잔데. 둘이 사는 건 좀 그렇지 않아?"

"윤아야. 신경 써 준 건 고맙지만 나 괜찮아. 금방 구해서 나갈게. 괜히 같이 살면 의현 오빠 앞길 막는 거야. 오빠도 이제 결혼해야 하고……."

"결혼? 우리 오빠 결혼 안 해."

"그건 또 무슨 소리야?"

해영이 헛웃음을 터뜨리며 물었다.

"몰랐어? 그 인간 독신주의자인 거."

"오빠가? 정말? 왜? 그 잘난 사람이?"

"나야 모르지. 3년 전에 마지막 연애를 끝으로 자긴 누굴 만날 수 없는 사람이라나 뭐라나. 그러면서 아무도 안 만나잖아."

하나는 그런 것은 전혀 모르고 있었다. 그리고 그렇다고 해도 굳이 의현과 같이 살아야 할 필요성을 느끼지 못했다. 윤아가 갑자기 왜 이런 당황스러운 제안을 하는지도 알 수 없었다.

"아무튼, 그러니까 오빠 앞길 같은 건 걱정 안 해도 된다고."

"내가 이시언이랑 다시 잘해 볼까 봐 걱정돼서 그러는 거라면 그럴 필요 없어. 절대 그럴 일 없어. 나 이시언 번호도 지우고 메신저도 다 차단하고 S.N.S도 끊었어. 사진은, 너무 많아서 아직 다 지우진 못했지만 전부 다 지울 거고 그 인간이 준 것들도 오늘 싸그리 모아서……."

"나도 참 눈치 없지만, 넌 정말 중증이다."

"갑자기 눈치 얘기가 왜 나와?"

"말 들어. 이시언이랑 다시 붙을까 봐 것도 걱정이긴 하지만, 그것보다 넌 지금 사람이 필요해."

윤아의 말에 하나는 잠시 말을 멈추었다.

"지금 당장은 아무렇지 않아도 네 감정이 언제 어떻게 변할지 몰라. 아마 하루에도 열두 번씩 롤러코스터를 타는 기분이겠지. 난 고작 반년이었는데, 한 달은 족히 죽을 것 같더라. 누군가는 남자 하나 때문에 그게 무슨 꼴이냐며 한심하다고 비웃겠지만, 그건 고작 남자 하나 때문이 아니야. 사람 때문이지. 목숨을 다 바쳐 사랑하고 믿었던 사람한테 다쳤기 때문에 아픈 거야. 난 기숙사에서 사람들이랑 부대끼면서 살았으니까 그나마 버텼지만, 넌 안 돼. 네 몸의 반쪽이 갑자기 뚝 떨어져서 사라졌는데, 버틸 수 있으면 그게 인간이니?"

순간, 하나는 그녀가 자신의 마음을 완전히 공감해 주는 듯한 느낌을 받았다.

"지금 네가 그럭저럭 버틸 수 있는 건 나랑 오빠가 네 옆에 있기 때문이야. 너 혼자 나가 살면서 매일 밤 베개에다 처량하게 눈물 쏟는 거 난 정말 싫다."

"……."

"그러니까 네가 조금이라도 괜찮아질 때까지, 혹은 다른 사람이 생길 때까지만이라도 오빠 옆에 있어."

"하지만, 오빠 마음을 모르는데……."

"오빠한텐 내가 먼저 말했어. 당연히 상관없어 해. 아니, 그러고 싶어 해."

윤아는 확신에 찬 어조로 말하며 하나의 어깨를 꼭 잡아 주었다. 그리고 달래듯 말했다.

"네가 싫으면 나가서 살아. 강요하는 건 아니야. 그냥 그래 보는 게 어떻겠냐고, 난 상관없으니까 제안을 하는 거지. 그러니까 너 하고 싶은 대로 해."

하나는 고개를 끄덕였다. 해영도 이제는 윤아의 말에 공감하며 하나를 위로해 주었다. 하나는 이렇게까지 자신을 챙겨 주는 사람들이 있다는 것에 감사했다. 그리고 의현에게 고마웠다. 그러고 보니 의현은 시언과 문제가 생겼던 그날부터, 줄곧 자신의 곁을 지켜 주고 있었다.

마치, 항상 조용히 곁을 따라다니는 그림자처럼.

돌이켜 보면 그는 언제나 그녀의 곁에 있었다.

*** *** ***

이틀 뒤, 윤아는 예정대로 파리로 돌아갔다. 하나는 윤아가 떠나는 것이 그 어느 때보다 슬펐지만, 영영 가는 것도 아니고 여유가 생길 때마다 한국에 올 것이었기 때문에 웃으며 보내 주었다. 윤아는 가는 순간까지 이시언은 절대 안 된다며 당부를 하고 떠났다.

그날 저녁, 하나는 집에서 혼자 고민을 했다. 시언의 집을 나오고 바로 부동산에 가서 집을 보기는 했지만 마음에 드는 집이 없어서 계속 구하고 있는 상태였다. 그런데 오늘 오후에 부동산에서 전화가 왔다. 하나의 조건에 딱 맞는 집이 나온 것 같았다. 하나는 일단은 여덟 시 전에 가겠다고 한 뒤 전화를 끊었다. 그리고 집에 와서 시계를 보며 고민을 하고 있는 중이었다.

윤아의 말처럼 마음이 안정될 때까지만 의현과 함께 사는 게 좋을지, 아니면 힘들더라도 혼자 나가서 사는 게 좋을지 아무리 생각해도 답이 쉽게 나오지 않았다. 의현을 생각하면 집을 나가는 것이 맞았지만, 하나도 한편으로는 친오빠처럼 자신을 챙겨 주는 의현에게 의지하고 싶은 마음이 있었다. 그러나 가장 중요한 것은, 정작 의현과 얘기해 보지 못했다는 것이었다.

그때 현관문이 열리는 소리가 들렸다. 시계를 보니 아직 일곱 시가 안 되어 있었다. 의현은 보통 밤늦게 집에 왔기 때문에 하나는 의아해하며 방을 나갔다. 의현은 급하게 온 것인지 숨이 가빠 보였다. 이마에선 소량의 땀도 흐르는 것 같았다. 하나가 놀라서 다가가며 물었다.

"무슨 일 있어요?"

"아니."

의현은 말하면서 하나의 몸을 살피는 것 같았다. 하나는 집을 구하든 포기하든 부동산에 가서 얘기를 해야 했기 때문에 아직 외출복 차림이었다.

"왜 그래요?"

"어디 나가려고?"

"아, 네. 이따 잠깐 부동산에 가려고요."

그러자 의현이 약간 긴장된 표정으로 물었다.

"부동산은 왜?"

"전에 한 번 갔었는데. 제가 찾는 집이 나온 것 같아서요."

"그래서. 나가려고?"

"네?"

의현에게서는 왠지 서늘한 기운이 풍기는 것 같았다.

"일단 한번 가 보려고요."

"윤아한테 얘기 못 들었어?"

그리고 그는 어떤 감정을 삭이려고 노력하고 있는 것 같았다.

"난 상관없다잖아."

"아, 그건……."

"나 때문이라면 난 상관없다고. 뭐가 문제야?"

의현은 약간 흥분된 어조로 말했다. 그의 검고 맑은 눈동자가 흔들리고 있었다. 하나는 지금 그가 느끼는 감정이 무엇인지를 알 수 없었다. 그래서 당황스러웠다. 하나와 의현 사이에는 짧은 거리가 있었다. 그런데 그 짧은 거리에는 너무 많은 것이 있었다.

말로 설명할 수 없는 오묘한 분위기가 있었고, 공기의 떨림이 있었고, 알 수 없는 감정의 간극이 있었다.

그때, 의현이 미세하게 떨리는 목소리로 물었다.

"너 정말 기억 못 해?"

하나는 그가 갑자기 무슨 말을 하는지 알 수 없었다.

"정말 아무것도 기억 못 해?"

그런데 순간 불안한 예감이 들었다.

"뭘 말하는 거예요?"

"……아니다. 차라리 기억 못 하면 다행이지."

"……."

"그럼 그날 일 때문은 아닐 테니까."

그날 일, 이라는 말에서 향긋하면서도 짙은 커피향이 나는 것 같았다. 그 순간, 가슴속에 뜨거운 불빛이 켜진 것처럼 따끔하면서도 뜨거운 기분이 들었다.

"가지 마."

한참을 정적 속에 머물던 그가 숨을 토해 내듯 말했다.

"여기 있어."

하나는 그 순간 깨달았다.

"……살자."

그 낯선 기억이, 결국 꿈이 아니었다는 것을.

"나랑 살자, 이하나."

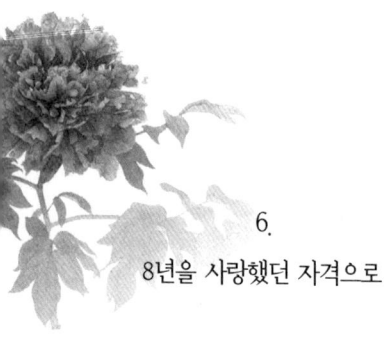

6.
8년을 사랑했던 자격으로

하나는 잠시 아무 말도 하지 못하고 서 있었다. 지난밤의 일이 꿈이 아니라 사실이었음을 깨닫게 되자 갑자기 가슴이 너무 뛰면서 혼란스러워졌다. 흩어져 있던 퍼즐 조각들이 단번에 맞추어지는 것처럼 끊겨 있던 기억들이 하나로 모아졌다.

그날, 그는 그녀에게 입을 맞추었다. 그 부드러우면서도 촉촉한 입술로 그녀를 녹이며 키스를 했다. 분명히 키스였다. 당황한 그녀의 입술이 살짝 벌어졌고 그 안으로 그의 뜨거운 혀가 들어왔다. 그는 낯선 바다를 항해하듯, 매우 조심스러우면서도 흥분된 움직임을 보였다. 그의 입술에서는 향긋하면서도 짙은 커피향이 났다. 하나는 그 순간, 하마터면 놓을 뻔했던 이성의 끈을 간신히 붙잡고 그를 밀어냈다.

하나는 흔들리는 눈빛으로 그를 보았다. 그는 그녀의 눈을 피하지 않았다. 그리고 오히려 그녀의 이마에 살며시 입을 맞추고는 작은 목소리로 속삭이듯 말했다.

'미안해.'

왜였을까.

'그래도 네가 그 사람 생각을 조금이라도 덜할 수 있으면 좋겠어.'

그 말은 무슨 뜻이었을까.

'네가 힘들어하는 거, 더는 못 보겠다.'

하나는 그가 했던 말들을 떠올리고도, 아무것도 알 수가 없었다.

그는 하나의 머리칼을 애틋한 손길로 어루만지더니, 이윽고 시선을 거두며 몸을 일으켰다. 그리고 뒤돌아선 채 잘 자, 라고 한마디를 내뱉고 방을 나갔다.

그것이, 지금에서야 생생하게 기억났다.

"하나야."

하나의 표정이 심각해진 것을 느낀 의현이 조심스럽게 그녀를 불렀다. 그녀는 정신을 차리고 그를 보았다. 그리고 한참 후 입을 열어 말했다.

"……아니요."

"……."

"전 여기서 못 살아요."

모든 것이 떠오른 이상, 하나는 그의 말을 순수하게 받아들일 수가 없었다. 아직 시언과의 이별에 다친 마음도 다 추스르지 못했는데, 의현의 알 수 없는 마음까지 감당하기는 힘들었다. 게다가 그가 자신의 마음을 분명히 고백하고 어떤 확실한 관계를 제안한 것도 아니었기 때문에, 섣불리 그의 마음을 판단할 수 없었다. 그래서 더욱 혼란스러웠다.

"왜."

의현이 물었다.

"왜 안 되는 거야?"

하나는 주저 없이 받아쳤다.

"그러는 오빠는요?"

"……."

"오빠는 왜 저랑 살려고 하는 거예요?"

의현은 입을 열다 멈칫했다.

"절 걱정해 주시는 거라면 괜찮아요. 많이 생각해 봤는데, 단순히 그것 때문에 오빠한테 폐를 끼칠 순 없어요."

"정말 그 이유야?"

"……네?"

"날 못 믿어서는 아니고?"

"그런 건 절대 아니에요. 오빠가 아무리 저한테 친오빠 같은 오빠라도, 어쨌든 남녀 간의 동거가 되는 건데, 그게 그렇게 쉬운 일은 아니잖아요. 제가 지금 아무리 힘들다고 해도, 어린애도 아니고 제 아픔은 스스로 견뎌 내야죠. 그러니까 전……."

"단순히 그 이유 때문만이 아니야."

의현은 하나의 말이 끝나기도 전에 말을 뱉었다. 하나는 놀라서 그를 보았다.

"내가 널 윤아처럼 많이 아끼는 건 사실이지만, 순전히 너만을 위해서 무턱대고 같이 살자고 하는 건, 그래. 그건 좀 이상하잖아."

의현은 시선을 이리저리 굴리며 말했다. 의현은 어딘가 조급하고 당황스러워 보였다. 하나는 의현의 그런 모습을 처음 보았다.

"그럼 왜요?"

"그러니까, 그게……."

그는 잠시 무언가를 생각하는 듯하더니, 이내 얼굴을 들고 난감한 표정으로 말했다.

"내가 이번에 좀 곤란한 일이 생겼어. 우리 극단에 성수라고 있거든? 조연출인데. 그 친구 동생이, 그러니까 남동생인데. 그 애가 날…… 좋아한다는 거야."

"네?"

하나는 정말 깜짝 놀라서 되물었다. 의현은 괴로운 듯 잠시 눈을 지그시 감고 말했다.

"어떻게든 끊어 내려고 좋아하는 사람이 있다고 말을 했는데도 얘가 좀 별난 놈이라 포기를 안 하더라고. 저번엔 집 앞까지 쫓아온 걸 간신히 보내고……. 아무튼 그래서 내가 지금 많이 난감한 상황이야. 근데 같이 사는 여자가 있으면, 그나마 좀 낫지 않겠어?"

"그게, 정말이에요?"

하나는 의현이 거짓말을 할 사람은 아니라고 생각했지만 지금

들린 말은 좀처럼 믿기가 힘들었다. 그가 무척 멋진 사람인 것은 알고 있었지만, 남자들에게까지 인기가 있을 줄은 몰랐다.

"사실이야. 그 애 때문에 조연출이랑도 어색해질까 봐 걱정이고. 그래서 솔직히 말하면, 너 때문이 아니라 나 때문에 같이 살자고 한 거야. 그러니까 동거, 라는 말로 어렵게 생각하지 말고 그 애를 떼어 낼 때까지 당분간만 도와준다는 생각으로 여기 있으면 안 되겠어?"

하나는 예상치 못한 의현의 말에 선뜻 대답을 하지 못했다.

"나한텐 지금 네가 필요해."

순전히 자신 때문이라면 쉽게 나갈 수 있었을 텐데, 의현이 너무도 간곡히 부탁을 해서 거절하기가 어려웠다. 의현은 지금까지 매번 하나에게 도움만 주었을 뿐, 한 번도 무언가를 부탁한 적이 없었다.

"그럼……."

하나는 고민 끝에 입을 열었다.

"얼마나 있으면 되겠어요?"

의현의 입가에 엷은 미소가 걸렸다.

하나는 그날 부동산에 가서 새집을 계약했다. 계약을 하는 데는 의현이 함께 가 주었다. 의현과는 3월까지만 함께 살고 4월에는 새집에 들어가기로 했기 때문이다.

하나는 오랜 고민과 대화 끝에 그의 부탁을 들어주기는 했지만 아직 그가 불편했다. 지난밤의 일을 계속 모른 척해야 하는지, 아니면 사실대로 말하고 감정을 확인해야 하는지 고민이 되었기 때문이다. 하지만 의현은 뭐가 그리 좋은지 내내 미소만 짓고 있었다.

의현은 나온 김에 저녁은 밖에서 먹고 들어가자며 하나를 어디론가 데리고 갔다. 피곤해서 그냥 집에 가고 싶었던 하나는, 언제부턴가 매우 낯익은 길을 가고 있음을 깨달았다. 마침내 도착한 곳은 하나가 자주 가던 대학로의 유명한 부대찌개집이었다.

"부대찌개 좋아하세요?"

그러자 그는 아무렇지 않게 대답하며 가게 안으로 먼저 들어갔다.

"네가 좋아하잖아."

자리를 잡고 앉아서 음식을 주문하고 기다리는 동안, 두 사람 사이에는 다시 어색한 정적이 흘렀다. 이렇게 단둘이 밥을 먹는 것이 얼마 만인지도 모를 만큼 오랜만이었다.

하나는 의현을 흘긋 쳐다보았다. 그는 물수건으로 손을 닦고 있었다. 하나는 아무리 생각해도 의현에게 무엇을 좋아하고 싫어하는지 말한 적이 없었다. 같이 부대찌개를 먹어 본 기억도 없었다. 그런데 그는 마치 당연하다는 것처럼 대답했다. 그리고 하나가 제일 자주 가던 집으로 데리고 왔다. 비록 항상 시언과 함께 왔기 때문에 마음 한편이 불편하긴 했지만.

"어떻게 알았어요?"

"뭘?"

"제가 부대찌개 좋아하는 거요."

그러자 의현이 얼핏 웃으며 하나를 보았다.

"네 기억에 나는 얼마나 있어?"

"네?"

"한 손톱만큼은 되나."

그는 장난스럽게 말했지만 약간의 서운함도 섞여 있는 것 같았다.

"그건 정말 억울한 일인 것 같아. 내 기억엔 있는데 상대방 기억엔 없는 거. 특히 둘만의 기억일 땐 어떻게 증명할 수도 없으니까, 상대가 기억을 못 하는 이상 내가 가지고 있는 기억은 한낱 꿈이 될 수도 있고 상상이 될 수도 있고 조작된 기억이 될 수도 있는 거잖아."

상대가 기억을 못 하는 이상, 이라는 말을 그는 다시 한 번 읊조렸다.

"뭐, 근데 이젠 억울하지도 않아. 하도 익숙해서."

하나는 할 말이 없었다. 어찌 됐건 자신이 기억을 못 하는 추억이 있다는 사실에 미안해졌다.

"여기서 널 처음 봤어."

그때 의현이 말했다. 하나는 두 눈이 커다래져서 그를 보았다.

"정말요?"

"응."

하나는 아무래도 기억이 나지 않는 듯 고개를 갸웃했고, 의현은 짧게 웃었다.

8년 전, 의현은 부대찌개집 바로 옆에 있는 카페에서 아르바이트를 하고 있었다. 당시 의현은 스물다섯의 적지 않은 나이였지만, 제멋대로 꿈을 좇아 연극영화과에 입학한 후로 아버지와는 거의 인연을 끊다시피 하고 살았기 때문에 생활비를 스스로 벌기 위해 항상 아르바이트를 했다.

그날도 열심히 얼굴마담 노릇을 하며 아르바이트를 하고 있었는데 윤아가 찾아왔다. 옆에는 처음 보는 여학생을 데리고서. 의현은 그 여학생에게서 시선을 떼지 못했다. 하얗고 고운 얼굴에 긴 생머리, 그리고 하늘하늘한 원피스. 아직 앳된 얼굴의 그 여학생은 때 묻지 않은 순수함을 가지고 있는 것처럼 보였다.

"나랑 젤 친한 친구야. 이하나."

"안녕하세요."

하나는 수줍게 인사를 했지만 뭔가 다른 생각에 깊이 빠져 있는 것처럼 멍해 보였다.

"오빠, 조금 있으면 저녁 시간이지? 우리 밥 좀 사 주라."

윤아가 애교를 부리며 말했다.

"얘가 오늘 실연 아닌 실연을 당했거든."

"야, 너는……."

하나는 창피한 듯 윤아의 팔을 꼬집으며 말렸지만 윤아는 부러 더 밝게 말했다. 하나가 그동안 짝사랑하던 선배가 다른 여자랑 사귀게 된 모양이었다.

"그러게 시언 선배나 공략해 보라니까. 그 선배는 너한테 관심 있는 것 같던데. 웬 헛다리를 짚어 가지고."

윤아의 질책에도 하나는 아무 말 없이 고개만 숙이고 있었다.

"암튼 그래서 얘가 젤 좋아하는 부대찌개를 먹으러 왔는데, 우리 둘 다 가난한 신입생이잖아? 오빠한테 소개도 시켜 주고 밥도 얻어먹으러 왔지요."

의현은 웃으며 윤아의 머리를 콩 쥐어박았다.

"네가 먹고 싶어서 온 건 아니고? 친구 기분 좀 봐라. 금방이라도 울 것 같은데."

그러나 정작 하나는 아무 말도 들리지 않는 듯했다.

"그러니까 맛있는 걸 먹어야지! 얘가 진짜 부대찌개라면 환장을 한다니까? 자다가도 벌떡 일어나고 울다가도 뚝 그쳐."

"알았어. 저기 앉아서 잠깐 기다리고 있어."

윤아는 신나 하며 하나를 데리고 구석진 곳에 가서 앉았다. 윤아는 축 처져 있는 하나를 위해서인지 이런저런 시시콜콜한 이야기를 하며 혼자서 웃고 떠들었다. 의현은 일을 하면서도 자꾸만 시선이 그쪽으로 가는 것을 멈출 수 없었다.

의현은 윤아의 친구들을 보면서 여자로 느껴 본 적이 한 번도 없었다. 나이가 다섯 살이나 차이가 나는 것도 그렇고, 다들 제 동생처럼 어리게 느껴졌기 때문이다. 그런데 이상했다. 하나는 처음 보는 순간부터 어딘가 다른 느낌을 받았다. 여성스럽고 청초한 이미지 때문일까.

어리다는 느낌보다는, 예쁘다는 느낌이 먼저 들었다.

의현은 저녁 시간이 되어 윤아와 하나를 데리고 부대찌개집으로 갔다.

"잘 먹겠습니다!"

"감사합니다, 오빠."

하나가 조용히 수저를 들었다. 그리고 한 수저 가득 밥을 뜨더니 그 작은 입에 쑤셔 넣고 오물거리며 먹기 시작했다. 만화 속에서나 볼 수 있을 듯한 예쁜 얼굴과는 다르게, 그녀는 내숭이 없었다. 배가 많이 고팠는지 입이 터지도록 밥을 넣고 햄과 라면 위주로 열심히 먹었다. 의현은 햄이 보일 때마다 집어서 하나의 접시에 놔주었다. 그러면 윤아는 벌써부터 편애를 하냐며 신경질을 내면서도 제 것까지 하나에게 주곤 했다.

그럴 때마다 하나는 꾸벅꾸벅 인사를 하며 말 한 마디 없이 밥을 먹었다. 맛있게 먹기는 했는데, 어쩐지 힘겨워 보였다. 의현은 그런 하나를 유심히 살폈다. 금방이라도 눈물을 터뜨릴 것처럼 불안해 보였기 때문이다.

그러다 어느 순간, 하나의 눈에서 결국 눈물 한 방울이 툭 떨어졌다.

"야! 너 우냐?"

윤아가 그것을 놓치지 않고 버럭 하며 말했다.

"너 내가 청승맞게 밥 먹으면서 울지 말랬지! 하여간 유리 같은 기지배."

윤아는 하나에게 휴지를 건네면서도 계속 타박을 했다.

"고백했다 차인 것도 아니고, 뭐 그렇게 서럽다고 울어? 네가 고백했으면 그 선배는 완전히 케이오당했어. 이시언이 하도 너한테 들이대니까 차마 못 건드린 거지. 너 나중에 연애하면 울 일이 얼마나 많은데, 이 정도 가지고 질질 짜면 어떡해?"

하나는 밥을 힘겹게 삼키고 물을 벌컥벌컥 마셨다. 그리고 계속해서 떨어지는 눈물을 씩씩하게 거두며 반발하듯 말했다.

"서러워. 나는."

"……."

"……첫사랑이란 말이야."

의현은 아이처럼 훌쩍거리는 하나를 가만히 보았다.

"첫사랑이었다구. 나는."

그 순간, 의현은 왠지 그녀에게 손을 뻗고 싶은 충동을 느꼈다. 손을 뻗어서 직접 눈물을 닦아 주고 싶었다. 그리고 위로해 주고 싶었다.

"야. 네가 아직 사랑을 못 해 봐서 그래. 그런 건 첫사랑이라고 하는 게 아니야. 그냥 처음 좋아했던 사람? 정도로 말하는 거지."

"누가 보면 넌 연애 박사인 줄 알겠다."

의현이 윤아를 놀리듯 말했다.

"나야 그래도 쟤보단 경험이 많으니까 그렇지. 쟨 여중여고 나왔고, 공부밖에 모르고 살던 애라니까."

하나는 여전히 눈물을 훔치며 묵묵히 밥을 먹고 있었다.

"맛있어?"

의현이 처음으로 그녀에게 말을 건넸다.

"네, 맛있어요."

하나는 헤벌쭉 웃으며 말했다.

"너무 맛있어요. 감사합니다."

의현은 픽 웃으며 하나의 머리를 가볍게 쓸어 주었다. 그 순간, 의현의 가슴에 짧은 떨림이 치고 들어왔다.

그것이 처음이었다. 최의현이 25년을 살면서 누군가에게 잠시나마 떨림이라는 것을 느껴 본 것이. 누군가를 지켜 주고 싶다는 느낌을 받아 본 것이. 누군가를 저도 모르게 계속 흘긋거리며 쳐다본 것이. 누군가를 보고 예쁘다는 생각을 해 본 것이.

누군가에게, 첫눈에 반한 것이.

"그랬구나. 이제 기억나요."

하나가 어색하게 웃으며 말했다. 하나의 기억에도 그때는 있었다. 영화 동아리에서 만났던 어떤 선배를 좋아했다가 그 선배가 다른 여자랑 사귀는 것을 알고 하루 종일 가슴이 뻥 뚫린 것처럼 허전하고 아팠던 날. 우울한 마음을 달래러 윤아와 부대찌개를 먹으러 갔고 너무 맛있어서 울면서도 한 그릇을 다 비우고 더 먹었던 날.

다만 조금 다른 것은, 그녀의 기억에는 그가 없었다는 것이다.

"기억해 주니 고맙네."

그때는 마음이 너무 아파서 다른 어떤 것도 잘 보이지도, 들리지도 않았다. 하나는 이제야, 자신의 첫 번째 눈물도 그가 위로해 주었음을 알게 되었다.

"맛있겠다."

어느새 눈앞에서 부대찌개가 맛있게 끓고 있었다.

"많이 먹어."

"감사합니다."

"근데 너."

하나가 찌개의 국물을 한 모금 맛보고 그를 쳐다보았다.

"나한테 너무 극존칭 쓰지 마."

"네?"

"너무 깍듯하게 하지 말라고. 난 네 선배도, 선생님도 아니고 그냥 아는 오빠일 뿐이잖아."

"……."

"그러니까 그냥 가끔은, 편하게 해도 된다고."

의현은 말을 마치고 시선을 치운 뒤 서둘러 밥을 먹었다. 하나는 그의 그런 모습이 왠지 귀여워 보여서 짧게 웃었다.

하나는 8년 전 그날 여기서 처음 부대찌개를 먹고 나서, 가끔 부대찌개가 먹고 싶을 때마다 이곳을 찾았다. 그래서 실은 이곳에 처음 들어섰을 때부터 기분이 우울했다. 거의 모든 테이블에 시언과 자신이 있었기 때문이다. 지금 의현과 앉아 있는 이 자리도, 시언과 자주 앉았던 자리였다. 하지만 그전에 이미 의현과 함께 앉았던 자리임을 알게 되자, 왠지 모르게 마음이 조금은 편안해지는 것 같았다.

"오빠."

"응."

"고마워요."

의현이 젓가락질을 잠시 멈추었다.

"뭐가?"

"내가 힘들 때, 항상 옆에 있어 주는 거요."

"……"

"몰랐는데, 그렇더라구요."

"……"

"그래서 그냥 다, 정말 고마워요."

의현은 뜨거운 국물이 심장까지 들어간 것처럼 가슴이 달아오르는 것을 느꼈다. 그녀의 고맙다는 말 하나에, 마음이 울렸다. 마치 자신의 지난 8년이 위로받는 듯한 기분이 들어서, 자꾸만 마음이 울렁거렸다.

"뭘."

그는 시큰둥하게 말했지만 고개를 들 수가 없었다.

"오빠도 많이 먹어요."

하나는 최대한 극존칭을 쓰지 않으려고 노력하며 햄과 만두 등을 고루 골라서 의현에게 주었다. 의현의 입술이 살짝 미소 짓는 게 보였다. 그가 웃는 것을 보니, 덩달아 기분이 좋아졌.

그때 딸랑, 소리가 났다. 하나는 무의식적으로 고개를 돌렸다가 가슴이 덜컹 내려앉았다. 그녀의 굳은 표정을 보고 의현도 뒤늦게 문 쪽을 보았다.

"어서 오세요! 혼자 오셨어요?"

"……네."

왜 하필 여기, 왜 하필 이 시간에, 그것도 혼자 왔는지. 하나는 모든 것이 원망스러웠다. 그를 보던 눈을 애써 내려서 밥에 고정시켰다.

의현은 묵묵히 하나를 보았다.

괜찮다고 생각했다. 점점 나아지는 것 같다고 생각했다. 곧 있으면 아무렇지 않아질 것 같다고 생각했다. 그런데 그를 보는 순간, 그 모든 것이 자신의 착각이었음을 깨달았다. 하나는, 힘들게 직진을 하고 있던 차가 갑자기 길을 잘못 들어 추락하는 것처럼 순식간에 마음이 뒤틀리는 것을 느꼈다.

"다음에 다시 올게요."

시언은 정중히 말하고 가게를 나갔다.

하나는 몸이 얼어붙은 것처럼 아무것도 하지 못했다. 안 되는 걸 알면서도, 자꾸만 마음은 그를 쫓아 나가고 있었다. 그때 의현이 낮은 목소리로 말했다.

"나갈까."

잠시 후, 하나는 다시 수저를 들며 대답했다.

"아니요."

"……."

"먹어요. 우리, 다 먹고 가요."

평정심을 찾으려고 노력했다. 자꾸만 뛰는 가슴을 진정시키려고 노력했다. 다시는 의현 앞에서 울고 싶지 않았다. 힘들어하고 싶지도 않았다. 그가 항상 위로해 주고 챙겨 주는 것은 고마웠지만 더 이상은 그러고 싶지 않았다.

'네가 힘들어하는 거, 더는 못 보겠다.'

자신이 힘들면 의현도 힘들다는 것을, 그녀는 그 기억을 통해 알았기 때문이다.

하지만 그는, 그녀의 마음을 묻지 않아도 알 수 있었다.

밥이 들어가지 않았다. 두 사람은 한동안 아무 말도 없이 어색한 공기 속에서 밥만 깨작거렸다. 그러다 결국 의현이 자리에서 일어났다.

"잠깐만."

그리고 밖으로 향했다.

"어디 가요?"

하나가 물었지만, 그는 대답하지 않았다. 하나는 왠지 불안한 마음에 몸을 일으켰다. 그를 따라가야 할지 말아야 할지 갈등이 되었다.

의현의 예상대로 시언은 아직 가지 않고 있었다. 그는 옆 건물 벽에 몸을 기대고 선 채 눈을 감고 있었다. 의현이 그에게 다가갔다. 인기척을 느낀 시언이 눈을 뜨고 그를 보았다. 의현은 어느새 그의 코앞에 와 있었다. 시언은 천천히 벽에서 몸을 떼고 바로 섰다.

"안녕하세요."

의현은 대답하지 않았다. 잠시 침묵이 흘렀다. 두 사람은 말없이 서로의 눈만 쳐다보고 있었다. 의현의 눈빛은 뜨거웠고, 시언의 눈빛은 차가웠다.

한참 후에 의현이 먼저 입을 열었다.

"부탁인데."

"……."

"다시는, 하나 앞에 나타나지 마라."

시언은 무표정한 얼굴로 그를 보았다. 의현은 이어서 말했다.

"하나가 자주 가던 곳, 네가 자주 가던 곳, 하나랑 네가 함께 자주 가던 곳, 그 어디에도 가지 말고 네가 먼저 하나를 피해 다녀."

"왜죠."

"뭐?"

"제가 왜 그렇게 해야 되죠?"

"그게 먼저 이별을 고한 사람이 지켜야 할 예의니까."

"먼저 이별을 고한 사람은, 아무것도 하면 안 되는 건가요? 보고 싶어 해서도, 그리워해서도, 미안해해서도?"

"그럴 거면 애초에 버리지 말았어야지."

"……."

"사람을 다치게 해 놓고, 죽게 해 놓고 뒤늦게 후회한다고 해서 면죄부를 받을 수 있는 건 아니잖아."

"형은, 무슨 자격으로 나한테 이런 말을 하는 거죠?"

의현은 실소를 흘렸다. 그리고 시언의 눈을 매섭게 쏘아보며 말했다.

"이하나를 8년 동안 사랑했던 자격으로."

"……."

"더 이상 하나를 아프게 하지 마."

의현은 모든 것을 잃은 듯 공허한 눈빛을 하고 있는 시언의 앞에서, 떨리는 손을 말아 쥐며 말했다.

"8년을 참았고, 이제 더는 참지 않을 생각이니까."

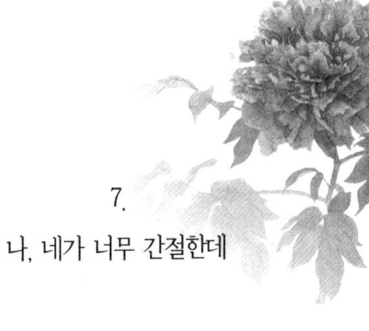

7.
나, 네가 너무 간절한데

스물다섯, 그녀를 처음 만난 순간을 기점으로 의현은 세상이 바뀐 것 같은 느낌을 받았다. 전에는 없던 것들이 보이기 시작했고, 들리기 시작했고, 느껴지기 시작했다.

그는 그녀를 만난 뒤에야 매일 지나던 횡단보도 옆에 여자들의 액세서리를 파는 노점상이 있다는 것을 알게 되었고, 자주 가던 지하상가에도 남자 옷보다 여자 옷이 몇 배는 더 많다는 것을 알게 되었다. 뉴스와 스포츠밖에 없는 줄 알았던 TV에는 로맨스 드라마가 있었고, 자살하는 사람들과 쓰레기만 있는 줄 알았던 한강에는 로맨틱한 유람선과 수많은 연인이 있었다.

윤아가 친구와 통화로 수다를 떠는 소리가 매일 귀에 들렸고, 전에는 듣지도 않던 달콤하고 감미로운 노래의 가사들이 귀에 콕콕 박혀 왔다. 가끔씩 그녀가 집에 놀러 올 때면 저도 모르게 긴장이 되었고 어쩌다 눈이 마주치면 가슴이 뛰었다. 그리고 그녀가 그를 보며 싱긋 미소를 지어 줄 때면 말로는 표현할 수 없는 벅찬 행복감이 들었다. 그녀가 가끔 던지는 무의미한 말들도 언제나 의미 있게 다가왔으며, 그것 때문에 설레서 혼자 수없는 가정과 상상을 해 보다가 밤늦게까지 잠들지 못했다.

무의미하고 지루하고 건조하기만 하던 일상이, 그녀로 인해 생기롭고 역동적이고 아름다워졌다.

그런데 그가 자신의 이러한 마음이 '사랑'임을 깨닫고 그녀에게 고백하기로 마음을 먹었을 무렵, 벼락같은 소식이 떨어졌다.

"안녕하세요. 하나 남자친구 이시언이라고 합니다."

그녀에게 남자친구가 생겼다. 젊고 잘생기고 키도 훤칠한 남자였다.

의현은 하나를 처음 만났던 날이 떠올랐다.

'고백했다 차인 것도 아니고, 뭐 그렇게 서럽다고 울어?'

'서러워. 나는.'

'……첫사랑이란 말이야.'

'첫사랑이었다구. 나는.'

시언은 시작도 해 보지 못한 첫사랑이 이렇게 끝나는 것이 너무도 허무하고 황당해서, 눈물이 나지도 않았다. 하지만 그녀의 마음은 알 것 같았다.

의현은 시언의 옆에서 세상을 다 가진 것처럼 해맑은 미소를 짓고 있는 하나를 보면서 생각했다. 저 미소는 나에게만 주는 것이 아니었구나. 저 예쁜 원피스도 내 앞에서만 입는 것이 아니었구나.

모든 것은 착각이었구나.

벚꽃이 만개한 봄내음이 나던 세상이, 하루아침에 눈으로 뒤덮인 겨울로 변했다. 절망적이었고 쓸쓸했고 외로웠다.

처음에는 반항심 같은 것이었다. 스스로도 몹시 우습다고 생각하면서도 그는 그녀에게 보여 주고 싶었다. 그가 다른 여자와 사랑하는 모습을. 그래서 그즈음 그에게 고백해 온 학교 후배의 마음을 받아들였다. 그는 하나에게 조금의 자극이라도 주고 싶었다. 자신이 느낀 것의 반의반도 되지 않는 감정이라도, 그녀가 느꼈으면 했다. 하지만 그는 우선 다른 여자와 '사랑'을 하지 못했고, 하나는 그의 첫 연애에 질투를 느끼기는커녕 자기 일처럼 축하해 주었다. 그는 첫 여자에게 아무것도 해 주지 못했다. 그리고 한 달 후, 그녀의 치기 어린 이별 선고를 묵묵히 받아들였다.

그 후에도 하나를 향한 그의 마음은 생각보다 쉽게 접히지 않았다. 그는 여전히 그녀를 볼 때마다 마음이 아팠다. 그녀가 시언의 옆에서 행복해해도, 힘들어해도, 슬퍼해도 언제나 마음이 아팠다.

그는 그녀가 시언과의 2주년을 기념하며 제주도 여행을 갔을 때, 이제는 마음을 완전히 접어야겠다고 생각했다. 그동안에도 하나를 잊으려고 많이 노력했지만, 첫 번째 연애처럼 마음에도 없는 사람을 만나서 힘들게 하고 싶지는 않았기에 새로운 사람을 만나진 않았다. 그러나 이렇게 혼자인 채로 계속 시간이 흐른다면, 그는 계속 그녀를 사랑할 것만 같았다. 그렇다고 그녀가 헤어지기를 기다리는 것은 너무 기약 없는 일이었다. 그녀는 주위 사람들이 걱정할 정도로 그에게 헌신적이었고 너무나 푹 빠져 있었기 때문이다.

결국 그는 스물일곱의 나이에 두 번째 연애를 시작했다. 두 번째 연애는 노력이었다.

함께 작업을 하던 한 살 연상의 외부 작가에게 고백을 받았던 것이다. 그는 그녀에게 어느 정도의 호감은 갖고 있었기 때문에 최선을 다해서 노력하면 이번 연애는 잘할 수 있을 거라고 생각했다. 처음 몇 달은 무리 없이 흘러가는 듯했다. 하지만 호감은 호감에서 끝이 났고, 의현은 그녀에게 사랑을 줄 수 없었다.

시간이 지날수록 여자는 노력이 아닌 사랑을 원했고, 그것이 갈등이 되어 싸움이 잦아졌다. 하지만 여자는 의현을 진정으로 사랑했기에 1년 가까운 시간을 버텨 냈고 자신의 마음이 한계에 다다랐을 때 이별을 고했다. 그것이 의현의 연애에 있어 가장 긴 시간이었고, 가장 절실한 노력이었다.

하나에 대한 마음은 여전히 식지 않았다.

3년 뒤, 그는 서른이 되었고 하나는 스물다섯이 되어 대학교를 졸업했다. 그리고 머지않아 시언의 집에 들어가서 함께 살게 되었다. 하나와 시언은 기념일에 둘이서 감정을 확인하고 반지를 주고받으며 약혼을 했다. 의현은 그것을 윤아를 통해 전해 들었다.

"잘됐네."

그는 생각했다.

"둘이 정말 사랑하나 보네."

마지막 연애는, 마지막 시도였다. 이제는 완전히 다른 사람의 여자가 되어 버린 그녀를 잊기 위한 마지막 몸부림 같은 것이었다. 그는 어느 때보다 무기력했고 무덤덤했다. 거의 자포자기 상태처럼 보였다. 의현의 극단에 자주 찾아오던 한 배우의 친구가 그에게 마음을 표현했고 그는 받아들였다. 그리고 그 여자와도 세 달이 채 안 돼서 헤어지게 되었다. 그리고 그는 깨달았다.

자신은 이하나 외에는 아무도 사랑할 수 없는 사람이라는 것을.

그리고 포기했다. 누군가를 만나고 사랑하고 연애하고 결혼하는 그 모든 것을.

'선배는, 사랑이란 걸 해 본 적 있어요?'

'있어.'

'……'

'지금도 하고 있고.'

그리고 도무지 말을 듣지 않는 자신의 마음을, 편히 놓아주기로 했다. 이루어질 수 없는 사랑이더라도 마음껏 사랑하도록. 대신 세상 모든 사람이 그의 마음을 눈치채는 날이 오더라도, 단 한 명 그녀만 알지 못하게 사랑하도록.

그렇게 8년의 시간이 흘렀다. 그리고 그녀는 마침내, 혼자가 되었다.

"안녕하세요."

"야, 너 왜 또 왔어?"

성수는 연습실에 찾아온 치운을 타박하듯 말했다. 의현은 치운을 보며 작은 미소를 지었다.

"형 보러 온 거 아니거든? 연출님 보러 온 거거든?"

"너 있으면 연습 방해된다니까. 얼른 집에 가서 공부 안 해?"

"다리 다친 형 걱정돼서 맨날 데리러 와 주는 동생이 어딨냐? 괜히 우리 눈치 보지 말고 치운이한테 잘해."

의현은 치운의 어깨를 툭 치며 그의 귀에만 들릴 정도로 작은 목소리로 말했다.

"미안하다."

치운이 영문을 몰라 눈을 크게 뜨고 되물었다.

"뭐가요?"

"그냥. 요즘 내가 좀 급한가 보다."

의현은 설핏 웃으며 연습을 마무리하러 갔다.

'내가 이번에 좀 곤란한 일이 생겼어. 우리 극단에 성수라고 있거든? 조연출인데. 그 친구 동생이, 그러니까 남동생인데. 그 애가 날…… 좋아한다는 거야.'

의현은 다시 한 번 그때를 생각했다. 스스로 생각해도 기가 막혀서 헛웃음이 났다. 그때는 너무 급한 마음에 떠오르는 대로 아무 말이나 내뱉어 버렸다. 그렇지 않으면 하나가 집을 나갈 것 같았다. 그렇게 되면 그는 그녀의 옆에 있을 수 없었고, 그녀는 금방 시언에게 다시 돌아갈지도 몰랐다. 그녀가 정말 사랑하던 사람을 잃은 것은 물론 가슴 아픈 일이었지만 의현은 이번만큼은 그녀보다 자신을 먼저 생각하기로 했다.

8년을 기다렸고 기적처럼 얻은 기회였다. 지금 그녀를 놓친다면 다시는 붙잡을 수 없을 것 같았다. 그래서 언제나 차분하던 최의현이, 처음으로 초조해하고 조급해하고 있었다. 하지만 의현은 한편으로는, 이렇게 자신의 마음을 제대로 통제하지 못하고 조급해하다가 오히려 하나가 부담을 느끼고 자신을 떠날까 봐 걱정이 되었다.

그는 어느새 그토록 바라던 것을 눈앞에 두고도, 쥐면 깨질까 불면 날아갈까 걱정이 되어 어떻게 해야 하는지도 모르고 발만 동동 구르는 어린애가 되어 있었다.

*** *** ***

며칠이 지났다. 하나는 의현과의 생활에 그럭저럭 잘 적응하고 있었다. 의현은 언제나처럼 하나에게 친절했고 잘해 주긴 했지만, 적당한 선을 지켰다. 정말 친구의 오빠 그 이상도 이하도 아니었다. 그래서 하나는 의현이 자신에게 어떤 마음을 가지고 있는지 시간이 지날수록 점점 더 헷갈렸다.

요즘 보면 의현은 하나를 그저 친한 동생으로만 여기는 것 같았다. 그렇다면 그날 술에 취했을 때 했던 키스는 무엇이었을까?

'그래도 네가 그 사람 생각을 조금이라도 덜할 수 있으면 좋겠어.'

'네가 힘들어하는 거, 더는 못 보겠다.'

순전히 그녀가 시언 때문에 느끼는 고통을 덜어 주기 위함이었을까? 아니면 남자들이라면 누구나 느낄 수 있는 단순한 충동이었을까?

고민을 하면 할수록 머리가 아팠다. 하지만 그 두 가지 이유가 복합적으로 작용했기 때문이라고 믿기로 했다. 그렇게 해야만 의현을 조금이라도 편하게 볼 수 있었기 때문이다. 그래서 하나는 지난번 부대찌개집에서도 의현을 따라 나가지 않았다. 그가 시언을 따라 나간 것은 분명해 보였지만, 시언의 얼굴을 다시 볼 자신도 없었고, 둘이서 무슨 얘기를 하는지 몰래 듣고 싶지도 않았다. 그저 의현이 자신을 위해서 시언에게 적당한 충고 정도만 해 주었을 거라고 믿었다.

'어디 갔다 왔어요?'

'답답해서. 잠깐 바람 좀 쐬고 왔어.'

그리고 의현이 하는 말이라면, 거짓말이라고 해도 믿기로 했다. 그는 언제나 그녀를 위해 주었으니까.

야간 자율학습 감독을 해서 열 시가 넘어서야 학교를 나왔다. 그런데 정문으로 가는 길에 왠지 남학생들의 흘긋거리는 시선이 느껴졌다. 하나는 혹시 얼굴에 뭐가 묻었거나 스타킹 올이 나갔나 싶어 걸음을 재촉했다.

그런데 정문을 막 나왔을 때 낯익은 차 한 대가 서 있는 것이 보였다. 설마 했는데 하나가 쳐다보자 차에서는 짧은 경적 소리가 두 번 울렸다. 지나가던 남학생들이 우우, 하는 소리를 내며 장난기 어린 얼굴로 하나를 쳐다보았다.

그때 차에서 의현이 내렸다.

여학생들은 하나같이 그의 얼굴을 감상하며 수군거렸다. 곳곳에서 잘생겼다, 멋있다, 선생님 짱이에요 등의 감탄사가 쏟아져 나왔다. 하나는 괜히 얼굴이 달아오르는 것 같아서 얼른 그에게 다가

갔다.

"웬일이에요?"

"타."

그런데 의현은 약간 어두운 표정이었다. 하나는 의아해하며 일단 차에 탔다. 의현도 바로 올라탔다.

"벨트."

하나가 벨트를 맸다. 그런데 의현은 출발하지 않았다. 그는 왠지 머뭇거리다가 조심스럽게 말했다.

"그것도, 잠가."

"뭘요?"

"단추."

단추? 하나는 고개를 내려 보았고, 그제야 남학생들이 왜 자신을 흘긋거렸는지 알 수 있었다. 블라우스의 세 번째 단추가 풀어져 있었다. 하나는 깜짝 놀라며 잽싸게 단추를 잠갔다. 의현은 정면만 보고 있었다. 차 안의 공기가 서먹해졌다.

"고마워요."

"그런 건 좀…… 항상 조심해."

"아, 네."

"그리고 앞으로 야자 감독할 땐 꼭 말해. 데리러 올 테니까."

"굳이 안 그래도 되는데."

"요즘 밤길이 얼마나 위험한데. 특히 너처럼 블라우스 단추가 풀어진 것도 모르는 덜렁인 더 해."

하나는 할 말이 없었다. 의현의 기분이 안 좋아 보이긴 했지만 그렇다고 미안하다고 말 할 관계나 상황도 아니었다. 그래서 그저 어색하게 웃어넘기며 앞으론 조심하겠다고 말했다. 의현은 그런 하나의 머리를 가볍게 한 번 쓸어 주곤 운전을 시작했다. 하나는 그의 손길이 스치고 간 머리를 살며시 만지면서 그를 쳐다보았다. 스물여덟 살의 그녀를 아직도 스무 살짜리 어린애 취급을 하며 머리를 쓰다듬어 주는 것은 세상에 오직 한 사람, 최의현뿐이었다. 시언도 그녀를 귀여워해 주긴 했지만 머리를 쓰다듬어 주는 일은 별로 없었다.

셔츠를 반쯤 걷어붙인 의현의 팔에는 푸르고 다부진 힘줄이 있었다. 하나는 괜히 목청을 가다듬으며 창문 쪽으로 고개를 돌렸다. 그녀는 남자의 팔에 있는 힘줄을 보면 떨림을 느끼곤 하는 성향이 있었다. 스무 살 때, 같은 동아리 선배의 팔에 있는 힘줄을 보고 처음 반한 뒤부터였다. 그런데 지금 처음으로 본 의현의 힘줄은 다른 어떤 남자보다 더 굵고 단단해 보였다.

'뭐야, 변태같이.'

하나는 저도 모르게 헛웃음을 흘렸다. 그러자 의현이 그녀를 한 번 쳐다보고 물었다.

"왜 그래?"

"아, 아니에요."

"실없게."

의현이 얼핏 웃었다. 그는 차 안의 정적을 없애기 위해 라디오를 틀어 주었다. 라디오에서는 오늘 어머니의 생일을 맞은 한 청취자의 사연이 나오고 있었다. 하나는 웃으며 사연을 듣다가 돌연 깜짝 놀라며 휴대폰을 꺼내 들었다. 달력을 확인해 보니 이틀 뒤 일요일이 엄마의 생일이었다. 하나는 다행이라는 생각에 가슴을 쓸어내렸다.

"왜?"

"아, 좀 있으면 엄마 생일이거든요. 지나친 줄 알고 놀라서."

"언젠데?"

"이번 주 일요일이요."

"그럼 주말에 광주 내려가는 거야?"

"그래야죠. 주말이라 다행이다."

"근데 내일모레면 표가 없지 않아?"

"앗! 그러네……."

하나는 3년 전부터는 엄마의 생일마다 시언과 함께 갔었기 때문에 굳이 기차표를 예매할 필요가 없었다. 갑자기 시언의 빈자리가 느껴져서 마음이 허해졌다. 그때 의현이 넌지시 말을 던졌다.

"내가 데려다 줄까?"

"네? 오빠는 연극 연습 있잖아요."

"하루쯤은 괜찮아. 간 김에 나도 여행 좀 하면서 쉬지, 뭐."

"그래도……."

"거절하지 마."

"……."

"내가 같이 가고 싶은 거니까."

의현의 말에 하나는 아무 말도 하지 못했다. 그는 다시 앞만 보고 묵묵히 운전을 했다. 하나는 그의 옆모습을 유심히 보았다. 하지만 아무리 보아도 그의 속을 알 수가 없었다.

하나는 그날 밤 엄마에게 전화를 했다. 시언을 유독 마음에 들어 하고 친자식처럼 아꼈던 엄마는 기념일이나 명절마다 그가 좋아하는 음식들을 정성껏 준비하고 그를 기다렸기 때문에 아무래도 그와의 이별을 미리 말해야 할 것 같았다. 그런데 어떻게 말해야 할까 눈치를 보며 통화를 하던 하나는 어느 순간 너무 놀라서 침대에서 벌떡 일어섰다.

"뭐? 오빠가?"

하나가 이번에는 시언과 같이 못 갈 것 같다는 말을 조심스럽게 흘리자, 엄마는 너무도 태연하게 어제 시언에게 전화를 받아서 알고 있었고, 오늘 택배로 선물을 받았다 대꾸한 것이다. 선물은 엄마가 가끔 외출할 때 입을 수 있는 예쁜 옷과 구두, 그리고 목이 안 좋은 아버지가 드실 천연 도라지즙 한 팩이라고 했다.

하나는 너무 황당해서 말문이 막혔다. 그리고 계속해서 둘이 싸운 건 아니냐고 걱정하는 엄마에게 일단 아니라고 대충 얼버무리고 전화를 끊었다. 하나는 시언이 대체 무슨 생각으로 이런 행동을 했는지 알 수가 없었다.

전화를 끊고 나서 좀처럼 흥분을 가라앉힐 수 없던 하나는 결국 이 문제는 짚고 넘어가야 한다는 생각에 시언에게 전화를 걸었다.

— 여보세요.

시언은 낮고 차분한 목소리로 전화를 받았다. 하나는 순간 그의 차분함이 지독하게 화가 났다.

"뭐 하자는 거야?"

시언은 잠시 말이 없었다. 하나가 왜 전화를 했는지 아는 듯했다.

"명백하게 헤어진 사이에 왜 남의 부모 생일은 챙기면서 안 헤어진 척 연기하는 건데?"

— 잠깐 나올래?

"뭐?"

— 지금 집 앞이야.

"지금 여기, 윤아네 집 앞이라고?"

— 응.

하나는 허탈한 웃음을 흘리며 말했다.

"왜 거기 있는데?"

시언은 아무 말이 없었다.

"지금 대체 나랑 뭐 하자는 거냐고!"

— 잠깐 나와. 만나서 얘기할게.

"내가 나갈 것 같아? 정말 웃긴다. 오빤 머리 좋고 계산적인 사람이니까, 이렇게 될 것까지 생각하고 우리 엄마한테 그런 거지?"

— 그래.

"뭐?"

하나는 그의 생각지 못했던 당당함에 놀라서 되물었다.

— 보고 싶어서.

"……."

— 네 얼굴이 잠깐이라도 보고 싶어 죽겠어서.

시언의 목소리에는 그답지 않은 흥분과 울림이 있었다.

― 내가, 지금 내가 도저히 못 견디겠어서.

"……."

― 그래서 왔어.

하나는 그러면 안 된다는 것을 알면서도 그의 말에 가슴이 반응하는 것을 느꼈다.

― 그러니까 잠깐만 나와 줘. 부탁이야.

하나는 정신을 차리려고 노력했지만 초점이 흐려지고 온몸에서 힘이 빠졌다. 휴대폰을 잡은 손이 천천히 아래로 떨어졌다. 수화기 건너편에서 하나야, 하는 그의 목소리가 들렸다.

어떻게 해야 할지 몰라 머리가 멍해진 순간, 방문이 열렸다. 그리고 의현이 들어왔다. 의현의 검고 촉촉한 눈동자가, 조금은 슬프고 조금은 화나고 조금은 걱정되는 그의 감정을 여과 없이 드러내고 있었다.

그는 하나에게 다가왔다. 그리고 아직 통화가 끊이지 않은 휴대폰을 보며 말했다.

"안 돼."

그의 목소리는 단호했고 간절했으며 마음이 아릴 정도로 애틋했다.

"……안 돼. 하나야."

8.
내가 모르는 너의 시간까지

안 돼, 하나야.

하나는 의현과 눈을 맞추었다. 의현은 눈으로 한 번 더 말하는 것 같았다. 하나는 그 자리에 털썩 주저앉았다. 심장은 여전히 빠르게 뛰고 있었지만 이성은 점점 돌아오는 것 같았다.

그래, 맞아. 안 돼. 하나는 생각했다. 지금 시언을 만나러 가면 자신의 흥분되어 있는 감정이 어떤 선택을 할지 몰랐다. 그가 조금만 흔들어도 마음이 흔들려서 그의 품에 안겨 목 놓아 울어 버릴 것 같았다. 갑자기 모든 것이 현실적으로 인식되었다.

하나는 다시 휴대폰을 귀에 가져다 댔다.

— 하나야.

그리고 잠시 숨을 고르며 의현을 쳐다보았다. 의현은 언제나 그 자리에서 푸르게 빛나는 소나무처럼 듬직하게 버티고 서서 그녀를 보고 있었다. 하나는 그에게서 시선을 거두고 천천히 입을 열었다.

"미안해."

— …….

"난 못 나가. 아니, 안 나가. 그러니까 기다리지 말고 돌아가."

시언은 대답이 없었다. 하나는 그의 대답을 기다리지 않고 전화를 끊었다. 전화를 끊는 순간 촉촉하게 젖은 숨이 터져 나왔다.

하나는 벽에 등을 기대고 눈을 감았다.

어디선가 이별의 고통은 딱 일주일만 버티면 그다음부턴 참을 만하다는 말을 들은 것 같은데, 하나는 아직 괜찮지 않았다. 8년이라는 시간이 너무 길었기 때문일까. 조금씩 진정되어 가나 싶었는데 그의 한마디로 또다시 모든 게 뒤틀려 버린 기분이 들었다.

오랜 시간 멀미라도 한 것처럼 속이 울렁거렸고 마음이 싸하게 아려 왔다.

그때 의현이 그녀에게 다가오는 것이 느껴졌다. 하나는 조용히 눈을 떴다. 의현이 그녀의 앞에 무릎을 굽히고 앉아 있었다.

"괜찮아?"

그가 물었다.

"이게 맞는 거겠죠?"

하나는 차오르는 눈물을 애써 삼키며 말했다.

"그렇겠죠?"

그는 고통스러워하는 하나를 안타깝게 보며 고개를 끄덕였다. 그러자 하나는 먼 곳을 보며 자기 위안을 하듯 중얼거렸다.

"맞아요. 이게 맞죠. 서로 아무리 원하고 사랑해도 한 번 깨진 믿음은 결코 되돌릴 수 없으니까요. 다시 되돌린다고 해도 많은 건 달라져 있을 거고, 절대로 예전처럼 돌아가진 못할 거예요. 그리고 결국은, 똑같을 거예요. 그렇죠?"

의현은 자신이 하나의 마음을 가로막은 것 같아서 마음이 아팠다. 하지만 이번마저 그녀가 그에게 가도록 놓아주었다면 더욱 아팠을 것 같았다.

그는 답을 구하는 하나를 보며 묵묵히 고개를 끄덕였다. 하나는 그의 따스한 눈빛과 대답에 안도한 듯 다시 눈을 감았다.

그는 그녀의 옆에 앉았다. 그리고 미미하게 떨리는 그녀의 손을 향해 자신의 손을 천천히 가져갔다.

'미안해.'

그는 눈을 감고 혼자 생각했다.

'이번만큼은 네 마음 가는 대로 하라는 말을 못 하겠다.'

그의 커다랗고 따스한 손이 그녀의 작고 힘없는 손 위에 겹쳐졌다.

'지금 나, 네가 너무 간절해서…… 정말 미안하다.'

시언은 그날 밤이 새도록 차 안에서 그녀를 기다렸다. 하지만 그녀는 나오지 않았다. 시언은 동이 트는 것을 보면서 핸들에 얼굴을 묻었다.

해는 떴는데 그의 마음은 여전히 어두컴컴한 새벽이었다. 그는 스스로가 한심하고 바보 같다고 생각하면서도 쉽게 핸들을 잡지 못했다. 돌아가야 하는 것을 알지만 차마 발이 떨어지지 않았다.

'안 돼.'

'……안 돼. 하나야.'

어젯밤, 수화기 너머로 들리던 의현의 목소리가 자꾸만 귓가에 아른거렸다. 핸들을 잡고 있는 그의 손등에 푸른 힘줄이 섰다.

설마 아닐 거라고 생각하면서도 자꾸만 머릿속을 헤집으며 나타나는 의심과 상상 때문에 괴로웠다.

시언은 며칠 전 자주 가던 바에서 윤아를 만났다. 윤아는 친구와 함께 있었고 시언은 혼자 갔었다. 눈이 마주치자 시언은 가볍게 인사를 하고 칵테일을 마셨다. 얼마쯤 지났을까, 윤아의 친구가 먼저 가고 윤아가 시언의 옆에 와 앉았다.

윤아는 내일 파리로 돌아갈 것이라고 말했다. 시언은 처음엔 별생각 없이 듣다가 곧이어 하나 생각이 나서 물었다.

"하나는 집 구한 거야?"

"아니."

시언은 윤아의 칼 같은 대답에 놀랐다.

"그럼 하나는 어떡하고?"

"나야 모르지."

윤아가 뜻 모를 미소를 지으며 말했다.

"난 당분간은 오빠랑 둘이 계속 우리 집에서 지냈으면 좋겠다고 말했는데, 하나가 어떤 선택을 할진 몰라."

"그게 말이 돼?"

시언은 저도 모르게 목소리를 높였다. 그러나 윤아는 표정 하나 변하지 않고 웃으며 말했다.

"왜 말이 안 돼. 이게 다 누구 때문인데."

"뭐?"

"8년을 한결같이 오빠 옆에 있으면서, 저 따라다니는 남자들한테 눈길 한 번 준 적 없는 애야. 바보처럼 믿고 헌신하고 사랑하면서. 근데 그런 하나한테 오빤 어떻게 했어?"

"그래."

시언은 한숨을 토하며 말했다.

"내가 잘못한 거 알아. 하지만 그거랑 이 문제는 별개로."

"아니. 하나한테는 지금 사람이 필요해. 아주 절실하게."

"……."

"오빠도 알지?"

"뭘?"

"우리 오빠가 하나 좋아하는 거."

시언은 흔들리는 눈빛으로 윤아를 보았다. 윤아가 알고 있을 줄은 몰랐다.

"알고 있었나 보네. 난 어제 알았어. 그 인간, 머릿속에 온통 하나 걱정뿐이더라고. 그제야 알겠더라. 우리 오빠가 왜 여태 아무도 사랑하지 못했는지."

"무슨 말이 하고 싶은 거야."

"나는 그 불쌍한 인간의 사랑을 응원할 거야."

"설령 잘못되면 세 사람 다 불편해져."

"알아. 그래도 할 거야. 적어도 우리 오빤 한눈팔 인간은 아니거든."

시언은 떨리는 손으로 칵테일을 한 모금 마셨다.

"오빠한텐 이제 아무 기회도 자격도 없어. 그러니까 혹시라도 미련이나 후회 같은 건 갖지 마. 오빠만 힘들 뿐이니까."

시언은 아무 말 하지 않았다. 이제 그에겐 아무 기회도, 자격도 없다는 말이 비수처럼 가슴에 꽂혔다. 그 말에 반박할 수 없는 자신도 싫었다.

다음 날, 예정대로 윤아는 출국을 했고 시언은 하루 종일 아무것도 하지 못했다. 그리고 우연찮게 부대찌개집에서 하나와 의현을 만난 뒤부터 오늘까지도, 단 하루도 맘 편히 잠들지 못했다.

어쩌면 두 사람은 이미 만나고 있을지도 몰랐다. 그리고 시언은 그 연애에 참견할 자격이 없었다. 하지만 시간이 지나면 지날수록, 그는 시간을 되돌리고 싶어졌다. 그날, 시언의 회사에서 하나와 만났던 때로. 아니, 그전에 야근을 했던 때로. 아니, 훨씬 더 전에, 선아를 만나지 않았던 때로. 그럼 절대, 세상에서 가장 소중한 사람을 한낱 설렘 때문에 놓치는 실수는 하지 않을 것 같았다.

8년을 그의 곁에서 그만 보며 그와 사랑을 나누던 여자가 다른 남자와 눈을 맞추고, 고백을 받고, 그의 품에 안기고, 사랑을 나누는 그 모든 행동들이 도무지 상상되지 않았다. 생각을 하면 가슴이 너무 쓰리고 미어질 것처럼 괴로워서 견딜 수가 없었다.

도저히, 견딜 수가 없었다.

** ** **

그날 오후, 하나는 의현과 함께 광주로 갔다. 그녀는 조수석에 앉아 휴대폰을 보고 있었다. 아침에 시언에게서 온 문자를 다시 한 번 보는 것이었다.

[미안해. 어머니 생신인데 나 때문에 울적하게 해 드리고 싶지 않았어. 많이 아껴 주셨으니까. 이번 생신까지는 챙겨 드리고 싶었어. 생신 지나고 내가 직접 뵙고 말씀드릴게.]

답장은 하지 않았다. 하지만 시언의 마음은 이해할 수 있을 것 같았다. 하나는 시언의 부모님이 외국에 사셨기 때문에 한두 번밖에 보지 못했는데도, 잘해 주셨던 게 생각나서 마음에 걸렸다. 그런데 시언은 하나의 부모님을 워낙 자주 만났고, 그분들께 많은 사랑을 받았다. 시언과 하나의 부모님 사이에는 두터운 정과 신뢰가 있었다. 그래서 시언이 느낀 죄책감은 더없이 컸다. 차마 어머니 생신 때 이별을 말할 수는 없었을 것이다. 그래서 하나도 이번 만큼은 시언의 의견을 따르기로 했다.

"무슨 생각을 그렇게 해."

"아니에요."

하나는 휴대폰을 얼른 집어넣었다. 의현은 그녀가 시언의 문자를 보는 것을 알았지만 모른 척하며 말했다.

"피곤할 텐데 좀 자."

"오빠가 더 피곤할 텐데."

하나가 걱정스러운 얼굴로 그를 보며 말했다.

"데려다 줘서 정말 고마워요."

의현은 짧게 웃었다. 그리고 하나의 머리를 가볍게 쓸어 주었다. 하나는 그의 손길이 싫지 않았다. 그리고 그에게 진심으로 고마웠다.

"좋다."

의현은 순간 자신이 잘못 들은 건가 싶어 귀를 의심했다.

"어?"

"좋아요. 꼭 친오빠가 생긴 것 같아서."

좋다는 말에 저도 모르게 긴장을 했던 그는, 곧바로 맥이 풀리는 것 같아서 덧없이 웃었다.

"제가 외동이잖아요. 그래서 어릴 때부터 오빠가 되게 갖고 싶었어요. 근데 오빠가 항상 친오빠처럼 잘 대해 주니까 그게 너무 좋아요."

"그래도 착각하진 마."

"네?"

"난 네 친오빠 아니야."

무신한 듯 툭 던지긴 했지만 그의 말에는 약간의 무게가 있었다. 하나는 어떻게 반응해야 할지 몰라서 그저 짧게 웃었다. 의현은 묵묵히 운전을 했다. 하나는 문득 핸들을 잡고 있는 그의 손을 보았다. 어젯밤, 혼란스러워하던 그녀의 손을 꼭 잡아 주던 그 손이었다. 이상하게 마음속에서 아무리 거센 파도가 몰아쳐도, 그의 체온이 조금만 닿으면 언제 그랬냐는 듯 물살이 약해지면서 고요해지는 기분이 들었다.

하나는 자신이 의현에게 느끼는 감정이 어떤 것인지 명확히 알지 못했다. 하지만 한 가지 분명한 것은, 그가 옆에 있을 때 그녀는 어느 때보다 편안히 숨을 쉴 수 있다는 것이었다.

늦은 밤이 되어서야 하나의 집 앞에 도착했다. 의현은 곤히 잠들어 있는 하나를 조심스럽게 깨웠다.
"하나야, 다 왔어."
하나는 무거운 눈꺼풀을 들어 올리고 앞을 보았다. 정말 오랜만에 집 앞에 와 있었다. 하나는 먼 길을 힘들게 운전해 준 의현에게 고마웠고 혼자 잠든 것이 미안해졌다.
"정말 고마워요."
"아니야. 얼른 들어가 봐."
"네? 오빠는요?"
"난 근처 모텔이나 여관 알아봐서 자면 돼. 내일 저녁에 연락하면 데리러 올게."
의현은 정말 운전기사 노릇만 해 주려는 듯 보였다. 하나가 헛웃음을 흘리며 말했다.
"에이, 그게 무슨 말이에요. 이미 엄마한테도 다 말했는데. 같이 들어가요. 어차피 방도 하나 남아요."
"뭐?"
의현은 낮은 톤으로 물었지만 무척 놀란 것 같았다. 그는 갑자기 몸이 뻣뻣하게 굳더니 어색하게 웃으며 말했다.
"그래도 내가 어떻게. 내가 무슨 자격으로. 부모님이 많이 당황하실 텐데……."
"그런 게 어딨어요. 윤아 오빠가 데려다 준다고 해서 같이 간다고 하니까 좋아하시던데요."

"그래?"

하지만 의현의 목소리는 너무 메말라서 퍼석퍼석하기 그지없었다.

"네. 얼른 들어가요."

의현은 하는 수 없이 시동을 끄고 깊은 심호흡을 했다. 물론 그도 하나의 집에 함께 가고 싶은 마음은 있었지만, 시언의 자리를 그가 대신할 수는 없다고 생각해서 마음을 비우고 있었다. 때문에 이렇게 하나의 부모님을 갑자기 뵐 수 있을 거라고는 생각도 하지 못했었다. 갑자기 온몸에 땀이 차는 것 같았다.

"오빠."

"어, 어. 가."

의현은 떨리는 가슴을 진정시키며 차에서 내렸다. 그리고 하나를 따라 집으로 천천히 걸어갔다.

집에 들어서자 하나의 부모님이 두 팔 벌려 반갑게 맞아 주었다. 의현은 입은 웃고 있었지만 몸은 너무 경직된 나머지 마치 방금 거리에서 떼어 낸 석상처럼 뻣뻣하게 움직였다. 하나의 엄마는 그런 의현을 유독 마음에 들어 하며 인물이 아주 훤하다고 엉덩이를 토닥여 주었다. 의현은 움찔하며 함박 미소를 지어 보였다.

밤 열 시가 다 된 시간이었는데도 하나의 엄마는 출출할 그들을 위해서 한 상 가득 음식을 차려서 내어 주었다. 의현이 좋아하는 꽃게탕이 메인 요리였다. 하지만 의현은 너무 긴장한 나머지 선뜻 수저를 들지 못했다. 그러자 하나의 엄마가 살이 통통하게 오른

꽃게 하나를 건네주며 말했다.

"우리 하나한테 그렇게 잘해 준다면서요? 이 먼 데까지 태워다 주고. 내가 고마워서 그러니까 많이 먹어요."

"감사합니다."

그러자 하나가 풋 웃음을 터뜨리며 엄마에게 말했다.

"엄만 왜 안 어울리게 자꾸 서울 말 써?"

"음마, 야는. 엄마 원래 사투리 잘 안 써야?"

의현도 하나를 따라 웃었다. 그러자 엄마는 의현의 미소에 반한 듯 얼굴을 양손으로 감싸 쥐며 심히 감탄을 했다. 말투는 어느새 본래대로 돌아와 있었다.

"워매. 어쩜 이라고 웃는 것도 이쁠까잉. 우리 하나가 동생만 있었어도 바로 보내 버리는 거인데."

"엄만."

엄마는 하나의 말은 들리지도 않는지 갖가지 반찬을 의현의 밥 위에 올려 주며 말했다.

"요놈도 묵고, 요놈도."

의현은 하나 엄마의 친절에 조금씩 긴장이 풀리는 것을 느꼈다. 감사한 마음을 따로 표현은 못 하고 그저 밥만 맛있다며 열심히 많이 먹었다. 하나의 엄마는 그 모습에 기뻐하며 밥을 한 공기 더 퍼 주었다. 아버지는 의현에게 소주 한 잔을 권했고, 그는 마다하지 않고 주는 대로 잘 먹었다. 술이 한두 잔 들어가자 의현은 처음보단 많이 편안해진 듯 하나의 부모님과 이런저런 이야기를 나누면서 한결 더 가까워질 수 있었다.

하나는 항상 시언이 앉아 있던 그 자리에 의현이 앉아 있는 것이 낯설게 느껴지긴 했지만, 시언의 빈자리가 느껴지지 않을 정도로 열심히 하는 의현을 보며 고마운 마음이 들었다. 그리고 그녀는 의현이 그토록 밝게 웃는 모습을 처음 보았다. 밤이 깊어 가면서 그들의 식탁에는 정겹고 화목한 웃음이 점점 더 늘어 갔다.

가족들과 즐거운 시간을 보내고 의현은 잠시 하나의 방을 구경했다. 하나의 방은 고등학교를 졸업하던 때와 똑같이 유지되어 있었다. 그는 그곳에서 어린 시절의 하나를 보았다. 자신이 알기 전의 하나. 줄곧 궁금했던 하나.

하나는 쑥스러워하면서도 그가 보고 싶어 하는 것을 대부분 보여 주었다. 초등학교 때부터 받았던 상장들이 파일 하나가 넘었다. 대부분 성적우수상이었지만 다독상이나 글쓰기 대회에서 받은 상도 많았다. 어릴 때부터 책 읽기를 좋아하고 국어를 잘하던 하나의 특성이 잘 드러나 있었다.

두 사람은 다정히 마주 앉아 하나의 앨범을 보았다. 갓난아기 때부터 고등학교 때까지의 사진들이 그곳에 전부 담겨 있었다.

"이건 중학교 때야?"

의현은 하나가 남색 교복을 입고 소나무 앞에 서서 V 자를 하고 있는 사진을 가리키며 물었다. 질끈 올려 묶은 머리와 해맑은 미소, 조금 긴 치마가 중학생 소녀의 순수함과 풋풋함을 그대로 보여 주고 있었다.

"네. 되게 촌스럽죠."

하나는 민망한 듯 웃었지만, 의현은 그 사진을 하염없이 보았다. 너무 예뻐 보였다.

"왜 그렇게 봐요?"

의현은 대답도 하지 않고 뭔가에 홀린 듯 사진만 보았다. 그때 밖에서 엄마가 하나를 불렀다.

"잠깐만요."

하나는 잠시 자리를 비웠다. 의현은 그 틈을 타 앨범에서 그 사진을 빼서 눈 가까이 대고 보았다. 저도 모르게 자꾸만 미소가 떠올랐다. 의현은 중학생 하나에게 살짝 입을 맞추었다. 그러고는 본인의 행동에 놀라 얼굴이 굳었다. 그때 하나가 오는 소리가 들렸다. 의현은 얼른 사진을 주머니에 넣고 앨범을 다음 장으로 넘겼다.

잠시 후 돌아온 하나는, 아무것도 눈치채지 못하고 다른 사진들을 같이 보았다. 의현은 사진 하나하나 언제인지, 무엇을 하던 건지, 누구와 함께 있던 건지 등 궁금한 것을 물었고 하나는 기억을 더듬어 가며 친절하게 대답해 주었다. 그래서 의현은 하나의 어린 시절을 간접적으로나마 체험할 수 있었다. 그는 마치 어린 시절로 돌아간 듯 순수한 미소를 지으며 사진을 설명하는 하나를 빤히 쳐다보았다.

그리고 문득 행복하다는 생각을 했다. 그녀와 이렇게 가까이서 함께 웃고 있는 사실이 너무나 행복했다. 의현은 그녀를 보면서 깨달았다. 보는 것만으로도 가슴이 벅차오르는 사람이 있을 수 있다는 것을. 그리고 그 사람이 자신의 진정한 사랑이라는 것을.

"하나야."

의현은 시선을 다시 앨범으로 내리며 말했다.

"너 그거 알아?"

"뭘요?"

"혹시 누가 네 어릴 때 사진을 너무 갖고 싶어 하면 말이야."

하나도 별생각 없이 앨범을 넘겨보며 대답했다.

"네."

"그건, 너를 많이 좋아하는 거야."

하나가 문득 손을 멈추고 그를 보았다. 그는 여전히 하나의 사진들을 보고 있었다.

"그건, 자기가 모르는 네 시간들까지 갖고 싶다는 뜻이거든."

"……."

"너를 너무."

의현의 입가에 작은 미소가 걸렸다.

"사랑하니까."

9.
네가 나의 전부였음을

 다음 날, 의현은 아침을 먹고 나서 하나의 부모님을 데리고 목포로 갔다. 광주 시내에서 감자탕집을 하는 하나의 부모님은 주말에도 쉬지 않고 일을 했기 때문에 여행은커녕 광주 밖으로 나가 본 적도 별로 없었다. 어젯밤 식사 자리에서 그 얘기를 들은 의현은, 따로 선물을 준비하지 못한 대신 좋은 추억이라도 선물해 드리고 싶었다. 그래서 늦은 새벽까지 휴대폰으로 목포 여행에 관해 철저하게 조사를 하고 유명한 맛집도 여러 군데 알아 놓은 뒤 잠자리에 들었다.
 목포에 도착해서 가장 먼저 간 곳은 삼학도였다. 삼학도는 대삼학도, 중삼학도, 소삼학도 세 개의 섬으로 이루어져 있었으며, 각 섬들은 모두 연육교로 이어져 있어서 느긋하게 산책하면서 감상하기에 좋았다. 하나의 부모님은 바다로 둘러싸인 삼학도의 한적하고 평화로운 분위기를 몹시 마음에 들어 했다. 하나는 엄마가 워낙 걷는 것을 싫어해서 걱정을 했지만, 엄마는 어느새 하나보다 훨씬 앞선 곳에서 아버지와 손을 꼭 잡고 여유롭게 걷고 있었다. 3월이라 아직 조금 쌀쌀했지만 햇볕이 따사롭고 날씨가 화창해서 산책하기에는 딱 좋았다.

하나는 다정하게 걸어가는 부모님의 뒷모습을 보며 뿌듯한 미소를 지었다. 의현은 하나가 웃는 것을 보고 옅게 따라 웃었다. 부드러운 바람이 지나가고, 하나의 머리칼이 조용히 흔들렸다. 그것을 보는 의현의 가슴도 미세하게 흔들렸다.

"오빠."

그때 하나가 나지막한 목소리로 의현을 불렀다.

"응?"

"삼학도가 왜 삼학도인 줄 알아요?"

의현은 거기까지는 미처 알아보지 못했다.

"아니."

그러자 하나는 예쁜 눈웃음을 지으며 의현을 보더니, 다시 주변의 섬을 천천히 둘러보며 입을 열었다.

"옛날에 한 명의 무사와 세 명의 처녀가 있었대요. 그런데 무사가 보통 멋진 사람이 아니었는지, 세 처녀 모두 그 무사를 사랑했대요. 그러던 어느 날 무사가 멀리 떠났고 세 처녀는 무사를 기다리다 지쳐 세 마리의 학이 되었는데, 뒤늦게 돌아온 무사는 학이 된 처녀들을 알아보지 못하고 활을 쏘았대요. 그래서 세 마리의 학은 모두 죽고 그 자리에 섬이 솟아나서 삼학도가 된 거래요. 봐요. 섬들이 학이랑 비슷하게 생겼죠?"

의현은 섬들을 유심히 살펴보았지만 그래 보이는 것도 같고 아닌 것도 같았다.

"글쎄. 난 잘 모르겠는데."

"에이. 자세히 좀 봐요. 닮았죠?"

그는 헛웃음을 흘리며 하나의 머리를 살짝 쓸었다.

"그래. 닮았네."

"근데 말이에요. 그다음은 어떻게 됐을까요?"

"뭐가?"

"무사는 자기가 죽인 학들이 그 처녀들이라는 걸 알았을까요?"

의현은 잠시 말을 멈추고 하나의 얼굴을 보았다. 하나의 검은 눈동자 안에는 삼학도 사이를 흐르는 푸른 바다가 있었다. 물살은 약하지만 수심이 깊어 보이는 그 바다는 하나의 마음을 대변해 주는 것 같았다.

"나는, 무사가 그 사실을 알고 후회했으면 좋겠어요. 처녀들을 기다리게 하고, 또 죽이기까지 한 나쁜 놈이니까요."

그는 대답하지 않았지만, 하나가 지금 시언을 생각하고 있다는 것은 알 수 있었다.

"그리고 많이 외로웠으면 좋겠어요."

"아마 그랬을 거야."

"하지만 그 무사는 세 여자한테 사랑을 받을 만큼 멋진 남자였잖아요. 분명 또 다른 여자를 만나서 행복하게 잘 먹고 잘 살았을 거예요."

"그래도 외로웠을 거야."

하나는 의외의 대답에 약간 놀라 그를 보았다.

"학이 될 정도로 오랜 시간 자신을 기다려 준 사람을 잃었으니까. 다시는 그런 사랑을 받지 못한다는 걸 깨닫고 나서는, 많이 외롭고 슬펐을 거야."

"……."

"분명히 그랬을 거야."

의현은 보일 듯 말 듯 희미한 미소를 지으며 걸음을 내디뎠다. 하나는 잠시 멍해 있다가 이내 정신을 차리고 그를 따라 걸었다. 의현의 걸음은 느리고 조용했다. 지금처럼 뒤처져 있다가도, 조금만 빨리 따라가면 금세 함께 걸을 수 있을 만큼.

그는, 그녀의 옆에서는, 언제나, 천천히 걸었다.

삼학도에서 가벼운 산책을 마친 뒤에는 유달산에 갔다. 유달산은 고도가 그리 높지 않고 계단으로 되어 있어서 초보 등산가도 쉽게 오를 수 있었다. 아직 초봄이라서 아름다운 녹색빛의 산을 만날 수는 없었지만, 유달산 특유의 층층기암과 절벽에서 수려한 경치를 느낄 수 있었다. 이번에도 하나의 부모님이 앞서 걸었고 의현은 하나와 함께 뒤에서 걸었다.

의현은 가끔씩 하나와 손이 스칠 때마다 가슴에 전기라도 스친 것처럼 찌릿한 기분이 들어서 저도 모르게 한 발짝 옆으로 떨어지곤 했다. 하지만 금세 또 그 기분을 느끼고 싶어서 슬그머니 그녀의 옆으로 갔다. 의현도 맘 같아서는 하나의 부모님처럼 하나와 손을 잡고 걷고 싶었지만 그럴 수 없는 게 너무 아쉬웠다.

유달산 정상의 일등바위까지 올라가는 동안에는 무수히 많은 바위가 그 당당한 고개를 내밀며 인사를 했다. 어느 바위는 너무 거대해서 계단의 안쪽까지 다소 위협적인 느낌으로 튀어나와 있었는데 하나가 그 바위에 넋을 빼앗긴 채 지나가다가 그만 발을 삐끗해서 휘청거렸다. 다행히 한 칸 밑에 있던 의현이 뒤로 넘어지려는 그녀를 덥석 잡아 주었다.

하나는 허리와 팔에서 느껴지는 그의 손길에 순간적으로 숨을 헉 들이켰다. 특히 허리에 닿은 그 느낌이 너무 묘해서 왼쪽 가슴이 싸하게 울리는 기분이 들었다.

"조심해."

약간은 거친 듯하면서도 부드러운 그의 목소리가 그날따라 유독 남자답게 느껴졌다. 의현은 자연스럽게 하나를 놓아주고 그녀가 먼저 가는 것을 기다려 주었다. 혹시라도 또 발을 헛디딜까 봐 한 계단 밑에서 걷는 그를 보면서 하나는 왠지 뭉클한 기분이 들었다. 정확히 왜인지는 알 수 없으나, 그의 옆에 있으면 줄곧 보호받는 느낌이 들었고 제 자신이 몹시 소중한 존재가 된 것 같았다.

그녀는 고개를 살짝 뒤로 돌려 보았다. 의현과 눈이 마주쳤다. 항상 얼굴을 들어야 할 정도로 위에 있던 그의 눈이 이번에는 그녀의 눈과 비슷한 선상에 있었다. 하지만 한 계단 밑에 있는데도 의현의 눈이 약간 더 높은 곳에 있었다. 그래도 이렇게 바로 앞에서 그의 눈을 마주한 적이 처음이라서 하나는 싱긋 웃었다. 하지만 그는 웃지 않았다. 오히려 표정이 약간 굳은 것도 같았다. 하나는 무안해하며 다시 고개를 돌리고 발을 내디뎠.

하나는 몰랐다. 하나가 그를 보며 싱긋 웃어주던 그 순간, 의현의 가슴이 얼마나 세차게 뛰었는지.

일등바위에 올랐을 때는 푸른 바다와 목표대교, 목포의 시내까지 한눈에 들어왔다. 사방이 탁 트인 유달산 정상에서 넓고 푸른 바다를 보니 마음까지 시원해지는 것 같았다. 하나의 엄마는 의현 덕분에 호강을 한다며 유달산의 경치를 아주 흡족해했다.

유달산 정상에서 푸르고 시원한 기운을 듬뿍 받으며 늦은 점심을 먹었다. 점심은 집에서 정성스럽게 싸 온 도시락이었다. 바위 옆에 앉아서 정답게 이야기를 나누며 먹는 도시락은 무척 맛있었다. 어릴 때부터 아버지와 사이가 별로 좋지 않았던 의현은 오랜만에 느껴 보는 화목한 가정의 분위기에 마음이 따뜻해졌다.

하지만 한 가지 그의 마음을 힘들게 했던 것은, 자꾸만 욕심이 많아진다는 것이었다. 의현은 하나의 가족들과 함께 웃고 떠들면서 얼른 그 안에 속하고 싶다는 생각을 했다. 이렇게 갑자기 온 손님이 아니라, 하나의 연인으로, 가족으로 함께 있고 싶었다.

유달산을 내려와서 달성 공원을 여유롭게 산책하자 어느새 해가 져 있었다. 의현은 하나와 하나의 부모님에게 목포에서 가장 유명한 춤추는 바다 분수를 보여 주기 위해서 평화 광장으로 갔다.

밤에 보는 바다 분수는 환상 그 자체였다. 분수쇼를 보러 온 사람들의 사연과 신청곡이 나왔다. 바닷가에 앉아서 음악을 들으며 아름다운 분수쇼를 보고 있자니 하나는 자연스럽게 감상에 젖어 들었다.

누군가는 연인과 3주년을 맞았다며 달콤한 사랑노래를 신청했고, 누군가는 얼마 전 이별을 맞았다며 슬픈 이별노래를 신청했고, 누군가는 결혼 십 년 만에 아이를 가졌다며 축하의 노래를 신청했고, 또 누군가는 오랫동안 사랑했던 사람에게 오늘 고백을 하고 싶다며 고백의 노래를 신청했다.

수많은 사람이 각기 다른 사연을 가지고 그곳에 와서, 하늘을 향해 빛처럼 솟아오르는 분수를 보고 있었다. 하나도 그중 하나였다. 하지만 혼자는 아니었다. 의현이 있었고, 부모님이 있었다. 그래서 아무리 슬픈 사연과 슬픈 노래가 나와도 울지 않을 수 있었다.

조금만 고개를 돌리면 의현의 커다랗고 듬직한 어깨가 보였다. 그래서 좋았다.

하나는 처음으로, 그의 넓은 어깨에 기대고 싶다는 생각을 했다.

그럼 모든 것이 괜찮아질 것 같았다.

전부 다, 괜찮을 것 같았다.

분수쇼를 보고 나서는 의현이 알아봐 두었던 근처의 이름난 횟집에 가서 저녁을 먹으면서 하나 엄마의 생일파티를 했다. 윤아의 생일 때도 생일 축하 노래를 불러 본 적이 없던 의현이, 그때 처음 생일 축하 노래를 불렀다. 그리고 함박웃음을 지으며 진심으로 축하해 주었다. 하나는 그런 의현이 너무 고마우면서도 귀여워 보였다.

하나의 부모님은 시언이 함께 오지 못한 것을 끝내 아쉬워했지만 의현 덕분에 좋은 하루를 보냈다며 몇 번이고 고맙다는 인사를 했다.

의현은 부모님을 광주 집에 모셔다 드리고 하나와 함께 바로 올라가야 했다. 비록 하루였지만 의현과 정이 많이 든 하나의 부모님은 다음에도 꼭 오라며 그의 손을 꼭 잡고 어루만져 주었다. 의현은 그 따스한 손길에 마음이 촉촉하게 젖어 드는 것을 느꼈다.

"엄마 생일 축하해요! 금방 또 올게요!"

하나는 창문 밖으로 아쉬운 듯 손을 흔들어 보이며 큰 소리로 인사를 했다. 하나의 부모님은 의현의 차가 시야에서 사라질 때까지 그 자리에 서서 그들이 가는 것을 지켜보았다. 하나는 코끝이 찡해지는 것을 참으며 앞을 보았다. 혼자 서울로 올라간 지 벌써 8년이 되었지만, 부모님과 헤어지는 순간은 언제나 슬펐다.

"울지 마. 또 오면 되지."

"안 울어요."

하나가 아이처럼 귀여운 목소리로 반박하며 말했다. 의현이 짧게 웃었다. 하나는 문득 그의 웃는 옆모습이 참 멋지다는 생각이 들었다. 그러고는 자신의 생각에 놀랐는지 재빨리 고개를 저었다.

"뭐 하는 거야?"

매 순간 하나만 신경 쓰고 있는 의현이 그 모습을 놓칠 리 없었다.

"아니에요. 아무것도."

"무슨 생각을 했길래 그래?"

"아, 아무 생각도 안 했거든요."

"그래?"

"네."

"아쉽네."

"뭐가요?"

"난 또 운전하는 내 옆모습에 반했나 했더니."

갈증이 나서 물을 마시던 하나가 깜짝 놀라 물을 잘못 삼키고 캑캑거렸다.

"괜찮아?"

의현이 걱정스러운 얼굴로 물었다.

"네, 괜찮아요."

하나가 조금 진정된 듯하자 의현이 다시 장난기 어린 말투로 말했다.

"진짜였나 본데. 이렇게 놀라는 걸 보니까."

"아, 아니에요. 그런 거!"

"괜찮으니까 마음껏 봐."

의현이 하나 쪽으로 몸을 기울이며 말했다. 그러자 하나는 몹시 당황하며 아니라고 아이처럼 방방 뛰었다. 의현이 풋 웃음을 터뜨리며 하나의 머리를 쓰다듬었다.

"귀엽긴."

"자꾸 놀리지 마요. 저 애 아니거든요."

"누가 애래? 난 너 한 번도 애로 본 적 없어."

하나는 말문이 막혔다. 농담과 진담을 적절히 섞어서 말하는 듯한 이 남자의 어법에 자꾸 가슴이 들렸다 내렸다 하는 것 같았다.

"저 잘 거예요."

그녀는 마음의 혼란을 잠재우기 위해 눈을 꼭 감고 말했다.

"그래. 내일 또 일찍 나가야 될 텐데 푹 자. 피곤할 텐데 내일은 아침 하지 말고."

그런데 뒤에 들린 '내일은 아침 하지 말고'라는 말에 갑자기 눈이 번뜩 떠졌다. 언제부턴가 아침을 하지 말라고 했던 시언이 떠오른 것이다.

"할 거예요!"

하나는 갑자기 억울하고 분한 마음이 들어서 상대가 시언이 아니라 의현인 것을 알면서도 저도 모르게 발끈하며 말했다.

"아침 할 거에요. 왜 못 하게 해요. 왜! 할 거예요, 맛있게! 할 거예요, 무조건!"

그러자 의현은 약간 당황한 듯 말했다.

"그래, 해……. 그래 주면 나야 고맙지."

그러다 이내 왠지 모르게 뽀로통해 있는 하나를 보며 웃음을 터뜨렸다.

"왜 웃어요?"

"귀여워서."

하나가 장난치지 말라는 듯 의현을 가볍게 노려보았다.

"정말인데."

"……."

"너 진짜 귀여워."

의현은 못 참겠다는 듯 하나의 볼을 살짝 꼬집으며 말했다. 하나는 오늘 의현이 해맑게 웃는 모습을 유독 많이 보는 것 같아서 다시금 기분이 좋아졌다.

하나는 의자에 몸을 기대고 눈을 감았다. 잘 거라고 투정을 부리면서 의현과 말장난을 하다가 어느 순간 정말 잠이 들어 버렸다.

신호가 걸렸을 때, 의현은 갑자기 말이 없어진 하나를 보았다. 하나는 창문 쪽에 머리를 기대고 잠이 들어 있었다. 하나의 작고 부드러운 분홍빛 입술이 조금 벌어져 있었다. 의현의 입가에 다시 미소가 떴다.

"하나야, 자?"

그녀는 그새 아주 깊이 잠든 것 같았다.

"자는 것도 귀엽네."

의현은 하나의 볼을 살며시 어루만지며 말했다. 아기 피부처럼 매끄러웠다. 의현은 신호가 바뀔 때까지 자는 하나의 얼굴을 가만히 들여다보았다. 이마, 눈, 코, 입, 귀, 목, 어느 하나 예쁘지 않은 곳이 없었다. 의현은 순간 제 손이 미미하게 떨리고 있음을 보았다. 그녀의 예쁜 얼굴을 만지고 싶지만 차마 뻗지 못해서인 듯했다. 자신의 그 마음을 눈으로 확인하자, 기다렸다는 듯 떨림은 가슴까지 번졌다.

의현은 작은 숨을 토해 내며 바로 앉았다. 미치도록 다가가고 싶은데 자칫 8년을 지켜 온 그녀를 잃게 될까 봐 두려웠다. 하지만 욕심은 한없이 커졌다. 그는 매일 조금씩 더 그녀를 가지고 싶어졌다.

"하나야."

그는 잠든 하나에게라도 자신의 이 벅찬 마음을 꺼내 놓고 싶었다. 그렇지 않으면 언제 이 마음이 터져 버릴지 알 수 없었다.

"나 어떡하지."

신호가 바뀌었다. 의현은 다시 핸들을 잡고 차를 움직이며 말했다.

"네가 너무 좋다."

✲✲   ✲✲   ✲✲

시언은 일본식 선술집에서 혼자 술을 마시고 있었다. 그는 일부러 창가에 앉았다. 비가 내리는 것을 보기 위해서였다. 선술집의 벽면은 온통 투명한 유리로 되어 있었다. 시언은 비를 좋아했지만 하나는 비를 싫어했다. 특히 창문에 붙어서 흘러내리는 빗방울은 여자의 눈물 같아서 유독 싫다고 했다. 시언은 한 번도 그런 생각을 해 보지 못했지만, 그 순간은 왠지 하나의 말을 이해할 수 있을 것 같았다.

그때 시언의 옆으로 누군가 다가왔다. 시언은 무미건조한 표정으로 옆을 보았다. 그러고는 바로 못 본 듯 술을 마시며 시선을 다시 창가로 돌렸다.

"진짜 이럴 거예요? 이젠 아예 투명인간 취급이네."

선아는 시언의 앞자리에 앉으며 불만 섞인 목소리로 말했다.

"나, 아까부터 계속 저 자리에 앉아 있었던 건 알아요?"

시언은 여전히 창밖만 보고 있었다.

이곳은 처음 와 보는 곳이었지만, 이 골목은 하나와 함께 자주 걸었다. 그래서 혹시나 하나가 지나가지나 않을까 막연하고 헛된 기대로 하염없이 밖을 보고 있는 것이었다. 선아는 계속해서 말을 늘어놓았지만 시언은 아무 말도 들리지 않는 듯 보였다.

"막상 헤어지고 나니까 후회돼요?"

선아가 조심스럽게 물었다. 이상하게 그 말만 시언의 귀에 박히듯 들어왔다.

"혹시, 나 때문인 것 같아서 원망스러워요?"

선아는 대답하지 않는 시언이 야속한 듯 실소를 흘리며 말했다.

"그렇다면 미안해요. 하지만……."

"……."

"그만큼 나한테 마음이 있었던 거 아니에요? 이왕 이렇게 된 거, 나 좀 봐 주면 안 돼요?"

시언은 여전히 창문을 타고 내리는 빗방울과 거리를 지나다니는 사람들만 보고 있었다.

"제 말 듣고 있어요?"

그때였다.

"이시언 대리님."

시언이 갑자기 자리를 박차고 일어났다.

"왜 그래요?"

창문 밖으로 비를 맞으며 뛰어가고 있는 한 여자의 뒷모습을 본

직후였다. 시언은 바로 나가려다가 급하게 주변을 살피더니 선아에게 처음으로 말을 건넸다.

"우산. 우산 있어?"

선아는 가방에서 접이식 우산을 꺼내 주었다. 선술집에 들어올 때까지만 해도 비가 내리지 않았기 때문에 시언은 우산이 없었다.

"갑자기 우산은 왜요? 어디 가게요?"

"고마워. 여기 있어. 금방 다른 걸로 사서 가지고 올게."

선아는 영문을 몰라 시언을 쳐다보았지만 시언은 선아의 우산을 가지고 급하게 가게를 뛰쳐나갔다.

하나는 비 맞는 것을 죽도록 싫어했다. 그리고 몸이 약해서 조금만 비에 젖어도 금세 감기에 걸리곤 했다. 감기가 걸리면 족히 일이 주 정도는 앓고서 낫는 편이었다. 시언은 그녀가 아픈 것이 제일 싫었다.

저 멀리 머리에 손을 얹고 뛰어가는 여자가 보였다. 시언은 우산을 쓰고 재빨리 그녀를 향해 뛰어갔다. 여자는 횡단보도 앞에서 멈추어 섰다. 머지않아 신호가 바뀌었다. 시언은 횡단보도를 건너려는 그녀를 간신히 잡아서 돌렸다.

굵은 빗소리를 삼킬 듯 크고 거친 시언의 숨소리가 그 자리에 쏟아졌다.

여자는 시언을 이상한 눈초리로 보며 돌아섰다. 그리고 빠른 걸음으로 횡단보도를 건넜다. 시언은 그 자리에 홀로 남겨졌다.

분명히 하나라고 생각했다. 뛰어가는 여자의 뒷모습을 다시 보니 하나와 조금도 닮은 구석이 없었는데, 그는 그렇게 생각했다.

모든 여자에게서 자꾸만 그녀가 보였다. 갑자기 목구멍이 따가워지면서 무거운 액체가 눈가로 올라왔다.

그 어떤 말로도 설명할 수 없는 공허함과 상실감이 그의 온몸을 가득 메웠다.

그때 시언의 우산 속으로 선아가 천천히 들어왔다. 시언은 묵묵히 선아를 보았다. 그녀는 홀딱 젖은 채 슬픔이 넘칠 것 같은 눈으로 시언을 보며 말했다.

"많이 힘들어요?"

"……."

"그렇게 많이 힘들어요?"

힘드냐는 그녀의 물음에, 시언은 그제야 아주 중요한 무언가를 깨달았다.

"이럴 거면 왜 헤어졌어요? 왜 나한테 되도 않는 희망 갖게 했어요, 왜?"

붉어진 시언의 눈가에서 빗물인지 눈물인지 모를 액체가 툭 흘러내렸다.

"……미안해."

시언의 목소리는 비에 젖은 것처럼 축축하게 젖어 있었다. 그는 선아의 손에 우산을 쥐여 주며 낮고 흔들리는 목소리로 말했다.

"……네가 아니었어."

"……."

"너일 수도 있다고 생각했는데, 네가 아니었어."

시언의 눈에서 빗방울처럼 굵은 눈물이 연이어 떨어졌다.

"내가 몰랐어."

선아는 시언이 그렇게 우는 모습을 처음 보았다.

"내가 등신처럼 아무것도 몰랐어. 아무것도……."

시언은 멍하니 우산을 들고 서 있는 선아를 지나쳐 느린 걸음을 한 발 한 발 내디뎠다. 시언의 몸 위로 차갑고 두터운 비가 매섭게 떨어졌다. 선아는 멀어져 가는 그를 돌아보았다. 뛰어가 붙잡고 싶었지만, 붙잡을 수 없었다. 그가 혼잣말처럼 작은 목소리로 토해 낸 마지막 말을 들었기 때문이다.

"……나한텐 이하나가 전부였다는 걸."

10.
갖고 싶다

의현은 하늘이 깨지는 듯한 천둥소리에 잠에서 깼다. 비가 창문을 부술 듯이 거세게 내리고 있었다. 어젯밤부터 내리던 폭우가 그치지 않고 계속되는 모양이었다.

그는 한동안 멍하니 누워 있다 급히 고개를 돌려 시계를 보았다. 벌써 열 시가 훌쩍 넘어 있었다. 그는 마른세수를 하며 깊은 한숨을 쉬었다. 본래 아침잠이 많은 편이긴 했지만, 하나와 같이 살게 된 후부터는 일찍 일어나려고 나름대로 필사적인 노력을 했다. 그래야 하나와 같이 밥을 먹고 하나가 출근하는 것을 배웅해 줄 수 있기 때문이었다. 의현은 그녀가 혼자 밥을 먹고 나가는 것도 싫고, 그녀의 얼굴을 조금이라도 더 볼 기회를 놓치는 것도 싫었다. 그런데 오늘은 어제 너무 무리를 한 탓인지 알람 소리도 듣지 못하고 자 버렸다. 하나도 그런 의현을 배려해서 깨우지 않은 것 같았다.

의현은 왠지 모를 공허함과 적막감을 등에 업고 방을 나왔다. 그런데 주방에 가 보니 식탁 위에 포스트잇 한 장이 붙여져 있었다. 의현은 의아해하며 그것을 읽어 보았다.

어젠 너무 고마웠어요. 피곤할까 봐 안 깨우고 그냥 가요. 냉장고에 밑반찬 몇 개 해서 넣어 놨어요. 오빠 좋아하는 된장국도 끓여 놨으니까 데워 드세요. 오늘 하루도 파이팅!

그의 입가에 저절로 미소가 걸렸다. 가스레인지 위에는 구수한 된장국이 있었고 냉장고를 열어 보니 오징어채와 버섯볶음, 어묵볶음 등 의현이 좋아하는 밑반찬들이 차곡차곡 쌓여 있었다. 의현은 반찬들을 꺼내서 식탁 위에 올리고 얼른 젓가락을 집어서 먹어 보았다. 간도 딱 맞고 입에 착착 감겼다.

의현은 자신이 얼마나 싱글벙글 웃고 있는지도 모른 채 서둘러 밥상을 차렸다. 된장국도 빨리 먹고 싶어서 끓는 둥 마는 둥 하는데 불을 끄고 가져와 버렸다. 의현은 앞자리에 하나가 없는 것이 너무 아쉬웠지만, 그녀가 자신을 위해서 해 준 요리를 얼른 먹고 싶어서 자리에 앉아 수저를 들었다.

밥을 한 수저 크게 떠서 입 안에 넣고 바로 된장국의 국물을 떠서 먹었는데 갑자기 속에서 몽글몽글한 무언가가 움찔하는 기분이 들었다. 하나가 그의 집에 온 뒤로 하나가 차려 주는 밥을 자주 먹었지만, 어쩐지 오늘은 기분이 조금 달랐다.

그녀 없이 혼자, 그녀가 해 준 음식을 먹는다.

그 순간 그는, 그녀가 몹시 그리워지는 동시에 가슴이 두근거렸다. 잠시였지만 그녀가 자신의 아내인 것처럼 느껴져서 저도 모르게 그녀와의 결혼을 상상하게 된 것이었다. 전엔 미처 꿈도 꾸지 못했던 일이었는데, 이제는 꿈이라도 꿀 수 있게 되어 좋았다.

결혼. 만약 하나와 결혼을 하게 된다면.

의현은 잠시 젓가락을 내려놓았다. 의자에 등을 붙이고 고개를 뒤로 젖힌 채 천장을 보았다. 그는 작은 숨을 토해 내며 눈을 감았다.

하나와 함께 있는 날들이 길어질수록, 그는 점점 더 괴로워졌다.

그녀가 너무 갖고 싶어졌기 때문이다.

하나는 교무실에서 아이들이 진로 상담 시간에 작성한 문서를 보고 있었다. 아이들의 장래 희망과 특기 적성에 관련된 자료였다. 대부분의 아이들은 특별한 특기나 취미를 갖고 있지 않았다. 장래 희망 역시 짜 맞추기라도 한 듯 비슷비슷했다. 평범한 회사원이나 공무원이 대부분이었다. 안타까운 마음으로 다음 장을 넘기려는데 하나의 핸드폰이 짧게 진동했다.

의현의 문자였다.

[집이야?]

저녁 여덟 시가 다 된 시간이었는데 묻는 걸 보니 의현은 아직 연습 중인 모양이었다.

[아니요. 오늘 야자 감독이에요.]

그러자 금방 다시 답장이 왔다.

[이따 데리러 갈게.]

하나는 의현을 번거롭게 하고 싶지 않아서 얼른 답장을 누르고 괜찮다고 적었다. 그런데 그때 교무실 문이 열리는 소리가 들렸다. 돌아보니 오늘 같이 야자 감독을 하는 박 선생이 얼굴을 들이밀고 하나를 향해 손짓을 하고 있었다.

"이 선생, 잠깐 나와 봐."

하나는 문자를 작성하다 말고 교무실 밖으로 나갔다. 나가자마자 박 선생의 손에 가방 끈을 잡힌 채 죽상을 하고 있는 치운이 보였다. 박 선생은 혀를 끌끌 차며 말했다.

"이 자식 또 몰래 튀다가 걸렸어. 벌써 몇 번짼지 모른다니까. 도대체가 대학 갈 생각은 있는 건지. 자기네 반이니까 자기가 알아듣게 얘기 좀 해 봐."

"네, 그럴게요."

박 선생은 치운을 끝까지 못마땅하게 흘겨보며 다시 아이들을 감독하러 갔다. 하나는 꼭 제 자식이 남의 부모에게 욕을 먹은 것 같아서 기분이 좋지 않았지만 최대한 화를 삭이고 물었다.

"너 요즘 야자 자주 빼먹는다며. 왜 그래?"

치운은 창문을 통해 다른 반 아이들을 살피는 박 선생을 째려보며 말했다.

"늙은 아귀 할멈."

"뭐? 너 그게 선생님한테 할 소리야?"

"아귀 닮았잖아요. 늙은 아귀. 저러니까 결혼을 못 하지."

"얼씨구. 입조심 안 해? 왜 자꾸 야자 빼먹냐구. 무슨 일 있어?"

그러자 치운은 새삼 하나를 빤히 쳐다보았다. 치운이 아무 말이 없자 잠시 정적이 흘렀다. 하나는 문득 자신이 말을 잘못한 것은 아닌지 천천히 되짚어 보았다. 그때 치운이 얼핏 웃으며 말했다.

"형이 얼마 전에 다리를 다쳐서요. 데리러 가야 돼요. 혼자서 목발 짚고 다니면 사람들이 이상하게 보거든요. 그리고 우리 형은 몸이 약해서 비가 오면 할아버지처럼 온몸이 쑤시대요. 그래서 더 데리러 가야 돼요."

창밖에는 아직도 비가 추적추적 내리고 있었다. 하나는 그 얘기를 듣자 괜히 닦달을 한 것 같아서 미안한 마음이 들었다.

"그럼 진작 얘기를 하지. 많이 다친 거야?"

"아무도 안 물어봤거든요. 무슨 일이냐고."

하나는 순간 얼마 전에 보았던 반 아이들의 기본 정보 관련 자료를 떠올렸다. 편부모 가정의 아이들이 몇 있었는데 그중에는 치운도 있었다. 치운은 작년에 엄마가 돌아가시고 현재는 아버지와 형과 함께 살고 있는 것 같았다. 그러니 형과 각별한 것은 당연해 보였다. 하나는 안타까운 마음이 들어서 말했다.

"어디로 가야 되는데? 비가 이렇게 많이 오는데 괜찮겠어?"

"괜찮아요."

치운은 한 손에 든 장우산을 흔들며 말했다. 하나는 하는 수 없이 그를 보내 주어야겠다고 생각했다. 그런데 그때, 치운에게 전화가 왔다. 치운은 반가운 미소를 짓더니 전화를 받았다.

"네, 연출님!"

하나는 '연출님'이라는 말에 놀라서 치운을 보았다. 고등학생인 그가 무슨 이유로, 어떤 연출과 알고 지내는 것인지 궁금했다. 치운은 통화를 하면서 약간 놀라는 듯하더니 이내 감사의 인사를 하며 전화를 끊었다.

"무슨 일이야?"

"오늘은 일찍 끝났대요. 그리고 연출님이 형 집까지 데려다 준대요. 연출님이 되게 착하거든요. 잘생기고 멋있고. 보나마나 우리 형이 제가 자기 때문에 야자 뺀다고 싫어해서 데려다 주는 걸 거예요."

"형이 무슨 일을 하는데?"

"연극이요."

"그렇구나."

하나는 연극이라는 말에 곧바로 의현이 생각났지만 치운이 말하는 연출이 의현일 것이라는 생각은 추호도 하지 못하고 웃어넘겼다.

"그럼 다행이네. 오늘은 안 가도 되는 거지? 얼른 들어가서 공부해."

그러자 치운은 날벼락이라도 맞은 듯 멍한 표정을 지어 보였다.

"얼른?"

"오늘만 그냥 가면 안 돼요?"

"이게, 혼날래?"

하나가 겁을 주듯 인상을 쓰자 치운이 갑자기 웃음을 터뜨렸다.

"선생님은 눈꼬리 올리는 수술을 해야 될 거 같아요. 얼굴이 너무 선해서 하나도 안 무섭거든요."

"이 자식이. 나 화나면 진짜 무섭거든? 너 얼른 들어가!"

하나는 씩씩거리며 치운을 억지로 교실 쪽으로 밀어붙였다. 치운은 알겠다며 문 앞에 서더니 들어가기 전에 가방에서 구운 달걀 하나를 꺼내서 하나에게 내밀었다. 계란 곁에는 매직으로 귀엽게 웃는 얼굴이 그려져 있었다.

"이거 제 비상식량인데 큰맘 먹고 선생님 줄게요."

"됐어. 너나 먹어. 아님 여자친구나 주든가."

"저 여자친구 없는데요."

하나가 의외라는 듯 '네가? 왜?'라고 묻자 치운은 짧게 웃으며 대답했다.

"제가 취향이 좀 독특하거든요."

치운은 하나의 손에 억지로 달걀을 쥐여 주고는 잽싸게 교실 안으로 들어갔다. 하나는 그런 치운을 보며 얼핏 웃음을 흘리고 다시 교무실로 돌아갔다.

하나는 의현에게 문자를 보내고 있었다는 것을 잊어버리고 가자마자 다시 아이들의 진로 상담 문서를 보았다. 그런데 아무 생각 없이 넘긴 다음 장에는 치운의 이름 석 자가 크게 쓰여 있었다. 웃으며 시선을 내리던 하나는, 처음으로 다른 아이들과 차별화된 장래 희망을 보고 다소 진지한 표정이 되었다.

부모님의 희망 직업 : 없음

나의 희망 직업 : 배우

하나는 예쁘게 미소 짓고 있는 달걀을 보았다. 치운이 그녀를 보며 환하게 웃고 있는 것 같았다.

야간자율학습이 끝나고 내려온 하나는 학교 밖으로 선뜻 발을 내딛지 못하고 앞을 보았다. 아까보다 더욱 굵어진 빗줄기가 땅을 채찍질하듯 거세게 내리고 있었다. 하나는 가방에서 작은 접이식 우산을 꺼냈다.

아침에도 바람이 너무 세서 우산이 몇 번 뒤집힐 뻔했기 때문에 선뜻 우산을 펼 용기가 나지 않았다. 학생들 앞에서 뒤집어지는 우산과 씨름하며 추한 모습을 보일까 봐 걱정이 되었다. 하지만 그렇다고 채찍 같은 비를 맞으며 갈 수도 없는 노릇이었다. 하나는 비 맞는 것을 정말 싫어했다. 하는 수 없이 우산을 펴려던 순간이었다.

옆에서 탁 하는 경쾌한 소리와 함께 커다란 장우산이 펴지는 것이 보였다. 마치 한집의 지붕처럼 튼튼해 보이는 그 장우산이 하나의 머리 위로 쓱 다가왔다. 어느새 하나의 옆에 바짝 붙어 선 치운이 빙긋 웃으며 말했다.

"큰맘 먹고 씌워 드릴게요."

"괜찮아. 선생님도 우산 있어."

하나는 다른 학생들이 혹여나 이상한 눈으로 볼까 봐 치운의 배려를 거절하고 자신의 연보라색 우산을 폈다. 그러자 치운이 잽싸게 우산을 뺏어 가더니 한 손으로 접어서 자신의 오른손에 들었다.

"야."

"비 맞아요. 딱 붙어요."

치운은 다짜고짜 앞으로 걸어 나갔다. 하나는 비를 맞지 않기 위해서 어쩔 수 없이 치운을 따라갔다. 치운은 고등학생이긴 했지만 키가 크고 몸도 꽤 다부져서 옆에 있으면 듬직한 느낌을 주었다. 덕분에 하나는 우산과 씨름하며 가지 않아도 되었다.

그런데 정문을 막 나왔을 무렵이었다. 지난번처럼 낯익은 차 한 대가 헤드라이트를 깜빡이며 대기 중인 것이 보였다. 하나는 그제야 의현이 오늘 데리러 오겠다고 했던 것이 생각났다. 하나가 차 쪽으로 다가가자 치운이 의아해하며 물었다.

"누구예요? 설마 꿀?"

"아니야. 넌 이만 가 봐."

하지만 치운은 가지 않고 어두운 창문을 이리저리 들여다보았다. 차 안의 남자는 왠지 경직된 자세로 앞만 보고 있었다. 하나는 서둘러 차에 올라타며 말했다.

"치운아, 고마워! 내일 보자!"

하나가 차에 타고 문을 닫은 순간이었다. 치운이 창문을 두드리며 말했다.

"연출님! 연출님 아니에요?"

굳은 석상처럼 앞만 보고 있던 의현이 그제야 어색한 미소를 지으며 옆을 보더니 살짝 창문을 내렸다.

"어, 치운아. 너였어? 어두워서 잘 안 보였네."

"뭐야? 둘이 아는 사이예요?"

하나가 놀라서 묻자, 치운은 무척 신기한 얼굴로 함박웃음을 지으며 말했다.

"아까 제가 말한 연출님이요! 오늘 형 데려다 주셔서 감사해요."

"아. 너희 형이 일한다는 극단이 오빠 극단이었어?"

"네. 저희 형이 조연출이거든요."

"그렇구나."

그러자 하나는 잠시 생각을 하다가 이윽고 사색이 되어 치운을 보았다. 지난번에 의현이 했던 말이 떠오른 것이다.

'내가 이번에 좀 곤란한 일이 생겼어. 우리 극단에 성수라고 있거든? 조연출인데. 그 친구 동생이, 그러니까 남동생인데. 그 애가 날…… 좋아한다는 거야.'

그리고 연이어 아까 전 치운이 했던 말이 떠올랐다.

'연출님이 되게 착하거든요. 잘생기고 멋있고.'

'제가 취향이 좀 독특하거든요.'

"그럼 네가, 그……."

"하하하. 세상에 이런 우연이 다 있네."

의현이 상당히 과한 웃음으로 하나의 입을 막으며 말했다. 그러자 치운이 맞장구를 치며 해맑은 얼굴로 물었다.

"그러게요. 근데 두 분은 어떻게 아는 사이세요?"

어떤 사이냐는 질문에 의현은 잠시 말을 머뭇거렸고 하나는 당황했다. 원래대로라면 의현에게서 치운을 떼어 낼 때까지는 그와 함께 사는 여자친구가 되어야 했지만, 치운은 그녀가 불과 얼마 전에 시언과 헤어졌다는 사실을 알고 있었다. 그래서 그 짧은 사이에 다른 남자를 만나고 동거를 한다고 하면 하나를 이상하게 생각할 것 같기도 했고, 믿지 않을 것 같기도 했다. 게다가 하나는 명색이 치운의 담임교사였기에 그런 불건전한 이미지가 쌓였을 때 과연 학생들의 신뢰와 존경을 받을 수 있을지도 의문이었다. 그런 하나의 고민을 느낀 것인지, 의현이 먼저 큰 소리로 웃으며 입을 열었다.

"얘 또 집착 시작했네."

"네?"

치운은 영문을 몰라 황당한 듯 되물었다.

"얘가 이런다니까. 그만 좀 포기해라, 인마. 하하하."

의현은 차마 치운의 얼굴은 보지 못하고 다급히 핸들을 잡았다.

"무슨 소리예요?"

치운은 하나를 보며 물었지만 하나는 그를 안쓰러운 얼굴로 쳐다볼 뿐 아무 말 하지 않았다.

"비 오는데 얼른 들어가. 형 잘 챙기고."

"아니, 무슨……."

"조심히 들어가!"

의현은 치운에게 양해를 구하는 것처럼 왼쪽 눈을 찡긋한 뒤 차를 몰고 학교를 빠져나갔다. 하지만 아직 아무것도 모르는 치운은 허탈한 표정으로 그 자리에 서서 의현의 차가 멀어지는 것을 쳐다보았다. 치운의 손에는 하나에게 미처 돌려주지 못한 연보라색 우산이 들려 있었다. 치운은 헛웃음을 흘렸다. 집착은 뭐고, 포기는 뭐야? 그는 지금 막 자신을 스쳐 간 이 상황이 무슨 상황인지 도무지 이해할 수가 없었다.

하나는 백미러로 점점 작아지는 치운의 모습을 보며 말했다.

"그 애가 치운일 줄은 생각도 못 했어요."

"나도 치운이가 너희 반 애일 줄은 몰랐어."

짧은 정적이 흘렀다.

"미안해요."

하나가 먼저 조심스럽게 말을 꺼냈다.

"도와주지 못해서."

치운의 생각으로 머리가 혼란스러웠던 의현은, 자신이 거짓말을 한 줄도 모르고 미안해하는 하나를 보며 오히려 더 미안해졌다.

"아니야. 괜찮아. 충분히 이해해."

"어쩐지. 치운이가 처음부터 좀 독특하긴 했어요. 그런데, 아직도 많이 좋아한대요?"

의현은 갑자기 사레가 들린 것처럼 헛기침을 했다.

"어. 아직은 좀 그런 것 같은데…… 너무 부담되면 신경 쓸 거 없어. 같이 사는 사람이 있다곤 말했지만 너인 건 모르니까. 치운이가 모르도록 내가 알아서 잘할게."

"하지만 그건 처음 약속이랑 다르잖아요. 제가 도와주기로 했는데……."

하나는 마음이 착잡했다.

"그냥 제가 원래 했던 약속대로 치운이한테 말할게요. 치운이라면 이해해 줄 거예요."

"아니야. 하지 마."

의현이 단호하게 말했다.

"괜한 오해 살 필요 없잖아. 학교에 이상한 소문날 수도 있고.

그러니까 그럴 필요 없어."

의현은 지금이라도 사실 너와 함께 살고 싶어서 거짓말을 한 것이라고 말하고 싶었지만 차마 입이 떨어지지 않았다. 그것을 고백하는 순간 자신의 지난 8년간의 마음도 고백해야 했기 때문이다.

"치운인 내가 알아서 할게. 괜찮아."

하나는 의현을 약간 의아한 듯 보았다. 의현은 하나를 보지 못하고 운전만 하며 말했다.

"넌 그냥, 내 옆에만 있어."

그때 차가 신호에 걸려서 급정차를 했다. 동시에 하나의 마음도 덜컹 하고 브레이크가 걸린 것 같았다.

"어디 가지 말고. 약속한 시간까지는 내 옆에 있어 줘."

"……."

"그거면 돼."

하나는 언제나처럼 매끄러운 곡선을 자랑하는 의현의 옆모습을 보았다. 차가 급정거를 해서 놀란 것뿐이라고 생각했는데, 가슴은 좀처럼 진정되지 않고 점점 더 **빠르게** 뛰는 것 같았다.

왜일까. 그녀는 그의 무표정한 옆모습이 참 좋았다.

"네."

의현이 그제야 하나를 돌아보았다.

"그럴게요."

하나는 엷게 미소 지으며 말했다.

"옆에 있을게요."

언제나, 라는 말이 가슴에서부터 올라왔으나, 그 말이 떠올랐다는 사실에 그녀 본인부터가 놀란 나머지 다시 삼켜 내렸다.

하나는 몰랐다.

창밖에 내리는 비가 땅을 적시듯, 언제부턴가 정체 모를 무언가가 자신의 마음을 촉촉하게 적시고 있다는 것을.

의현은 집에 도착해서 치운에게 문자를 보냈다.

[오늘 좀 당황했지? 미안하다. 내일 극단 들르면 자세히 설명해 줄게.]

치운에게서는 답장이 없었다. 의현은 이왕 이렇게 된 이상 그에게 자초지종을 모두 말하고 당당히 도움을 구해야겠다고 생각했다.

그때 욕실 문이 열리고 막 샤워를 마친 하나가 나왔다. 거실에 있던 의현은 무심코 고개를 들었다가 하얀 원피스 형식의 잠옷을 입고 나오는 하나를 보고 숨이 턱 막혔다. 약간 젖은 하나의 모습은 너무도 아름다웠고, 상상 이상으로 매혹적이었다.

보통은 하나가 먼저 퇴근을 해서 집에 와 있었기 때문에 의현은 막 씻고 나온 하나를 볼 일이 별로 없었다. 있다고 해도 지금처럼 하얀 원피스를 입은 적이 없었기에 이런 감흥을 느껴 보지는 못했었다. 하얀 원피스는 의현이 그녀에게 첫눈에 반했던 때를 떠올리게 했다. 의현은 갑자기 가슴이 그때처럼 풋풋하게 설레는 것을 느꼈다.

하나는 자신을 뚫어져라 쳐다보는 의현의 시선을 느끼고는 조금 민망해하며 말했다.

"오빠, 씻어요."

그런데 그 말 하나에 집 안의 공기가 더욱 오묘하게 변해 버렸다.

"어, 어."

의현은 마른침을 삼키고 자리에서 일어나 욕실로 갔다. 그런데 하나를 지나치는 순간, 향긋한 비누향이 났다. 의현은 저도 모르게 그 자리에 섰다. 하나가 왜 그러냐는 듯 그를 돌아보았다.

의현의 눈에 그녀의 크고 반짝이는 눈과 오똑한 코, 따로 립스틱을 바르지 않아도 붉고 생기가 도는 입술, 매끄러운 피부, 아름답다고밖에 표현할 수 없는 예쁜 곡선의 어깨 라인과 여성스럽게 파인 쇄골이 들어왔다. 그는 순간 그 모든 곳에 입을 맞추고 싶은 충동을 느꼈다.

그의 뜨거운 시선을 느낀 하나가 약간 긴장한 얼굴로 그를 쳐다보았다. 그와 그녀의 눈이 마주쳤다.

그런데 그때였다. 매서운 천둥 번개 소리가 집을 내리치더니 곧이어 치직 하는 짧은 소리와 함께 짙은 어둠이 내려앉았다. 어제부터 비가 심하게 내리더니 정전이 온 모양이었다. 의현의 바로 옆에서 하나가 놀라는 소리가 들렸다.

"어떡해요. 정전인가 봐요."

너무 갑자기 어둠이 깔렸기 때문에 아무것도 보이지 않았다. 의현은 앞으로 손을 뻗어 보았다. 아무것도 잡히지 않았다.

"하나야, 손 내밀어 봐."

하나가 조심스럽게 손을 내밀었다. 의현은 허공을 몇 번 더듬다가 하나의 손을 잡았다. 그녀의 따뜻한 온기가 전해지자마자 손끝에서부터 짜릿한 전기가 올라왔다. 그 전기는 빠르게 혈관을 타고 올라가 심장을 관통했다. 의현은 자신의 심장이 빠르게 뛰고 있다는 것과 함께, 지금 이 순간이 매우 위험하다는 것을 느꼈다.

"일단 소파에 앉아 있어."

의현은 하나를 데리고 조심스럽게 소파로 다가갔다. 혹시라도 무언가에 걸려 하나가 넘어져 다치지나 않을까 마음이 조마조마했다. 하나는 다행히 소파에 앉았고 의현은 소파를 더듬어 휴대폰을 찾기 시작했다. 분명히 여기서 치운에게 문자를 보내고 내려놓았는데 쉽게 잡히지가 않았다.

그런데 그때 의현의 손에 부드럽고도 매끈한 무언가가 잡혔다. 그는 잠시 후 그것이 하나의 허벅지임을 깨닫고 급히 손을 뗐지만 그 순간의 숨 막히는 분위기는 쉬이 수그러들지 않았다.

"미안."

의현은 아예 그녀와 조금 멀리 떨어져 있어야겠다는 생각으로 소파를 지나쳐 가려고 했다. 그런데 그때였다.

"그냥."

어둠 속에서 하나의 목소리가 들렸다.

"여기 있어요."

그녀의 목소리는 언제나처럼 맑고 청아했지만 왠지 그 순간만큼은 지독히도 매혹적으로 들렸다.

"내 옆에 있어요."

의현은 그녀의 말에 가슴이 주체할 수 없이 뛰는 것을 느꼈다.

그는 말없이 서 있다가 한참 후에야 마른 입술을 떼어 낮은 목소리로 말했다.

"지금 그 말, 내 맘대로 해석해도 돼?"

"……네?"

"아니라고 대답해."

하나는 놀랐는지 아무 말 하지 않았고 그는 왠지 조금 가쁜 듯한 숨을 내쉬며 다시 말을 이었다.

"아니라고 대답하라고. 안 된다고."

"……."

"안 그러면."

의현은 어느새 뜨거워진 제 몸의 열을 식히기 위해 필사적으로 노력하듯 주먹을 꼭 말아 쥐며 말했다.

"나 지금 너한테 무슨 짓을 할지 모르니까."

11.
내가 한 걸음 다가서면

바싹 마른 목구멍으로 끈적한 타액이 넘어갔다. 적막한 가운데 느릿하게 떨어진 그 소리는 둘 사이의 공기를 한층 더 뜨겁게 만들었다. 눈을 뜨고 있어도 온통 어둠뿐이었지만 하나는 저도 모르게 눈을 질끈 감았다.

그는 분명 답을 제시해 주었지만 하나는 생각지 못했던 그의 언행에 놀라서 아무 말도 하지 못했다. 그리고 또 하나, 그의 뜨거운 숨소리가 점점 더 가까이 다가올수록, 정체를 알 수 없는 아주 작은 무언가가 가슴을 사각사각 갉아먹고 있는 것처럼 간지러우면서도 저릿한 기분이 온몸을 휘감았다. 떨림이라고도 두려움이라고도 할 수 없는 그 낯선 진동은 그녀의 머릿속을 새하얗게 만들어 버렸다.

다가온다. 다가오고 있다. 그가 내게로 다가오고 있다.

닿지 않았지만 느낄 수 있었다. 의현은 한 손으로는 소파를 짚고 다른 한 손으로는 벽을 짚은 채 그녀의 온기를 향해 본능처럼 다가가고 있었다. 그는 분명히 경고를 했음에도 불구하고 그녀가 아무 말도 하지 않았다는 사실이 그를 미치도록 떨리게 만들었다.

그녀의 비누향이 그의 코끝을 간질였고, 그녀의 얇은 숨소리가 그의 입술에 닿았다. 그와 그녀는, 보지 않아도 알 수 있었다. 지금 그들이 얼마나 가까이 닿아 있는지. 그가 조금만 고개를 움직이면 바로 입술이 닿을 거리였다. 그 짧은 거리를 앞에 두고 의현은 차마 용기를 내지 못했고, 바로 그 순간 그녀의 손이 그의 어깨에 닿았다.

약간 힘이 들어간 그 손은 그의 어깨를 살짝 밀었을 뿐이지만 의현은 큰 타격이라도 입은 듯 한 발 주춤했다. 그 작은 힘에는 그를 거절하는 그녀의 분명한 의사가 담겨 있었기 때문이다.

짧은 정적이 흘렀고, 잠시 후 예정된 연극의 한 장면처럼 갑자기 탁 하고 빛이 들어왔다. 어둠에 익숙해질 즈음 들어온 밝은 빛에 둘은 모두 눈을 찡긋 감았다. 다시 눈을 떴을 때, 그녀는 그를 보고 웃고 있었다.

아주 엷고 희미한 미소였다.

"장난치지 마요."

어색한 웃음과 함께 그녀가 내뱉은 첫마디였다.

의현은 말없이 그녀를 보았고, 그녀는 자리에서 일어서 집 안을 한 바퀴 빙 둘러보며 말했다.

"일시적인 정전이었나 봐요. 다시 안 꺼지겠죠?"

"……."

"누가 연극인 아니랄까 봐. 깜빡 속을 뻔했네."

웃으며 말하는 하나에게 의현은 어떤 말도 해 줄 수 없었다. 그녀의 말처럼 장난이었는지 아니었는지, 그녀는 분명한 대답을 원하는 것 같았지만 그는 할 수 없었다. 그리고 생각했다. 그녀가 한 발 물러선 것처럼 그도 한 발 물러선 것뿐이라고. 그녀가 그에게서 적정한 거리를 두고 서서 마치 원하는 대답이 있는 듯한 표정으로 물어왔기 때문에, 그는 그 대답을 해 줄 수 없었지만 그렇다고 한순간에 그녀를 잃어버릴 자신도 없었기 때문에, 그저 한 발 물러선 것뿐이라고. 그렇게 스스로를 위안하고 있었다.

"그럼, 오빠도 씻고 자요."

그의 무반응에 무안했는지 하나는 다소 어색한 웃음을 지어 보이며 말했다.

"잘 자요."

그리고 끝내 대답이 없는 그에게 잘 자라는 인사를 하고 제 방으로 들어갔다.

하나는 문을 닫자마자 깊은 숨을 내쉬며 벽을 타고 무너져 내렸다. 애써 태연한 척했지만 다리엔 힘이 빠져 있었고 가슴은 너무 뛰어서 안정이 시급한 상황이어다. 그녀는 자신의 왼 가슴에 손을 올리고 천천히 심호흡을 했다. 그리고 자신의 입술을 조심스럽게 만져 보았다. 의현의 뜨거운 숨결이 아직도 입술 위에 머물러 있는 것 같아서, 몸의 열이 쉽게 내리지 않았다.

'아니라고 대답하라고. 안 된다고.'

'안 그러면, 나 지금 너한테 무슨 짓을 할지 모르니까.'

이제는 부인하려고 해도 할 수 없을 것 같았다. 가끔 당황스러운 행동과 말들로 자신의 감정을 꺼내 놓는 의현을 보면서, 그 애틋하면서도 그윽한 눈빛을 보면서, 그의 마음을 조금도 짐작하지 못한다는 것은 있을 수 없는 일이었다. 하나는 얼마 전부터 의현에게서 시언을 보았다. 하나를 세상 누구보다 사랑해 주고 아껴주었던 연애 초기의 시언을. 그리고 깨달았다. 그녀가 시언과 헤어졌던 날, 의현이 했던 기습 키스는 절대 남자로서의 순간적인 충동 같은 것이 아니었음을.

그러나 그녀는 애매한 문제의 답을 알아낸 뒤에도 막막했다. 오히려 머리가 더 아팠고 혼란스러웠다. 그의 감정에 어떻게 대응해야 할지 새로운 문제가 생겼기 때문이었다. 그의 말대로 아니면 아니라고 하면 되는 간단한 문제였지만, 그녀는 쉽게 아니라고 할 수 없었다. 지금 그녀의 콧속을 맴도는 그의 향기와 입술 위를 감도는 그의 온기와 가슴 속을 헤엄치는 그의 말들이, 싫지 않았기 때문이다. 그녀는 자신이 느끼는 감정이 대체 무엇인지 알 수 없었고 그래서 힘들었다.

그를 받아들이기엔 아직 8년간 온몸과 마음을 바쳐 사랑했던 남자를 잊지 못한 것 같았고, 그렇다고 밀어내기엔 그녀의 가슴이 자꾸만 그에게 반응하고 있었다.

이제 정말, 어떻게 해야 하는 걸까?

※　　※　　※

다음 날 아침, 의현은 일부러 하나의 기상 시간 전에 일어나서 나갈 준비를 마치고 그녀의 방문을 조심스럽게 열어 보았다. 하나는 이불도 깔지 않은 채 방문 앞에 쓰러져 자고 있었다. 무엇을 하다가 잠든 건지는 모르지만 그녀가 그렇게 잠든 모습을 보니 마음이 아팠다.

의현은 시계를 보았다. 아직 하나가 일어나려면 30분 정도의 시간이 남아 있었다. 맘 같아서는 그녀를 안아서 제 방 침대 위에 눕혀 주고 싶었지만 혹시나 깰까 봐 차마 그러지 못하고 장롱에서 이불 하나를 꺼내서 덮어 주었다. 그리고 혹 춥게 자다가 감기라도 걸렸을까 봐 이마에 살짝 손을 대 보았다. 다행히 열은 없었다. 의현은 그녀가 깨지 않도록 조심하며 방을 나왔다. 그는 집을 나가는 순간까지도 하나의 방에서 눈을 떼지 못했다.

잠시 후 그가 도착한 곳은 낡은 녹색 대문이 삐걱거리는 오래된 주택 앞이었다. 의현은 그 집 앞에 차를 대고 누군가를 기다렸다. 머지않아 대문 열리는 소리가 들렸고, 시큰둥한 표정의 치운이 나왔다. 의현은 서둘러 차에서 내려 치운에게 다가갔다. 그는 의현을 보더니 뜻 모를 미소를 지어 보이며 말했다.

"진짜 왔네."

"일단 타자."

의현은 차 문을 열어 주었고 치운은 의아해하며 차 안을 뚫어져라 보다가 못 이기는 척 올라탔다. 의현도 바로 차에 타고 안전벨트를 하며 입을 열었다.

"밥은 먹었어?"

"아니요."

"그럴까 봐 내가 간식 좀 사 왔어. 자, 먹어."

의현은 치운에게 빵과 우유가 든 봉지를 건네며 말했다. 치운은 말없이 봉지 안을 뒤적여 소시지 빵 하나를 꺼내더니 크게 한입 베어 먹고 우물우물 씹었다. 의현은 그런 치운을 보며 짧게 웃은 뒤, 차를 천천히 출발시켰다. 그리고 슬며시 말을 꺼내 보았다.

"맛있어?"

치운은 대답하지 않고 빵만 먹었다.

"어젠, 미안했어. 그게 어떻게 된 거냐면."

"내가 오늘 쌤한테 이를까 봐 그래요? 나 게이 아니라고."

의현은 잠시 말문이 막혔다. 치운은 어제만 해도 전혀 영문을 모르는 표정이더니 그새 사태 파악을 완료한 듯했다. 그의 말이 틀린 것은 아니었다. 의현이 아침부터 급하게 치운의 집까지 찾아가서 그를 학교까지 데려다 주는 것은, 어제 일을 해명하기 위함도 있었지만 그전에 그가 하나에게 사실을 말하는 것을 막기 위해서였다. 치운이 사실을 말해 버리면, 의현은 한순간에 도무지 이해할 수 없는 거짓말로 그녀와 동거를 하려고 한 사기꾼이 되어 버리고 말 테니.

"자, 그럼 말해 보세요."

치운이 빵을 다 먹고 손을 탁탁 털며 말했다.

"내가 왜 연출님을 쫓아다니는 게이 역할을 해야 하는지. 타당한 이유가 없다면 난 당연히 이 역할 놀이에 동참하지 않을 거예요."

의현은 깊은 수심이 느껴지는 한숨을 내뱉었다.

"얘길 하려면 좀 긴데."

"괜찮아요."

그는 잠시 머뭇거리다가 이내 얼핏 미소 지으며 말했다.

"내가 너희 선생님을 좋아해."

치운은 우유를 먹다 말고 그를 보았다.

"아니, 좋아해 왔어. 아주 오랫동안."

잠시 정적이 흘렀다. 이윽고 치운은 우유를 꿀꺽꿀꺽 몇 번 만에 다 삼켜 버리고는 손등으로 입을 스윽 닦았다. 치운은 그 짧은 시간 동안 그의 말을 더 들을지 말지 고민했고 이내 덤덤한 말투로 물었다.

"언제부터요?"

그리고 의현의 이야기가 시작되었다. 그가 처음 하나를 만났을 때부터 8년간 그녀를 사랑해 왔던 것과, 지금도 열렬히 사랑하고 있는 것과, 8년의 사랑과 사람에 대한 믿음을 잃어버린 그녀의 옆에 있어 주고 싶었던 마음과, 그녀를 너무나 갖고 싶은 마음과, 그래서 했던 거짓말들과, 순간순간 했던 철없고 유치한 행동들과 조급하면서도 막막한 심정까지. 그는 만난 지 얼마 되지도 않은 치운에게, 그동안 누구에게도 쉽게 털어놓지 못했던 이야기들을 모두 꺼내 놓았다. 정작 그녀에게는 말하지 못하는 답답하고 애석한 마음이 더해져서 그렇게 된 것 같았다.

그들은 어느새 학교 앞에 도착해 있었다. 치운은 시간을 보았다. 아직 십 분 정도의 시간이 남아 있었다. 치운은 무언가를 잠시 생각하는 듯 텀을 두더니, 이윽고 다소 진지해진 톤으로 물었다.

"그래서요?"

"어?"

"난 이 역할을 언제까지 하면 되는데요?"

의현의 얼굴에 안도의 미소가 떠올랐다. 치운은 창문 밖의 풍경만 보고 있었다. 수많은 학생이 학교로 들어가고 있었다.

"얼마 안 걸릴 거야. 곧 고백할 거니까."

의현은 어젯밤 일도 그렇고 이왕 이렇게 된 것 자신의 마음을 고백하는 수밖에 없다고 생각했고, 언제가 좋을지 그 시기를 고민하고 있었다.

"그럼 난 그때까지 내 역할에만 충실하면 되는 거죠?"

그는 생각지 못했던 치운의 적극적인 태도에 반가워하며 고개를 끄덕였다.

"내 역할은, 연출님을 좋아해서 쫓아다니면서 다른 여자와의 관계를 방해하는 거고요."

그는 역시나 웃으며 긍정을 하려다가 왠지 이상한 기분이 들어 치운을 보았다.

"내 꿈이 배우거든요? 그러니까 이 역할에 너무 몰입하기 전에 빨리 고백하는 게 좋을 거예요."

"야, 너."

"뭐, 전 어느 쪽도 상관없지만요."

의현은 싱글벙글 웃고 있는 치운의 의중을 파악하기가 힘들었다. 아무리 봐도 성수와는 생김새며 성격이 천지 차이였다. 그때 치운이 그만 내리려는 듯 안전벨트를 풀며 말했다.

"말 나온 김에 오늘 해 버려요."

그는 오늘, 이라는 말에 깜짝 놀라서 되물었다.

"뭐?"

"원래 사랑은 타이밍이라고 하잖아요."

"······."

"조금만 늦어도 놓쳐 버리니까."

의현은 그 말마저 모호하게 느껴져서 그가 아군인지 적군인지 헷갈렸다. 하지만 그 모호한 말이 왠지 모르게 가슴을 찌르듯 박혀 오는 것을 느꼈다.

"연출님 파이팅!"

치운이 차에서 내려 짧게 인사를 하더니 서둘러 교문을 향해 뛰어갔다. 의현은 그제야, 하나가 교문으로 들어가고 있음을 보았다. 그리고 놀랐다. 8년간 한결같이 그녀만 보던 그가 그녀를 놓쳤는데, 치운은 그녀를 보았다는 사실에.

'조금만 늦어도 놓쳐 버리니까.'

창밖으로 본 치운은, 하나의 옆으로 바싹 붙어 고개를 불쑥 내밀며 인사를 했다. 속으로는 설마, 하면서도 의현은 왠지 불안한 마음이 들었다. 그리고 치운의 그 말을 다시 한 번 마음속에 되새겼다. 맞는 말이었고 지금 그에게 꼭 필요한 말이었다. 그는 그녀를 무척 사랑하면서도, 혹시나 그녀를 놓칠까 봐 고백을 미루어 왔었다. 그러나 그 신중함 때문에 자칫 그녀를 잃을 수도 있다는 사실은 미처 몰랐다. 왜인지, 조카뻘 되는 어린아이에게 진 것만 같은 기분이 들어서 마음이 편치 않았다. 그리고 더욱 조바심이 들었다.

그는, 항상 막연하게만 생각하고 있던 '고백'이라는 것을, 정말 오늘 해 보는 것은 어떨지 진지한 고민을 시작했다.

"자기, 퇴근해야지."

박 선생이 하나의 옆구리를 툭 치며 말했다. 하나는 그제야 정신을 차리고 짐을 챙기기 시작했다.

"오늘 왜 그래? 하루 종일 멍해 있고."

"제가요? 그랬나요."

박 선생은 어색하게 웃는 하나를 이상한 듯 보며 먼저 교무실을 나갔다. 하나는 의자 등받이에 등을 기대고 한숨을 푹 쉬었다. 애써 부정하긴 했지만 박 선생의 말대로 하나는 오늘 하루 종일 정신이 다른 곳에 가 있었다.

오늘 아침 일어났을 때 이불이 덮여 있기에 의현이 일찍 일어난 줄 알고 조금은 설레고 걱정되는 마음으로 그를 찾았지만, 그는 없었다. 한 번도 하나가 출근하기 전에 집을 나간 적이 없었는데 혹시 일부러 자리를 피한 것인가 싶어 마음이 울적해졌다. 그가 먼저 이렇게 불편해한다면, 자신은 어떻게 해야 하는 건지 고민이 되었다.

그때 하나의 휴대폰이 짧게 진동했다. 보니 의현에게서 문자가 와 있었다. 의현의 이름을 보는 순간 하나의 가슴이 두근, 하고 뛰었다.

[오늘 외식할까? 내가 일곱 시쯤 집으로 데리러 갈게.]

그 문자를 보자 하루 동안의 고민과 걱정이 눈 녹듯이 녹아내리는 것 같았다. 혹시나 의현이 계속 그녀를 피하면서 차갑게 대하면 어떡하나 걱정했는데, 다행히 아무 일 없던 것처럼 다가와 주어 고마운 마음이 들었다.

하나는 알겠다고 답장을 보내면서 저도 모르게 엷은 미소를 지었다. 그리고 거울을 보며 얼굴 이곳저곳 살펴보았다. 어젯밤 의현의 생각 때문에 잠을 잘 못 자서 그런지 피부가 평소보다 더욱 건조하고 퍼석해 보였다. 오늘 입고 온 옷도 마음에 안 들었다. 얼른 집에 가서 화장도 좀 고치고 옷도 예쁜 것으로 갈아입고 기다려야겠다는 생각이 들었다.

아직 그녀는 마음이 명확하게 정리되지 않아서 그를 어떻게 봐야 하는지 걱정이 되기는 했지만, 그가 정식으로 고백을 하거나 어떤 관계를 제안한 것도 아니었기 때문에 그저 평소처럼 대하기로 마음을 먹었다.

그 시각, 의현은 백화점에서 반지를 보고 있었다. 하루 종일 고민한 끝에 결국 오늘 고백을 하기로 결정을 내린 것이었다.

의현은 한참을 신중하게 살핀 끝에 그녀가 너무 부담스러워하지 않을 정도의 심플하면서도 고급스러운 반지를 골랐다. 반지를 줄 생각을 하니 벌써부터 가슴이 설레었다. 그는 일부러도 그녀가 거절하는 모습은 상상하지 않기로 했다.

"선물하실 거세요?"

"네. 예쁘게 포장해 주세요."

"오늘 무슨 날이세요?"

그는 환하게 웃으며 대답했다.

"고백하는 날이요."

예쁘게 포장된 반지를 가지고 떨리는 마음으로 집으로 가다가, 가는 길에 있던 꽃집을 그냥 지나치지 못하고 차를 세웠다. 하나는 꽃을 좋아했다. 시언이 가끔 꽃다발을 기습 선물로 주면 신이 나서 윤아에게 자랑하곤 했고, 어차피 금방 시들 것을 알면서도 매일매일 물을 갈아 주며 정성스럽게 보살피다가 완전히 시들면 슬퍼서 또 윤아에게 전화를 걸어 하소연을 했다.

의현은 그런 모습을 항상 옆에서 지켜보면서 언젠가 자신도 그녀에게 꽃을 선물하고 싶다는 생각을 했다. 그래서 그녀의 대학 졸업식만 기다렸는데, 하필 그날 시언이 급성 장염으로 아파서 하나는 졸업식도 제대로 하지 못하고 그를 데리고 급히 병원으로 갔다. 그래서 의현은 그녀가 가장 좋아하는 장미꽃을 한 다발이나 사고도 전해 주지 못했다.

"몇 송이 드릴까요?"

의현은 잠시 고민하다 웃으며 대답했다.

"여덟 송이요."

오십 송이나 백 송이처럼 많이 살까도 생각했지만 8년을 상징하는 여덟 송이를 통해 그녀에게 자신의 오랜 마음과 진심을 전달하고 싶었다.

장미꽃 여덟 송이를 손에 든 의현의 마음은 그 어느 때보다 떨렸다. 이번엔 꼭 그녀에게 꽃을 전해 주고 싶었다.

하나는 나갈 준비를 마치고 의현을 기다리다가 일곱 시가 되기 십 분 전쯤 집을 나왔다. 그가 도착하면 전화를 한다고 했지만 오늘따라 왠지 시간이 느리게 가는 것 같아서 더 기다릴 수가 없었다. 마중이라도 나가 있으면 바로 만날 수도 있고 의현이 더 좋아할 것 같았다.

봄이지만 아직 겨울에 더 가까워서인지 해가 그리 길지 않았다. 하나는 어둑해진 밖에서 차가운 밤공기를 마시며 그를 기다렸다. 그런데 천천히 주변을 둘러보던 하나의 눈에 문득 매우 낯익으면서도 낯선 차 한 대가 들어왔다. 하나는 그 차를 보는 순간 심장이 얼어붙는 듯한 기분을 느꼈다.

잠시 후, 차 문이 열리고 한 남자가 내렸다. 하나는 저도 모르게 뒤로 한 발 주춤했다. 헤어진 뒤로 연락이 몇 번 닿기는 했지만, 이렇게 직접적으로 얼굴을 마주하는 것은 지난번에 부대찌개 집에서 잠깐 마주친 후로 처음이었다.

그는 멀리서 보아도 알 수 있을 정도로 상당히 수척했고 야위어 있었다. 그가 그녀에게 점점 더 가까이 다가왔다. 그럴수록 더 선명하게 보이는 그의 핏기 없는 얼굴은 그녀의 마음을 아프게 했다. 하나는 이대로 도망칠까도 생각했지만 어딘가 많이 아픈 듯한 그 얼굴을 보니 차마 발이 떨어지지 않았다.

결국 그가 힘겨운 발걸음으로 그녀의 코앞까지 다가왔고 그녀는 바싹 긴장한 채로 그를 보았다.

시언은 금방이라도 쓰러질 것처럼 위태로운 모습으로 그녀를 한동안 바라만 보았다. 하나는 그의 아픈 모습을 보자 단단한 벽돌로 쌓아 두었던 마음의 문이 처참하게 무너져 내리는 듯한 느낌을 받았다. 하지만 자신의 그 마음을 드러내고 싶지는 않아서 애써 침착하고 차가운 말투로 말했다.

"여긴 왜 온 거야?"

그는 여전히 아무 말 없이 그녀를 바라보기만 했다. 그녀를 바라보는 그의 두 눈에 천천히 붉은 기운이 차올랐다. 하나는 그의 눈이 붉어진 것을 보고 갑자기 감정이 역류하는 것을 느꼈다.

"……너 지금 뭐 하니?"

그의 온몸은 차게 식은 것 같았지만 두 눈만은 뜨거워 보였다. 그래서 마음을 다잡으려던 그녀의 노력이 순식간에 무너져 버렸다. 그녀는 한층 고조된 목소리로 소리쳤다.

"지금 뭐 하는 거냐고, 대체!"

시언은 대답 대신 눈물 섞인 숨을 토해 냈다.

"네가 지금 내 앞에서, 내 앞에서……!"

그때, 시언의 눈에서 결국 눈물 한 방울이 떨어졌다. 동시에 그의 촉촉이 젖은 목소리가 들렸다.

"미안해."

밭은 숨을 토해 내듯 뱉어 낸 그 한마디에, 하나는 잠시 말을 멈추었다.

"……미안해, 하나야. 정말 미안해."

어느새 그의 말에는 눈물이 아닌 울음이 가득 차 있었다. 하나는 생전 처음으로 자신의 앞에서 흐느끼는 시언을 보면서 가슴이 미어지는 것 같았지만, 눈물 대신 헛웃음을 흘렸다.

"미안해? 이제 와서, 뭐가?"

"……."

"네가 다른 여자 때문에 흔들린 게? 아님 날 버린 게? 대체 뭐가 미안한데."

"하나야."

"뭔가 착각하고 있는 모양인데. 난 네가 나한테 뭘 잘못했기 때문에 헤어진 게 아니야."

하나는 매일 아침 그와 함께 눈을 뜨던 순간들을 떠올렸다. 그가 자신의 이마에 사랑스러운 듯 입을 맞추던 순간을, 따뜻하게 안아 주던 순간을, 사랑한다고 수십 수백 번도 더 속삭이던 순간을.

"네 마음이, 떠났기 때문이지."

참았던 눈물이 흘렀다. 그에게 두 번 다신 보이고 싶지 않던 눈물이 흘렀다. 시언의 눈동자가 흔들리는 것이 보였다. 하나는 재빨리 그에게서 등을 돌렸다.

"하나야."

그가 조금은 절실하고 다급한 말투로 그녀의 이름을 부르며, 그녀의 손목을 잡았다. 하나는 그의 손을 떨쳐 내고 말했다.

"그건 잘못한 게 아니야. 미안한 것도 아니고. 그러니까 다시는 사과 따위 하려고 찾아오지 마. 우린 끝났고, 난 네 얼굴 다신 보고 싶지 않아."

하나는 집으로 돌아가기 위해 차갑게 발을 내디뎠다. 그런데 바로 그 순간이었다.

지독하게 익숙하기에 더욱 슬픈 향기가 그녀의 몸을 휘감았다. 시언이 뒤에서 그녀를 끌어안았다. 언제나 따뜻하던 그에게서는 오늘따라 시체처럼 차가운 기운이 전해졌다. 그는 하나가 가지 못하도록 더욱 세게 끌어안으며 그녀의 어깨에 얼굴을 묻었다.

그녀의 어깨에 차가운 액체가 툭툭 떨어져 내렸다.

"못 살겠어."

"······."

"······너 없이 못 살겠어, 하나야."

그러나 그 순간 떨어진 것은 그의 눈물만이 아니었다.

"······제발 돌아와 주라."

여덟 송이의 장미꽃은, 이번에도 역시 주인을 맞이하지 못하고 차디찬 바닥에 떨어졌고,

"우리 다시 시작하자."

제발 그 말만은 들리지 않길 바랐던 한 남자의 바람도, 어김없이 벼랑 끝으로 추락하고 말았다.

12.
이제야 네가 보이는데

다시 시작하자는 말. 너 없이는 못 살겠다는 말. 제발 돌아와 달라는 말. 어쩌면 그와 헤어진 이후로 줄곧 마음 한구석에서 바라고 있던 말이었는지도 모른다. 그를 너무 사랑해서, 잊지 못해서, 정말 다시 시작하고 싶어서가 아니라, 그가 후회하기를 바라서. 나 없이 힘들어하는 모습을 보고 싶어서.

하나는 그랬다.

'우리 다시 시작하자.'

그래서, 할 수 있는 말이 없었다.

듣고 싶던 말을 들었기에 더 바라는 것이 없었다.

하나는 자신을 안고 있던 시언의 팔을 떼어 냈다. 간절해 보이는 그의 마음과는 다르게 그의 팔은 방금 꺾인 꽃처럼 가볍고 힘이 없었다. 하나는 그에게서 처음 느껴 보는 무게에 안쓰러운 마음을 뒤로하고 천천히 뒤를 돌았다.

시언과 하나의 눈이 마주쳤다. 하나는 시언의 붉어진 눈시울이 너무 미웠다. 그런데 그때였다. 하나만을 담고 있던 그의 눈동자가 미세하게 흔들리더니 이윽고 무거운 눈꺼풀이 내려앉으면서 그의 무릎이 바닥에 툭 닿는 소리가 들렸다.

"오빠."

하나가 놀라서 그를 불렀지만 그는 대답하지 못하고 몸에서 힘을 완전히 놓았다. 하나는 갈대처럼 휘어 오는 그의 몸을 재빨리 잡아챘다. 하지만 그는 이미 정신을 놓은 상태였다.

"왜 이래? 정신 차려!"

시언은 몸이 약해서 자주 아픈 편이었지만 한 번도 정신을 잃고 쓰러진 적은 없었다. 하나는 너무 놀란 나머지 눈물이 왈칵 솟구칠 뻔했지만 이럴 때일수록 이성을 챙겨야 한다는 생각에 감정을 꾹 누르며 시언의 이마에 손을 올려 보았다. 그에게서는 시체처럼 차가운 기운이 풍기는 것 같았지만, 정작 몸 안의 열은 평균 체온 이상으로 올라 있었다.

"이시언! 정신 차려!"

하나는 시언을 부축해서 자리에서 일어났지만 정신을 잃은 남자를 여자 혼자의 몸으로 차까지 데리고 가는 일은 쉽지 않았다.

"도와주세요! 여기 누가 좀 도와주세요!"

그녀의 목소리에 벽 뒤에 숨어 있던 그의 몸이 움찔했다. 의현은 잠시 고민한 끝에 결국 한 발 앞으로 내디뎠다. 그런데 그때, 근처에 있던 남자 주민 한 명이 하나에게 달려가서 시언을 함께 부축해 주는 것이 보였다.

하나는 그의 도움으로 무사히 시언을 차에 태울 수 있었다. 그리고 남자와 짧게 대화를 하더니 조수석에 올라타는 것이 보였다. 남자가 병원까지 운전을 해 줄 모양인 듯했다.

의현은 그녀에게 들키지 않도록 다시 한 발 뒤로 물러 몸을 감추었다.

차라리 잘됐다 싶었다. 의현은 그녀를 위해서라면 무엇이든 할 수 있었지만, 그를 위하는 그녀는 이제 감당할 자신이 없었다.

하나는 병원 침대에 누워 있는 시언을 가만히 내려다보았다. 시언은 깊이 잠든 것처럼 보였다. 다행히 큰 병은 없었고 심한 감기 몸살에 의한 고열과 수면 부족으로 인한 일시적인 실신이었다. 하나는 그 말에 가슴을 쓸어내리면서도, 마음이 편치 않았다. 시언이 요즘 얼마나 힘들어했는지가 체감으로 느껴지는 것 같았고, 그것이 자신 때문인 것 같아서 미안한 마음도 들었다.

그녀는 이 사랑에서의 피해자는 자신이라고 생각했었다. 8년 동안 한결같은 믿음과 사랑을 주었는데도 불구하고 배신을 당했다고 생각했기 때문이었다. 지금도 그 생각에는 변함이 없었다. 그가 다른 여자에게 흔들린 것은 사실이었고, 그녀는 그로 인해 너무 큰 상처를 받았으니까. 하지만 지금 자신의 앞에 창백한 얼굴로 누워 있는 그를 보면서 그녀는 마음이 어지러워지는 것을 느꼈다.

어째서일까. 이별 후에 더욱 고통스러워하는 것은, 그녀가 아니라 그였다.

어째서일까. 하나는 지금 시언만큼 힘들지 않았다. 한동안 극한 상실감과 허무함이 그녀를 괴롭게 하긴 했지만, 지금은 아니었다. 그가 생각날 때마다 힘들긴 해도, 죽을 만큼은 아니었고 하루 중 그를 생각하는 횟수도 점점 줄어 갔다. 요즘은 학교에서도 일에 집중할 수 있었고, 가끔 교사들과 시시껄렁한 농담을 하며 웃기도 했다. 밥은 물론 잘 먹었고 건강에도 이상이 없었다.

어째서일까.

몸의 반쪽이 뚝 떨어져 나갔는데도, 이렇게 잘 지낼 수 있는 이유는 무엇일까.

또 어째서일까.

그 순간 하나의 머릿속에는 한 남자의 얼굴이 떠올랐다.

하나는 그제야 잊고 있던 의현과의 약속이 생각나 자리에서 벌떡 일어났다. 갑자기 쓰러진 시언을 병원으로 옮기느라 정신이 없어서 의현에게 미처 연락을 하지 못했다. 하나는 얼른 휴대폰을 꺼내어 보았다.

그런데 이상했다. 휴대폰에는 아무런 메시지도, 전화도 없었다. 약속 시간은 벌써 한 시간 반이나 지나 있었다. 하나가 집에 없는 것을 보았다면 바로 전화를 했어야 하는데, 혹시나 해서 통화 기록을 아무리 다시 살펴보아도 부재중 전화는 없었다.

하나는 잠들어 있는 시언을 잠시 바라보았다. 마음이 아팠지만 더 있을 수는 없었다. 그녀는 시언에게서 애써 시선을 거두고 무거운 발걸음으로 병실을 나왔다.

— 전화기가 꺼져 있어 소리샘으로 연결되오니……

의현은 전화를 받지 않았다. 집에도 전화를 해 보았지만 마찬가지였다. 그는 이렇게 아무 말 없이 연락이 안 될 사람이 아니었다. 하나는 혹시 그에게 무슨 일이 생긴 것은 아닌지 걱정이 되어서 저도 모르게 걸음이 빨라졌다. 그녀는 꺼진 전화기에 여러 번 전화를 하면서 병원을 나왔다.

서둘러 택시를 타고 집으로 왔지만, 그녀를 반기는 것은 역시나 고요한 적막뿐이었다. 온 집 안을 다 뒤져 보았지만 그는 없었다. 하나는 답답한 마음에 베란다로 가서 창문을 열었다. 서늘한 바람이 그녀의 귓불을 매만지고 지나갔다.

초조한 마음으로 핸드폰만 만지작거리던 하나는 문득 일이 늦게 끝난 걸 수도 있다는 생각이 들었다. 하지만 의현의 극단 사람 중에 번호를 아는 사람이 없었다. 순간 하나의 머릿속에 치운의 얼굴이 스치고 지났다. 치운이 조연출 성수의 동생이라는 사실이 떠오른 것이었다. 하지만 아쉽게도 성수의 연락처가 적혀 있을 학생들의 기본 정보 관련 자료는 학교에 있었다. 하는 수 없이 치운에게 형의 번호를 물어본 뒤 연락을 해야 할 것 같았다. 하지만 하나는 치운에게 선뜻 전화를 걸지 못했다. 아무리 그래도 담임교사인데 이런 사적인 일로 연락을 해도 되나 싶었고, 왠지 모르게 꺼려지는 부분이 있었다. 하지만 의현의 행방도 모른 채 이대로 막연하게 기다릴 수만은 없었다. 하나는 결국 고민 끝에 통화 버튼을 눌렀다.

요란스러운 컬러링이 한동안 지속되다가 딸깍 하는 소리와 함께 치운의 목소리가 들렸다.

— 여보세요.

"어, 치운아. 선생님이야."

— 무슨 일이세요?

치운은 다짜고짜 무슨 일이냐고 물었다. 그 목소리는 평소보다 조금 더 낮고 무거웠다.

"다른 게 아니라, 형 전화 번호 좀 알 수 있을까 하고."

그러자 치운은 단번에 물었다.

— 왜요? 연출님한테 무슨 일 생겼어요?

눈치가 빠른 건지, 아니면 무엇을 알고 있는 건지 치운의 반응이 너무 빨라서 하나는 약간 당황하며 말했다.

"아니, 꼭 그런 건 아니고…… 형한테 좀 여쭤 볼 게 있어서."

치운은 무슨 생각을 하는 듯 잠시 말이 없더니 이내 번호를 불러 주었다. 그러고는 하나가 고맙다며 내일 보자고 전화를 끊으려 하자, 불쑥 말을 꺼냈다.

— 선생님.

"응?"

— 선생님은, 연출님이랑 무슨 사이예요?

하나는 순간 말문이 막혔다. 지난번에 학교에서 의현과 셋이 마주쳤을 때도 대답하지 못했던 질문이었다. 그런데 이상했다. 같은 질문이었지만, 하나는 왠지 그때보다 가슴이 더욱 쿡 찔리는 듯한 느낌을 받았다. 그것은 아무래도 대답하지 못하는 이유의 차이에서 오는 것 같았다. 그때는, 의현을 도와주기로 한 약속이며 치운의 담임교사로서의 체면이며 여러 가지 복잡한 문제들을 생각하느라 대답하기 힘들었다면, 지금은 그저 질문의 본질에 닿으려다 마음이 흔들린 까닭이었다.

무슨 사이. 그와 그녀는 정말 무슨 사이인지 고민이 되기 시작했던 것이다.

— 대답하기 곤란하시면 됐어요. 다음에 다시 물어보죠, 뭐.

"……."

— 들어가세요. 내일 봬요.

전화를 끊었다. 치운의 질문 하나에 머리가 멍해지는 것 같았지만 넋을 놓고 있을 여유도 없었다. 하나는 서둘러 성수의 번호로 전화를 걸었다. 일말의 기대를 품어 보았으나 역시나 소용이 없었다. 의현은 오늘 일이 있다며 일찍 갔고 다시 들르지 않았다고 했다.

아까부터 하나의 목을 뱀처럼 휘감아 오던 불길한 예감이 완전히 똬리를 틀고 자리를 잡았다. 설마 아닐 것이라고 애써 부정해 왔지만 하나는 자꾸 집 앞에서 시언이 자신을 끌어안았던 순간이 떠올랐다. 만일 그가 어디선가 그 장면을 봤다면, 또 혹시 '다시 시작하자'는 시언의 말을 들었다면.

하나는 제발 그것만은 아니길 바라며 베란다 문을 닫았.

창문을 그리 오래 열어 둔 것도 아니었는데, 그날따라 밤공기가 몹시 차게 느껴졌다.

문소리가 들렸다. 책상 앞에 앉아 있던 하나는 번뜩 고개를 들었다. 내일 있을 수업 준비를 하려고 했지만 의현의 생각으로 온통 정신이 **빼앗겨** 멍하니 시계의 초침 소리만 듣다가 잠이 들어 버린 모양이었다. 시간을 보니 새벽 두 시 반이 넘어 있었다. 하나는 얼른 자리에서 일어나 문을 열고 나갔다.

지친 기색으로 들어오던 의현이 하나를 보고 멈추어 섰다. 하나는 서운한 마음을 감추지 못하고 물었다.

"어떻게 된 거예요? 연락도 없이."

그러자 의현이 얼핏 웃으며 말했다.

"아직 안 잤어?"

하나는 그에게 한 발 더 다가서고 싶었지만, 어렴풋이 느껴지는 서늘한 기운과 술 냄새에 쉬이 발을 내딛지 못했다.

"술 마셨어요? 어디 갔던 거예요?"

"……갑자기 친한 친구 아버님이 돌아가셨대서. 장례식에."

하나는 예상치 못했던 그의 대답에 놀랐다. 그리고 무어라 대답을 해야 할지 몰라서 그저 아, 하고 말았다.

"연락을 했어야 하는데 정신이 없었어. 미안해."

의현은 거실 소파로 가서 눕듯이 기대앉으며 말했다.

"아니에요."

하나는 연락도 못 하고 사라졌던 것은 자신도 마찬가지였기 때문에 할 말이 없었다.

"너는."

의현이 피곤한 듯 손등으로 눈을 가리고 말했다.

"계속 집에 있었어?"

하나는 바로 대답하지 못했다. 만일 그가 정말 시언과의 일을 목격하고 말도 없이 사라진 것이었다면, 솔직히 얘기하고 풀어 볼 생각이었다. 그런데 그가 생각지 못했던 구체적인 이유를 이야기하자 어떻게 해야 할지 알 수 없었다. 그의 말을 믿기도, 믿지 않기도 힘들었지만 만일 사실이라면 괜한 말을 해서 그의 마음을 어지럽게 하고 싶지는 않았다.

"……네."

결국 하나는 엉겁결에 그렇게 대답하고 말았다. 잠시 정적이 흘렀고 그가 말했다.

그래, 그랬구나. 미안해, 라고.

그의 목소리는 어느 때처럼 부드럽고 감미롭고 차분했지만, 하나는 그에게서 생전 처음으로 다가갈 수 없을 정도의 차가움을 느꼈다.

"많이 피곤할 텐데, 얼른 씻고 자요."

의현은 대답하지 않았다. 그의 몸은 한 치의 미동도 없었고 여전히 손등으로 눈을 가리고 있어서 얼핏 보면 잠든 것도 같았다. 하나는 왠지 말을 뱉은 혀끝에서 쓰고 텁텁한 맛이 감도는 것 같은 기분을 느끼며 천천히 뒤를 돌았다. 그런데 방으로 가려고 한 발 내디뎠을 때, 그의 목소리가 들렸다.

"기다렸어?"

하나는 발을 멈칫했다.

"……나, 많이 기다렸냐고."

왜일까. 숨이 찼다. 그가 알게 모르게 심호흡을 했다. 그리고 평범한 말투, 평범한 목소리로 대답했다. 최대한 아무렇지 않은 척 노력하며.

"그럼요."

"……."

"걱정했잖아요. 많이."

아무것도 계산하거나 생각하지 않았다. 그녀는 그 순간, 기다렸다는 듯이 그저 진심을 말했다. 그녀의 진심을 듣고 의현이 어떤 표정을 하고 어떤 반응을 보였는지는 알 수 없었다. 그녀는 그에게 뒤를 보이고 있었으니까.

"쉬어요."

하나는 천천히 방으로 들어갔다. 혹시라도 그가 무슨 대답을 해 줄까 느린 걸음으로 걸었지만 방문이 닫힐 때까지 그는 아무 말도 하지 않았다.

방에 들어간 하나는 아무 생각 없이 휴대폰을 켰다가 자는 동안 시언에게서 와 있던 문자와 전화를 보게 되었다. 부재중 전화는 다섯 통이었고 문자는 열 통이 넘었다. 다행히 정신을 차린 모양이었지만 하나는 그의 연락이 반갑지 않았다.

[오늘 고마워. 그리고 너한테 이런 모습 보이고 싶지 않았는데 미안해……. 그래도 내가 한 말만은 진심이었어. 보면 연락해 줘. 기다릴게.]

하나는 그에게 답장도, 전화도 하지 않았다. 그가 빨리 정리할 수 있도록 깔끔하게 답장을 할까도 생각해 보았지만 지금의 그에게는 아무 말도 들리지 않을 것 같았고 당장은 그와 어떤 연락도 하고 싶지 않았다. 지금은 의현만 생각하기에도 마음이 너무 벅찼다. 부모님 문제도 그렇고 어차피 한 번은 만나서 얘기해야 했기 때문에, 하나는 나중에 직접 만나기로 마음을 먹고 자리에 누웠다.

몸은 피로에 녹아 있었지만 마음이 긴장한 탓일까 왠지 오늘 밤은 잠들기 힘들 것 같았다.

그날부터였다. 의현은 달라졌다. 매일 아침 하나가 출근하기 전에 일어나서 밥을 함께 먹어 주고 출근하는 것까지 배웅해 주던 그가, 이제는 그 시간에 운동을 나가거나 잠을 자면서 그녀와 마주치는 것을 피했다. 그가 준비하던 연극의 공연이 얼마 남지 않아서인지 평소보다 더 늦게 들어왔고, 하나가 용기 내서 야식이라도 준비해 주려고 하면 가볍게 웃으며 거절하곤 했다. 며칠 전에는 하나가 조심스럽게 오늘은 야자 감독을 하는 날인데 와 줄 수 있냐고 묻자 요즘 일이 너무 바빠서 못 갈 것 같다며 부드럽고도 냉정한 말투로 거절을 했다.

그의 미소는 여전히 따스하고 달콤했지만, 그는 분명히 차가워졌고 눈에 띄게 멀어졌다. 하나는 그로 인해 머리가 깨질 지경이었다. 한동안 그녀가 느꼈던 것이 모두 착각이었던 것만 같았다. 착각이 아니었다면 그는 잠시 그녀에게 호감을 가졌다가 금세 정신을 차린 것이리라는 생각이 들었다. 그러나 어느 쪽이라고 해도,

그녀는 그가 미웠다.

사랑하던 사람에게 갑자기 버림받은 것과 같은 급은 아니더라도, 그와 비슷한 기분이 들었다.

마음대로 좋아해 놓고, 마음대로 식어 버리다니. 바보가 된 기분이었다.

"갈치운."

하나는 멍하니 출석을 부르다 말고 정신이 들었다. 일정한 리듬으로 반복되어 오던 이름, 대답, 이름, 대답의 패턴이 깨진 순간이었다.

"갈치운 없어?"

치운의 자리를 보았다. 사고는 많이 쳐도 절대 지각은 하지 않던 치운이 자리에 없었다.

"현성이, 민이. 치운이 왜 안 오는지 몰라?"

하나는 치운과 가장 친한 아이들 두 명에게 물었지만, 그들은 어리둥절한 표정으로 고개를 저으며 아침부터 휴대폰 전원이 꺼져 있었다고 말했다. 그 자리에서 한 번 더 전화를 시켜 보았지만 마찬가지였다.

그녀는 조례를 마치고 교무실로 가서 곧바로 성수에게 전화를 걸어 보았다. 성수는 아침에 일어났을 때 치운이 없어서 학교에 간 줄만 알았다고 했다. 어제 혹시 집에서 무슨 일이 있었냐고 묻자 성수는 일은 있었지만 전화로 할 얘기는 아니라고 했다. 하나는 늘 걱정되던 치운의 가정환경 문제도 그렇고 성수를 한 번 만나서 얘기해야겠다는 생각이 들어서, 일단 더 기다려 보고 치운이 오지 않으면 극단으로 찾아가겠다고 한 뒤 전화를 끊었다.

그날, 치운은 끝내 학교에 오지 않았다. 하나는 오늘만 야자 감독 좀 바꾸어 줄 수 없겠냐는 박 선생의 부탁을 거절하고 곧바로 의현의 극단으로 갔다.

치운의 문제로 가는 것인데도 불구하고 가는 동안 하나의 머릿속에는 의현이 더 크게 자리 잡고 있었다. 하나는 의현이 연극을 올리면 보러 간 적은 많아도, 이렇게 연습을 하는 도중에 찾아간 적은 없었다. 맨손으로 가기도 뭐해서 하나는 근처 빵집에서 롤케이크과 빵, 음료 등을 배우들의 몫까지 한가득 샀다. 그녀는 내심, 의현이 갑자기 찾아온 자신을 반겨 주기를 바랐다.

하나는 조심스럽게 노크를 하고 연습실 안으로 들어갔다. 그런데 한창 연습이 무르익던 중이었는지 아무도 그 미미한 노크 소리를 듣지 못하고 연습에 열중하고 있었다. 배우들 몇몇이 그녀를 보았지만 의현과 성수는 하나에게 등을 진 채 배우들 쪽을 보고 있어서 하나를 보지 못했다. 하나는 저절로 숨을 죽이며 문에 붙어 선 채 연습을 지켜보았다. 돌연 의현이 묵직한 목소리로 호통을 치듯 말했다.

"그만! 유신이 지금 뭐 하는 거야? 왜 리액팅이 계속 안 돼? 네 대사 할 생각만 하지 말고 이화 말을 제대로 듣고 치란 말이야. 각자 대사만 치고받으면 그게 리딩이지 연기야? 아까부터 계속 정신 못 차리고 딴생각만 하니까 이러는 거 아니야. 공연 며칠 남았다고 이런 기본적인 지적을 하게 만들어? 블로킹도 지금 엉망이고. 대체 뭣들 하자는 거야?"

처음 보는 의현의 카리스마 있는 모습에 하나는 자신이 배우가 된 것처럼 숨이 턱 막혔다. 그때 배우들의 시선을 눈치챈 성수가 뒤를 돌아 하나를 보고는 깜짝 놀라며 달려왔다. 의현도 그제야 무심코 돌아보았다가 하나를 보고 놀란 듯 굳어 섰다. 배우들은 약간의 경계심과 호기심을 가지고 하나를 쳐다보았다.

"안녕하세요."

하나가 멋쩍게 인사를 하며 성수에게 가져온 간식을 내밀었다.

"방해가 된 건 아닌지 모르겠어요. 이건 힘드실 텐데 같이 좀 드시라고……."

"뭘 이런 걸 사 오셨어요."

성수는 미안한 듯 말했지만 뒤에서 배우들은 작게 환호하고 있었다. 성수가 배우들에게 간식을 전달해 주자 배우들이 감사하다며 하나에게 인사를 했다. 하나는 환한 미소로 그들에게 화답했다. 의현은 잠시 휴식이라며 배우들이 둘러앉아 간식을 먹도록 한 뒤 하나에게 다가와 물었다.

"여긴 어떻게 온 거야?"

"치운이 문제로 성수 씨를 좀 뵙기로 해서요."

그러자 성수가 옆에서 거들었다.

"이 자식이 2학년 돼서는 좀 잠잠한가 했더니, 또 학교를 안 나왔대요."

"아, 그래."

의현은 약간 아쉬움이 감도는 듯한 미소를 지어 보이며, 그럼 얘기들 하라고 간단히 인사를 마무리하고는 배우들에게로 돌아갔다. 하나는 그녀를 반겨 주기는커녕 정말 외부 손님 대하듯이 하는 의현을 보며 섭섭한 마음이 들었다. 그녀는 의현만을 따라가는 시선을 거두지 못하고 그가 한 여자 배우와 이야기하는 모습을 빤히 바라보았다.

여자 배우는 얼핏 그녀의 또래로 보였는데 더 어려 보이는 것도 같았다. 눈이 아주 크고 얼굴이 둥그스름한 게, 귀여운 동안 상이었다. 그리고 아주 낯이 익었다. 그동안 의현의 연극에서 몇 번 본 것도 같았다. 그녀는 해맑게 웃으며 의현에게 장난을 치듯 빵 하나를 내밀었다. 의현은 그녀의 이마를 툭 치며 괜찮다고 거절했다. 여자는 무슨 말을 하면서 무엇이 그리 재밌는지 몸을 뒤로 젖히며 웃었고, 의현도 그녀를 보며 짧게 웃었다. 하나는 의현이 웃는 것을 참 오랜만에 보았다. 그녀의 앞에서도 물론 따스한 미소를 자주 짓기는 했지만 소리 내어 웃음을 뱉지는 않았다. 하나는 문득 가슴속에 짙은 어둠이 내려앉는 것 같은 기분을 느꼈다.

"선생님?"

그때 성수가 목소리를 약간 높여 하나를 불렀다. 하나는 눈을 번쩍 뜨고 그를 쳐다보았다.

"네?"

"계속 불렀는데 못 들으셔서. 어디 불편한 데라도 있으세요?"

"아니요. 아니에요."

"그럼 잠깐 나가서 얘기할까요?"

하나는 성수를 따라 나가면서도 의현을 생각했다. 지금도 뒤에서 귀여운 여자 배우와 함께 웃고 있을 그를 생각하니 저도 모르게 표정이 어두워졌다.

적당한 벤치를 찾아 앉은 뒤, 성수가 그녀의 표정을 살피며 물었다.

"정말 괜찮으세요?"

"아, 네. 괜찮아요."

"저희 치운이 때문에 고민이 많으시죠. 이놈의 자식은 언제 정신을 차릴 건지."

하나는 아니라며 작게 웃었다. 잠시 어색한 침묵이 흐르고, 하나는 결국 궁금증을 참지 못하고 물었다.

"배우분들이 의현 오빠랑 다 친하신가 봐요. 분위기가 좋아 보이네요."

"그렇죠, 뭐. 형님이 워낙 잘하시니까."

"방금 그 여자 배우분은 누구세요? 낯이 익던데."

"아, 은영이 누나요. 은영이에요, 고은영. 우리 극단에서 아마 형님이랑 제일 친할 거예요. 스무 살 때부터 지금까지 8년을 쭉 따라다녔다니까."

"8년이요?"

하나는 놀라며 물었다. 8년이라는 숫자가 낯설지 않았다. 왜 하필 8년인가도 싶었다. 의현에게 그토록 각별하고 가까운 사람이 있다는 사실이 달갑지 않았다. 새삼 그가 더욱 멀게 느껴지는 것도 같았다. 하나는 의현의 생각으로 머리도, 가슴도 지끈거렸지만 그만 치운의 일에 집중하기로 하고 말을 꺼냈다.

"근데, 어제 있었던 일이라는 게 뭔지 여쭤 봐도 될까요?"

생각해 보니 며칠 전에 성수의 번호를 물으려고 전화를 했을 때도 그렇고 그날 이후로 치운은 줄곧 평소보다 힘이 없고 다운된 모습을 보인 것 같았다. 늘 하던 엉뚱한 질문이나 장난을 치지도 않았다. 다른 교사들에게 잡혀 오거나 욕을 듣는 일은 많았지만 전처럼 수업 시간에 이상한 태도를 보이거나 까불거리거나 학교를 제멋대로 들락날락거려서가 아닌, 수업 내내 엎어져서 잠만 잤다거나 무슨 말을 해도 대답을 안 하고 교사를 무시하는 듯한 행동을 보였다는 이유에서였다.

성수는 조금 머뭇거리다가 어려운 이야기를 시작했다.

"어제가 어머니 기일이었거든요. 작년에 어머니 돌아가시고 처음 맞는 기일이라 그런지 며칠 전부터 치운이가 좀 이상하긴 했어요. 자주 멍해 있고 말도 잘 안 하고. 근데 어제 그놈이 어머니 제사를 지내겠다고 혼자 시장에 가서 용돈 모은 걸로 제사 음식 할 재료들을 잔뜩 사 온 거예요. 저희 집안이 원래 기독교 집안이라, 치운인 빼고요, 아버지 아시면 큰일 나니까 처음엔 나무라면서 말렸죠. 근데 애가 아랑곳도 않고 꿋꿋이 상을 차리는 거예요. 그 모습이 너무 짠하기도 하고, 애가 오죽하면 이럴까 싶어서 결국은 같이 제사를 지내기로 했어요. 아버지는 일 때문에도 그렇고 워낙 집에 잘 안 들어오셔서 그날도 안 들어오실 거라고 생각했죠. 근데 막 제사를 지내려는데 아버지가 오신 거예요."

하나는 어느새 이야기에 몰입해 안쓰러운 얼굴로 그의 이야기를 듣고 있었다.

"그래서요?"

"그것도 만취하신 채로. 가만히 계실 리가 없죠. 상은 죄다 뒤엎고 치운이를 바닥에 눕혀 놓고 때렸어요. 자주 그러셨거든요. 어릴 때부터. 죽어라 말렸지만 소용없었어요."

"……아버님은 치운이랑 유독 사이가 안 좋으셨나요?"

"얘기하기 좀 꺼려지는 문제기도 하지만, 저희 아버지가 젊었을 때부터 여자 문제로 어머니 속을 많이 썩였어요. 치운이는, 그중에서도 어머니를 가장 힘들게 했던 여자의 아들이었고요. 그래도 어머니는, 정말 독하다 싶을 정도로 치운이를 사랑으로 키우셨어요. 아버지가 오히려 죄책감 때문인지, 어머니 보란 듯이 그런 건지 뭔지 모르게 치운이를 많이 힘들게 하셨죠."

"……그랬군요."

"네."

성수는 깊은 생각에 잠긴 듯 설핏 웃으며 말을 이었다.

"어머닌 결국 심장 발작으로 돌아가셨어요. 평소에 협심증이 심하셨는데, 왜 마음의 병이라고 하는 가슴 통증 있죠. 그게 결국 심근경색으로 악화되고 간혹 발작도 하시다가, 작년 여름쯤이었나. 아버지랑 크게 한 번 싸우시고 혼자 방에서 엉엉 우셨는데. 그때가 처음이었어요. 어머니가 저희 앞에서 우신 거요. 아버지랑 아무리 많이 싸우고, 맞고, 맘고생을 해도 한 번도 저희 있는 데선 울지 않으셨거든요. 근데 그날 생전 처음 저희들이 다 들도록 크게 소리 내서 우시다가, 그러다가, 어느 순간 울음소리가 뚝 멈추더라고요. 그게 마지막이었어요. 어머니를 본 게……. 그래서 치운인 이 모든 게 다 아버지 때문이라고 생각해요. 아버지도 당연히 알고 있을 거예요. 그날 이후로 치운인 아버지를 모르는 사람처럼 대하며 살아왔거든요."

하나는 가슴이 너무 쓰려서 아무 말도 하지 못했다. 문득 예전에 시언과 헤어진 다음 날, 치운이 흘리듯이 했던 말이 떠올랐다.

'잘 헤어지셨어요.'

'여자는 눈 퉁퉁 붓게 하는 사람 만나면 안 돼요. 절대.'

그때는 치운을 어린 학생으로만 봤기 때문에 그저 우습게 생각하고 넘겼는데, 지금 생각해 보니 너무 가슴이 아팠다.

"아무튼 어제 두 사람의 쌓여 왔던 감정이 터져 버린 거예요. 제가 아버지를 간신히 뜯어말렸을 때, 치운이는 아무 말 없이 나갔어요. 아버지는 얼마 안 돼 지쳐서 잠드셨고, 저는 밤새 치운이를 찾아다니다가 새벽에야 겨우 찾아냈어요. 엄마가 자주 가던 개천 다리 위에 앉아 있더라고요. 그리고 힘들게 집에 데려와서 같이 잠들었는데 눈 떠 보니까 없어서 학교에 갔나 싶었더니…… 이 자식, 또 어디 간 건지 모르겠네요."

하나는 그간 치운에게 더 신경 써 주지 못한 것이 미안해졌다. 그리고 치운이 부디 심각한 방황을 하려는 것이 아니기를 바랐다.

"그래도 그 자식, 하루도 빠짐없이 저는 데리러 왔으니까. 오늘도 올지도 몰라요. 그 자식이 겉모습은 양아치 같고 엉뚱해도 속은 깊은 놈이거든요. 선생님이 신경 좀 많이 써 주세요."

"그럼요. 제가 더 많이 신경 쓸게요."

"감사합니다. 혹시 치운이 이따가 오면 전화 드릴게요. 바쁘실 텐데 먼저 가 보셔도 돼요."

"아니에요. 저도 같이 기다릴게요. 너무 걱정돼서 그냥 못 가겠네요. 혹시라도 치운이 오면 얼굴이라도 보고 가야죠."

성수는 하나가 그토록 마음을 써 주는 것에 몇 번이고 감사를 표했다.

하나는 연습이 끝나는 시간까지 근처 카페에서 내일 있을 수업 준비를 하며 기다렸다. 하지만 치운의 걱정 때문에 마음이 초조해서 그런지 일이 잘 손에 잡히지 않았다. 얼마나 지났을까. 자꾸만 쏟아지는 하품과 씨름하고 있을 무렵, 전화가 왔다. 성수였다. 밤 열 시가 다 된 시각, 하나는 서둘러 연습실로 갔다.

연습실 문을 열자 연습을 정리하는 어수선한 풍경이 먼저 눈에 들어왔고, 뒤이어 한쪽에서 성수, 의현과 얘기 중인 치운이 눈에 들어왔다. 하나는 큰 걸음으로 저벅저벅 치운에게 다가갔다. 그리고 짝 소리가 날 정도로 세게 치운의 등짝을 내려쳤다. 치운이 격한 신음 소리를 내며 황당한 듯 뒤를 돌아보았다. 이윽고 그의 눈이 두 배로 커졌다.

"선생님."

"너 누가 말도 없이 결석하랬어? 내가 얼마나 걱정한 줄 알아?"

의현이 하나를 쳐다보았다. 하나는 그 시선을 느끼지 못했다. 그녀는 오직 치운에 대한 걱정과 미안함에 울먹거리는 듯한 얼굴로 말했다.

"한 번만 더 무단결석해 봐. 아주 혼날 줄 알아!"

그러자 치운은 잠시 하나를 빤히 보더니, 이내 평소와 같은 장난기 어린 웃음을 뱉으며 말했다.

"에이. 정말 나 때문에 온 거라고요? 연출님 때문에 온 거 아니고요?"

하나는 그것이 치운의 장난임을 알면서도 마음이 찔려서인지 당황한 기색을 감추지 못했다.

"넌 선생님한테 그게 무슨 말버릇이야? 선생님이 왜 형 때문에 와?"

그러자 성수가 혼자 진지해져서 치운의 옆구리를 쿡 찌르며 말했다. 의현은 계속해서 무표정한 얼굴로 하나를 보았다. 그의 얼굴에는 전과 같은 기대나 희망의 빛은 없었다. 단지 어딘가 슬프고 쓸쓸해 보였다.

그때 치운이 의현의 옆으로 바싹 붙으며 말했다.

"그러게. 나도 그게 궁금한데……. 오늘은 대답할 수 있어요? 선생님도 아시겠지만, 난 꼭 대답을 들어야 하는 입장이거든요."

"뭘?"

"선생님은, 연출님이랑 무슨 사이냐고요."

그 질문이 떨어진 순간, 당황한 것은 하나뿐만이 아니었다. 의현도 치운이 왜 이러는 것인지 그 속을 알 수 없어 놀랐고, 다음에 이어질 하나의 대답에 긴장이 돼서 몸이 굳었다. 그 순간 의현은 하나의 얼굴을 유심히 살펴보았다. 그녀의 눈동자가 갈 곳을 잃은 아이처럼 떨고 있었다. 그 짧은 순간의 정적을 누구보다 견디기 힘들었던 의현은, 결국 직접 나서서 상황을 대강 정리하려고 메마른 입술을 떼었다.

그런데 그때였다.

"애인."

하나의 입에서 짧고도 분명한 한 마디가 떨어졌다.

의현은 너무 놀란 나머지 벌어진 입술 사이로 아무 말도 내뱉지 못했다. 그리고 그 순간, 그녀의 붉은 입술에서, 다시 한 번 그의 심장을 간질이는 믿을 수 없는 말이 흘러나왔다.

"애인 사이야, 우리."

13.
내가 너를 사랑하는 거

 치운은 뜻 모를 미소를 지어 보였고, 의현은 아무 말도 하지 않았다. 집에 갈 채비를 하고 있던 배우들이 그 소리를 듣고 웅성거리며 다가왔다. 성수는 놀란 얼굴로 말까지 더듬으며 되물었다.
 "예? 서, 선생님이랑 형님이요? 형님 연애 한다는 말 없었잖아요."
 성수가 의현을 보며 해명해 보라는 듯 묻자, 배우들까지 연이어 한마디씩 보탰다.
 "진짜예요? 연출님 여자친구예요?"
 "와. 애인 없는 척하더니!"
 모두에게 최의현이 연애를 한다는 사실은 신문 1면에 난 기삿거리보다 놀랍고 흥미로운 일인 듯했다. 단, 은영만은 의현의 대답을 기다리듯 진지한 표정으로 그를 보고 있었다. 그러나 의현은 배우들의 말에 일일이 대꾸해 주지도, 연애를 부정하지도 긍정하지도 않고 그저 한 번 웃고 말았다. 하나는 그가 무슨 생각을 하는지 알 수 없었지만, 일단 한 번 뱉은 말이니 밀고 나가기로 했다.

"만난 지 얼마 안 됐어요."

그러자 배우들은 상기된 목소리로 바람 소리 같은 추임새를 넣으며 의현 쪽으로 다가갔다. 의현은 어느새 은영을 제외한 단원 모두에게 둘러싸인 채 추궁을 당하는 신세가 되었다. 하나가 어설프게 말려 보았지만 소용없었다. 그러다 은영과 잠깐 시선이 스쳤다. 그녀는 혼자만 웃지 않고 있는 은영을 보며 알 수 없는 긴장감과 묘한 불쾌감을 느꼈다. 그사이 필사적으로 단원들로부터 빠져나온 의현은 너털웃음을 흘리며 처음으로 한마디를 내던졌다.

"정리들이나 해!"

가벼우면서도 밝은 그 웃음은, 연애를 인정하는 것과 다름없어 보였다.

그때 치운이 그녀에게만 들리게 작은 목소리로 말하며 그녀의 곁을 스쳐 지났다.

"축하드려요. 새 연애."

역시나 알 수 없는 미소와 함께.

"물론 저는 반대지만."

가는 길은 혼자였지만, 돌아가는 길은 의현과 함께였다. 둘 사이의 공기는 언제나처럼 퍼석했다. 하지만 전과는 다르게 오늘은 그들 사이에 실낱같은 끈이 하나 놓여 있는 것 같았다. 상한 머리카락의 끝처럼 거칠고 약한 끈이었지만, 그것이 있기에 그들은 서로의 숨소리를 느낄 수 있었다. 언제나 한 뼘 어긋난 듯 멀게만 느껴지던 그의 숨소리가 오늘은 아주 가까운 곳에서 같은 박자를 두고 들려오고 있었다.

의현은 그때 처음 생각했다. 인간의 숨소리는 심장 소리를 닮았다. 어찌 보면 당연한 이치인데 한 번도 생각해 보지 못한 것이기도 했다. 그는 하나의 옆에 있을 때 가장 안정된 심장박동수와 호흡을 유지했다. 물론 그것은 하나의 옆에 있을 때 가장 거칠고 빨라지기도 했다.

오늘따라 달이 유난히 밝았다. 의현은 달의 기운을 빌려 한 번 용기를 내 보기로 했다.

"어?"

하나가 작게 목소리를 냈다. 바로 뒤에는 '이 방향이 아닌데'라는 말이 숨겨져 있었다. 의현은 대답하지 않았고 하나는 되묻지 않았다.

그들은 그저, 달빛을 믿기로 했다.

달빛을 따라 잠시 후 도착한 곳은 한강 공원이었다. 일교차가 심한 봄이라 밤공기가 아직 쌀쌀했지만 편의점에서 따뜻한 캔커피 두 개를 사서 들고 있으니 그런대로 참을 만했다. 그래도 의현은 하나가 추워할까 봐 재킷을 벗어서 어깨 위에 걸쳐 주었다. 하나는 처음엔 마다했지만 의현이 들은 체도 하지 않고 앞서 가자 피식 웃으며 고맙다고 말했다.

의현과 하나는 나란히 벤치에 앉아서 한강을 바라보았다. 잔잔하게 흐르는 강물을 보니 마음이 평온해졌다. 캔커피를 따는 경쾌한 소리가 하나의 귓전을 울렸다. 하나는 캔커피를 한 모금 마시는 의현의 옆모습을 쳐다보았다. 커피를 삼키는 순간 그의 목젖이 파도를 타듯 부드럽게 들썩였다.

"따 줄까?"

돌연 의현이 그녀를 돌아보며 말했다. 하나는 고개를 저었지만 그새 의현이 가져가서 따 주었다.

"뜨거워. 조심해."

의현은 캔커피를 건네주고는 다시 앞을 보며 제 커피를 마셨다. 하나는 의현이 따 준 캔커피를 마셔 보았다. 오늘따라 커피가 달게 느껴졌다.

한동안 부드러운 바람 소리와 멀리 사람들이 수다 떠는 소리만 그들의 주위를 맴돌았다. 의현은 목이 타는지 계속 커피만 마셨고 하나는 그가 무슨 말을 하기만을 애타게 기다리며 일정한 리듬으로 움직이는 물결에 시선을 맡기고 있었다.

그렇게 얼마의 시간이 흘렀을까. 의현의 재킷을 걸쳤는데도 불구하고 더 추워진다고 느꼈을 즈음, 그가 나지막한 목소리로 말했다.

"만약에."

하나는 약간 긴장한 얼굴로 그를 쳐다보았다. 그는 여전히 앞을 보고 있었다.

"이건 정말 만약인데."

"네."

"누가 널, 8년 넘게 좋아했다면 말이야."

하나가 놀라고도 의문스러운 얼굴로 그를 보며 아무 대답도 하지 않자, 의현은 그제야 하나의 얼굴을 잠시 살핀 뒤 수습하듯 말했다.

"말 그대로 그냥 가정이야. 네 얘기도, 내 얘기도 아니고."

하나가 고개를 끄덕였다.

"그러니까 네 옆에 누군가가 갑자기 8년이 넘는 시간을 너를 짝사랑해 왔다고 고백한다면, 그럼 어떨 것 같아?"

하나는 그의 질문이 무슨 의미인지 알 것 같았다. 그는 분명 하나의 얘기도, 그의 얘기도 아니라고 했지만, 그것은 그의 얘기 같았다.

'아, 은영이 누나요. 은영이에요, 고은영. 우리 극단에서 아마 형님이랑 제일 친할 거예요. 스무 살 때부터 지금까지 8년을 쭉 따라다녔다니까.'

객관적으로 생각하고 답해 주려고 해도, 머리가 말을 듣지 않았다. 하나는 아까 전 들었던 성수의 얘기가 자꾸만 떠올랐다.

'설마, 고백이라도 한 걸까?'

그리고 은영과 눈이 마주쳤던 순간 그녀의 서늘했던 눈빛과 무표정한 얼굴, 오묘했던 분위기마저 생각났다.

왜일까. 단지 그것뿐이었는데 하나는 마음이 초조해지는 듯한 기분을 느꼈다.

"글쎄요."

하나는 어색한 웃음을 지으며 대답했다.

"상대가 누구냐에 따라 다르긴 하겠지만, 아무래도……."

의현은 강물을 담고 있던 터라 그런지 한결 더 촉촉하고 맑아진 눈동자로 그녀를 바라보았다. 하나는 그 눈빛을 보며 거짓말을 하고 싶진 않았지만, 그 눈빛 때문에 거짓말을 하게 되고 말았다.

"조금, 그럴 것 같아요."

"……어?"

"물론 날 좋아해 줬다는 사실은 고맙고 좋겠지만, 8년이나 나도 모르게 혼자 좋아해 왔다면 그 사람에게는 내가 모르는 무수히 많은 내 모습이 있을 테니까요. 그게 어떤 모습일지 궁금하면서도 조금은 무서울 것도 같아요."

하나는 그것이 자기 얘기일 것이라고는 상상도 하지 못했다. 그녀의 말을 들은 의현은 고개를 숙인 채 가만히 있더니 이내 어렴풋이 웃으며 말했다.

"그래. 그럴 수도 있겠다."

"……."

"그만 일어나자."

의현이 먼저 자리에서 일어섰다. 하나는 왠지 아쉬운 마음이 들었지만 그의 표정이 꽤 어두워 보여서 하는 수 없이 따라 일어났다. 하나는 은영의 고백을 좋게 받아들이려던 그가 혹여 자신 때문에 마음이 상한 것은 아닌지 걱정이 되었다. 의현의 눈치만 보며 조심스레 뒤를 따라 걷고 있는데, 갑자기 의현이 발을 멈추었다. 하나도 따라서 엉거주춤 멈추었다.

의현이 한 박자 숨을 고르더니 뒤를 돌아보지 않고 말했다.

"아깐, 왜 그랬어?"

"네?"

"치운이한테. 나 도와주겠다던 약속 때문에? 그건 내가 알아서 할 테니까 신경 쓰지 말라고 했잖아."

의현은 여전히 낮은 톤의 목소리로 침착하게 말했지만 그 속에 깃든 단호한 말투가 어쩐지 화가 난 듯한 느낌을 주었다. 하나는 무어라 대답해야 할지 알 수 없었다. 물론 애초에 의현의 애인인 척 같이 살면서 치운을 정리할 수 있도록 도와주기로 했던 약속이 큰 비중을 차지하긴 했지만, 숫제 그 이유 때문만은 아니었다.

왠지 그 순간엔, 그렇게 말하고 싶었다.

"왜 그랬냐니까."

의현이 참지 못하고 하나를 돌아보았다. 그리고 멈칫했다. 하나는 금방이라도 울 것만 같은 눈으로 꽤 심각한 표정을 짓고 있었기 때문이다.

"……왜."

의현이 놀라서 한 발 다가가자 하나가 한 발 뒤로 주춤했다.

"모르겠어요."

"……."

"나도 모르겠어요."

한강의 회색빛 물결을 담은 하나의 눈동자가 이리저리 흔들리고 있었다.

"그렇게 다그치듯 묻지 마요. 나도 내가 왜 이러는지 모르겠어서 혼란스럽단 말이에요."

당연히 약속 때문이라고 말할 줄 알았던 의현은, 예상치 못했던 그녀의 대답과 행동에 마음이 흔들렸다.

모르겠다는 말은, 혼란스럽다는 말은 무엇을 뜻하는 것일까.

방금 전까지만 해도 8년의 짝사랑이 무서울 것 같다는 말로 그를 낙담하게 하더니, 이제는 다시 한 줄기 희망을 갖게 하고, 의현은 하루에도 수십 번씩 그의 마음을 들었다 놨다 하는 그녀 때문에 힘이 들었다.

"가요."

하나가 뒤를 돌아 차가 있는 방향으로 먼저 걸어갔다.

의현은 자신의 재킷을 걸쳤는데도 왜소해 보이는 그녀의 어깨를 보면서 마음이 동요하는 것을 느꼈다. 그때 어디선가 요란스러운 소리와 함께 바람이 불어왔다. 그녀의 머리칼이 날리는 것이 보였다. 그 바람은 어느새 그의 몸속까지 깊숙이 파고 들어와 심장을 세차게 흔들고 있었다.

다가가고 싶었다. 한걸음에 달려가서 그녀의 움츠린 어깨를 꼭 끌어안아 주고 싶었다. 그리고 오랜 시간 꼭꼭 숨겨 왔던 그의 마음을 전부 드러내 보이고 싶었다. 의현은 그 순간 극심한 충동을 느꼈다. 그러나 막상 그녀를 향해 내디딘 걸음은 용기를 잃고 주저하는 모습을 보였다.

아직도였다. 아직도.

의현은 그녀를 완전히 잃게 될까 두려웠다. 이제는 그의 숨이 되어 버린 그녀를 잃는다면, 그는 어떻게 살아갈 수 있을지 자신이 없었다. 어쩌면 평생 마음을 숨기고 살아가야 한다 해도, 그는 그녀의 옆에 있고 싶었다.

그럴 수만 있다면, 이까짓 마음쯤이야 얼마든지 누를 수 있었다.

아니, 그래야만, 했다.

다음 날, 출근 준비를 하던 하나는 혹시 하고 의현의 방문을 열어 보았지만 역시나 그는 없었다. 현관에 운동화가 없는 것을 보니 또 운동을 하러 나간 것 같았다. 아침잠이 많은 편인 의현이 매번 자신을 피하느라 잠도 제대로 자지 못하는 것 같아서 미안한 마음이 들었다. 차라리 잠이라도 자고 있으면 마음이 편할 텐데. 그리고 자고 있으면 그의 얼굴을 잠깐이라도 볼 수 있을 텐데. 그녀는 그런 생각을 하다가 스스로 놀라 머리를 털어 냈다.

문을 닫고 나가려다가 다시 방 안을 들여다보았다. 급히 나간 모양인지 침대 밑에 옷가지며 지갑 등이 어지럽게 널려 있었다. 옷은 그렇다 쳐도 지갑 같은 중요한 물건은 잊어버리고 나가면 안 된다는 생각에 슬그머니 방으로 들어가 보았다. 남은 시간 동안 그의 방을 정리해 주고 싶었지만, 괜히 그의 물건을 손댔다가 그가 싫어할 수도 있다는 생각에, 떨어져 있는 옷가지들만 주워서 침대 위에 올려놓았다. 그리고 지갑도 책상 위에 올려놓으려고 주워 든 순간, 반쯤 열린 지갑 사이로 낯익은 무언가가 보였다. 하나는 놀란 눈으로 지갑을 펼쳐서 그것을 꺼내 보았다.

'이게 언제……'

그것은 분명, 하나의 중학교 시절 사진이었다.

그녀는 얼마 전 집에 내려갔다가 의현과 함께 앨범을 보았던 것을 떠올렸다. 그러고 보니 의현은 유독 그 사진이 마음에 드는 듯 빤히 보았었다. 그때 의현이 했던 말들이 기억의 수면 위로 불쑥 올라왔다.

'하나야. 너 그거 알아?'

'뭘요?'

'혹시 누가 네 어릴 때 사진을 너무 갖고 싶어 하면 말이야.'

'네.'

'그건, 너를 많이 좋아하는 거야.'

그는 엷게 웃으며 하나의 사진만 보고 있었다.

'그건, 자기가 모르는 네 시간들까지 갖고 싶다는 뜻이거든.'

'……'

'너를 너무 사랑하니까.'

하나는 순간 다리에 힘이 풀려서 그 자리에 주저앉을 뻔했다. 간신히 책상에 손을 짚고 다시 자신의 사진을 바라보았다. 요즘 들어 차갑게 변한 그를 보며, 그동안의 직감이 착각인 줄만 알았는데, 그 사진을 보는 순간 왠지 모를 뭉클함에 코끝이 찡하게 달아올랐다.

사진을 몰래 가져가서 지갑에 넣고 다닐 정도로, 그녀의 사진을 갖고 싶어 한 그의 마음이 고스란히 느껴졌다. 그는 정말, 그가 모르는 그녀의 시간들까지 갖고 싶었던 것일까? 그 정도로 진심을 담아 사랑해 주고 있는 것일까?

하나는 사진을 도로 지갑에 넣고 책상 위에 올려 두었다. 그리고 숨을 크게 한 번 내쉬었다. 마음이 너무 벅차서 숨까지 차오르는 것 같았다.

이 정도로 사랑받고 있을 줄이야.

미처 몰랐다.

그녀는 그의 침대에 걸터앉아 지난 시간들을 가만히 돌이켜 보았다.

시언과의 동거를 정리하고 이 집에 들어와서 새벽 내내 잠들지 못하다가 되도 않는 이유를 들먹이며 다시 그를 찾아가려 했을 때, 의현은 그녀의 눈물을 말없이 받아 주었다. 그 넓고 따스한 가슴으로 감싸안아 주며, 대신 미안하다고 말해 주었다. 지금 생각하니 떠올랐다. 그는 그 새벽에 자다 일어난 얼굴이 아닌 멀쩡한 얼굴로 그녀를 쫓아 나왔었다. 그는 왜 그 시간까지 잠들지 못했을까.

시언과 헤어지고 술에 취했던 날에도 그는 그녀를 업고 집까지 데려다 주었다. 많이 아프겠네, 짧은 위로를 건네던 그의 목소리는 어쩐지 쓸쓸해 보였다. 그를 앞에 두고 시언을 그렸던 그녀에게 그는 처음으로 자신의 이름을 똑똑히 말하며 키스를 해 왔다. 매사에 신중하고 이성적인 모습을 보이는 그가, 단순한 충동으로 그랬을 리가 없는데, 그녀는 말도 안 되는 이유를 붙여 가며 그의 마음을 외면하려 해 왔다.

그는 그녀의 옆에 있었다. 항상 있었다. 시언과 헤어진 이후로는 더욱 그랬다. 지나온 시간을 전부 돌이켜 보아도, 그가 그녀의 옆에 없던 순간은 없었다. 묵묵히 옆에서 외롭지 않게 곁을 지켜 주었고, 가끔 따스한 미소로 그녀의 마음을 달래 주었고, 그녀가 필요로 할 때면 언제든 그 넓은 어깨와 등을 내어 주며 그녀를 위로해 주었다.

가슴이 잔잔하게 아려 왔다.

고마움을 넘어선 어떤 감정이 그녀의 코끝을 건드리고 눈물샘을 자극하고 있었다.

시언에게 미안한 마음 때문이었을까. 애써 부인하려고만 했던 마음의 윤곽이 저절로 드러나고 있었다.

그녀는 지금, 최의현이라는 한 사람이, 보고 싶었다.

너무도 절실히.

그날 의현은 오랜만에 단원들과 함께 회식을 했다. 단원들이 연습 내내 의현에게 3년 만에 솔로 탈출을 한 기념으로 한턱 쏘라며 회식에 대한 갈망을 드러냈기 때문이었다. 평소 같았으면 공연이 얼마 남지도 않았는데 술타령이냐며 단칼에 자르고 말았을 의현이었지만, 이번엔 못 이기는 척 단원들의 요구를 들어주었다. 그동안은 공연을 위해서 배우들과 함께 금주를 해 왔지만 요즘은 의현도 술 생각이 꽤나 간절했기 때문이었다.

처음엔 한두 잔만 기분 좋게 걸치자고 약속을 했건만, 어느새 테이블 위에는 셀 수 없이 많은 술병이 쌓여 있었다. 은영을 제외한 거의 대부분의 배우와 스탭들이 만취한 상태가 되어 하나둘 집으로 돌아갔다. 의현은 끝까지 맨 정신인 척 단원들을 보내고는 은영과 단둘이 남게 되었을 때야 겨우 긴장을 풀고 소파에 몸을 뉘었다.

"괜찮아요?"

은영이 걱정스러운 얼굴로 물었다. 의현은 대답 대신 깊은 한숨을 쉬었다.

"세상 걱정 다 짊어진 얼굴이네. 연애도 한다는 사람이."

의현은 말없이 소주 한 잔을 더 들이켰다.

"그만 마셔요. 많이 취했어요."

"너도 그만 가."

"얼씨구. 내가 누구 땜에 남아 있는데 그냥 가요?"

"너 아직도 나 좋아하냐?"

의현은 가볍게 웃으며 물었으나, 은영은 금세 얼굴이 달아오르며 그의 시선을 회피했다.

"그럼. 사람 마음이 그렇게 쉽게 정리가 돼요?"

"얼른 정리해라. 이제 임자 있는 몸이다."

"그 사람이에요?"

의현은 약간 지친 기색으로 은영을 보았다.

"선배가 사랑한다던 사람."

"……."

"맞아요?"

의현은 짧게 웃으며 대답했다.

"응."

지금껏 그의 연애를 쭉 지켜보았던 은영은, 내심 이번에도 사랑이 아닌 짧은 연애이기를 바랐다. 그런데 그의 어색하면서도 수줍은 듯한 웃음을 보는 순간 그나마 남아 있던 작은 기대와 희망이 와르르 무너지는 듯 처참한 기분이 들었다.

"근데 왜 그렇게 슬픈 얼굴이에요? 드디어 사랑하는 사람이랑 연애를 하는데."

의현은 말없이 다시 소주 한 잔을 들이켰다.

"그만 마시라니까요."

은영이 소주잔을 확 빼앗으며 말했다.

"사랑하는 사람을 만난다고 해서 다 행복한 건 아니야."

의현이 말했다.

"나중엔 얼마나 사랑하는가의 문제가 생기지."

"……."

"많이 사랑하면 할수록, 힘들어져."

그 말을 마지막으로 의현은 소파에 등을 기댄 채 눈을 감았다. 간혹 손으로 머리를 짚는 것으로 보아 많이 어지러운 것 같았다. 은영은 한숨을 쉬며 그를 보았다. 그만 가자고 몇 번이나 흔들어 보았지만 그는 미동도, 대답도 없었다. 술이 조금이라도 깰 때까지 기다려 줄까 했지만, 그는 정신을 차리기 힘들어 보였.

은영은 테이블 위에 있던 그의 휴대폰을 만져 보았다. 어느새 자정이 넘은 시간이었다. '하나'로부터 세 통의 부재중 전화가 와 있었다. 은영은 어제 의현이 그녀를 '하나'라 불렀던 것을 들었기에, 한참을 망설이다가 결국 그녀에게 전화를 걸었다. 짧은 신호음 끝에 한 여자의 고운 목소리가 들렸다.

— 여보세요?

"……."

— 여보세요. 오빠.

"저, 고은영이라고 하는데요."

— 네?

"지금 좀 와 주셔야 할 것 같아서요."

은영은 물론 택시를 잡아서 의현을 집까지 데려다 줄 수도 있었지만 그녀를 부르는 것이 맞다고 생각했다. 대략 상황을 설명하자 하나는 알겠다며 얼른 가겠다고 하고 전화를 끊었다. 은영은 이제 정말 그에게 여자가 생겼다는 것이 실감이 나서 마음이 착잡해졌다.

의현의 생각으로 하루를 보냈던 하나는, 오랜 기다림 끝에 낯선 여자로부터 전화를 받고는 심히 당황했다. 그리고 상당히 묘한 기분에 휩싸였다. 아직 그녀는 그와 정말 사귀는 사이도 아니었는데도 술집으로 가는 내내 가슴을 찌르는 강한 불쾌감을 떨칠 수가 없었다. 상대가 의현을 8년 동안 쫓아다녔다는 은영이었기에 더한 것 같았다.

술집에 도착했을 즈음, 은영은 의현을 데리고 밖에 나와 있었다. 의현은 그새 술이 약간 깼는지 정신을 완전히 놓은 상태는 아니었다. 다만 하나가 온다는 것을 전혀 모르고 있었는지 택시에서 내린 하나를 보며 약간 당황했다. 그리고 은영을 보며 뭐 하러 그랬냐는 둥의 질책하는 말을 두어 번 하더니 하는 수 없이 차에 탔다. 하나는 차에 타기 전 은영을 보며 형식적인 미소와 함께 말했다.

"고마워요."

그러자 은영도 따라서 미소 지으며 말했다.

"잘해 주세요."

하나의 눈이 잠시 굳었다.

"겉보기엔 강해 보여도 감성이 예민한 사람이라 혼자 속앓이를 많이 하거든요. 하나 씨를 많이 좋아하는 것 같으니까, 힘들어하지 않게 잘해 주시라고요."

"……."

"좋은 사람이잖아요. 선배."

혀끝에서 쓴맛이 감돌았다. 하나는 애써 웃으며 알았다고 대답한 뒤, 차에 올랐다. 의현은 미안함 때문인지 어색함 때문인지 하나의 눈을 잘 마주치지 못했다.

"미안해. 이 밤에 괜히."

"아니에요."

하나는 백미러로 멀어지는 은영을 보았다. 은영은 차가 사라질 때까지 그 자리에 서서 움직이지 않았다. 하나는 태연한 척하기 위해 애쓰고 있었지만, 그녀의 굳은 표정과 진지한 말투가 계속해서 마음에 걸렸다.

잘해 달라니. 마치 그녀에게서 의현을 가져간 듯한 말이 언짢게 느껴졌다.

하나는 그제야 생각했다.

그를 8년 동안 알아 온 건, 자신도 마찬가지라고.

한마디 말도 없이 차에서 내리고, 엘리베이터를 타고, 집으로 들어왔다. 의현은 많이 지치고 피곤해 보였다. 하나는 그에게 무슨 말이라도 하고 싶었지만 정작 무슨 말을 해야 할지를 몰랐다. 의현은 소파에 앉으며 하나에게 먼저 씻으라고 말했다. 하나는 대답 대신 그의 옆에 약간 거리를 두고 앉았다. 의현이 의문스러운 표정으로 그녀를 보았다. 그러나 그녀는 한동안 아무 말도 하지 않았다.

"무슨 할 말이라도 있어?"

참다못한 의현이 정적을 깨고 먼저 물었다.

하나는 온갖 감정으로 뒤섞여 풍선처럼 부풀어 있는 이 가슴을 어떻게 가라앉혀야 할지 고민하고 있었다.

"하나야."

풍선을 터뜨리기 위해서는 공기를 찌를 줄 알아야 하는데 하나는 자신이 가지고 있는 감정의 실체조차 파악하지 못했기 때문에 찌를 용기가 없었다. 그녀는 결국 하고 싶은 어떤 말도 하지 못하고 자리에서 일어섰다.

"아니에요. 피곤할 텐데 먼저 씻고 자요."

그녀가 방으로 들어가기 위해 몸을 틀었을 때였다.

"이시언이랑."

그가 문득 말을 꺼냈다.

"다시 만나?"

하나는 그의 입에서 나온 시언의 이름이 새삼 몹시 낯설게 느껴졌다. 그리고 그의 질문을 듣는 순간 왠지 모르게 가슴이 떨렸다.

"아니요."

대답과 함께 다시 그를 향해 몸을 돌렸다.

"아무리 연기라지만, 어떻게 두 사람을 동시에 만나겠어요."

그러자 의현이 오늘 처음으로 하나의 눈을 바로 쳐다보았다. 술에 취해 약간은 풀린 듯했지만 여전히 단호하고 뜨거운 그의 눈빛은 하나를 긴장하게 만들었다.

"그 말은."

"……"

"연기만 아니라면, 그 애를 다시 만날 수도 있다는 말이네."

하나는 그가 자신의 말을 부정적으로 돌려 해석하는 것 같아서 약간 기분이 상했다.

"그런 뜻이 아니에요."

그래서 이번엔 피하지 않고 단호하게 말했다. 그러자 의현의 단호했던 눈동자가 약간 흔들리는 것이 보였다.

"다시 시작할 마음 없어요."

"……"

"그러는 오빠는, 왜 갑자기 그런 걸 물어요? 내가 그랬으면 좋겠어요?"

"……뭐?"

"은영이라는 그 여자, 오빠를 좋아하는 것 같던데. 내가 괜히 애인이라고 나서서 곤란해진 거 아니에요?"

하나는 그게 아닌 걸 알면서도 자꾸만 말이 엉뚱하게 새어 나오는 것을 막을 수 없었다. 아무래도 은영이 마음에 걸려서 그에게서 직접 '아니'라는 말을 듣고 싶었던 것 같다. 그러나 의현은 그녀가 원하는 대답은 해 주지 않고, 속을 알 수 없는 얼굴로 하나를 뚫어져라 쳐다보기만 했다.

"대답, 해요. 만약 정말 그런 거라면……."

그리고 그때였다. 의현이 자리에서 벌떡 일어서 하나에게로 크게 한 발 다가왔다.

"너."

어느새 코앞까지 다가온 의현을 보자 하나의 가슴이 빠르게 뛰었다.

"정말 모르는 거야, 아님 모르는 척하는 거야."

"……뭘요?"

질문의 의미를 알면서도 되물어 본 것은, 그의 마음을 정확하게 듣고 싶었기 때문이다. 이제는 혼자만의 추측도, 직감도 싫었다. 또렷한 윤곽의 어떤 마음을 정확히 보고 듣고 싶었다. 이제야 그것을 피하지 않고 마주 볼 용기가 생겼으니까.

잠시 침묵이 흐른 뒤, 의현이 그녀의 얼굴에 살며시 자신의 손을 갖다 대었다. 그녀의 턱과 목을 부드럽게 어루만지는 그의 손길은 그의 가슴만큼이나 떨리고 있었다.

"……내가."

의현의 다른 한쪽 손이 그녀의 어깨를 잡았다. 술기운 때문이었을까. 그는 오늘만큼은 자신의 마음을 컨트롤하지 못하고, 닿고 싶은 곳으로 조금씩 천천히 다가갔다.

"……내가 너를."

가슴이 짠해 올 정도로 간절한 그의 두 눈과 손길에, 하나의 눈꺼풀이 조금씩 무거워졌다.

"내가 너를 사랑하는 거."

그리고 다음 순간, 그의 입술이 그녀의 입술에 닿았다.

14.
네 숨결이 닿는 곳마다
꽃이 피어나

 그녀는 거부하지 않았다. 처음엔 조금 주저하는 것도 같았지만 이내 입술을 더 열고 그를 따뜻하게 받아 주었다. 의현은 그 순간 가슴이 걷잡을 수 없을 만큼 뜨거워지는 것을 느꼈다. 그는 거칠면서도 부드럽게 그녀의 입속을 파헤치며 그녀를 벽으로 밀어붙였다.
 하나의 짧은 탄성 소리가 들렸다. 의현의 손이 그녀의 사랑스러운 연분홍빛 볼과 갸름한 턱 선, 매끄러운 목과 잘록한 허리까지 부드럽게 타고 내렸다. 그녀는 눈을 더욱 질끈 감았다. 그의 손길이 닿는 곳마다 꽃이 피는 것 같았다. 살결 위로 새싹이 돋아나는 것처럼 간지러우면서도 뜨거운 느낌이 들어서 참을 수가 없었다. 곳곳에서 흘러나온 꽃즙이 천천히 그녀의 몸 한가운데로 흘러갔다. 그녀는 생각보다 너무 빠르게 달아오르는 자신의 몸이 낯설었다.

그가 그녀의 붉은 아랫입술을 살며시 깨물고는 이내 다독이듯 핥아 주었다. 그러고는 그녀의 턱 선을 따라 귀 쪽으로 입술을 옮겨 가며 키스를 했다. 어느 순간 그의 입술이 그녀의 귓불에 닿았다. 그녀는 저도 모르게 그의 옷을 살짝 움켜쥐었다. 그의 촉촉한 입술이 그녀의 귓불을 부드럽게 머금었다. 그의 혀는 느리고도 흥분된 움직임으로 그녀의 귓불을 건드렸다. 순간 그녀의 머리부터 발끝까지 뜨거운 전율이 흐르고 지났다. 그는 계속해서 그녀의 귓불을 자극하더니 그녀의 오른쪽 허벅지를 들어 자신의 몸을 더욱 강하게 밀착시켰다. 그의 중심이 그녀의 중심에 완전히 맞닿은 순간, 그의 입술에서 뜨거운 숨결이 터져 나왔다. 그 소리는, 마치 메아리치듯 커다란 울림으로 다가와서 그녀를 더욱 떨리게 만들었다.

그때였다. 의현이 잠시 움직임을 멈추더니 깊은 숨을 내쉬었다. 그녀의 허리와 다리를 잡은 손에 돌연 힘이 들어간 것으로 보아, 그는 끓어오르는 자신의 욕망을 최대한으로 참아 내는 중인 것 같았다. 몇 번의 뜨거운 숨이 오가고, 그가 마침내 그녀의 귓가에 대고 나지막한 목소리로 속삭이듯 말했다.

"……사랑해, 하나야."

"……."

"나, 너를 너무 많이 사랑해."

그의 진심 어린 말을 듣는 순간, 하나는 왠지 울컥한 마음이 들었다.

"……내가 너, 가져도 될까?"

그는 그녀가 아직까지 그를 밀쳐 내거나 거부하지 않았음에도 그녀의 확실한 대답이 듣고 싶었다.

하나는 그의 연이은 고백을 들으면서 심장이 터질 것처럼 뛰는 것을 느꼈다. 이제는 부인할 수 없었다. 그녀는 그를 좋아했다. 아직 사랑이라고 단언할 수는 없지만 그것만은 분명했다. 그녀는 최의현이라는 사람이 좋았다. 그의 사소한 눈빛과 말, 행동 하나에 기쁨과 슬픔을 넘나들었고, 힘들 때면 그의 넓은 어깨와 포근한 등이 가장 먼저 생각났다. 그의 고백이 부담스럽거나 싫지 않았고 너무 좋고 행복했다. 그를 기쁘게 해 주고 싶었다. 그리고 지금 이 순간 가장 명확한 것은, 그녀도 그를 간절히 원하고 있다는 것이었다.

하나는 천천히 두 팔을 올렸다. 그리고 그의 얼굴을 부드럽게 잡은 뒤 자신을 보게 했다. 의현이 조금은 놀란 듯 긴장한 얼굴로 그녀를 보았다. 그녀는 그의 목에 천천히 팔을 둘러 감았다. 그의 목젖이 잠시 들썩이는 것이 보였다. 그녀의 입가에 희미한 미소가 떴다. 그 미소가 얼마나 눈부신지, 의현은 어린 시절 친구들과 멀리 계곡에 놀러 가서 은빛 돗자리 위에 누워 보던, 별이 빼곡한 밤하늘을 다시 보는 것만 같았다. 그때처럼 마음이 맑고 깨끗해지는 것 같았다.

행복했다. 가슴이 찡하게 달아오를 만큼, 그녀의 미소가 너무나도 벅차게 행복했다.

그 순간이었다. 생크림처럼 달고 부드러운 그녀의 입술이 그의 입술에 살며시 닿았다. 별처럼 빛나는 미소와 함께 그녀가 준 선물이었다. 놀란 의현의 심장 소리가 밖으로 새어 나올 것처럼 커졌다. 그는 뜨겁게 달아오르는 눈을 지그시 감고, 그녀가 입술을 떼기 전에 혀를 밀어 넣고 더욱 짙은 키스를 했다. 더없는 행복감에 입꼬리가 자꾸만 올라가는데도, 그는 그녀의 입에서 입술을 떼지 않았다. 그리고 숨이 막힐 정도로 세게 그녀를 끌어안았다.

그의 입술이 그녀의 입술을 떠나 그녀의 턱과 목, 그리고 쇄골에 닿았다. 하나는 쇄골에서 느껴지는 뜨겁고도 미끄러운 촉감에 저도 모르게 짧은 신음 소리를 내며 허리를 약간 휘었다. 그러자 의현은 기다렸다는 듯 그녀의 다리 사이에 그의 중심을 더욱 밀착시키며 한 손으로 그녀의 블라우스 단추를 풀기 시작했다. 단추가 하나씩 툭툭 풀어지는 그 작은 소리가 두 사람의 심장을 동시에 간질였다. 마침내 블라우스가 바닥에 떨어졌다. 하얀 나시를 밀어 올리는 그의 손이 떨리는 것이 그녀에게도 고스란히 느껴졌다.

마침내 그의 손이 그녀의 가슴에 닿았다. 그는 애타는 마음과는 다르게 그녀가 놀라지 않도록 조심스럽고 차분한 손길로 그녀의 가슴을 어루만져 보았다. 그의 커다란 한 손에 약간 넘치게 들어오는 그녀의 가슴은 너무나 아름다운 곡선을 가지고 있었다. 그의 부드러운 손길에, 그녀의 입에서 짧은 신음 소리가 흘러나왔다. 그는 결국 더 참지 못하고 그녀의 등 뒤로 손을 옮겨 속옷 끈을 풀었다. 그리고 그녀의 내의와 속옷을 모두 밀어 올린 채 새벽빛을 받고 드러난 그녀의 아름다운 가슴을 바라보았다. 하나가 부끄러운지 몸을 움직이는 것이 느껴졌다.

순간 의현은 하나의 눈을 잠시 보더니 양팔로 그녀를 번쩍 안아 들고 자신의 방으로 향했다. 의현은 하나를 침대에 살며시 내려놓고 겉옷을 벗은 뒤 그 위에 올라탔다. 그리고 하나의 나시와 속옷을 손수 벗겨 주었다. 두 사람은 어느새 반나체의 모습이 되어 있었지만 방의 불은 꺼져 있었기에 그다지 어색하지 않게 서로를 볼 수 있었다. 방에는 문틈 새로 들어오는 얇은 거실등과 미약한 달빛만이 감돌았다.

의현은 하나를 다시금 따스하게 안아 주며 그녀의 입술에서부터 아래로 차례로 키스해 나갔다. 처음보다 훨씬 부드럽고 감미로운 키스였다. 그러나 그녀의 몸을 만지는 그의 손은 여전히 미세하게 떨리고 있었다. 그는 손으로 그녀의 한쪽 가슴을 움켜쥐고 다른 쪽 가슴을 입 안 가득 머금었다. 그녀가 짧게 소리를 낼 때마다 그의 손과 혀 놀림은 더욱 강렬해졌다. 8년 만에 처음 가져 보는 그녀였기에, 너무도 간절하게 바랐던 그녀였기에, 아무리 진정하려고 해도 지금 이 흥분을 쉽게 가라앉힐 수가 없었다.

그의 숨이 조금씩 가빠질수록, 그녀의 중심은 더욱더 촉촉하게 젖어 들어갔다. 어느새 그녀의 가슴을 지나 허리를 타고 내려온 그의 입술이 그녀의 배꼽 아래에서 멈추었다. 그는 주체할 수 없이 떨리는 가슴을 억누르며 그녀의 치마와 속옷을 마저 벗겨 내렸다.

푸른 새벽빛이 그녀의 몸 위로 별처럼 쏟아져 내렸다.

아름다웠다. 생전 처음 보는 그녀의 몸은, 감히 손대는 것이 죄스러울 정도로 너무나 아름다웠다. 누군가 물결치는 파도의 곡선을 부드러운 스케치로 그려 놓은 것처럼, 자연을 닮은 곡선이 너무도 매혹적이었다. 피부는 갓 태어난 아기의 살결처럼 하얗고 보드라웠다.

의현은 그녀의 허벅지 안쪽에 입을 맞추며 쓰다듬듯 그녀의 다리를 만졌다. 하나가 간지러운 듯 몸을 움직이는 게 귀여웠다. 그는 그녀를 사랑스럽게 바라본 뒤, 그녀의 양다리를 살며시 벌리고 그 사이에 있는 꽃즙을 벌처럼 조금씩 훔쳐 갔다. 그러나 꽃즙은 그가 훔치면 훔칠수록 더 많이 새어 나왔다. 그는 그녀의 향기로운 꽃즙을 보며, 그녀가 그를 받아들일 준비가 되었음을 확인한 뒤, 그녀의 온몸을 다시 처음부터 천천히 진심을 다해 어루만졌다. 머리부터 발끝까지 단 한 군데도, 그의 입술이 닿지 않은 곳이 없었다.

어느새 침대 아래에 두 사람의 옷이 모두 떨어졌다. 의현은 한껏 달아오른 몸으로 그녀를 꼭 끌어안았다. 그리고 그녀를 안기 전에 다시 한 번 더 그녀의 얼굴을 부드럽게 쓸어 주며, 그녀의 입술에 입을 맞추었다. 그리고 더없이 감미로운 목소리로 말했다.

"사랑해."

그는 그 말을 족히 열 번은 더 다른 톤의 목소리로 반복해서 해 주었다. 하나는 그 모습을 보며 환한 웃음을 터뜨렸다. 그는 그녀의 사랑스러운 입술에 다시 한 번 짙은 키스를 했다.

그리고 마침내 촉촉이 젖어 있는 그녀의 안으로 조심스럽고도 부드럽게 밀고 들어갔다. 그의 입에서 나지막한 탄성이 새어 나왔다. 처음엔 조금 묵직하면서도 따끔한 느낌이 들었지만, 그가 그녀를 배려하면서 조금씩 천천히 들어와 주어서 이윽고 편안한 마음으로 그를 받아들일 수 있었다. 그녀가 적응이 된 것을 느끼자 그는 그녀의 안에 최대한 깊이 들어갔고 그녀는 입 안 가득 차올랐던 신음을 뱉어 내며 그의 등을 꼭 끌어안았다. 그러자 그가 약간 젖은 그녀의 머리칼을 부드럽게 쓸어 주었다.

사실 막상 그를 받아들이고 나자 이게 맞는 것인지 혼란스러워질 뻔했던 그녀는, 그 다정한 손길 하나에 마음이 편안해지는 것을 느꼈고 다른 생각 없이 그에게만 집중할 수 있었다.

시간이 지날수록 일정한 박자로 움직이던 그의 몸놀림이 조금씩 빠르고 격렬해졌다. 그녀의 귓가에 머물러 있는 그의 입에서도 점점 더 거친 숨결이 토해졌다. 움직임이 절정을 향해 갈수록, 하나는 몸의 중심이 아찔하고 뜨겁게 달아오르다가 툭 터져서 알싸하게 퍼지는 것 같은 묘한 기분을 느꼈다. 그것은 순식간에 머리끝까지 빠르게 솟아올라 온몸을 전율하게 만들었다. 지금까지 느껴보지 못한 생경하면서도 짜릿한 느낌이었다.

그렇게 몇 번의 절정을 맞았을까. 마침내 방 안에는 두 사람의 거친 숨소리와 열기가 터질 듯이 솟아올랐고, 긴 탄성 소리와 함께 그의 몸이 그녀의 안으로 깊이 들어찼다. 그와 그녀가 완전히 하나가 된 순간이었다.

잠시 동안 침대 위에는 그들의 가쁜 숨소리와 진한 여운만이 감돌았다.

끈적한 공기가 불편할 만도 한데, 땀이 범벅이 된 의현은 그녀의 몸에서 바로 나오지 않고 오히려 더욱 깊이 들어가려 애쓰며 그녀를 있는 힘껏 끌어안았다. 그는 아, 하고 큰 소리로 탄성을 내지르며 말했다.

"좋다."

"……."

"너무 좋다."

하나도 그에게 좋다는 말을 해 주고 싶었지만 왠지 모르게 선뜻 말이 나오지 않았다. 그래서 그녀는 대답 대신 그를 더욱 꼭 끌어안아 주었다. 이렇게 껴안고 절대 떨어지고 싶지 않은 사람들처럼, 둘은 서로를 숨이 막힐 정도로 세게 끌어안고 놓지 않았다.

"사랑해."

"……."

"정말 사랑해, 하나야."

"……."

"이 말, 질리도록 해 줄게."

의현은 그동안 참아 왔던 마음을 한꺼번에 꺼내 놓듯, 또다시 그녀에게 사랑한다고 말하며 얼굴 곳곳에 입을 맞춰 주었다.

이런 기분이었던가. 사랑받는다는 것. 하나는 잊고 있던 무언가가 떠오른 것처럼 마음이 채워지는 기분이 들었다.

시언과의 관계에서는 느껴 보지 못했던 가장 중요한 것이었다. 언제부턴가 그에게서는 사랑한다는 말을 자주 들어 보지 못했다. 미치도록 사랑스럽다는 듯한 촉촉하고 그윽한 눈빛도, 머리카락을 쓸어 주고 땀을 닦아 주는 섬세한 손길도 없었다.

언제부턴가 서로에게 너무나 당연한 존재가 되어 있었기에, '사랑'이라고 부를 수 있는 작은 말과 행동들이 하나둘 사라졌다. 그러나 그렇다고 해서 사랑이 없던 것은 아니었다. 시언은 지금까지도 그녀를 사랑하고 있었다. 사랑은 언제나 그대로였는데, 그들이 서로에게 익숙해지면서 사소한 행동들이 변한 것뿐이었다. 어떤 것은 습관이 되고 어떤 것은 패턴이 되었다. 그리고 그 익숙함 속에서 누군가는 자신이 상대를 사랑하고 있다는 사실을 망각하기도 한다. 시언과의 경험이 그런 것이라고, 하나는 생각했다.

그래서 그녀는 갑자기 두려운 마음이 들었다.

의현이라고 정말 다를까? 지금은 이렇게 행복한 눈빛으로 그녀를 보고 있지만, 그도 언젠가는 변하지 않을까?

누군가는 익숙함도, 편안함도 사랑의 다른 모습이라고 하지만, 하나는 그것이 무서웠다.

"하나야."

"네?"

"왜 그래? 어디 안 좋아?"

"……아니, 아니에요."

하나는 엷게 웃어 보였다. 다른 생각을, 그것도 안 좋은 생각을 하고 있던 것을 들킨 것 같아 미안한 마음이 들었다. 그녀는 그의 입술에 살짝 입을 맞춰 주었다. 그러자 그는 한결 마음이 놓였는지 함박웃음을 지으며 그녀를 보더니, 다시금 달콤한 키스를 선물해 주었다. 그렇게, 누군가에는 믿을 수 없는 꿈이었고, 누군가에는 불안한 설렘이던 밤이 조금씩 더 깊어져 갔다.

*** *** ***

다음 날 하나는 의현의 품에서 눈을 떴다. 그는 전날 밤에 그녀에게 팔베개를 해 주고는 밤이 새도록 그녀의 목에서 팔을 빼지 않았다. 그리고 여전히 하나의 몸을 꼭 끌어안고 잠들어 있었다. 하나는 잠든 그의 얼굴을 가만히 쳐다보았다. 머리만 조금 헝클어져 있었을 뿐, 그는 잠든 모습마저도 반듯했다.

하나는 혹시 자다가 침이라도 흘리진 않았나 싶어 얼른 입가를 만져 보았다. 다행히 굳은 침 자국 같은 것은 없었다. 혹시 몰라 눈의 양 끝도 만져 보았다. 왼쪽 눈앞에 작은 눈곱이 껴 있었다. 하나는 속으로 화들짝 놀라며 재빨리 눈곱을 제거했다. 그리고 마른세수를 한 번 한 뒤 몸을 일으켰다. 그런데 그때 의현이 조용히 팔을 뻗더니 그녀를 도로 눕혔다. 하나가 깜짝 놀라서 물었다.

"깼어요?"

"더 자. 아직 삼십 분 정도 남았어."

의현은 하나보다 먼저 일어나 시간까지 봤던 모양이었다. 의현은 모로 누워서 하나를 더욱 꼭 끌어안았다.

"팔 아프잖아요. 이제 빼도 돼요."

하나가 목을 들어 그의 팔을 빼려 하자, 그는 다시 힘으로 그녀를 눕혔다.

"어어?"

"괜찮아. 하나도 안 아파."

의현이 슬쩍 미소 지으며 말했다. 그 미소를 보자 하나의 입꼬리도 자연스럽게 올라갔다.

"조금만 더 이러고 있자."

의현이 하나의 볼에 쪽 하고 입을 맞추며 말했다. 그 입맞춤 하나에, 지난밤이 다시 떠오르면서 괜스레 얼굴이 달아오르는 것 같았다. 하나는 수줍은 마음에 의현의 품속으로 파고들었다. 그러자 의현이 기쁜 마음을 감추지 못하고 소리 내 웃더니 그녀의 볼과 이마에 한 번 더 입을 맞추었다.

"나 지금 꿈꾸는 거 아니지?"

그가 그녀의 귀에 속삭이듯 물었다. 그러자 하나는 그의 옆구리 살을 살짝 꼬집어 주었다.

"아!"

그는 신음을 하면서도 웃음을 거두지 못했다.

"꿈 아니죠?"

"한 번만 더 해 주라."

"안 돼요."

"하나도 안 아팠어. 한 번만 더 해 줘. 응?"

하나는 처음 보는 의현의 귀여운 모습에 이번엔 그의 어깨를 앙 하고 짧게 깨물어 주었다. 그러자 그는 한 번 더 소리 내 웃더니 그녀의 양볼을 꼬집듯이 길게 늘이며 말했다.

"왜 이렇게 귀여워?"

하나는 그저 수줍게 웃으며 그의 품으로 더욱 깊이 파고들었다. 의현도 그녀가 빠져나가지 못하도록 꼭 끌어안았다.

아침에 맡는 그의 향기는 참 좋았다. 비누 냄새도, 샴푸 냄새도, 스킨로션 냄새도, 향수 냄새도 아닌 순수한 그만의 향기. 의현에게서는 가을바람 같은 냄새가 났다. 어딘가 쓸쓸하면서도 시원하고 포근한.

"하나야."

그가 그녀의 머리를 소중하게 어루만져 주며 말했다.

"나 지금 너무 행복하다. 네가 절대 상상도 못 할 만큼."

하나는 무슨 말을 하려다 말고, 그의 말을 그저 들어 보기로 했다.

"너한테 궁금한 것도 많고, 알아 가고 싶은 것도 많지만 조급해하지 않고 천천히 알아 갈게."

"……."

"내가 너를 얼마나 사랑하는지도, 앞으로 천천히 보여 줄게. 그리고……."

그는 그녀의 머리에 살며시 입을 맞추었다.

왜일까. 지난밤에 수도 없이 했던 입맞춤인데, 그녀는 그 순간 가슴이 두근거렸다.

"그리고…… 세상에서 제일 행복한 여자로 만들어 줄게."

그 말을 듣는 순간, 갑자기 가슴이 울컥하고 움직였다. 그 말은, 하필 지금 기억하고 싶지는 않았지만 시언과 둘만의 약혼식을 했을 때, 그가 그녀의 손에 처음으로 금반지를 끼워 주며 했던 말이었다. 하지만 그녀가 울컥했던 이유는 그것이 시언에게 들었던 말이기 때문이 아니었다. 그 말을 할 때 남자의 마음이 얼마나 깊은지 알기 때문에, 그게 어떤 마음인지 알기 때문에, 내가 다시 누군가에게 진심으로 사랑받고 있구나, 하는 생각이 들었기 때문이다.

"다른 건 몰라도, 널 이 세상 누구보다 사랑할 자신은 있거든."

"……."

"적어도 평생 외로울 일은 없을 거야."

의현은 그녀의 머리를 살며시 당겨서 자신의 어깨에 묻었다. 하나는 코끝이 찡해 오는 것을 참으며 그의 어깨에 짧게 입을 맞추었다.

"고마워요."

"……."

"나도, 잘할게요."

의현은 그 순간 그녀의 말이 진심으로 고마웠다. 사실 그는 아직 그녀의 마음을 제대로 알지 못했다. 지난밤 그는 오랫동안 숨겨 온 마음을 드디어 고백했고, 그녀는 그것을 받아 주었지만, 사랑한다는 말은 하지 않았다. 그러니 그녀가 그를 사랑해서 받아 준 것인지, 그저 싫지 않아서 받아 준 것인지, 아니면 다른 이유 때문인지, 그는 그녀의 마음을 조금도 알 수가 없었다. 다만 지난밤 그녀에게서 보았던 눈빛과 미소를 통해, 그녀도 그를 조금은 좋아하고 있다고 짐작할 뿐이었다.

하지만 의현은 서두르지 않기로 했다. 그녀가 자신을 받아 준 것도 믿을 수 없을 만큼 행복하고 고마운데, 곧바로 그 이상을 바라는 것은 욕심이라고 생각했다.

사랑이 아니어도 좋았다.

이렇게 그녀와 함께할 수만 있다면. 그의 숨과도 같은 그녀를, 잃지 않을 수만 있다면.

그는 행복했다. 행복할 수 있었다.

"내가 더 잘할게."

그러나 단 한 가지 문제가 있다면, 그것은 역의 상황이었다.

"정말 잘할게……."

만일 그의 숨과도 같은 그녀를 잃게 되는 날이 온다면 그다음은 어떻게 될지, 그는 그 자신조차도 알 수 없었다.

"넌 하나만 약속하면 돼."

"뭔데요?"

그는 혹시라도 그녀에게 부담이나 강요가 될까 봐 혀끝까지 올라온 그 말을, 차마 내뱉지 못했다.

'무슨 일이 있어도…… 날 떠나지 않는다고.'

사람이 태어나 죽는 것을 두려워하듯, 너무나 간절했던 것을 얻은 그는, 어쩌면 벌써부터 이별을 두려워하기 시작했는지도 모른다.

'날…… 버리지 않는다고.'

15.
너를 위해 흘리는 내 마지막

 서른셋. 마침내 그녀를 갖게 된 순간을 기점으로 의현은 세상이 바뀐 것 같은 느낌을 받았다.

 아침에 눈을 뜨고 잠이 드는 순간까지, 한순간도 빠짐없이 웃음이 났다. 몸속에 공기가 가득 들어찬 것만 같아 어느 순간 발이 땅 위로 붕 떠오를 것 같았다. 그는 혼자 있는 순간에도 혼자가 아니었다. 항상 그녀를 생각했고, 그렸고, 사랑했다. 그것은 물론 8년 동안 줄곧 해 왔던 것이지만, 전과 다른 점이 있다면, 그가 상상하는 그녀의 모습이었다. 예전에 그가 상상하던 그녀는 대개 슬프거나 무표정한 얼굴을 하고 있었다면, 요즘 그가 상상하는 그녀는 그를 보며 환한 미소를 짓고 있었다. 그래서 그는 언제나, 상상만으로도 행복할 수 있었다.

 오늘도 어김없이 경쾌한 도마 소리에 잠을 깼다. 그녀는 그와 사귀게 된 이후로 평소보다 더 일찍 일어나서 아침을 준비했다. 그에게 더 정성스럽고 맛있는 아침을 차려 주기 위해서였다. 의현은 그녀가 조금이라도 더 잤으면 싶었지만, 자신을 위하는 그 마음이 너무나 고맙고 예뻐서 말리지 못했다.

그는 일어나기 전에 하나가 누웠던 자리로 몸을 옮겼다. 그리고 하나의 베개에 얼굴을 묻은 채 숨을 깊게 들이마셨다. 그의 입가에 따뜻한 미소가 떠올랐다. 그는 그녀의 향기가 참 좋았다. 그녀의 향기는 벚꽃이 만개한 봄 거리의 바람 냄새를 닮았다. 그 바람을 타고 달리는 아이들의 웃음 냄새를 닮았다. 화사하고 따스하고 순수했다.

의현은 그녀의 향기를 더욱 깊게 맡고 싶어서 얼른 자리에서 일어나 방을 나왔다. 부엌에서 요리를 하고 있는 그녀의 뒷모습이 보였다. 그녀는 하얀 두부를 먹기 좋게 썬 뒤에 매콤한 냄새가 나는 김치찌개 안으로 밀어 넣고 손을 씻었다. 그녀는 요리에 집중을 한 때문인지 그가 나오는 소리를 듣지 못한 것 같았다. 의현은 살금살금 그녀의 뒤로 다가갔다. 그녀는 이제 다른 쪽 가스레인지에 불을 켜고 프라이팬에 기름을 두른 뒤 채 썬 감자를 볶기 시작했다. 의현이 하나의 바로 뒤에 섰다. 그녀는 얇게 썬 양파와 피망 등을 넣고 함께 볶기 시작했다. 그 순간, 의현이 그녀의 허리를 꼭 끌어안았다.

"깜짝이야!"

하나가 몸을 움찔하며 깜짝 놀라더니 이윽고 그를 돌아보며 웃음을 터뜨렸다.

"뭐예요. 놀랐잖아요."

의현은 그녀의 어깨에 얼굴을 묻고 향기를 깊게 들이마신 뒤 짧게 입을 맞추었다. 그녀의 몸에서는 향긋한 로션 냄새가 났다.

"간지러워요."

"너무 사랑스러워서. 이런 거 꼭 해 보고 싶었어."

"칫."

그는 그녀의 어깨에 다시 한 번 입을 맞추었다. 이번엔 약간 농도가 짙은 키스였다. 하나가 부끄러워서 웃으며 그를 밀어냈다. 그는 아랑곳 않고 하나의 어깨만 뚫어져라 내려다보며 만족한 듯 씨익 미소를 지었다. 하필 목과 가장 근접한 그곳에는 붉고도 선명한 키스 마크가 새겨져 있었다. 하나가 그것을 보더니 기겁을 하며 말했다.

"여긴 무슨 옷을 입어도 보인단 말이에요!"

"뭐 어때. 보이라고 한 건데."

"진짜."

하나가 못 말린다는 듯 의현을 쏘아 본 뒤 다시 감자를 볶다가 울상이 되어 말했다.

"이것 봐. 다 탔잖아요."

그러나 의현은 능글맞게 웃으며 그녀를 다시 끌어안고 귀며 목이며 볼이며, 그녀의 얼굴 곳곳에 입을 맞추었다.

"뭐 어때. 내가 다 먹을 건데."

하나는 결국 렌즈의 불을 다 끄고 의현을 돌아보았다. 너무 간지러워서 요리에 집중을 할 수가 없었다.

"오늘 밥 맛 없어도 난 몰라요."

"네가 한 건 다 맛있어."

의현은 오른쪽 입꼬리를 살짝 올리며 낮고 중후한 목소리로 속삭였다. 하나는 도저히 못 이기겠다는 듯 그의 옆구리를 한 번 툭 치고는 그의 품에 안겼다. 의현은 기다렸다는 듯 그녀를 포근히 안아 주었다.

"왜 이렇게 말랐어. 살 좀 쪄야겠다."

"요즘 얼마나 쪘는데. 빼야 돼요."

"안 돼."

의현은 그녀를 힘주어 끌어안으며 말했다.

"이렇게 안으면, 부서질 것 같은데."

하나는 농담을 받아치듯 웃었지만 의현은 희미하게 웃었다.

"아무리 세게 안아도 가득 차는 것 같지가 않아."

"볼륨 좀 더 키우라는 거죠?"

"아니."

의현은 하나의 머리를 헝클이며 이마에 살며시 입을 맞추었다.

"이상하게 내 마음이 그래."

"……."

"안으면 안을수록 더 애틋해져."

하나는 그의 그윽한 눈동자를 보고는, 더욱 깊이 안기며 그의 가슴에 얼굴을 부비적거렸다. 의현은 귀여운 아이를 보듯 웃음을 지으며 그녀의 머리칼을 부드럽게 만져 주었다.

"꼭 꿈을 꾸는 것처럼."

"……."

"언젠가 눈을 뜨면, 네가 별빛처럼 부서져서 사라질 것만 같아."

그는 가슴이 찡해지는 슬픈 말을 참 감미롭게도 속삭였다. 하나는 그가 무엇을 두려워하는지 조금은 짐작할 수 있을 것 같았다.

"그럴 일 없어요."

"……."

"난 언제나 여기 있을 거예요."

의현은 단지 말뿐이라도 그녀의 그 말이 무척 고마웠다.

"오늘은 데려다 줄게."

"안 돼요."

"조금이라도 더 같이 있고 싶어서 그래. 너 매일 만원버스 타면서 힘들게 가는 것도 싫고."

의현이 속상한 표정으로 말하자 하나는 조금 고민하는 듯하다가 이내 다시 고개를 저으며 말했다.

"자꾸 데려다 주면 습관 돼요. 그런 게 쌓이다 보면 나중에 괜히 서운해지고 실망할 수도 있구. 그러니까 나한테 너무 잘해 주지 마요."

의현은 무슨 말을 하려다가 입을 다물었다. 그가 그녀가 떠날 것을 두려워하는 것처럼 그녀도 무언가를 두려워하고 있었다. 그는 그것이 무엇인지 알 것 같았다. 하지만 그녀가 원하는 그 말을 해 줄 수가 없었다. 어떤 말도, 그녀가 지난 사랑에서 받았던 상처를 쉽게 아물게 할 수는 없고, 그가 혹여 훗날 작은 실수라도 하게 되면 지금 패기와 오기로 뱉은 말들이 오히려 독이 될 수도 있다는 생각이 들었기 때문이다. 말보다는 행동으로 그녀에게 믿음을 주고 싶었다. 그래서 그가 할 수 있는 말은 이것뿐이었다.

"사랑해."

"……."

"믿어도 돼."

그녀가 고개를 들어 그를 보며 미소를 지었다. 의현도 따라 웃으며 그녀의 입술에 입을 맞추었다. 오늘따라 그녀의 작고 고운 입술이 더없이 달콤하게 느껴졌다.

*** *** ***

치운은 학교 정문에서 하나를 보았다. 반가운 마음에 평소처럼 달려가서 장난을 치려다가 그녀의 표정을 보고 발걸음이 멈칫했다. 하나는 휴대폰을 보며 환한 미소를 짓고 있었다. 전에는 본 적 없는 미소였다. 행복해 보였다. 뭐가 그리 즐거울까. 치운은 생각했다. 아직까지 역할에 너무 몰입하고 있기 때문일까. 이상하게 그녀의 행복이 달갑게 느껴지지 않았다.

치운은 얼마 전 의현에게서 그녀와 정식으로 만나게 되었다는 얘기를 들었다. 의현은 이제 그녀에게 치운과의 에피소드에 대해 고백할 것이니 더 이상 자신을 좋아하는 역할은 하지 않아도 된다고 했다. 하지만 치운은 그럴 필요 없다고 말했다. 그 순간 자신이 왜 그랬는지는 아직도 알 수가 없었다. 다만 일종의 반항심 같은 것이 들었고 기분이 좋지 않았다. 그는 말했다.

'제가 그만두고 싶을 때 그만할게요. 전 아직 이 역할에 몰입하고 싶거든요.'

그러자 의현은 치운을 약간 경계하며 진짜로 우리를 방해하려고 하는 거냐 물었다. 치운은 그저 엉뚱한 웃음만 지어 보일 뿐 아무 말도 하지 않았다. 이에 의현은 그가 장난을 치는 거라고 받아들였는지 가볍게 웃어넘기고 말았다.

치운은 무단결석을 했던 날, 하나가 자신을 찾아 극단까지 왔던 것을 떠올렸다.

'너 누가 말도 없이 결석하랬어? 내가 얼마나 걱정한 줄 알아?'

그것은 어찌 보면 담임교사로서의 당연한 행동이었지만, 여태껏 치운은 어떤 선생님으로부터도 그런 관심을 받아 본 적이 없었을뿐더러–대부분의 교사들은 치운이 결석을 하거나 사고를 치면 원래 그런 놈이라는 듯 무시를 하거나 혼을 내는 것이 전부였다–그날 하나의 표정이 잊히지가 않았다. 그녀는 마치 어린 친동생이라도 잃어버렸던 것처럼 약간 울먹이는 얼굴로 소리쳤다. 걱정했다고. 그 말이 참 따스했던 것 같다. 어머니가 죽고 나서는 형 이외에 누구에게서도 들어 보지 못했던 말이었다.

치운은 하나를 빤히 보다가 결국 그녀의 옆으로 고양이처럼 조용히 뛰어가서는 놀래키듯 갑자기 얼굴을 들이밀며 물었다.

"이번엔 뭐라고 저장했어요?"

하나가 깜짝 놀라며 휴대폰을 닫고 소리쳤다.

"뭐야, 너! 나 심장 약한 거 몰라?"

치운은 문득 심장병으로 떠난 엄마가 생각났다. 그러고 보니 그녀가 다른 선생님들과는 다르게 느껴지는 가장 큰 이유는 엄마 때문인 것 같았다. 그동안 미처 몰랐는데, 치운은 그녀를 볼 때마다 자꾸만 엄마가 떠오르곤 했다. 치운은 짐짓 아무렇지 않은 척 웃으며 말했다.

"뭐라고 저장했냐고요, 이번엔."

"그, 그런 걸 네가 알아서 뭐하게."

"꿀? 조청? 물엿? 사탕? 초콜릿? 생크림?"

"이게, 정말."

하나가 치운의 이마를 콩 쥐어박았다.

"아!"

치운은 거의 비명과 흡사한 신음 소리를 내지르고는 하나를 원망하듯 쏘아보았다.

"에게? 이거 살짝 건드린 거 갖고 오버는."

"제 이마가 얼마나 예쁜 줄 아세요? 이마는 건드리시면 안 돼요. 차라리 머리를 때리세요."

하나는 기가 막힌 듯 웃음을 터뜨렸다. 그러자 치운은 새삼 그녀의 웃는 모습을 빤히 보더니, 이내 그답지 않게 정색을 하고 말했다.

"그렇게 웃지 마세요."

"뭐?"

"닮지도 마요. 왜 닮아요? 허락도 없이."

"얘가 뭐라는 거야? 닮긴 누가 누굴 닮아?"

그때였다. 하나의 휴대폰이 짧게 진동했다. 하나는 진동 소리에도 금세 반색을 하며 치운을 경계하듯 휴대폰을 가리고 문자를 열었다. 하지만 치운은 높은 키를 이용해서 그녀의 휴대폰을 슬쩍 들여다보았다. 내용을 본 치운이 얼른 하나의 눈치를 살폈다. 방금 전까지만 해도 환한 미소로 그의 마음을 묘하게 반항적으로 만들던 그녀가 이제는 어둠이 드리워진 얼굴로 그의 마음을 걱정되게 만들었다.

그때 하나가 치운을 쳐다보았다. 치운은 아무것도 못 본 척 시침을 떼며 고개를 돌렸다.

"얼른 들어가. 아침 자습 준비해."

하나는 약간 가라앉은 목소리로 말했다. 치운은 못마땅한 듯한 표정으로 꾸벅 인사를 하고는 큰 걸음으로 앞서 걸었다. 바보, 라는 짧은 말을 저도 모르게 읊조리며.

해가 느리게 져 가는 무렵, 하나는 학교를 나왔다. 노을빛이 만들어 내는 그녀의 그림자가 뒤에 있는 치운의 발 가까이 닿았다. 하나의 걸음은 무겁고 느렸다. 그녀는 다른 생각에 깊이 빠져서 누가 자신의 뒤를 따라오는 줄도 모르고 있었다. 그녀는 계속 멍한 얼굴로 바닥과 허공을 번갈아 보며 걸었다. 치운은 굳이 조심히 걷지 않아도 되었다. 바로 옆에서 걸어도, 뒤에서 걸어도 그녀는 그를 알아채지 못했다.

버스를 탔을 때도 당당히 그녀의 뒷자리에 앉았다. 그녀는 창문을 약간 열고 바람을 맞으며 멍하니 창밖만 바라보았다. 이어폰이 귀에서 빠질 것처럼 아슬아슬하게 걸쳐져 있는데도 신경 쓰지 않았다. 덕분에 조금만 상체를 앞으로 기울여도 그녀가 듣고 있는 노래가 어렴풋이 들렸다. 그녀는 서영은과 한경일의 'Good bye'라는 노래를 듣고 있었다.

처음부터 따라 내릴 생각이었던 것은 아니다. 그는 충동적으로 저도 모르게 따라 내렸다. 그녀가 여느 때처럼 정신을 놓고 있다가 급하게 벨을 누르고 내릴 때 툭, 하고 떨어지는 눈물 한 방울을 봤기 때문이었다.

[오늘 좀 만날 수 있어? 마지막이라도 좋아. 꼭 해야 할 말이 있어.]

오늘 아침, 치운이 훔쳐본 문자는 그것이었다. 열한 자리 숫자로 쓰인 모르는 번호였지만 치운은 그가 얼마 전까지만 해도 '꿀'이라는 이름으로 저장되어 있던 사람이라는 것을 알 수 있었다.

다 잊고 괜찮은 줄 알았는데 그녀가 흘린 눈물은 그를 놀라게 했다. 그는 여자의 눈물이 싫었다. 여자의 눈물을 볼 때마다 지옥 같던 어느 한 순간이 떠올라서 속이 울렁거렸다. 그래서 도저히 그냥 지나칠 수 없었다.

그녀는 버스에서 내리자마자 아까 보았던 눈물이 잘못 본 것인지 의문이 들 만큼 고개를 빳빳이 들고 씩씩하게 걸었다. 치운은 묵묵히 그 뒤를 따라갔다. 그녀는 어느 카페에 들어갔다. 그리고 한 남자의 앞에 앉았다. 치운은 아메리카노 한 잔을 주문한 뒤 그녀와 멀지 않은 곳에 앉았다. 사선으로 뒤쪽에 앉았기 때문에 그는 그녀를 얼핏 볼 수 있었지만, 그녀는 그를 볼 수 없었다. 치운은 왠지 몰래 미행을 한 기분이 들어서 다소 긴장이 되었다. 막 나온 커피를 한 모금 마셨을 무렵이었다.

"할 말이 뭐야?"

차분하면서도 냉정한 하나의 목소리가 들렸다.

"천천히 얘기하자."

시언은 애써 미소를 지으며 말했지만, 치운은 멀리서도 잔을 집는 그의 손이 떨리고 있음을 보았다. 하나도 분명 그것을 본 것 같았다. 하지만 하나는 제 마음을 다잡기라도 하려는 듯 한 박자 숨을 고른 뒤, 부러 더욱 차가운 말투로 얘기했다.

"나, 오빠랑 이렇게 마주 앉아서 천천히 얘기할 마음의 여유 같은 거 없어."

그때, 시언의 시선이 한 곳에 꽂혔다. 하나의 목 근처 어깨였다. 시언은 하나가 자신의 시선을 눈치채기 전에 얼른 시선을 돌렸다. 하지만 그의 눈은 얼핏 보기에도 많이 흔들리고 있었다.

"그래, 알았어. 오래 안 끌게."

"응."

시언은 커피를 한 모금 마시고 메마른 입술을 혀로 적시며 말했다.

"……다시 시작해. 우리."

하나는 대답 대신 그의 눈을 바로 보기만 했다.

"대답 못 들었잖아. 그때."

"……."

"시간이 좀 필요하다면, 기다릴 수 있어. 우리가 다시 시작할 수만 있다면."

"아닌 거 알잖아."

초조하고 불안한 듯 커피잔을 계속 만지작거리며 얘기하던 그가 손을 멈추었다.

"내 대답은 이미 아니라는 거, 알고 있잖아."

두 사람은 한동안 아무 말도 하지 않았다. 그리고 한참 뒤, 하나가 힘겹게 말을 꺼냈다.

"나, 만나는 사람 있어."

"······기다릴게."

"뭐?"

"잠깐일 거야. 너 지금 잠깐 나 때문에 힘들어서, 외로워서 그러는 걸 거야."

하나가 허탈한 숨을 내쉬었다.

"그거 사랑 아니야. 그러니까 이해하고 기다릴 수 있어. 너만 다시 돌아오면······."

"정신 차려, 제발!"

그녀의 고함 소리에 시언은 물론 주변 사람들까지 하나를 곁눈질하며 보았다.

"오빠 원래 이런 사람 아니잖아. 사리분별 잘하고 똑똑하고 이성적이고. 나랑 싸우면 맨날 논리 내세우면서 이겼잖아. 그런 사람이 왜 이렇게 상황 파악도 못 하고 말도 안 되는 고집을 부려? 대체 무슨 말이 듣고 싶어서?"

"그래. 우리 싸울 때마다 네가 그랬지. 사람 감정이 어떻게 논리로만 설명되냐고. 그 말이 맞아."

"이시언."

"사랑하니까."

"……."

"사랑하니까, 아무것도 이해가 안 돼."

시언은 어느새 촉촉해진 눈가로 그녀를 아련하게 바라보며 말했다.

"내가 잠깐이나마 등신처럼 흔들렸던 게. 네가 다른 사람을 사랑한다는 게. 네가 다른 사람의 여자가 된다는 게. 8년을 사랑했던 우리가 이렇게 영영 남이 된다는 게. 아무리, 아무리 생각해도…… 이해가 안 돼."

하나는 시언의 얘기를 가만히 듣다가 최대한 감정을 억누르려 애쓰며 입을 열었다.

"미안해."

시언은 생각지 못했던 말에 긴장한 듯 그녀를 쳐다보았다.

"오빠를 원망해 놓고, 내가 먼저 다른 사람을 사랑해서."

"……."

"나는 오빠처럼 잠깐이라는 말, 사랑이 아니라는 말, 그냥 흔들린 거라는 말, 기다려 달라는 말, 못 해."

시언은 그 순간 입이 얼어 버린 양 아무 말도 뱉지 못했다. 미안하다는 말. 그 말이 그녀가 한 어떤 말보다도 잔인하게 느껴졌다.

"오빠가 하던 사소한 말들, 행동들 때문에 하루에도 몇 번씩 울고불고 잠도 못 자던 내가, 이제는 오빠가 줬던 수많은 상처를 다

끌어내서 생각을 해도 고작 쥐어짜 내듯 떨어지는 눈물 한 방울이 전부야. 그게 내 마음의 전부야."

"……."

"난 여기, 이 말 하러 왔어."

더 이상 그를 위해 흘릴 눈물은 없다고 생각했다. 그러나 야속하게도 눈물은 청개구리처럼 정반대로만 굴었다. 그가 준 상처들을 생각하면서 자신의 결정과 행동을 정당화하려고 했을 때는 겨우 한 방울 흘러나오던 것이, 그의 마음을 밀어내야 하는 가해자의 입장이 되자, 너를 위해서는 이제 눈물 한 방울도 힘들다는 말을 하려 하자, 거짓말처럼 솟구치려 하고 있었다. 진심으로 미안한 마음이 들었기 때문이다.

"나, 그 사람을 사랑해."

하지만 하나는 가슴에서부터 역류하는 눈물을 꿋꿋이 참아 내며 말했다.

"이제 그만…… 안녕하자, 우리."

시언은 아무 말 하지 않았다. 대신 그의 커피잔 안으로 낯선 액체 한 방울이 떨어져 커피가 잠시 일렁거렸다.

하나는 자리에서 일어섰다. 더 이상은 그의 얼굴을 보고 있기가 힘들었다. 매정하더라도 이렇게 가 버리는 게 나을 것 같았다.

"……갈게."

하나는 빠른 걸음으로 카페를 나왔다. 그를 지나치는 순간부터 눈물이 왈칵 차올랐지만 의현의 얼굴만 생각하며 꾸역꾸역 참아 냈다. 오래달리기라도 한 것처럼 숨이 차올랐다. 하나는 잠시 카페

앞에서 가슴을 부여잡고 숨을 토해 냈다. 그런데 그때 카페 문이 열렸다. 돌아보니 시언이었다.

이렇게 서 있는 것을 보니 그는 머리부터 발끝까지 모두 낯설게 느껴질 정도로 온몸이 야위어 있었다. 하나는 그런 그를 또다시 거절할 자신이 없어 지친 표정으로 한숨을 쉬며 고개를 숙였다. 그런데 그때였다. 시언이 그녀에게 한 발 앞으로 다가오더니, 산 너머로 저물기 전의 마지막 햇볕처럼 희미하고도 따스한 웃음을 지으며 말했다.

"한 번만 안아 보자."

그가 양팔을 천천히 벌리며 그녀를 보았다. 그가 최선을 다해 짓고 있던 미소는 흔들리고 있었고 그 위로 눈물이 흘러내렸다.

"마지막으로…… 딱 한 번만."

그는, 받아들인 것이었다. 다른 어떤 말로도 포기하지 않던 그가, 다른 사람을 사랑한다는 그녀의 진심 어린 한마디에 더는 아무 말도 하지 않았다. 아니, 하지 못했다.

하나는 눈을 질끈 감으며 그에게 한 발 다가갔다. 그러자 그는 천천히, 아주 포근하게 그녀를 감싸 안아 주었다. 너무 강하지도 약하지도 않게. 그는 그녀를 그렇게 잠시 동안 안고서, 그녀의 귓가에 이렇게 속삭였다.

"하나야……. 8년 동안…… 고마웠고 미안했어……."

"……."

"너한테 받은 사랑들, 네가 준 모든 것들…… 평생 잊지 않을게……."

하나는 결국 넘쳐 오르는 눈물을 참아 내지 못했다.

"다음 사랑에선…… 아프지 말고…… 울지 말고…… 행복하게……."

시언은 거기까지 한 뒤 목이 메어 차마 다음 말을 잇지 못했다. 그는 대신 하나를 한 번 꼭 안아 본 뒤 놓아주었다. 아주 짧은 순간이었지만, 그 순간에 두 사람은 모두 같은 추억들을 떠올렸고, 서로를 놓아주는 동시에 그 추억들도 놓아주었다.

하나는 다른 어떤 말 대신에, 그저 시언을 보고 짧게 한 번 웃어 준 뒤 뒤를 돌았다. 그리고 천천히 앞으로 걸어 나갔다.

이 길이 비록 오랜 사랑을 완전히 끝내는 길이지만, 또 다른 사랑을 시작하는 길이라 스스로를 위로하며 천천히, 천천히 걸어 나갔다.

그리고 생각했다.

그 자리에서 그녀가 가는 모습을 끝까지 지켜봐 주고 있을 그를 상상하며, 다시는 누군가에게 뒷모습을 보이는 일 같은 건 하고 싶지 않다고.

절대로, 다시는.

16.
나무의 열매가 너이기 때문에

하나는 집으로 곧장 가지 않고 한강으로 갔다. 인생에서 매우 큰 비중을 차지하던 한 사람을 완전히 잃었는데, 세상이 낯설지 않다면 그건 거짓말이었다. 분명히 같은 길이었지만, 왔던 길과 가는 길은 달랐다. 스치는 사람들은 여전히 타인이었지만 그들의 얘기도, 웃음소리도 달랐다. 이어폰에서 흘러나오는 노래는 전과 같은 노래였지만, 다른 노래였다. 잠깐 사이에 공기는 더 차가워졌고 바람은 더 강해졌으며, 신호등의 시간은 짧아졌다. 하나는 이 낯선 세상에 적응하기 위해 마음을 정리할 시간이 필요했다.

한강에 도착했을 때에는 어느새 해가 지고 어둠이 내려앉아 있었다. 차라리 마음이 편해졌다. 어둠 속에서는 얼마든지 슬퍼하고 울어도 될 것 같았다. 가로등이 아무리 밝아도 달빛이 아무리 따사로워도 어둠을 몰아낼 수는 없었다.

하나는 그 어둠 속에서 고요한 물결을 친구 삼아 걸었다. 그저, 걸었다. 하염없이 걸었다.

지난 시간들을 추억하고 싶어서는 아니었다. 추억은 떠올리면 떠올릴수록 미화가 되고 미련이 남게 마련이었기에 억지로라도 하려고 하지 않았다. 다만 그녀는 그와의 이별에서 느낀 감정들을 모두 강물에 씻어 내고 싶었다. 그렇지 않고서는 의현을 보기 힘들 것 같았다.

시언의 떨리던 미소와 힘없는 눈물을 강물에 흘려보냈다. 아직도 귓전을 맴도는 그의 마지막 말들도 바람에 날려 보냈다. 그리고 그 순간 느꼈던 뜨거운 슬픔도 힘겹게 꺼내어 땅 위에 버리고 걸었다. 그러기 위해서 두 시간 남짓한 긴 시간이 소요되었다.

밤 아홉 시가 넘었을 무렵 휴대폰이 꺼졌다. 다른 배터리도 없었다. 연락이 되지 않으면 의현이 걱정할 것이었다. 이제 그만 집으로 돌아가야 했다. 하지만 왠지 발이 떨어지지 않았다. 하나는 지난번에 의현과 함께 앉았던 벤치를 찾아가 앉았다. 같은 공간이었지만, 다른 공간이었다. 사람 하나가 없을 뿐인데, 그때는 평온하게만 보이던 강물이 지금은 무덤처럼 적막해 보였고 별은 더욱 적어 보였다. 하늘, 강, 땅, 어디를 보아도 기댈 수가 없었다. 쓰라린 외로움이 가슴을 파고들었다. 그녀는 멍하니 허공을 보며 나지막이 한숨을 쉬었다.

그 작은 한숨 소리가 멀리 떨어져서 그녀를 지켜보고 있던 그에게도 들렸다. 처음엔 여기까지 따라올 생각은 없었지만 그녀가 이별한 모습을 본 뒤에는 걱정이 돼서 저도 모르게 발끝이 그녀를 따라 움직였다. 그녀는 괜찮은 척했지만 충분히 위태로워 보였다. 멍하니 몇 시간 동안 한강변을 따라 걷는 것만 보아도 알 수 있었다.

그때 그의 핸드폰이 진동했다. 치운은 '연출님'이라는 세 글자를 보고 잠시 망설이다가 전화를 받았다.

— 어, 치운아.

"무슨 일이세요?"

— 혹시 하나 오늘 야자 감독하니? 그런 말을 못 들었는데 집에도 없고 전화도 꺼져 있어서.

"아니요."

— 그래…….

수화기 너머로 그의 걱정스런 한숨이 고스란히 전해졌다. 잠시 침묵이 흐르고, 의현이 알았다며 전화를 끊으려 했을 때 치운이 입을 열었다.

"이건 내 역할이 아니지만…… 말해 줄게요."

— 응?

"난 우리 선생님이 아픈 것도 싫고 외로운 것도 싫거든요. 여자는 혼자 울면 안 되니까요."

— 무슨 말이야?

"지금 한강에 있어요, 선생님."

— 한강? 자세히 좀 말해 줄래?

"그냥 우연히 보게 된 건데…… 선생님, 오늘 전에 만났던 사람을 만났어요. 그리고 완전히 정리했어요. 그러고는 혼자 한강에 와서 멍하니 생각에 잠겨 있어요. 아무래도 많이 힘들 거예요."

— ……그랬구나.

"우리 선생님한테 서운해하지 마세요. 연출님도 오래 좋아했으니까 알 거 아니에요. 그게 어떤 건지."

— 그래, 알아. 얘기해 줘서 고맙다.

의현은 한 박자 쉬더니 다른 질문을 했다.

— 근데 넌 왜 거기 있는 거야?

치운은 잠시 말문이 막혔다. 이미 스스로에게 했던 질문이지만 명확한 대답을 얻지 못한 터였다.

"그냥…… 산책하러요."

— 그래.

그래, 라고 대답하는 의현의 목소리가 어쩐지 맘에 걸렸다. 산책이라니, 자신이 생각해도 터무니없는 대답이었다. 치운은 구체적인 장소를 알려 주고 전화를 끊었다. 그러고도 한참을 그 자리에서 하나를 지켜보았다. 하나가 혹시라도 자리를 옮기면 다시 말해 주어야 하는 이유도 있었지만, 왠지 그녀를 더 보고 있고 싶었다. 의현이 와서 그녀를 포근히 안아 주고 데리고 가는 것까지 보아야 마음이 놓일 것 같았다. 세상에 홀로 남은 것 같은 표정을 짓고 있는 그녀의 옆에, 물론 그녀는 모르지만, 그래도 있어 주고 싶었다.

잠시 후, 의현이 왔다. 치운은 멀리 떨어진 곳에서 그들을 조용히 보고만 있었다. 의현은 한눈에 그녀를 찾았고, 한걸음에 그녀에게 달려갔다.

"하나야."

하나는 갑자기 나타난 의현을 보며 놀란 듯 말했다.

"오빠가 여긴 어떻게……."

"왠지 여기 있을 것 같아서."

치운은 의현에게 자신이 정보를 알려 주었다는 사실은 비밀로 해 주기를 부탁했다.

"늦는다는 말도 없었는데 집에도 없고 전화도 안 되고. 내가 얼마나 걱정했는지 알아?"

"……미안해요."

의현은 하나의 옆에 앉으며 자신의 외투를 걸쳐 주었다.

"일교차도 심한데, 언제부터 있던 거야."

"얼마 안 됐어요."

"오늘…… 무슨 일 있었어?"

그는 하나의 앞머리를 쓸어 주며 조심스럽게 물었다. 하나는 말없이 고개를 숙이고 있었다.

"하나야."

이 일을 의현에게 말해야 하나 말아야 하나 고민이 되었다. 이미 정리된 일을 말해서 굳이 그의 마음을 불편하게 하고 싶지도 않았고, 그렇다고 말을 하지 않기에도 애매했다. 그러나 하나는 고민 끝에 전자를 선택했다. 이제 마음도 어느 정도 안정을 찾았고, 괜히 그를 걱정시키고 싶지 않았다. 그리고 무엇보다 시언 때문에 힘들어하는 모습은 이제 그만 보이고 싶었다.

"아무 일 없었어요."

하나는 고개를 들고 짧게 웃으며 말했다.

"그냥 오늘따라 바람이 쐬고 싶어서 왔는데 배터리가 나가는 바람에. 미안해요, 정말."

의현은 말없이 그녀의 눈을 보다가 이내 엷게 웃었다.

"아니야. 찾았으니 됐지."

그리고 하나를 살며시 끌어안았다. 하나는 그의 향기에 어지럽던 마음이 편안해지는 것을 느꼈다. 그의 품은 언제나처럼 따스했다. 금방 잠이 들고 말 것처럼.

"아무 일 없으면 됐어."

그는 하나의 등을 천천히 토닥여 주며 말했다. 말은 그렇게 했지만, 그녀에게 무슨 일이 있다는 것을 알고 있는 것처럼, 그녀의 마음을 다 꿰뚫어보는 것처럼 위로를 해 주는 듯한 느낌이 들었다. 하나는 그 손길이 너무도 고마워서 코끝이 찡해졌다.

"내가 잘할게."

그는 하나를 더욱 가까이 끌어안으며 말했다.

"내가 더 잘할게……. 네 선택에 후회가 없도록."

그는 말했다. 그러니까 다 괜찮을 거라고. 하나는 그의 듬직한 한마디에 모든 것을 내려놓고 그의 가슴에 기대었다.

치운은 그제야 뒤를 돌아 천천히 발을 내디뎠다. 왜일까. 그녀가 누군가에게 기댈 수 있음이 다행이라는 생각이 들면서도 마음 한쪽이 쓸쓸해져 왔다. 왜일까. 8년을 혼자 그녀를 짝사랑했다는 의현의 마음을 조금은 알 것도 같았다.

집에 도착하자마자 의현은 욕조에 따뜻한 물부터 받았다. 그리고 물이 받아지는 동안 하나를 침대에 눕히고 마사지를 해 주었다. 하나가 왜 이러냐며 괜찮다고 말려도 소용없었다.

"마음이 무거울 땐 몸이라도 가벼워야 돼."

의현은 그녀의 등 뒤에 올라타 어깨를 주물러 주며 말했다. 그의 야무진 손은 부드러운 듯 강한 리듬을 타며 그녀의 뭉쳐 있던 근육을 시원하게 풀어 주었다. 어깨를 마치고 등으로 내려가면서 그는 갑자기 손을 느리게 움직이면서 음흉하게 말했다.

"원래 마사지는 벗고 해야 잘되는데."

"뭐예요."

하나가 어림없다는 듯 웃으며 콧방귀를 뀌었다. 그러나 의현은 아랑곳 않고 그녀의 티를 슬쩍 올리며 말했다.

"어차피 씻으려면 벗어야 되는데."

"싫어. 이따 내가 벗음 돼요."

"뭐 하러."

의현은 장난치듯 그녀의 몸을 간질이며 옷을 더 올렸다. 하나가 간지러운 듯 몸을 뒤척이며 까르르 웃었다.

"아, 진짜! 이러려고 마사지해 준다고 한 거죠?"

"아니야. 진짜 순수하게 마사지만 해 줄게."

"거짓말."

"정말. 속옷은 안 벗으면 되잖아."

"이따 벗길 줄 어떻게 알고?"

"오빠 그런 사람 아니야."

하나는 의현의 능글맞은 모습에 웃음을 터뜨렸다. 하나가 웃는 모습을 보자 의현의 얼굴에도 길게 웃음이 졌다. 하나는 의현이 웃을 때 눈가에 살짝 지는 주름이 참 좋았다. 결국 하나는 못 이기는 척 상의를 벗었다. 의현은 정말 순수하게 마사지만 해 주었지만 그 손길이 어쩐지 점점 더 끈적하고 뜨거워지는 듯한 기분이 들었다.

"시원해?"

의현은 허리와 엉덩이 사이를 주무르며 물었다. 하나는 그의 시원하냐는 질문을 비웃으며 뜨겁다고 대답해 주었다. 그러자 의현은 만족한 듯 더 뜨겁게 해 주겠다며 그녀의 치마를 벗겼다.

"왜 이러세요? 마사지는 허리까지만 해 주면 되거든요."

하나가 놀란 감정을 앙칼진 목소리로 표현하자 의현이 곧바로 받아치며 말했다.

"전 전신마사지 전문이라서요."

"전 정말 괜찮다니까요. 아니, 손님이 괜찮다는데."

그러자 의현은 그녀의 말을 막기라도 하듯 허리 부근을 기습적으로 깨물었다. 그러고는 달래듯 부드럽게 키스를 해 주었다.

"뭐 해요, 정말!"

하나가 안 되겠다며 몸을 돌려 누우려 하자 의현이 힘으로 그녀를 제압하며 말했다.

"가만있어 봐. 마사지를 거부하면 이런 벌을 줄 거야."

"어? 물 다 찬 것 같은데요."

"아직 멀었어."

"에이, 넘치는 소리 들리는데."

의현이 슬쩍 고개를 돌려 보더니 얼핏 웃고 자리에서 일어났다.

"알았어. 나머진 욕조에서 해 줄게."

"뭐어?"

의현은 도망치려는 하나를 두 팔로 번쩍 안아 들고 욕실로 향했다. 내려 달라고 버둥거리는 그녀가 귀여운지 이마에 입을 맞추는 여유까지 보이면서.

물의 온도는 적당하게 맞추어져 있었다. 하나는 당연히 혼자 씻을 생각이었지만 의현은 당연히 같이 씻을 생각이었는지 먼저 옷을 벗고 안으로 들어갔다. 그러고는 상당히 뻔뻔한 웃음을 지으며 하나에게 얼른 들어오라는 눈짓을 보냈다. 하나는 기가 막혔지만, 그녀의 기분을 맞춰 주기 위해 그가 일부러 더 장난을 치는 것을 알고 있었기에 웃으며 욕조 안으로 들어갔다. 의현이 평소에 반신욕하는 것을 워낙 즐겨서 일부러 큰 욕조를 샀기 때문에 욕조는 둘이 들어가도 충분했다.

하나는 의현과 마주 보고 앉아 의현의 다리 위에 자신의 다리를 겹쳤다. 그러자 의현은 기다렸다는 듯 그녀의 다리에 손을 올리고 허벅지부터 발까지 열심히 주물러 주었다.

"괜찮아요. 정말."

하나는 그의 손이 발에 닿을 때는 너무 간지러워서 몸서리를 쳤지만 의현은 그게 재미있는 듯 오히려 더 간질였다. 하나는 의현의 얼굴에 물을 뿌리며 하지 말라고 했지만 그의 힘을 당해 낼 수는 없었다. 똑같이 간지럼을 태우려고도 해 봤지만 하필 의현은 간지럼을 잘 타지 않는 편이었다. 하나는 생각했다. 그는 어렸을 적에 필시 반에서 제일가는 개구쟁이였을 거라고.

한바탕 물에서 난리를 친 뒤에야 의현표 마사지가 끝이 났다. 의현은 하나를 자신의 다리 사이에 앉게 했다. 그리고 하나가 그의 가슴에 편히 등을 기댈 수 있게 해 주었다. 하나는 그의 품에 뒤로 안긴 채 눈을 지그시 감았다. 더운 물에 오래 있었는데도 불구하고 덥고 습하기보다는 따뜻한 느낌만 들었다. 아주 편한 안락의자에 앉은 기분이었다. 의현은 중간중간 그녀의 가슴을 부드럽게 만져 주기도 하고 물밖에 나와 있는 그녀의 몸에 물을 뿌려 주기도 하고 그녀의 볼과 귀에 입을 맞추기도 했다.

"오빠."

그의 어린 시절을 상상하고 있던 하나가 문득 입을 열었다.

"응?"

"오빠 어릴 때 사진은 없어요?"

"글쎄. 아마 집에 있을 거야."

"나도 하나 갖고 싶은데."

"그래? 그럼 갖다 줘야지. 몇 살 때 사진으로 줄까?"

"음…… 갓난아기 때 사진."

의현이 짧게 웃음을 터뜨렸다.

"그건 왜."

"오빠가 그랬잖아요. 누가 내 어릴 적 사진을 너무 갖고 싶어 하면, 그건 자기가 모르는 내 시간까지 갖고 싶어 하는 거라고. 그만큼 사랑하는 거라고. 난 오빠의 갓난아기 시절까지 다 궁금하고 다 갖고 싶어요. 그러니까 내 마음이 더 큰 거죠?"

아직까지 한 번도 사랑한다는 말을 직접적으로 해 주지 않았던 그녀가, 사랑한다는 말을 그렇게 돌려서 말했다. 의현의 입가에 행복한 미소가 떠올랐다.

"음, 말은 되는데 그건 아닌 것 같아."

"뭐가요?"

"내 마음이 훨씬 더 크니까."

"그걸 어떻게 증명할 건데요?"

"난 네 태아 때 초음파 사진이 갖고 싶어."

하나는 큰 소리로 웃음을 터뜨렸다. 의현도 같이 소리 내서 웃었다.

"못 따라오겠지?"

"그래요. 졌어요."

"넌 절대 안 돼. 나한테."

하나는 평소에 누군가에게 지는 것을 싫어하는 편이었지만 그 말만큼은 왠지 듣기 좋았다.

"오빠 어릴 때 엄청 개구쟁이였죠?"

"아니."

"거짓말. 나한테 하는 거 보면 바로 알겠는데, 뭐."

"난 조용한 성격이었어. 조용히 공부도 잘하고 운동도 잘하고. 왜 반에서 그런 잘난 애들 한 명씩은 있잖아."

"볼수록 능글맞네, 정말."

"넌 되게 도도하고 인기 많은 여자애였을 것 같아."

"반은 맞고 반은 틀려요."

"왜?"

"인기가 많긴 했는데 도도하진 않았어요. 착하고 순수했지."

"착하고 순수했으면 그 많은 남자의 구애를 다 받아 줬겠네?"

"착한 거랑 쉬운 건 달라요. 난 착하면서도 어려운 여자애였어요."

의현은 귀여운 듯 그녀의 머리를 쓰다듬으며 웃었다. 그러자 하나가 갑자기 입술을 살짝 내밀며 말했다.

"근데 갑자기 얘기가 왜 내 걸로 튀어요? 오빠도 인기 엄청 많았겠네요?"

"그야, 뭐."

의현이 어깨를 으쓱하며 말했다. 하나가 심술이 난 듯 그의 허벅지를 꼬집었다.

"아! 지금 질투하는 거야? 초등학교 때 얘기를 가지고?"

"누군데요."

"뭐가?"

"오빠 첫사랑이요."

하나는 여전히 심술이 나 보였지만 의현은 하나를 꼭 끌어안고 그녀의 목에 입을 맞추며 말했다.

"너."

그러자 하나가 그의 허벅지를 한 번 더 꼬집었다.

"진짜야!"

의현이 억울한 듯 소리쳤지만 하나는 콧방귀를 뀌었다. 가당치도 않은 거짓말이라고 생각했다.

"남자들 가장 뻔한 거짓말이 그거인 거 알아요? 무슨 말을 하든 네가 처음이야."

"못 믿겠으면 말고."

"에이. 그러지 말고 말해 줘요. 누군지가 좀 그럼 언젠지라도. 중학교? 고등학교?"

의현은 잠시 생각을 하는 듯 욕실 천장을 보더니 곧 얼핏 웃으며 말했다.

"스물다섯."

"……에? 진짜요?"

하나가 믿을 수 없다는 눈초리로 물었다.

"응. 스물다섯."

"그때까지 여자 한 명도 안 사귀어 봤어요?"

"사귀긴커녕 누굴 좋아해 본 적도 없었어."

"정말요?"

"그렇다니까. 못 믿겠으면 윤아한테 물어봐."

"그러고 보니 옛날에 들었던 것 같기도 하고……. 에이, 그러니까 더 질투 나네."

"뭐가?"

"그렇게 돌부처 같은 남자를 홀린 여자 말이에요. 얼마나 대단한 여자였길래. 많이 예뻤어요?"

"음…… 응."

하나는 회상에 잠긴 듯 엷은 미소를 지으며 고개를 끄덕이는 의현이 몹시 미웠다. 그래서 그의 옆구리를 팔꿈치로 쿡 찌르며 말했다.

"아무리 그래도 애인 앞에서 그렇게 첫사랑 생각하면서 웃을 수 있는 거예요? 그렇게 예뻤어? 나보다?"

"우리 하나, 생각보다 과격한 면이 있네."

의현은 그녀의 질문에 대답하기는커녕 한 손으로는 옆구리를 움켜쥐고 다른 손으로는 그녀의 볼을 살짝 꼬집으며 웃었다.

"대답 안 해요?"

의현은 그녀에게 진지하게 그 첫사랑이 너라고, 내가 8년 동안 너를 혼자 짝사랑해 왔다고 말하고 싶었지만 할 수 없었다. 예전에 그녀에게 만일 누가 너를 8년 동안 짝사랑해 왔다면 어떨 것 같냐고 은근슬쩍 물어보았을 때, 그녀가 조금은 부담스럽고 무서울 것 같다고 했던 말이 내내 마음에 걸렸기 때문이다. 그땐 마냥 서운하기만 했는데 깊이 생각해 보니 그럴 수도 있을 것 같았다. 말이 좋아 8년의 순정이지, 다르게 보면 그만큼 용기도 없고 자신의 마음을 그토록 오랜 시간 속이기까지 한 거짓말쟁이가 될 수도 있었으니까.

"에이, 됐어. 그럼 다른 질문할게요."

"뭔데?"

"난 언제부터 좋아했어요?"

그는 다시 짧은 웃음을 흘렸다. 그녀에게만 다른 질문이었지, 결국 같은 질문이었다. 하나는 쉽게 대답하지 못하는 의현을 의아하게 보며 재촉하듯 되물었다.

"응? 언제부터 좋아했냐구요."

"……글쎄."

"어어?"

"나도 잘 모르겠네."

하나가 약간 서운한 표정을 지었다.

"어떻게 그런 걸 몰라요?"

"그러는 넌? 나 언제부터 좋았는데?"

그러자 하나는 약간 멈칫하더니 이내 멋쩍게 웃으며 말했다.

"글쎄요. 나도 잘 모르겠네요."

"거 봐."

"언제부턴가 좋아졌어요. 나도 모르게."

"나도 그래. 언제부턴가."

그는 그녀를 8년 전 처음 만난 순간을 떠올렸다. 그녀는 그가 잘 보라고, 자신은 이시언이 아니라 최의현이라고 말하며 처음 입을 맞추었을 때를 떠올렸다. 서로 다른 순간을 떠올렸지만 두 사람의 입가에는 동시에 은은한 미소가 떠올랐다.

"따뜻하고 좋아서 잠들 것 같아요."

하나가 눈을 감고 그의 몸에 더욱 깊이 기대며 말했다.

"자. 내가 안고 나가서 몸도 닦아 주고, 옷도 입혀 주고, 이불도 덮어 주고, 팔베개도 해 주면 되니까."

"자장가 불러 줘요, 그럼."

"음…… 그래."

의현이 그녀의 귓가에 입술을 가까이 가져갔다.

"자장가 말고, 자장시 들려줄게."

"그게 뭐예요?"

"내가 좋아하는 시. 듣다 보면 잠이 올 거야."

"좋아요."

하나는 그의 입술에 온몸을 맡기고 눈을 감고 기다렸다. 잠시 후, 나지막하고 감미로운 그의 목소리가 봄비처럼 그녀의 귓가를 적시면서 들어왔다.

"저 멀리 푸른 지평선에 나무 하나가 느리게 솟아난다."

그러자 하나가 갑자기 눈을 뜨며 말했다.

"어? 이 시 알아요. 어디서 들어 본 것 같은데…… 아닌가……."

"그래? 유명한 거니까."

"다시 해 줘요."

"응."

의현은 희미하게 웃으며 다시 시를 읊기 시작했다. 욕조의 물이 잔잔하게 일렁이듯 그가 읊어 주는 시는 그녀의 가슴을 잔잔하게 일렁이게 만들었다.

저 멀리 푸른 지평선에
나무 하나가 느리게 솟아난다

너는 열매로 태어나
슬프게도 탐스러운 모양을 하고
노을빛을 빌려 내게 손짓한다

걸을수록 멀어지는 지평선에
내 작은 손톱을 우표 삼아
심장을 부치고
입술을 보내며
나는 걷는다

한참을 걷다 보면 또다시
익숙한 맛의 공기가 나를 태우고
발이 떨어진다 그럼에도
멈출 수 없는 이유는

나무의 열매가 너이기 때문이다

종국엔 나의 모든 살점이 떨어져 나가
네가 나를 모른다 해도

푸른 수평선에 솟아나는
슬프고도 탐스러운 열매가
너이기 때문에

내 숨결이 닿으려는
나무의 열매가 너이기 때문에

그저
너이기
때문이다

17.
사랑한다는 흔한 말

고소한 볶음김치 냄새와 참기름 냄새가 부엌에 진동했다.
"다 됐다."
하나는 불을 끄고 볶음김치를 작은 그릇에 덜어 내며 말했다.
"오빠 이제 남은 걸로 볶음밥 하면 돼요."
"응. 냄새 너무 좋은데?"
"그럼요. 누가 한 건데."
의현은 웃으며 프라이팬에 다시 불을 켜고 밥 한 공기를 넣어서 볶기 시작했다. 하나는 조금 전 덜어 온 볶음김치를 식탁 위에 놓고 본격적으로 김밥을 만들기 시작했다. 김밥 안에 참치와 함께 볶음김치를 넣는 것은 하나만의 특별한 레시피였다. 평소에 워낙 매콤하고 짭짤한 음식을 좋아하는 터라, 그냥 참치김밥은 왠지 밋밋한 느낌이 들어서 시도해 본 것이었는데 입맛에 딱 맞았다. 의현도 하나와 입맛이 비슷한 편이어서 좋아할 것 같았다.

의현은 베이컨말이 김치볶음 주먹밥을 만드는 중이었다. 그는 좁은 주방에서 하나와 함께 살을 부대끼며 요리를 한다는 사실이 무척 행복했다. 공연을 일주일 남기고 모처럼 얻게 된 황금 같은 휴일이었기에 오늘은 하나와 데이트를 하기로 했다. 그동안은 두 사람 다 일 때문에 바빠 한 번도 그럴싸한 데이트를 해 본 적이 없었다. 말은 안 해도 그게 내심 서운했던지, 하나는 오늘따라 평소보다 더 일찍 일어나 도시락을 만들기 시작했다. 콧노래까지 부르며 아이처럼 들떠하는 모습에 의현도 가만있을 수만은 없었.

"자, 하나 먹어 봐요."

하나가 마침내 완성된 김치볶음참치김밥을 예쁘게 썰어서 의현에게 먹여 주었다. 의현은 몇 번 씹다 말고 환한 웃음을 지으며 엄지손가락을 척 내밀어 보였다.

"진짜 맛있어."

의현은 연신 감탄하며 말하더니, 입을 또 벌린 뒤 하나를 더 달라고 졸랐다. 의현이 좋아하는 모습을 보자 하나도 기뻤다.

그런데 그때 타닥, 하는 소리가 들렸다.

"베이컨 타겠다!"

의현은 그제야 앗차 하며 베이컨을 마저 굽기 시작했다.

"휴, 다행이다. 너무 맛있어서 그렇잖아."

"뭐예요."

"이래서 완벽한 여자를 만날 땐 조심해야 되나 봐. 틈만 나면 정신을 잃는다니까."

하나가 황당한 듯 웃음을 터뜨렸다. 두 사람은 웃고 장난치고 떠들며 화기애애한 분위기 속에서 음식을 만들었다. 김밥과 베이컨말이, 간단한 샌드위치와 과일까지 싸고 나니 먹음직스러운 도시락이 완성되었다. 의현은 돗자리와 음료수 등 기타 필요한 것들을 챙겼고 하나는 나갈 준비를 했다. 하나는 옷을 고르며 의현에게 물었다.

"오늘 자전거 탈 거죠? 이인용!"

"응, 타야지. 치마 안 돼! 안 돼!"

하나는 알았다며 흰색 면바지를 꺼내 입었다. 화장을 하려고 앉았는데 거울 속에 웃고 있는 자신이 보여 잠시 멈칫했다. 그토록 행복하게 미소 짓고 있는 자신이 낯설었다. 하지만 반가웠다. 하나는 기쁜 마음으로 스킨을 발랐다. 시원하고 촉촉한 느낌이 얼굴 가득 퍼졌다.

오늘의 데이트는 순전히 의현에게 맞추어졌다. 전날 밤 누워서 만나는 동안 서로 하고 싶은 것들을 얘기했는데, 하나는 번지점프라는 한 가지만 얘기한 반면, 의현은 같이 도시락을 싸서 공원에 놀러 가는 것부터 이인용 자전거 타기, 등산, 스케이트, 영화나 공연 보기, 맛집 투어 등 셀 수 없이 많은 것을 술술 늘어놓았다. 웬만한 것들은 시언과 다 해 보았던 하나와는 달리, 그는 경험이 별로 없어서 굉장히 사소한 것들도 못 해 본 것이 많았다. 그래서 하나는 오늘만큼은 의현에게 맞추어 주고 싶었다. 그렇다고 해서 하루에 모든 것을 다 할 수는 없으니, 일단 공원 데이트와 더불어 현실적으로 실현 가능한 사소한 것들 위주로 하기로 했다. 의현은 그것만으로도 몹시 기뻐했다.

"날씨 좋다."

의현이 문득 하늘을 올려다보며 말했다. 하늘은 구름 한 점 없이 깨끗하고 맑았다. 태양은 따스했고 바람은 선선했다. 어느새 3월도 거의 끝나 가고 파릇파릇한 봄내음이 나는 시기, 두 사람은 손을 꼭 잡고 걸었다.

"좀 있으면 벚꽃이 피겠네요."

"남쪽은 벌써 다 폈대. 나도 너랑 벚꽃 축제 가고 싶은데."

"같이 가면 되죠."

"응. 꼭 같이 가자."

곳곳에 형형색색의 꽃이 수줍은 새색시마냥 홍조 띤 얼굴을 반쯤 숙이고 있었다. 아직 만개하지는 않았지만 그 모습이 어쩐지 더 풋풋한 느낌을 주어서 좋았다. 한참 걸은 뒤에는 커다란 나무 밑에 돗자리를 펴고 앉았다. 마침내 준비해 온 도시락을 꺼낼 차례가 되었다. 뚜껑을 열자마자 고소한 베이컨 냄새와 김밥 냄새가 코를 찔렀다. 하나는 의현이 만든 베이컨말이김치볶음주먹밥부터 먹었다. 역시나 의현의 요리 솜씨는 일품이었다.

"어때? 맛있어?"

의현이 약간 긴장한 얼굴로 물었다. 하나는 대답 대신 열심히 고개를 끄덕이며 웃었다. 의현도 그제야 따라서 웃었다.

"맛있으면."

의현은 자신의 볼을 손가락으로 톡톡 치며 말했다. 하나는 그를 살짝 흘겨보면서도 살며시 입을 맞추어 주었다. 의현은 보답하듯 하나의 이마에 입을 맞춘 뒤 머리를 쓰다듬어 주었다. 하나는 의현의 그 손길이 너무 좋았다. 하나가 기분이라며 의현에게 김밥을 먹여 주었다. 그러고는 장난기가 발동해 의현이 채 다 먹기도 전에 베이컨말이를 넣어 주고 역시 다 씹기도 전에 방울토마토와 오렌지까지 넣어 주었다. 의현은 괴로울 법도 한데 하나가 치는 장난이 귀여워서 고개를 도리도리 흔들면서도 다 받아먹었다.

하나는 의현의 볼이 터질 것처럼 빵빵해진 것을 보고 커다란 웃음을 터뜨렸다. 의현은 피식피식 새어 나오는 웃음을 참으며 입 안의 음식들을 차분히 꼭꼭 씹어 냈다. 힘겹게 다 씹어 삼킨 뒤에 의현은 하나의 볼을 길게 꼬집었다. 하나는 여전히 웃음을 멈추지 못하고 있었다.

"다 같이 먹으니까 맛없죠? 이상하죠?"

하나는 그걸 바란 듯했으나 의현은 두 눈을 크게 뜨고 고개를 저으며 말했다.

"아니? 너무 맛있는데? 이색적인 맛이야. 너도 먹어 볼래?"

의현이 제일 큰 김밥 꽁다리를 들고 다가가자 하나가 진저리를 치며 몸을 뒤로 물렸다. 의현은 장난스레 웃으며 김밥을 제 입에 집어넣었다. 웃음이 함께였기 때문일까. 밥은 곱절로 맛있게 느껴졌다.

도시락을 다 먹고 의현은 하나의 다리를 베고 누워 있었다. 누워서 하늘을 보는데 푸른 나뭇잎이 빛에 흔들리는 것이 너무 아름다워 보였다. 그 빛이 얼마나 반짝거리던지, 노을이 질 무렵의 강물을 보는 것처럼 눈이 부셨다.

"……행복하다."

의현이 작은 목소리로 말했다. 하나는 엷게 웃으며 그의 얼굴을 부드럽게 매만져 주었다. 그리고 생각했다. 이 모든 것이 영원했으면 좋겠다고. 지금 불어오는 바람의 세기와 태양의 온도와 향기로운 풀 냄새와 그들을 둘러싼 평화로운 분위기와 그의 낮은 목소리 톤과 다정다감한 말투까지. 이 모든 것이 변하지 않고 영원했으면 좋겠다고.

"나도, 좋다."

그의 사랑만은 부디, 영원했으면 좋겠다고.

따스한 휴식을 취한 뒤에는, 의현이 그토록 노래를 부르던 이인용 자전거를 탔다. 너무 춥지도 않고 덥지도 않은 날씨라서 자전거를 타기에 딱 좋았다. 하나는 뒷자리에 앉아 두 팔을 벌리고 다가오는 바람을 마음껏 맞으며 눈을 감곤 했다.

이인용 자전거야 시언과 여러 번 탔던 것이었지만, 신기하게도 그와의 추억이 떠올라 가슴이 아프기보다는 생전 처음 타 보는 것처럼 가슴이 설레었다. 의현은 그녀에게는 페달을 밟지 말고 쉬라고 한 뒤, 혼자서 열심히 달렸다. 하나는 약간 땀에 젖은 그의 등을 꼭 끌어안아 주고 싶었다. 행복했다. 그것은 의현도 마찬가지인 듯했다. 의현은 땀까지 흘리면서도 좋다고 목청껏 소리를 지르기도 하고 손잡이에서 손을 떼고 달리기도 하고 가끔 일어서기도 하면서 한껏 들뜬 모습을 보였다.

꿈만 같은 데이트가 이어졌다. 한강을 벗어나서는 대학로로 갔다. 의현이 예매해 놓은 비보잉 공연을 보기 위해서였다. 공연을 보기 전에는 팔짱을 끼고 다정하게 거닐면서 거리 곳곳을 구경했다. 통 소시지와 회오리감자 같은 길거리 음식도 사서 먹고, 함께 핸드폰 케이스도 맞추고, 수제 액세서리도 구경했다. 하나는 구경이면 충분하다고 그냥 가려고 했는데 의현이 끝내 고집을 부려 그녀가 유심히 살펴본 원석 팔찌를 선물로 사 주었다. 연분홍색 빛깔의 원석은 하얀 그녀의 손목과 잘 어울렸다. 작은 선물에도 기뻐하고 고마워하는 그녀를 보며, 의현은 지난번에 그녀에게 주기 위해서 샀던 반지를 떠올렸다. 언젠가 꼭 주어야겠다고 생각은 했지만 아직 주지 못했다. 기왕 시기를 놓친 것, 왠지 갑자기 주기보다는 특별한 날에 주고 싶었다.

그들이 본 공연은 '비보이 뮤지컬'이라 불리는 〈마리오네트〉였다. 마리오네트 인형들의 빨간 모자 여주인공에 대한 아름다운 순애보를 그린 이 공연은, 인형극과 비보잉이 결합된 형태의 신선하고 재미있는 공연이었다. 하나는 비보잉 공연을 처음 보는 터라 완전히 넋을 빼앗긴 채 공연 내내 물개 박수를 치며 좋아했다. 직업병 때문인지 저도 모르게 연출적 요소들만 보고 있던 의현은 하나의 그 모습을 보고서야 아무 생각 없이 공연을 볼 수 있었다. 그러나 역시 얼굴 가득 순수한 웃음을 띠고 기뻐하는 그녀가 너무 예뻐서 정작 공연보다는 그녀를 보는 시간이 더 많았다.

공연을 보고 나서는 분위기 좋은 레스토랑에 가서 저녁을 먹었다. 하나는 우아한 양식보다는 소박한 한식을 더 좋아하는 편이었지만 의현이 오늘 저녁은 멋진 곳에서 대접해 주고 싶다고 사전에 예약을 한 터라 어쩔 수가 없었다. 오랜만에 고급스러운 레스토랑에서 스테이크에 와인 한 잔을 곁들여 먹고 있으니, 오늘이 마치 특별한 기념일처럼 느껴졌다. 문득 완벽한 데이트를 위해 아침부터 저녁까지 세세하게 신경 써 준 의현이 고마웠다. 하나가 의현을 보며 살며시 웃자 의현이 그 웃음을 놓치지 않고 물었다.

"왜?"

"응? 아니에요."

"왜, 방금 웃었잖아."

"그냥요."

"에이, 뭐야."

의현이 약간 서운한 듯 말했다.

"난 또 내가 너무 좋아서 웃은 줄 알았네."

"완전히 틀린 건 아니에요."

"진짜? 그럼 뭔데?"

"그냥…… 꿈같아서요."

"꿈?"

"응. 오늘 하루 종일, 꿈같았어요. 아주 아주 행복한."

의현의 눈가에 행복한 주름이 졌다.

"나도 그랬는데. 특히 한강에서 네 다리 베고 누워 있을 때."

"너무 졸렸던 건 아니구요?"

"그런 것 같기도 하네. 난 너랑 있으면 항상 졸려."

"에? 진짜?"

하나가 황당한 듯 그를 쏘아보며 묻자 의현이 상체를 앞으로 기울이더니 그녀의 가까이서 돌연 낮고 허스키한 목소리로 말했다.

"자고 싶어서."

"뭐야!"

하나는 헛웃음을 터뜨리며 그의 어깨를 밀어냈다. 의현은 능글맞게 웃으며 스테이크를 한 조각 썰어 먹었다.

"꿈 얘기하니까 생각난 건데, 나 궁금한 거 있어."

"뭔데요?"

"넌 내 꿈 꾼 적 있어?"

의현은 가볍게 묻긴 했지만 약간 긴장한 듯했다. 하나는 그 모습이 귀여워서 좀 놀려 줄까 하다가 이내 마음을 고쳐먹고 사실대로 말했다.

"그야 당연하죠."

"정말? 언제? 어떤 꿈?"

그제야 의현의 굳어 있던 안면근육이 느슨하게 풀리며 입꼬리가 올라갔다.

"다 기억은 안 나는데…… 우리 만나고 나서 몇 번 꿨어요. 좋은 꿈들이었던 것 같으니까 걱정 마요."

"그래? 그럼 다행이고."

의현은 잠시 생각하다가 다시 약간 긴장한 표정이 되어 물었다.

"그럼…… 그전엔?"

"응?"

"우리 만나기 전엔, 내 꿈 한 번도 꾼 적 없어?"

하나는 잠시 생각에 잠겼다. 아무리 그래도 8년을 알고 지냈는데 한 번도 없을까 싶었지만 좀처럼 생각나는 것이 없었다. 꾼 적이 있다 해도 어제 꿈도 잘 기억이 안 나는데 그 오래된 꿈을 기억할 리 없었다. 그런데 의현이 기다리다 지쳐 없으면 됐다고, 괜찮다고 애써 웃으며 말했을 때였다. 돌연 아주 깊숙이 박혀 있던 기억 하나가 불쑥 머리 위로 올라오면서 어렴풋한 꿈의 조각들이 생각났다.

"있었어요!"

하나의 말에 의현이 기대에 가득 찬 눈을 껌뻑이며 물었다.

"진짜? 뭔데?"

"정말 신기하게 딱 하나가 떠오르는데…… 오빠가 걷고 있었어요."

"걸어? 내가? 어딜?"

"어딘지는 잘 기억이 안 나는데 나무가 있었던 것 같아요. 산속인가."

"나무?"

"응. 오빠는 계속 걷기만 했어요. 나는 그걸 보기만 했던 것 같은데……. 한참을 가다 보면 또 그 나무가 있고…… 계속 같은 곳을 빙빙 도는 것 같았어요."

그러자 의현이 얼핏 미소를 지으며 말했다.

"길을 잃었나. 왜 그런 꿈을 꿨어?"

"그러게요. 이상하네."

"언제였는지는 기억 나?"

"글쎄요. 되게 오래됐던 것 같아요."

"그랬구나. 뭐, 아무튼 꿔 줬다는 사실이 고맙네."

의현은 스테이크를 다시 한 조각 썰어서 그녀에게 먹여 주었다. 고기가 부드럽게 씹히면서 입 안 가득 달콤한 육즙이 퍼졌다.

"그러는 오빠는요? 내 꿈 꾼 적 많아요?"

"글쎄……."

의현이 고개를 갸웃하며 의미심장한 미소를 지어 보였다.

"에이, 뭐야."

"난 너무 많아서 셀 수가 없지."

"장난치지 말구."

"진짜야. 내 말은 다 장난 같아 보여?"

"그럼 그중에 하나만 말해 봐요. 어떤 꿈인지."

그러자 의현은 여유롭게 와인 한 모금을 마신 뒤 입을 열었다.

"네가 나한테 사랑한다고 말하는 꿈."

팔짱을 끼고 의현을 흘겨보고 있던 하나의 얼굴에서 장난기가 거두어졌다. 얼핏 듣기에는 별거 아닌 말 같았지만 그 말은 두 사람에게는 매우 의미 있는 말이었다. 하나는 아직 그에게 직접적으로 사랑한다는 말을 하지 못했다. 그러니 의현에게 그것은 아직 '꿈'이었다. 하나도 그 말을 언젠가는 해 주고 싶다고 생각은 했지만 어째서인지 쉽게 나오지가 않았다. 그를 분명 사랑했지만, 아직 마음의 문이 완전히 열리지는 못한 것 같았다. 그런데 의현이 그것을 신경 쓰고 있을 거라는 생각은 미처 하지 못했다. 갑자기 미안하면서도 말로는 설명할 수 없는 묘한 기분이 들었다. 그 모습을 본 의현이 다시 함박웃음을 지으며 말했다.

"괜찮아. 꿈은 이루어지니까."

하나는 어색하게 웃었다. 지금이라도 그 말을 해 주고 싶었다. 하지만 혀끝까지 올라온 그 말을 뱉는 것은 의외로 너무도 어려웠다.

"지금은 내 옆에 있어 주는 것만으로도 고마워. 진심이야."

어째서일까. 하나는 갑자기 마음이 아려 오는 것을 느꼈다. 그 말이 정말 해 주고 싶어서 입까지 벌렸는데도 차마 나오지가 않았다. 사랑한다는 그 말, 마음속에서 수천 번은 더 외친 말이었는데 입 밖으로는 나오지 않았다. 하나는 자신이 병이라도 걸린 것인지 두려운 마음이 들었다. 진지하게 생각하니 어쩌면 정말 그럴 수도 있겠다 싶었다. 시언과 만나는 동안 수도 없이 했던 말이지만, 그 말이 너무나 허무하게 부서지는 것을 본 까닭에서인지, 제 마음을 통제하지 못해 다시 사랑은 하면서도 그 말만은 밖으로 꺼낼 수가 없는 것이었다.

"하나야."

하나의 표정이 심각해진 것을 본 의현이 그녀의 손을 잡았다.

"왜 그래."

"……아니에요. 아무것도."

하나는 엷게 웃으며 말했다.

"잠깐 눈감아 봐요."

"응?"

"얼른요."

의현은 의아해하면서도 눈을 감았고 하나는 살며시 자리에서 일어나 그의 입술에 입을 맞추었다. 그리고 짧지만 달콤한 키스를 선물해 주었다. 의현이 놀란 얼굴로 그녀를 보았다. 그녀는 그가 안심할 수 있게 환한 미소를 지어 보였다.

"말하지 않아도 알아야 돼요. 내 마음이 어떤지."

의현은 그제야 그녀를 따라 웃었다.

"……알아. 고마워."

"……."

"그리고 괜찮아. 네가 못 하면 내가 더 많이 하면 되니까."

의현은 하나의 손을 꼭 붙잡고 자신의 앞으로 당기더니 그녀의 손등에 부드럽게 입을 맞추었다.

"사랑해, 하나야."

그리고 다섯 손가락 하나하나에 다 입을 맞추어 주며 말했다.

"정말로……."

그때부터였던 것 같다.

"너 하나만……."

하나는 알게 되었다.

"영원히……."

자신의 마음에는 아주 작고 이상한 구멍 하나가 있다는 것을.

"진심을 다해서……."

그리고 그것은, 그에 대한 그녀의 마음이 커져 갈수록.

"사랑할게……."

그와 비례하여, 점점 더 커져 가고 있다는 것을.

18.
네가 내 곁으로
와 주기만 한다면

두 사람 모두에게 꿈같던 달콤한 휴일이 지나고, 그 여운을 느낄 새도 없이 의현은 연극 연습에 매진해야 했다. 공연을 하루 앞둔 날까지 약 일주일간은 거의 눈코 뜰 새 없이 바빴다. 그 시기에는 연극 연습뿐만이 아니라 공연을 올리기 위한 실질적인 문제들—기획이나 홍보, 무대 세팅, 음향, 조명 등—을 모두 다루고 마무리 지어야 했기 때문이다. 그래서 의현은 외부 사람을 만날 일도 많았고 부득이하게 공연장에서 밤을 새우게 되는 경우도 꽤 있었다. 그러다 보니 뜻하지 않게 하나를 신경 써 줄 여유가 없었다.

정신없이 일하다가 늦은 시간에 집에 들어가면 피곤해서 금방 잠이 들었고, 다음 날 아침에 하나가 깨워도 일어나지 못했다. 평일엔 서로 바빠서 볼 시간이 없으니 아침에라도 일찍 일어나 밥을 같이 먹고 출근하는 그녀를 집 앞까지 배웅해 주곤 했는데 그마저도 잘 못 하게 된 것이었다. 열 시쯤 벌떡 일어나 시계를 보고 한숨을 쉰 뒤 방을 나와 보면 식탁 위에 정갈하게 차려진 밥상과 짧은 쪽지가 있었다. 어떤 음식은 데워 먹고 어떤 음식은 냉장고에 있으니 꺼내 먹으라는 것과 오늘 하루도 힘들 텐데 힘내라는 응원이 담긴 글이었다. 의현은 그 쪽지를 보면 더 미안한 마음이 들었다. 하지만 할 수 있는 것은 고작 고맙고 미안하다는 문자 한 통이 전부였다.

어젯밤에는 미안한 마음에 야식이라도 함께 먹으려고 하나가 좋아하는 만두와 떡볶이를 사 들고 왔지만 그녀는 기다리다 지쳤는지 책상에 앉아 잠들어 있었다. 일찍 오려고 나름대로 노력한 것이었지만 자정이 넘은 시간이었으니 그럴 만도 했다. 의현은 하나를 안아 들어 침대로 옮겨 준 뒤 이불을 덮어 주었다. 하나는 편안한지 이불 속으로 파고들며 더 깊이 잠들었다. 의현은 그런 하나를 빤히 보다가 그녀의 이마와 눈, 코, 입에 차례로 입을 맞추었다.

며칠 동안 얘기도 제대로 못 하고 챙겨 주지도 못했는데 그녀는 한 번도 서운한 말을 하거나 투정을 부리지 않았다. 정말 괜찮을 리는 없고, 부러 내색하지 않는 것 같았다. 의현은 그녀의 착한 마음과 배려가 고마워서 더욱 미안해졌다. 그래서 내일은 꼭 일찍 일어나 그녀에게 맛있는 아침을 해 주고 학교까지 데려다 주어야겠다는 생각에, 알람을 다섯 개나 맞추어 놓고 그녀가 깨지 않도록 다른 방에 가서 잤다.

다행히 그는 네 번째 알람을 듣고 잠에서 깼다. 눈꺼풀의 무게가 천 근은 되는 것 같지만 힘겹게 들어 올리고 자리에서 일어났다. 내일부터 이 주간은 공연이었기 때문에 더 바빠질 것 같아서 오늘은 힘들어도 꼭 그녀를 챙겨 주고 싶었다.

의현은 하나가 좋아하는 계란말이와 돼지고기 김치찌개를 했다. 매콤한 김치찌개 냄새가 주방 가득 퍼졌다. 간도 적당히 맞았다. 그는 만족한 듯 고개를 끄덕인 뒤 방 안으로 들어갔다. 아직 하나가 일어나려면 5분 정도의 시간이 남아 있었다.

의현은 하나의 옆에 조용히 모로 누워 잠든 그녀의 얼굴을 바라보았다. 헝클어진 머리카락과 약간 부은 듯한 얼굴도 예뻐 보였다. 그는 하나의 휴대폰을 켜 알람 시간을 30분 정도 늦추어 놓았다. 오늘은 아침밥을 하지 않아도 되니 그 시간을 더 재우고 싶었다. 의현은 하나의 고개를 살짝 들고 그 밑에 자신의 팔을 넣어서 팔베개를 해 주었다. 그리고 아이를 대하듯 그녀의 가슴을 살며시 토닥여 주었다. 다행히 하나는 깨지 않고 잘 잤다. 그녀의 자는 모습을 보는 것만으로도 입가에 미소가 졌다. 의현도 따라서 잠이 들 것 같았지만 그랬다가 혹시라도 다시 일어나지 못할까 봐 억지로 잠을 떨쳐 내며 30분을 버텼다.

알람이 울리고 잠에서 깬 하나는 시간을 보고 한 번 놀라고, 환한 미소를 짓고 자신을 보고 있는 의현을 보고 두 번 놀랐다.

"왜 일어났어요?"

"너 보고 싶어서."

하나는 그의 애정 표현에도 아직 어리둥절한지 의아한 표정만을 짓고 있었다.

"며칠 사이에 내 신뢰가 너무 바닥까지 떨어졌는데? 정말이야."

그때 하나가 코를 움찔거리며 방밖으로 시선을 돌렸다.

"뭐, 했어요?"

"김치찌개. 내가 밥 했으니까 일부러 30분 더 재웠어."

"정말요?"

하나는 믿기 힘든 상황에 잠이 확 깼는지 몸을 일으켜 앉았다.

"왜 그랬어요. 피곤할 텐데······."

"얼른 씻고 밥 먹자."

하나는 미안함인지 고마움인지 알 수 없는 묘하게 그윽한 얼굴을 하고 그를 쳐다보았다.

"어? 안 일어나면 내가 씻겨 준다."

의현이 그녀의 어깨에 손을 스윽 가져다 대며 말했다. 하나는 그제야 웃으며 자리에서 일어났다.

"알았어요."

하나가 씻으러 들어간 사이에 의현은 주방으로 가서 상을 차렸다.

다행히 하나는 그가 차린 밥을 무척 맛있게 먹어 주었다. 오랜만에 함께 아침을 먹으며 소소한 이야기도 나누었다. 하나는 오늘 야자 감독을 하는 날이었다. 그녀는 의현더러 바쁜데 괜히 신경 쓰지 말라고 했지만 그는 무슨 일이 있어도 데리러 가겠다고 했다. 밥을 다 먹고 출근하는 길에 의현은 기어코 고집을 부려서 하나를 차에 태웠다.

"정말 괜찮다니까요."

"나야말로 정말 괜찮다니까. 오늘 출퇴근길은 내가 꼭 책임져 주고 싶어서 그래."

"이렇게까지 안 해도 되는데……."

의현은 대답 대신 웃으며 하나의 안전벨트를 매 주었다. 왠지 어색한 정적이 흘렀다. 의현은 운전을 시작했고 하나는 말없이 창밖을 보며 갔다. 의현은 그런 하나를 연신 흘긋거리며 보았다. 그녀가 무슨 생각을 하고 있는지 궁금했다. 하지만 물어볼 수는 없었다. 그녀의 선한 눈매가 오늘따라 유독 쓸쓸하게 느껴졌기 때문이다.

차가 신호에 걸렸다. 의현은 왼손으로만 핸들을 잡고 오른손으로 하나의 손을 꼭 잡았다. 돌연 느껴진 따뜻하고 부드러운 촉감에 하나가 의현을 보았다. 그는 그녀를 포근한 시선으로 바라보며 말했다.

"……미안해."

"응?"

"요즘 바쁘다고 많이 못 챙겨 줘서."

"뭘. 괜찮아요."

다시 차를 출발하면서도 의현은 하나의 손을 놓지 않았다.

"이번 공연 끝나면 나 당분간은 쉴 생각이니까 우리 그때 데이트도 많이 하자."

"좋아요."

"같이 벚꽃 놀이도 꼭 가고, 네가 하고 싶다던 번지점프도 하고."

"응."

하나는 웃으며 말했지만 의현은 왠지 마음이 편치 않았다.

"공연은 언제 보러 올 거야?"

"내일이 첫공이죠? 내일도 가고 마지막 공연도 갈게요."

"고마워. 네 자린 항상 VIP석으로 빼 놓을게."

하나는 짧게 웃었다. 그녀의 미소는 언제나처럼 아름다웠다. 그런데 의현은 자꾸만 그녀의 눈치를 보게 되는 자신을 느꼈다. 학교에 도착해서 평소처럼 달콤한 입맞춤을 하고 이따 보자며 밝은 모습으로 헤어졌는데, 그는 그녀의 뒷모습이 사라질 때까지 출발하지 못했다. 함께 왔던 길을 혼자 돌아가면서, 그는 문득 이런 생각을 했다. 차라리 그녀가 괜찮다는 말이 아니라 서운하다는 말을 해 주었으면 좋겠다고. 그럼 적어도 서로의 마음은 알 수 있을 것 같았다.

수업을 끝내고 쉬는 시간이었다. 교무실로 가고 있는데 갑자기 낯익은 목소리가 불쑥 들려왔다.

"무슨 좋은 일이라도 있으세요?"

돌아보니 치운이었다. 하나는 깜짝 놀란 기슴을 쓸어내리며 그를 쏘아보았다.

"너 자꾸."

"매번 놀라기도 쉽지 않은데."

"왜. 나한테 볼일 있어?"

"우리가 뭐 볼일 있어야만 보는 사인가요."

치운이 하나의 귀에 대고 장난치듯 속삭였다. 남학생 한 명이 그 모습을 이상한 듯 보며 지나갔다. 그것을 본 하나가 치운의 등짝을 찰싹 때리며 말했다.

"네가 자꾸 장난치니까 학생들이 이상하게 보잖아. 얼른 들어가서 수업 준비 안 해?"

하나는 진지하게 혼을 낸 것이었지만 치운은 듣는 척을 하기는커녕 그녀의 말을 따라 하며 우습게 흉내를 냈다.

"이게 정말."

치운은 하나의 그런 반응이 재밌는지 연신 싱글벙글 웃기만 했다. 하나는 한숨을 쉬며 그를 교실 쪽으로 몰았다. 치운은 개의치 않고 교실로 걸어가며 하나에게 계속 말을 걸었다.

"무슨 좋은 일 있냐고요."

"갑자기 그게 무슨 소리야?"

"오늘은 평소보다 기분이 좋아 보여서요."

하나는 치운의 예리함에 흠칫 놀랐다. 그는 가끔 그녀 자신조차도 잘 모르는 기분을 독심술이라도 하는 듯 읽어 내곤 했다.

"그런 거 없어. 얼른 들어가."

하나는 친절히 교실 문까지 열어 주고 치운을 들여보내며 말했다.

"웃어요. 스마일."

치운은 제 입꼬리를 양쪽으로 쭉 찢어 올리며 말했다.

"자꾸 울상 짓고 있으면 하나도 안 행복한 줄 알고 나 다시 연출님한테 들이댈 거예요."

"뭐?"

"그러니까 웃으라고요. 좀."

치운은 그 말을 툭 던지고는 제자리로 돌아가 씩 웃으며 하나를 쳐다보았다. 하나는 황당한 웃음을 흘리며 뒤를 돌았다. 그의 말을 신경 쓰고 싶지는 않았는데 괜히 한 번 웃어 보게 되었다.

치운의 말대로 하나는 그날따라 유독 좋아 보인다는 말을 많이 들었다. 내색하지 않으려고 많이 노력했는데 그동안 의현 때문에 서운했던 마음이 저도 모르게 표정이나 분위기로 표출되었던 모양이다. 오늘은 의현이 아침부터 신경을 많이 써 주고 야자 감독이 끝나고도 데리러 와 준다고 해서 기분이 좋았다. 그동안은 의현이 바쁜 것은 충분히 이해하지만 너무 갑자기 그녀에게 소홀해져서 서운하면서도 두려운 마음이 들었다.

혹시 그의 마음이 벌써 식은 거라면 어떡하나, 남자들은 아무리 간절히 원하다가도 막상 제 것이 되고 나면 감흥이 사라지고 싫증이 나는 경우가 많다던데 혹시 의현도 그런 것이라면 어떡하나, 하는 온갖 걱정들이 가득 드는 것이었다. 분명 아니라는 것을 알면서도, 스스로도 말이 안 된다고 생각하면서도 문자의 답장이 한 시간만 늦어도, 전화를 몇 번만 안 받아도, 귀가 시간이 조금만 늦어져도 그런 생각들이 수도 없이 늘어나 머릿속을 잔뜩 헤집어 놓았다.

티 내지 않으려고 무척 애를 쓰고는 있지만 하루에도 수십 번씩 감정이 롤러코스터를 탔다. 혼자 있는 시간이나 그를 하염없이 기다리는 동안에는 급격히 외롭고 슬퍼졌다가도, 그가 조금이라도 마음을 보여 주면 금방 미소가 나고 행복해졌다. 오늘 아침에 그녀는 꽤 오랜만에 그에게 사랑받고 있다는 느낌을 받았고, 그래서 행복했다. 본래 다른 여자들에 비해 마음이 여린 편이긴 했지만 사소한 것에 일희일비하지는 않았던 그녀는 언제부턴가 이렇게 되어 버린 자신이 너무 싫었다. 그리고 생각했다.

아무래도 마음의 병이 생긴 것 같다고.

그리고 그녀가 생각하기에 그 병은 이별의 후유증, 혹은 트라우마에서 오는 것이었다. 그녀는 이제 영원을 믿지 않았다. 의현을 진심으로 사랑했지만, 의현을 사랑하는 자신의 마음이 영원할 것이라는 생각도, 자신을 사랑하는 의현의 마음이 영원할 것이라는 생각도 하지 않았다. 그래서 두려웠다. 언젠가 다가올 이 사랑의 유효 기간이. 불안하고 초조했다. 언젠가 변할 그의 마음이.

야자가 끝나 갈 시간이었다. 혹시 의현이 벌써 오지는 않았을까 슬쩍 창문을 내다보며 감독을 하고 있었을 무렵, 그녀의 휴대폰이 짧게 진동했다. 하나는 반가운 마음으로 휴대폰을 켰다.

[하나야, 미안해. 갑자기 중요한 조명기에 이상이 생겨서 오늘 좀 늦을 것 같아. 꼭 데리러 가고 싶었는데 정말 미안해…… 밤길 조심하고, 버스 내려서 무서우면 꼭 전화해!]

휴대폰을 들고 있던 그녀의 손이 천천히 떨어졌.

그녀가 자가 진단한 마음의 병에는, 치료 방법이 없었다. 일시적인 치료 방법은 있을지 몰라도 근본적인 치료법은 없었다. 그녀는 그렇게 생각했다. 사랑은 영원할 수 있다는 믿음을 회복하기 위해서는, 정말로 영원한 사랑을 해 보아야 했다. 그러나 영원한 사랑을 한다고 해도 그것은 이미 이 세상 밖의 일이었다. 그러니 그때까지는, 결국 죽을 때까지는 그 믿음을 회복할 수 없는 것이었다.

[꼭이야! 진짜 미안하고…… 사랑해…….]

야간자율학습이 끝나고 하나는 혼자 집에 갔다. 문자에 답장은 하지 않았고 전화도 하지 않았다. 버스에서 내린 뒤에도, 그녀가 가장 무서워하는 엘리베이터 안에서도, 집까지 들어가는 복도에서도 그녀는 꿋꿋이 혼자 걸었다. 거는 전화도, 오는 전화도 없었다.

자정이 넘은 시각. 그녀는 씻고 잘 준비를 한 뒤 그의 방이 아닌 그녀의 방 안에 이불을 깔고 누웠다. 컴컴한 어둠 속에서 눈을 감은 순간, 돌연 코끝이 찡해졌지만 참아 냈다. 그녀는 최근 며칠 동안 몇 번이나 울고 싶은 심정에 휩싸였지만 꾸역꾸역 참아 내면서 결코 울지 않았다. 예전에 시언과의 이별에서 그랬던 것처럼, 눈물을 흘리는 순간 그녀가 두려워하던 무언가를 인정해야만 할 것 같아서였다.

그날 하나는 한잠도 자지 못했다. 새벽 세 시쯤 의현에게 몇 번의 문자가 왔다. 내일 당장 공연인데 사태가 생각보다 심각해서 오늘은 집에 들어가지 못할 것 같다는, 미안하다는 내용이었다. 그 후로 전화가 몇 번 왔지만 하나는 받지 않았다. 대신 잠들기 위해 갖은 애를 다 써 보았지만 끝내 잠들지 못했다. 잠들지 못한 탓일까, 몸이 으슬으슬 춥고 머리가 아파 왔다.

내일은 수면 유도제를 사야겠다고 생각할 즈음 해가 떠올랐다.

출근하기 전, 하나는 아랫배에서 느껴지는 알싸한 통증과 질에서 느껴지는 묘한 분출감에 화장실에 들렀다. 팬티라이너가 붉게 물들어 있었다. 하나는 그제야 날짜를 세어 보았고 오늘이 생리 예정일이라는 것을 알게 되었다. 생리를 시작했다는 사실에 불쾌감과 짜증이 밀려왔지만 문득 한 가지 생각이 번뜩 스치고는 약간의 안도감도 들었다.

그녀는 생리 전 증후군이나 생리 중 통증이 남들보다 심한 편이었다. 생리 전 증후군은 심할 경우에는 우울증이나 도벽증, 자살 충동을 몰고 오기도 하는데, 하나는 그중에서도 스트레스와 우울증에 자주 시달리곤 했다. 그래서 요 며칠 새 있었던 자신의 심한 감정 기복과 예민함, 심리적 불안감 등이 다 생리 전 증후군 때문이었을 수도 있다는 생각에 내심 안도감이 들었다. 하나는 부디 그런 것이었으면 좋겠다고 생각했다.

속옷을 빨고 옷을 갈아입고 막 집을 나왔을 때 의현에게 전화가 왔다. 하나는 아직 섭섭하긴 했지만 어제보다는 약간 가벼워진 마음으로 전화를 받았다.

"오빠."

— 하나야.

의현이 그녀가 받기만을 기다렸다는 듯 낮은 탄식을 하며 말했다.

— 어제 잘 들어갔어? 왜 연락이 없었어……. 걱정했잖아.

"그냥 너무 피곤해서, 들어오자마자 잠들었어요. 미안해요."

— 아니야…… 내가 미안해. 어제 갑자기 못 데리러 가고 연락도 늦어서. 정말 갑자기 일이 생겨서 너무 정신이 없는 바람에…….

"괜찮아요."

하나는 아랫배가 점점 더 쓰려 오는 것을 느꼈다.

"그래서 잘 해결됐어요? 오늘 공연 잘할 수 있겠어요?"

— 응. 간신히 해결했어. 이따 보러 오는 거지?

하나는 엘리베이터를 타고 손으로 배를 잡았다.

"네. 끝나고 연락할게요."

— 응. 학교 잘 가고, 버스에서 또 졸아서 못 내리지 말구…… 오늘도 힘내!

"오빠도 힘내요."

하나는 전화를 끊자마자 약한 신음 소리를 내며 벽에 몸을 기대었다. 벌써부터 이렇게 아픈데 오후가 되면 얼마나 심해질지 두려웠다. 의현이 서운해할까 봐 공연은 보러 간다고 말했지만 보러 갈 수 있을지도 의문이었다. 하나는 아픈 몸을 이끌고 힘겹게 한 발 한 발 내디뎠다.

하나는 출근길에 약국에 들러 진통제와 수면 유도제를 샀다. 학교에서는 수업 시간을 제외하고는 내내 교무실 책상 위에 누워 있었다. 학년부장 선생의 눈치가 좀 보이기는 했지만 다행히 대부분의 교사들이 여자라서 이해해 주고 걱정해 주는 분위기였다. 진통제를 대여섯 알이나 먹어 가며 버틴 하나는 종례를 반장에게 맡기고 학교를 나왔다. 아픈 모습을 학생들에게 보이고 싶지 않았다. 수천 개의 바늘이 뱃속을 정신없이 찌르는 것만 같아서 눈앞이 아득해졌다. 온몸에서 식은땀이 흘렀고, 한 발 제대로 걷기도 힘들었다. 도저히 이 상태로는 의현의 공연을 보러 갈 수 없을 것 같았다.

하나는 결국 의현에게 전화를 걸었지만 의현은 바쁜지 전화를 받지 않아서 오늘은 몸이 좀 안 좋아서 못 갈 것 같다는 문자를 한 통 남겨 놓았다. 몸이 안 좋다는 말까지 했으니 걱정이 되면 금방 전화를 할 줄 알았지만 집 앞 정류장에 내릴 때까지 전화는 오지 않았다. 하나는 버스에서 내리자마자 의자에 쓰러지듯 앉았다. 어쩐지 평소보다 몇 배는 더 아픈 것 같은 느낌이 들었다. 창백해진 얼굴로 가쁜 숨을 뱉어 내고 있는데 누군가 자신의 옆에 앉는 느낌이 들었다. 하나는 힘들더라도 얼른 집으로 돌아가 찜질이라도 하면서 쉬어야겠다는 생각에 자리에서 일어섰다. 그런데 갑자기 머리가 혼미해지면서 몸이 뒤로 휘청했다.

그때, 하나의 몸에 낯선 손길이 닿았다. 그 낯선 손길이 쓰러지던 하나를 받쳐 주었다. 하나는 깜짝 놀라서 뒤를 돌아보았다.

"너…… 네가 왜 여기……."

"아파요?"

치운이 걱정 때문인지 한결 어두워진 표정으로 물었다.

"네가 왜 여기 있냐니까."

"우리 같은 버스 타잖아요. 하도 이상해서 따라 내렸어요."

"너 종례도 안 하고 야자도 안 하고 너……."

"지금 그런 잔소리할 때예요?"

치운은 오히려 하나를 꾸중하듯 말하며 그녀의 어깨를 잡고 부축하듯 걸었다. 하나는 괜찮다며 그의 손길을 거부하려고 했지만 아픈 와중에 그의 힘을 이겨 낼 수가 없었다. 치운은 하나의 이마를 만져 보더니 표정을 굳히고 말했다.

"열이 많이 나는 것 같은데…… 감기예요?"

하나는 그제야 오늘따라 유독 생리통이 심하게 느껴지는 이유를 깨달았다. 어젯밤 잠을 자지 못한 순간부터 춥고 어지럽다는 느낌을 받긴 했는데 감기 기운일 것이라는 생각은 하지 못하고 가볍게만 넘겼다.

"병원 안 가도 돼요?"

"안 가도 돼. 집에 가서 쉬면 금방 나아……."

"쳇. 다 큰 여자가 제 몸 하나 관리 못 하고……."

치운은 마치 하나의 오빠라도 된 양 계속 잔소리를 하며 그녀를 집까지 데려다 주었다. 평소 같았으면 그의 머리를 한 대 쥐어박으며 선생 노릇을 하려 했겠지만 오늘은 그럴 힘도 없었다. 하나는 그저 금방이라도 쓰러질 것 같은 자신의 몸을 부축해 주는 누군가가 있다는 사실에 감사했다.

어느새 치운은 하나를 아파트 앞까지 데려다 주었다.

"여기서부턴 나 혼자 갈 수 있어. 오늘 정말 고마워. 얼른 돌아가 봐."

"됐어요. 집 앞까지 가요. 혼자 가다가 복도에서 쓰러지면 난 무슨 헛고생이에요."

하나는 혹시 그들을 이상하게 보는 눈이 있을까 봐 주위를 둘러보았다.

"남의 시선 좀 그만 신경 써요. 우리가 아니면 됐지."

치운의 말도 틀린 것은 아니었다. 하나는 요즘 들어 유독 괜한 걱정에 시달리며 사는 자신을 한탄하며 그의 손길에 몸을 맡겼다. 치운 덕분에 무사히 집에 도착했다. 하나는 고마운 마음에 차라도 한 잔 대접해 주고 싶었지만 그럴 만한 여건도, 상황도 아니어서 하는 수 없이 인사만 하고 돌려보내야 했다. 치운은 하나가 들어가는 것까지 보고 돌아갔다.

"아프지 말라니까, 좀."

혼자 한숨 섞인 한마디를 중얼거리면서.

의현에게서는 두어 시간이 지난 뒤에야 전화가 왔다. 첫공을 끝낸 뒤에야 잠시 여유가 생긴 것 같았다. 진통제와 수면 유도제를 먹고 간신히 잠들었던 하나는 의현의 전화에 잠에서 깨어 힘겹게 전화를 받았다. 그런데 시끌벅적한 사람들 소리에 의현의 목소리가 잘 들리지 않았다. 의현도 그녀의 목소리가 잘 들리지 않는 듯했다.

— 하나야, 괜찮아?

그가 물었다. 어디가 아프냐고, 많이 아픈 거냐고, 의현은 진심을 다해 걱정해 주었다. 하지만 하나는 그 말을 듣는 순간 목이 메어 왔다. 아무 말도 할 수가 없었다. 오늘만은 괜찮다는 말을 하고 싶지 않았다.

"……괜찮아."

— 응? 괜찮다고?

"……안 괜찮아."

— 뭐?

"……안 괜찮다고. 나. 아파. 아프다구……."

그 말을 들었는지 아닌지는 알 수 없었다. 하나는 그 말을 끝으로 전화를 끊었다. 그리고 다시 차오르는 눈물을 삼켰다. 아직은 아니다. 아직은 울 수 없다. 자신의 가슴을 천천히 다독이면서, 쓰디쓴 눈물을 억지로 삼켰다.

그가 보고 싶었다. 부디 와 주었으면 했다.

오늘만은, 그가 얼마나 바쁘고 일이 얼마나 중요하든지 간에 그녀를 먼저 생각해 주었으면 했다. 그래 주면, 그래 주기만 한다면, 그녀는 그가 앞으로 어떤 행동을 보이든 한 치의 의심도 없이 그의 마음을 믿어 줄 수 있을 것 같았다. 영원이라는 것도, 다시 믿어 볼 용기가 생길 것도 같았다.

지금 이 순간, 그가 그녀를 향해 달려와 주기만 한다면.

19.
안녕히 가세요, 나의

"하나야, 뭐라고?"

의현은 주변 소리가 워낙 시끄러워서 하나의 말을 제대로 듣지 못했다. 다시 물었지만 하나는 대답이 없었고 액정을 보니 전화가 끊겨 있었다. 다시 전화를 하려는 순간 성수가 의현을 불렀다. 돌아보니 의현의 대학교 때 지도 교수가 성수와 함께 서 있었다. 의현은 아차 싶어 휴대폰을 집어넣고 얼른 교수에게 다가갔다.

교수는 작품에 대한 간단한 코멘트와 격려의 말을 해 주었다. 의현은 연신 감사하다며 밝은 얼굴로 이야기를 나누었지만 머릿속은 온통 하나의 생각뿐이었다.

'……안 괜찮다고. 나. 아파.'

명확하지는 않지만 분명히 그런 말을 했던 것 같았다. 안 괜찮다고. 아프다고. 만일 정말 그렇게 말한 거라면, 하나는 평소에 아프다거나 힘들다는 말을 잘 하지 않는 편이었기에 더 걱정이 되었다.

첫 공연을 보러 와 준 관객들과 지인들을 모두 돌려보내고 잠시 여유가 생겼을 때 의현은 곧바로 하나에게 전화를 걸었다.

— 전화기가 꺼져 있어 소리샘으로 연결되오니…….

의현은 놀라서 몇 분 후 다시 걸어 보았지만 마찬가지였다. 잠든 사이에 배터리가 나가서 전화기가 꺼진 것인지 일부러 꺼 놓은 것인지 알 수 없었지만 후자일까 봐 불안하고 초조한 마음이 들었다. 하지만 의현은 그녀에게 갈 수가 없었다.

"연출님 빨리 들어가야 될 것 같은데요. 지금 상태가……."

지금까지 연극을 해 오면서 첫 공연이 좋았던 적은 거의 없지만 이번에는 유독 문제가 많았다. 무대나 조명, 음향 모두 큐 사인이 하나도 제대로 맞지 않아서 공연을 망친 것은 둘째 치고 스탭들 간의 분열과 갈등이 생겼다. 그래서 공연이 끝난 뒤에 하는 마무리 회의를 빨리 끝내고 갈 수가 없었다. 의현은 가로수 극단을 이끄는 리더이자 연극의 연출가로서 이 사태를 해결하고 연극을 무사히 올려야 하는 책임이 있었다.

최대한 빨리 상황을 정리하고 집으로 돌아갔을 때는 열한 시가 조금 넘어 있었다. 의현은 조급한 마음에 차에서 내리자마자 뛰어왔지만 가쁜 숨을 고르며 현관문을 열었을 때 집 안의 불은 모두 꺼져 있었다. 그는 당연히 제일 먼저 제 방으로 갔지만 텅 빈 침대를 보고 깜짝 놀랐다가 하나의 방문을 열었다. 하나는 바닥에 이불을 깔고 누워 있었다. 순간 온몸에서 힘이 빠지면서 걱정과 안도의 숨이 새어 나왔다. 의현은 하나의 옆에 앉아 그녀를 조심스럽게 살펴보았다.

처음엔 잠들어 있는 줄 알았는데 숨소리를 자세히 들어 보니 신음 소리가 묻어 있었다. 몸도 미세하게 떨고 있는 것 같았다. 의현은 놀라서 그녀를 붙잡고 물었다.

"하나야, 왜 이래. 괜찮아?"

하나는 대답할 기력도 없어 보였다. 의현은 그녀의 이마를 만져 보았다. 손이 데인 느낌이 들 정도로 뜨거웠다.

"언제부터 이랬던 거야? 안 되겠다. 응급실 가자."

의현은 이불을 걷은 뒤 하나의 뒤쪽 어깨와 무릎 아래에 팔을 집어넣었다. 그런데 하나가 고개를 저으며 괜찮다고 몸서리를 쳤다.

"왜 싫어. 열이 너무 많이 나잖아."

의현은 걱정되는 마음에 울컥했지만 다독이듯 말했다.

"어디가 어떻게 아픈 거야? 감기 몸살인 거야?"

"……."

"하나야."

하나는 계속 아무 말도 하지 않았다. 의현은 일단 차가운 물수건이라도 가져다주려고 다시 이불을 덮어 주고 자리에서 일어났다. 그때 하나가 몸을 돌리더니 엎드려 눕는 것이 보였다. 고개는 의현을 보고 싶지 않은지 그와 반대 방향으로 돌렸다. 하나에게서는 너무도 생경한 찬바람이 불었다. 그 바람이 가슴을 뻥 뚫고 지나가는 것 같았다.

"……늦어서 미안해."

의현이 말했다.

"어떤 말도 변명이겠지만, 정말 미안해……."

"……."

"자꾸 미안하단 말만 하게 되는 것도 미안하고……."

무슨 말을 더 하고 싶었지만 나오지 않았다. 말을 하면 할수록 그녀를 더 속상하게 할 것 같았다.

의현은 잠깐만 기다리라며 방을 나왔다. 일단 급한 대로 얼음물과 작은 물수건을 가지고 들어왔다. 얼음물에 물수건을 적시고 꽉 짠 뒤 그녀의 이마에 대 주었다. 그때 하나의 옆에 있는 약봉지가 보였다. 의현은 그 내용물을 자세히 살펴보았다. 다행히 감기약과 해열제가 들어 있었다.

"밥 언제 먹었어?"

"……."

"저녁은 먹었어?"

하나는 여전히 대답이 없었다. 의현은 조용히 일어나 방을 나왔다. 저녁을 먹었다고 해도 시간이 꽤 지났으니 약을 그냥 먹일 수는 없었다. 의현은 하나가 좋아하는 만두를 조금 갈아 넣고 만두죽을 끓였다. 조급한 마음에 냄비에 손을 데이는 등 평소에 안 하던 실수까지 했다. 의현은 우여곡절 끝에 완성한 죽을 김치와 함께 쟁반에 담아 방으로 가지고 들어갔다.

"하나야, 일어나 봐. 죽 끓여 왔어. 약 먹게 조금이라도 먹자."

의현은 시든 꽃처럼 가볍고 힘이 없는 그녀를 조심히 일으켜 앉혔다. 그제야 하나의 얼굴이 제대로 보였다. 안 그래도 하얀 얼굴이 더욱 새하얗게 질려 있었고 색 없는 입술은 갈라지고 메말라 있었다. 이마에서 흐르는 식은땀 한 방울도 선명하게 보였다. 그 모습을 보니 가슴이 지끈거리며 아파서 저도 모르게 시선을 죽으로 내리꽂았다.

조금만 더 일찍 올걸. 조금만 더…….

하나의 건조한 입술에 죽을 떠 넣어 주는 의현의 손이 떨렸다. 그것을 본 하나가 의현의 손을 살며시 잡아 주며 직접 죽을 받아먹었다.

사실 아프다는 말까지 했는데도 늦은 의현이 많이 원망스럽고 미웠지만, 그의 떨리는 손길 하나에 진심이 느껴져서 가슴이 아팠다. 자세한 내막이야 모르지만 그도 분명 사정이 있었을 것이고, 빨리 와서 챙겨 주지 못한 것이 충분히 속상할 것 같았다. 하나는 그의 눈을 바라보았다. 의현은 촉촉하게 젖은 슬픈 눈으로 그녀를 보고 있었다.

"……고마워요."

하나가 작은 목소리로 말했다.

"아니, 아니야."

의현은 생각지 못했던 그녀의 말에 더 미안한 마음이 들었다.

"정말 빨리 오고 싶었는데…… 첫공이 문제가 너무 많아서, 분란도 생기고…… 그것만 정리하고 오려는 게 늦어져 버렸어…… 미안해. 정말."

"……."

"앞으론 이런 일 절대 없을 거야. 공연만 끝나면, 나 정말 잘할 수 있어. 하루 종일 네 옆에만 있을게."

하나는 천천히 고개를 끄덕였다.

의현은 하나에게 죽 한 그릇을 다 먹여 주었다. 하나는 약을 먹은 뒤에 다시 자리에 누웠다. 전기 찜질팩을 배에 올리자 의현이 왜 그러냐고 물었지만 하나는 자세히 대답하지 않았다. 아직 그와는 만난 지가 얼마 안 돼서 그런지 생리 얘기를 하는 것이 어려웠다.

의현은 하나가 잠들 때까지 옆에서 계속 물수건을 갈아 주며 간호해 주었다. 덕분에 하나는 불덩이처럼 뜨거웠던 몸이 천천히 식어 가는 기분을 느끼며 잠들 수 있었다. 편안하고 든든했다. 혼자 있을 때보다 훨씬 덜 아픈 것 같았다. 단지 의현이 옆에 있다는 이유 하나만으로.

다음 날 아침 눈을 떴을 때 의현은 하나의 옆에 웅크리고 앉아 잠들어 있었다. 밤새 간호를 해 주느라 씻지도 못했는지 옷도 그대로였다. 하나는 짠한 마음이 들어 자리에서 일어나 의현을 제자리에 눕혀 주고 이불도 덮어 주었다. 의현의 밤샌 간호 덕분인지 어제보다 고통도 덜했고, 몸이 한결 가벼워진 것 같았다.

하나는 대야와 물수건을 치우고 어젯밤 먹었던 죽 그릇과 냄비를 설거지하면서 생각했다. 그에게는 아직 사랑보다 일이 더 중요한 것이 서운하긴 하지만, 이해해 보자고. 적어도 그가 그녀를 사랑하는 마음만큼은 진심이라는 것이 느껴지니까, 그걸로 만족해하자고. 그거면 충분하다고.

하지만 모든 일이 마음먹은 대로 순탄하게 흘러가지는 않았다. 하나는 그날 아침 휴대폰을 켰다가 지난밤 엄마에게서 두 통의 전화가 걸려 왔음을 보았다. 다시 전화를 해 보았지만 엄마는 전화를 받지 않았다. 이른 아침이라 아직 주무시고 있는 것 같아서 오후에 다시 전화를 하기로 하고 휴대폰을 넣었다.

그런데 그날 오후 두 시가 좀 넘었을 무렵 엄마에게서 다시 전화가 왔다. 하나는 교무실을 나와서 아무 생각 없이 전화를 받았다가 까무러칠 듯 놀랐다.

"그게 무슨 소리야? 지금 오고 있다니! 이렇게 갑자기 오면 어떡해?"

하나가 기겁을 하자 엄마는 더 당황스러워하며 말했다.

— 너야말로 새삼스럽게 왜 그냐? 내가 시언이 생일 한두 번 챙겨야? 벌써 삼사 년은 됐구만 뭣이 갑자기여?

하나는 그제야 오늘이 시언의 생일이라는 사실이 떠올랐다. 엄마는 하나가 서울로 온 뒤에도 하나의 생일이면 직접 서울로 올라와서 밥 한 끼라도 같이 먹거나, 그게 안 되면 음식이나 선물을 한가득씩 택배로 보내 주곤 했다. 그러다 삼 년 전 하나가 부모님의 허락하에 시언과 동거를 시작한 뒤로는 시언의 생일도 같이 챙겨 주었다. 시언이 워낙 하나의 부모님에게 잘했기 때문에, 그들도 시언을 친자식처럼 아끼고 사랑해 주었다. 그것을 너무도 잘 아는 하나는 드디어 올 것이 왔구나 싶어 눈앞이 캄캄해졌다.

시언과의 관계만 끝내면 된다고 생각했는데, 그게 끝이 아니었다. 결혼을 전제로 했던 연애에는 너무나 많은 것이 남아 있었다.

― 느그 둘이 오붓허게 보내야 되는디 방해돼서 그냐?

"……그런 거 아니야."

― 걱정 말어. 줄 것만 주고 얼굴만 보고 바로 갈 텡께.

"그런 거 아니라니까. 정말. 오빠한텐 연락했어?"

― 회사 일도 바쁜디 뭐더러 허야. 너한테만 말하고 갈라캤재.

하나는 숨을 한 번 고른 뒤 마음을 가다듬고 언제쯤 도착하는지 물었다. 엄마는 여섯 시에 서울역 도착이라고 했고, 하나는 그때 서울역으로 데리러 가겠다고 하고 전화를 끊었다. 그리고 바로 시언의 번호를 눌렀지만 통화 버튼을 누르지 못하고 망설였다. 그리고 이내 전원을 눌러서 화면을 꺼 버렸다. 아무래도 엄마와 둘이 먼저 얘기를 해 보는 게 좋을 것 같았다. 하나는 답답한 마음에 한숨을 쉬며 벽에 기대어 눈을 감았다. 아랫배에서 다시 찌릿한 통증이 밀려들었다. 어제도 느낀 것이었지만 이번에는 통증이 유독 심한 느낌이 들었다. 이 아픔이 언제쯤 가실지, 까마득할 정도로.

하나는 수업이 끝나자마자 서울역 마트 앞으로 갔다. 퇴근 시간이라 사람들이 벌떼처럼 몰려 있었다. 꽉 막힌 도로를 연상케 하는 그 혼잡한 사람들 틈에서 엄마는 양손 가득 짐을 들고 꼿꼿이 선 채 하나를 기다리고 있었다. 한 손에는 온갖 반찬들을 싸고 있는 연보라색 보자기가 들려 있었고, 다른 한 손에는 커다란 마트 봉투가 들려 있었다. 왜 하필 마트 앞에서 보자고 했나 싶었더니, 손수 저녁을 해 주려고 재료를 산 모양이었다. 하나는 속상한 마음을 추스르고 얼른 달려가서 짐부터 뺏어 들었다. 그렇게 양손 가득 들고도 엄마는 어깨에 커다란 가방까지 메고 있었다. 하나는 그 가방을 보는 순간 울컥하는 기분이 들었다.

"뭘 그렇게 많이 가져왔어?"

"생일인디 많이 무야재. 부모도 다 나가 있응께 챙겨 줄 사람도 없는디, 그란다고 네가 제대로 챙겨 주기나 허냐?"

"……."

"택시 안 잡고 어디 가야?"

하나는 택시 승강장으로 가지 않고 횡단보도 앞에 섰다.

"잠깐 얘기 좀 하게."

"얘기는 뭔 얘기? 금방 퇴근해서 오겼구만. 퍼뜩 가서 밥 해야재."

신호등이 바뀌었다. 하나는 묵묵히 앞서 걸었다. 엄마가 황당한 투로 하나를 불렀지만 멈추지 않았다. 신호등을 다 건너고 엄마가 하나를 잡아 돌렸다.

"엄마 말 안 들려야?"

"저기 카페 보이지. 저기 가서 얘기해."

"카페는 뭔 놈의 카페냐고, 긍께!"

하나는 그 자리에 짐을 내려놓았다. 그리고 고개를 들어 엄마를 보았다. 하나의 눈시울이 붉어져 있었다. 엄마가 놀란 듯 그녀의 눈을 빤히 보다가 입을 열었다.

"너 왜 그냐."

"……."

"왜 우냐고. 말을 해."

하나는 더는 엄마의 눈을 보지 못하고 고개를 숙였다.

"이하나."

"……미안해."

"…….."

"……미안해, 엄마."

"뭣이."

"…….."

"뭣이 미안하냐고?"

"……헤어졌어. 우리."

잠시, 둘 사이에는 아무 말도 오가지 않았다. 그저 도로의 차 소리와 지나가는 사람들의 말소리, 바람에 봉투가 펄럭이는 소리만 남았다. 한참이 지나도 엄마에게서 아무 말이 없자 하나는 천천히 고개를 들어 보았다. 엄마는 무표정한 얼굴로 하나를 보고 있었다.

"미안해. 엄마 아버지한테도 진작 말했어야 됐는데…… 조만간 말할 생각이었는데…… 오늘 엄마가 이렇게 올 줄 몰랐어."

그럼에도 엄마는 아무 말이 없었다. 하나는 엄마의 무표정한 얼굴을 보면서 엄마가 도대체 무슨 생각인지 알 수가 없었다. 한참 뒤, 엄마는 하나가 내려놓았던 짐을 들더니 다시 신호등 쪽으로 몸을 돌리며 말했다.

"가."

"……어딜?"

"헛소리하지 말고 언능 가자고."

"엄마!"

하나가 엄마를 잡았지만 엄마는 하나의 손을 홱 뿌리쳤다. 신호등의 불이 녹색으로 바뀌었다.

"엄마 진짜 왜 이래. 믿기 힘든 건 알겠지만 사실이야. 우리 헤어졌다고. 헤어졌는데 가긴 어딜 가!"

엄마는 하나가 무슨 말을 하든 아무 대답도 하지 않았다. 그리고 완강한 태도로 택시 승강장으로 걸어가 만류할 새도 없이 택시를 탔다. 하나는 엄마의 고집을 꺾지 못하고 일단 따라 탔다. 엄마는 시언의 집을 말한 뒤 꼿꼿이 허리를 세우고 앉아 휴대폰을 꺼냈다. 그리고 어디론가 전화를 걸었다. 하나가 급히 빼앗으려 했지만 어림도 없었다. 엄마는 평소 시언에게 하던 대로 아무 일 없는 듯 퇴근했냐고 물었고 지금 가고 있으니 바로 집으로 오라고 말했다. 엄마는 하나가 뺏기 전에 전화를 끊었다.

"엄마, 제발!"

"난 네 말 못 믿어야."

"못 믿겠어도 믿어야 돼. 엄마가 생각하는 잠깐 싸우고 그런 거 아니야. 엄마 생일날 내려갔을 때도 헤어진 상태였어. 헤어지고도 엄마 마지막 생일은 챙기고 싶다고 오빠가 자기 맘대로 선물 보낸 거고. 벌써 한 달이 넘었어. 우리 진짜 끝났다구."

엄마는 하나의 말을 듣지 않는 듯 앞만 보고 있었다. 하나가 무슨 말을 해도 마찬가지였다. 하나는 결국 포기하고 깊은 한숨을 쉬며 의자에 등을 기대었다. 시언에게 몇 번 전화가 왔다. 맘 같아서는 받아서 오지 말라고 하고 싶지만, 지금 최선을 다해 감정을 참아 내고 있는 것 같은 엄마를 생각하면 차마 받을 수 없었다.

하나가 할 수 있는 것은 그저 최악의 상황만 오지 않기를 바라는 것뿐이었다.

잠시 후 시언의 집 앞에 도착했다. 하나는 마음을 완전히 내려놓고 엄마를 뒤따라 걸었다. 그런데 엄마가 아파트 입구 앞에서 돌연 발을 멈추더니 그녀를 돌아보았다. 하나가 눈을 크게 뜨고 엄마를 쳐다보았다.

"하나만 묻자."

"……."

"시언이냐?"

하나는 말문이 막힌 듯 멈칫했다.

"……시언이가 그랬냐?"

폭풍우에도 끄떡없을 것처럼 단단하던 엄마의 눈빛이 흔들리고 있었다.

"……아니."

"……."

"내가 그랬어. 내가 헤어지자 그랬어."

흔들리던 엄마의 눈빛이 목석처럼 굳었다.

"왜?"

"……."

"남자 생겼냐?"

하나는 어떤 말도 할 수 없었다.

"대답해, 이것아! 네가 딴 놈 생겨서 헤어진 거여?"

엄마는 하나가 대답하지 않자 돌연 무언가 생각난 듯 물었다.

"너 시방 어디 사냐. 시언이 집 나왔으믄 딴 디서 살고 있을 거 아니여!"

"……."

"어디 사냐고!"

하나는 입술을 질끈 깨물고 대답했다.

"그 사람 집에 살아."

"……뭐?"

"맞아. 내가 다른 남자 생겨서 헤어졌고 지금은 그 사람 집에서 산다고."

"야, 이것아!"

엄마의 작고 두툼한 손이 하나의 어깨를 몇 번이고 내려쳤다.

"미쳤어, 미친 거여, 네가!"

"……."

"8년이여, 이년아! 8년!"

애써 참았던 울분이 터져 나온 듯, 엄마는 하나의 가슴팍을 치며 소리쳤다.

"결혼만 안 했재 부부처럼 산 사람을 버려불고 그게 돼야? 돼? 어디 천하의 지을 죄가 없어서 그런 죄를 지어! 시언이 고것이 너한테 어떻게 했는디! 어떻게! 지금 만난다는 그놈이 널 받아 줄 수 있을 것 같냐? 그게 되겄어, 이것아!"

하나는 엄마가 때리면 때리는 대로 그저 맞고만 있었다. 속상하고 아팠지만, 이편이 나을 것 같았다. 제 딸이 조금 나쁜 년이 되더라도 스스로 다른 사랑을 선택하고 떠난 것이, 8년 순정에 배신

당하고 버림받았다는 사실보다는 더 감당하기 쉬울 것 같았다.

"이 천하의 몹쓸 것아! 이것아!"

그런데 그때였다.

"……아닙니다, 어머니."

바로 뒤에서 낯익은 목소리가 그들 사이를 파고 들어왔다. 하나와 엄마는 동시에 뒤를 돌아보았다.

"시언아."

"……하나 잘못 아닙니다."

하나는 시언의 손을 잡으며 안 된다는 눈짓을 보냈지만, 시언은 슬프고도 단호한 표정으로 시선을 돌렸다.

"죄송합니다."

시언이 고개를 깊이 숙이며 말했다.

"죄송합니다, 어머니."

"……"

"……제가, 제가 하나에게 못할 짓을 했습니다. 제가 너무 큰 잘못을 했습니다. 그래서 하나가 떠난 겁니다. 하나는 아무 잘못도 없습니다. 제가, 어머님의 소중하고 예쁜 따님한테…… 상처를 입혔습니다. 평생 누구보다 아껴 주고 사랑하겠다는 약속을 지키지 못했습니다. 지금 하나 옆에 있는 사람은, 좋은 사람입니다. 저보다 훨씬 대단한 사람입니다. 저 때문에 다친 하나를 위해 주고 지켜 주었습니다. 오랜 시간 하나를 곁에서 지켜봐 준, 강직하고 믿음직한 사람입니다. 그러니까 어머님…… 저보다 훨씬 좋은 사람이니…… 걱정하지 않으셔도 됩니다."

엄마는 자신의 앞에서 고개를 숙이고 있는 시언을 가만히 보기만 했다.

"오랜 시간 저를 아들처럼 아껴 주시고 가족처럼 대해 주셨는데, 그 은혜에 보답하지 못해서…… 좋은 사위가 되지 못해서…… 하나를 끝까지 책임지지 못해서…… 정말, 죄송합니다."

시언의 야윈 어깨가 파르르 떨렸다. 하나는 차마 더 보지 못하고 고개를 돌렸고 엄마는 그가 흐느끼는 모습을 한참 동안 보고만 있다가 그에게 한 발 다가가서 떨리는 어깨를 살며시 안아 주었다. 그러곤 조용히, 천천히 그의 어깨를 토닥여 주었다. 그녀는 아무 말 하지 않았지만 괜찮다고, 다 괜찮다고, 위로해 주는 것만 같았다. 시언은 참으로 오랜만에 느껴 보는 익숙한 향기와 따뜻한 온기 속에서 숨죽여 눈물을 흘렸다.

잠시 후, 엄마는 시언을 놓아주고 어렴풋이 웃었다. 그리고 힘들게 가져온 짐을 시언의 앞으로 내놓았다. 엄마가 마트 봉지를 건네며 말했다.

"생일인데 미역국은 묵었냐."

"……."

"우리 하나가 다른 음식은 다 잘 해도 미역국은 워낙 못헌께, 네가 좋아하는 소고기 미역국이랑 매운 갈비찜이랑 해 줄라고 재료 좀 사 온 건디…… 혼자라도 꼭 해 묵어야."

그러고는 가방에서 몇 가지 반찬통을 꺼내 마트 봉지에 잘 넣어 주고, 크고 무거운 연보라색 보자기도 건네주었다.

"이건 네가 잘 먹는 게장인디. 양념이랑 간장이랑…… 그때그때

골라서 묵고. 오징어젓갈이랑 마늘장아찌랑 묵은지 같은 건 냉장고에 잘 넣어 놓고 오래 묵어. 어째 갖고 와 본께 죄다 짠 것밖에 없어서 걱정이구마. 안 그래도 네가 워낙 맵고 짜게만 묵어서 걱정인디…… 나물 같은 것도 해 주고 가면 좋을 것인데……. 혼자 산다고 대충 묵지 말고. 넌 요리도 잘헌께…… 많이 해 묵어야 써."

시언은 열심히 고개를 끄덕였다. 차오르는 눈물을 있는 힘껏 참아 보려고 애썼지만 이를 악물어도 턱 끝이 떨려 오는 것은 어쩔 수 없었다.

"……그려. 그만 가 봐야쓰겄네."

시언은 너무 가슴이 아파서 네, 라는 한마디도 뱉기가 힘들었다.

"항시 건강 조심하고……."

"……네. 어머니."

하나의 엄마는 씁쓸한 웃음으로 인사를 대신했다.

"……조심히 가세요."

시언의 떨리는 어깨를 한 번 더 붙잡아 주고 싶었지만, 그러지 못하고 뒤를 돌았다. 몸은 올 때보다 훨씬 가벼워져 있었지만 마음은 몇 배로 무거워졌다. 한 발 한 발 내디딜 때마다 그 무게가 더 올라가는 것 같았다. 하나는 힘겨워하는 엄마의 손을 꼭 잡았다. 뒤를 돌아보지 않고 묵묵히 걷다가 잠깐 시언을 돌아보았을 때, 시언은 여전히 그들이 가는 방향을 향해 고개를 숙이고 있었다.

하나는 몰랐다.

'……오래오래 건강하세요.'

시언이 왜 그토록 오래 고개를 숙이고 있었는지.

'……오랜 시간 너무도 감사했습니다.'

그날 엄마는, 그녀의 생일날 시언에게 받았던 옷과 구두를 입고 있었다. 그 옷이 어찌나 번들거리고 깨끗하던지, 시언은 한눈에 그녀가 아끼다 아끼다 그의 생일날 처음 입고 나왔다는 것을 알 수 있었다. 그 마음이 너무 고맙고도 죄스러워서, 그 모습이 자신의 친엄마보다 더 엄마 같아서, 시언은 차마 고개를 들 수 없었다.

'……안녕히 가세요, 엄마.'

그녀의 모습이 완전히 사라질 때까지.

20.
나는 너에게 사랑한다고
말하지 못했다

하나는 그날 엄마에게 모든 사실을 얘기했다. 기왕 이렇게 된 거 숨길 수도 없는 노릇이었다. 엄마는 하나가 지금 만나는 사람이 지난번 보았던 의현이라는 얘기를 듣고, 반은 안도한 반면 반은 낯설어했다. 시언의 말처럼 그는 분명 좋은 사람이지만, 아직은 하나가 다른 사람을 만나는 것을 받아들이기 힘들다고 했다. 아무래도 엄마에게는 시간이 필요할 것 같았다.

그래서인지 엄마는 오늘만 자고 가라는 하나의 말을 끝내 거절했다. 시간이 늦어서 집까지 갈 수가 없자 이모네 집에 가서 자겠다고 했다. 하나는 가는 엄마의 뒷모습을 끝까지 보지 못했다. 그먼 데서부터 힘겹게 올라온 엄마의 어깨에 아픔만 얹어 주고 돌려보내야 하는 것이 너무 속상했다.

집으로 돌아가는 버스 안에서 하나는 의현에게 전화를 걸었다.

물론 그에게 괜한 말을 해서 마음을 어지럽게 하고 싶지는 않았지만 이것은 의현과도 관련된 문제였고 그녀는 지금 의현의 어깨가 필요했다. 그녀가 갑자기 삼키게 된 아픔이 너무 무거워서 그와 조금 나누려는 것이 아니었다. 그저 이 무거운 아픔을 천천히 소화할 수 있도록 지친 몸을 기댈 누군가의 어깨가 필요한 것뿐이었다. 그리고 그 누군가가 의현일 수 있으면 했다.

― 어, 하나야.

그러나 수화기 너머로 들리는 의현의 목소리는 역시나 분주해 보였다.

― 오빠, 안 들어가요?

귀에 익은 여자의 목소리도 들렸다. 은영인 듯했다.

― 잠시만.

그것은 은영에게 하는 것인지 하나에게 하는 것인지 알 수 없었다. 잠시 소란스러운 소리들이 하나의 귓전을 울렸다. 그중에는 의현과 은영의 대화도 있었다. 의현의 짧은 웃음소리도 두어 번 들렸다.

― 하나야. 내가 지금…….

"알았어요."

그 짧은 웃음소리가 뭐라고, 울컥 눈물이 치솟았다.

― 어?

"바쁜 거 같은데 그만 끊을게요."

― 하나야, 왜 그래? 무슨 일 있어?

"……"

― 무슨 일 있구나. 뭐야? 말해 줄 수 있어?

"말하면요."

― 응?

"올 수나 있어요?"

그러고 싶지 않았는데 저도 모르게 서운한 마음이 날카로운 가시를 달고 튀어나왔다.

― 무슨 말이 그래. 당연히…….

"당연히라는 말, 쉽게 하지 마요."

― ……뭐?

"못 지킬 확률이 조금이라도 있는 말은 하지 말라구요. 지금 내가 와 달라고 하면 올 수 있어요?"

― 하나야.

"아니잖아요. 그러니까 자꾸만 기대하게 하지 마요. 기대하면 또 실망하게 되니까. 차라리 아무것도 바라지 않게 해 줘요."

― …….

"……미안해요. 그만 끊을게요."

하나는 의현이 대답하기 전에 전화를 끊었다. 끊자마자 참았던 눈물이 밀려 나왔다. 하나는 창밖을 보며 손등으로 눈물을 거두어 냈다. 버스에 사람이 그리 많지는 않았지만, 우는 모습을 알지도 못하는 타인에게 보이고 싶지는 않았다. 하지만 눈물은 실수로 칼에 베었을 때 나는 피처럼 아무리 닦아 내도 계속 새어 나왔다. 지금까지 잘 참아 왔는데, 지금보다 몸이 몇 배는 더 아팠을 때도, 서운한 마음이 훨씬 더 컸을 때도, 흘리지 않고 잘 참아 왔는데, 5분도 채 되지 않은 짧은 통화와 몇 마디의 말 때문에 쏟아 버리고 말았다.

하나는 생각했다. 내가 너무 큰 것을 바란 것일까. 내가 너무 욕심을 부린 걸까. 생각해도 답은 나오지 않았다. 하지만 의현에게 더는 '당연한' 기대나 욕심을 갖지는 말아야겠다고 생각했다. 그리고 이번 일은 그냥 묻기로 했다. 엄마가 시언과의 이별을 알아서 삼자대면을 했고, 아픈 이별을 했고, 그래서 내가 지금 몹시 슬프다는 이야기는, 그에게도 좋을 게 하나 없다는 생각이 들었다. 좋기는커녕 자칫 상처가 될 것 같았다. 그렇다면 아픔을 나누는 꼴밖에 되지 않았다. 그건 싫었다.

간혹 사람들이 곁눈질하는 것이 느껴졌지만 어쩔 수 없었다. 하나는 휴지를 꺼내서 연신 눈가를 닦으며 창밖을 응시했다. 이제 막 꽃이 피어나는 나무도, 화려하게 빛나는 네온사인도, 무수히 많은 건물도, 모두 한 번 눈여겨볼 새도 없이 빠르게 뒤로 지나갔다. 하나는 그날따라 멀어져 가는 풍경들이 야속하게 느껴졌다. 그날 그 순간만큼은, 잠시 망각을 했다. 사실 그것들은 모두 항상 그 자리에 있다는 것을. 그것들이 멀어지는 것이 아니라, 자신이 그것들로부터 멀어지고 있다는 것을.

"하나야!"

의현은 이 방 저 방 문을 열어 보며 하나를 불렀지만 집 안 어느 곳에서도 하나의 목소리는 들리지 않았다. 하나의 방 책상에 가방과 휴대폰이 있는 것으로 보아 집에 온 것 같기는 한데 정작 지금은 어디에 있는 것인지 걱정이 됐다. 휴대폰이 집에 있으니 전화를 할 수도 없었다.

의현은 하나의 책상 앞에 털썩 앉았다. 노트북이 켜져 있고 책이 어지럽게 펼쳐져 있었다. 수업 준비를 하고 있던 것 같았다. 의현은 다시 한 번 시계를 보았다. 하나가 무슨 일이 있다는 얘기에 최대한 빨리 달려왔지만 열 시가 넘어 있었다.

'잠깐 슈퍼에 갔겠지. 아님 산책이나 운동을 갔거나.'

그때였다. 책상 위에 있던 휴대폰이 길게 진동했다. 의현은 곧장 휴대폰을 집고 액정을 확인했다. 전화가 오고 있었으나 모르는 번호였다. 하나의 전화를 맘대로 받아도 되나 고민이 됐지만, 혹시 무슨 일이 생긴 하나의 전화일 수도 있다는 생각에 단호히 통화 버튼을 눌렀다. 의현은 휴대폰을 귀에 갖다 대고 아무 말 하지 않았다. 상대가 누군지 먼저 듣기 위해서였다.

— 여보세요.

그런데 건너편에서는 들린 목소리는 남자 목소리였다.

— 하나야.

그것도 그가 아는 남자의 목소리였다.

— ······괜찮아?

"······."

— 여보세요? 듣고 있어?

의현의 입술이 몇 번 벌어졌다가 닫혔다. 의현은 잠시 후 전화를 끊었다. 그리고 잠시, 그 상태로 멍하니 있었다. 어느 것도 섣불리 판단하고 싶지는 않았지만 원치 않게 가슴이 뛰는 것은 어쩔 수 없었다. 왜 시언이 그녀에게 전화를 한 것이고, 괜찮냐는 말은 또 무슨 뜻인지 의문이 드는 것이 한두 개가 아니었다. 정말 그러고 싶지는 않았는데, 의현의 손이 저도 모르게 그녀의 통화 기록을 누르고 있었다. 오늘만 시언에게서 몇 통의 부재중 전화가 와 있었다. 의현은 그것을 빤히 보다가, 이내 방금 전 자신과의 통화 기록을 클릭하고는 삭제 버튼을 눌렀다.

하나가 보고 싶었다. 듣고 싶은 얘기도, 하고 싶은 얘기도 많았다. 의현은 조금만 더 기다려보고, 그래도 하나가 오지 않는다면 무턱대고라도 찾아 나서야겠다고 생각했다. 그는 자리에서 일어났다. 일단 머리도, 몸도 개운하게 씻고 싶다는 생각이 들었다.

의현은 샤워를 하면서 불안한 마음을 떨치려 고개를 털었지만 떨어져 나가는 것은 물방울뿐이었다. 하필 오늘 이상했던 하나의 행동이 자꾸만 생각났다.

'지금 내가 와 달라고 하면 올 수 있어요?'

'차라리 아무것도 바라지 않게 해 줘요.'

그는 약간 거친 손길로 샤워기의 물을 껐다. 빨리 그녀를 찾으러 나가야겠다고 생각했다. 그런데 수건을 꺼내던 그의 손이 멈칫했다. 수건이 있는 선반 위에, 생리대 한 통이 뜯어져 있는 것이 보였다.

의현의 머릿속에 지난밤 몹시 아파하던 하나가 그려졌다. 감기 몸살인 줄만 알았는데 배에 찜질을 했던 것이 그제야 이해가 됐다. 의현의 입에서 짧은 한숨이 새어 나왔다. 윤아가 어릴 때부터 척추측만증으로 고생을 해서 남들보다 생리통이 유독 심했던 터라, 의현은 그것이 여자들에게 얼마나 괴로운 일인지를 잘 알고 있었다. 그리고 그 시기에 여자들이 얼마나 예민하고 여려지는지도 잘 알았다. 그래서 하나와 만난 뒤로 하나의 첫 생리는 잘 챙겨 주고 싶었는데, 챙겨 주기는커녕 신경도 쓰지 못한 것이 마음에 걸렸다.

그는 복잡한 심경으로 욕실을 나와 옷을 챙겨 입었다. 그때 현관문 열리는 소리가 들렸다. 의현은 곧바로 방을 나와 현관으로 달려갔다.

"하나야."

하나가 그를 잠시 보더니 말했다.

"일찍 왔네요."

"어디 갔다 온 거야? 연락도 안 받고……. 왔는데 없어서 걱정했잖아. 지금 막 찾으러 나가려던 참이었어."

"그냥 바람 좀 쐬고 왔어요. 답답해서."

하나는 신발을 벗고 들어와서 제 방으로 향했다. 의현은 방으로 들어가려는 하나의 손목을 잡았다. 하나에게서는 어제보다 더 차가운 바람이 스쳤다.

"얘기 좀 해."

"……너무 피곤해요."

"무슨 일 있다며. 뭔진 알아야지."

"……아무 일 없어요. 그냥 해 본 말이에요. 그럼 와 줄 수 있나 해서."

의현은 답답한 마음에 한숨을 쉬었다. 그러자 하나가 그를 향해 고개를 돌리더니 작은 미소를 띠며 말했다.

"정말이에요. 요즘 내가 좀 예민해서 그런가 봐요. 미안해요."

시언과의 연락에 대해 묻고 싶었던 그는 하나의 미소 한 번에 차마 그러지 못하고 다르게 물었다.

"정말이야? 정말 아무 일 없는 거야? 어디 몸 또 아픈 거 아니고?"

"……응."

둘은 한동안 서로를 바라보았다. 둘 다 하고 싶은 말이 많아서인지 눈동자가 슬프게 반짝거렸지만, 누구도 쉽게 말을 꺼내지 못했다. 잠시 후, 의현은 하나를 살며시 끌어당겨 제 품에 안았다.

"내일, 우리 같이 저녁 먹을까?"

그가 먼저 조심스럽게 말을 건넸다.

"저번에 그 레스토랑에서 먹자. 내가 예약해 둘게."

하나는 작게 고개를 끄덕였다. 두 사람 모두 말은 안 했지만 그때 가슴속에 내려앉은 말들을 꺼내야겠다고 생각했다.

그녀가 좋아하는 그의 손길이 느껴졌다. 그가 머리를 부드럽게 쓰다듬어 주는 손길.

"……사랑해."

그 세 글자가 뭐라고, 울컥 눈물이 치솟았다.

"많이 사랑한다. 정말 많이……."

하나는 의현의 가슴에 얼굴을 묻고 편히 눈을 감았다. 그의 몸에서 비누향이 났다.

'사랑해요. 내가 더 많이…….'

다음 날, 의현은 공연이 끝나자마자 빠르게 회의를 마치고 약속 장소로 갔다. 가는 길에 꽃집에 들러서 장미꽃 한 다발을 샀다. 어떻게 하면 그동안의 미안한 마음을 사과하고 쌓여 있는 감정들을 잘 풀 수 있을까 고민하다가 생각한 것이었다. 책상 서랍에 넣어두었던 반지도 다시 꺼내서 가져왔다. 꽃다발도, 반지도, 마음을 접어야 했던 슬픔이 배어 있는 물건이라 그런지, 오늘은 꼭 전해 주고 싶었다.

그런데 오 분 정도 일찍 약속 장소에 도착했을 때였다. 주차를 마치고 차에서 내리려는데 전화가 왔다.

"어, 하나야."

반가운 목소리로 전화를 받았지만 하나의 목소리는 정반대로 가라앉아 있었다. 가만히 하나가 하는 얘기를 전부 들은 의현은 굳은 표정으로 다시 시동을 걸었다.

"알았어. 그리 갈게."

― 괜찮아요. 오빠 집에 가서 쉬어요.

"어떻게 그래. 조금만 기다려."

의현은 전화를 끊고 나서 바로 핸들을 잡았지만 정작 손이 쉽게 움직이지 않았다. 착잡한 마음에 한숨만 나왔다.

잠시 후 학교에 도착한 의현은 조심스럽게 상담실 문을 두드렸다. 자신이 개입할 일이 아니라는 생각도 들었지만 나서지 않을 수도 없는 일이었다. 문을 열고 들어가자 낯선 시선들이 단번에 그의 몸에 꽂혔다. 익숙한 얼굴들도 있었다. 하나와 치운, 성수가 나란히 앉아 있었고 반대편에 모르는 여자 두 명과 남학생 한 명이 앉아 있었다. 그리고 가운데 의자에는 나이가 지긋해 보이는 남자 한 명이 앉아 있었다.

"안녕하세요. 최의현이라고 합니다."

의현이 먼저 인사를 하자 낯선 사람들이 고개를 살짝 움직여 인사를 했다. 의현은 하나와 성수를 보았다. 둘 다 하나같이 수심이 깊은 눈으로 그를 보고 있었다. 그 가운데 치운은 고개를 숙이고 있었는데 입가에 붉은 상처가 있는 것 같았다.

"그런데 누구신지……?"

중년의 남자가 조심스레 물었다. 의현은 하나의 옆자리에 가 앉으며 대답했다.

"이 선생과 결혼할 사람이고, 갈치운 학생 보호자로 왔습니다."

"아, 그러시군요."

중년의 남자는 짧게 자신은 2학년 부장 누구라고 소개했다. 가볍게 고개를 끄덕이고 앞을 보았는데 맞은편 남학생이 의현을 날카롭게 쏘아보는 것이 보였다. 남학생의 얼굴은 치운보다 훨씬 심하게 붉고 푸른 상처들로 얼룩져 있었다. 그의 양옆에 앉은 두 명의 여자도 곱지 않은 시선으로 의현을 보았다. 남학생의 손을 꼭 잡고 있는 여자는 그의 엄마인 듯했고, 다른 여자는 담임교사인 듯했다.

의현은 하나에게 상황이 어떻게 돌아가고 있는지 물었고, 하나는 저쪽에서 치료비를 포함한 합의금 백만 원과 치운의 정학을 요구하고 있다는 사실을 말해 주었다.

"제가 드리죠. 백만 원. 오늘은 시간이 늦었으니 계좌번호 주시면 내일 오전 중으로 입금해 드리겠습니다."

의현이 당당하면서도 차가운 말투로 말하자, 치운이 처음으로 고개를 들고 발끈했다.

"연출님!"

"형님, 괜찮습니다. 형님이 왜……."

성수도 따라서 만류했지만 의현은 여유롭게 웃으며 말했다.

"괜찮아. 이건 꼭 치운이 때문이 아니라 내 일이기도 하니까. 이 사건을 빨리 마무리 지어야 내 여자에 대한 근거 없고 황당한 소문도 사라질 거 아니야."

그러자 피해 학생이 자리에서 벌떡 일어서며 소리쳤다.

"근거 없고 황당한 소문 아니거든요? 그리고 그걸 제가 냈다고도 할 수 없고요. 원래부터 선생님이랑 갈치운이랑 둘이 그런 사인 거 모르는 애들 거의 없었어요. 둘이 딱 붙어서 우산 쓰고 간 적도 있고 학교에서도 맨날 붙어 다니고 장난치고 그러는 거 애들이 다 봤으니까요. 저는 엊그제 치운이가 선생님을 거의 껴안듯이 하고 집까지 같이 가는 걸 봤고 그걸 말한 것뿐이거든요."

"저 새끼가 진짜! 부축한 거라고 몇 번을 말해? 눈깔이 삐었냐? 아님 귀가 썩었냐? 말 똑바로 안 해!"

치운이 다시 주먹을 쥐고 남학생에게 달려들 듯 자리에서 일어섰다. 그 모습을 본 학부모가 다시 요란을 떨었다. 의현이 힘으로 치운을 앉히며 차분한 말투로 말했다.

"그건 대충 얘기 들었겠지만, 그날 선생님이 많이 아팠어. 근데 내가 일이 있어서 치운이한테 부탁한 거야. 하나 좀 집까지만 데려다 달라고. 그것도 들었니? 내가 치운이네 형이랑 같은 극단에서 일하고 있고, 거의 의형제 같은 사이라서 치운이랑도 많이 친하거든. 나도 치운이 형이 다리가 아파서 자주 집까지 데려다 줬고. 그러니까 서로 이런 부탁쯤은 할 수 있겠지? 그리고 선생님이 치운이랑 가까운 것도 당연하겠지? 물론 학교에서 그런 걸 티 내서는 안 되겠지만."

하나와 치운이 그를 보았다. 사실 의현은 치운이 하나를 집까지 데려다 주었다는 것도 오늘 처음 알았다. 아무리 남학생의 시선에서 과장되게 표현한 말일지라도 껴안듯이 하고 집까지 갔다는 말은 그의 심기를 건드리기 충분했다. 하지만 의현은 최대한 태연한 척하고 말했다.

"사건의 전후도 알아보지 않고 무작정 본 것을 과장해서 잘못된 소문을 냈으면 그건 분명한 잘못이지. 안 그래?"

남학생은 당황한 듯 입술을 씰룩이다가 말했다.

"아저씨가 선생님 애인이라는 건 어떻게 알아요? 그냥 도와주려고 거짓말하는 거면요?"

"너 치운이가 선생님 데리고 집까지 가는 거 봤다고 했지? 그럼 성림 아파트에 살겠네."

학생과 학부모는 부정하지 않았다. 의현은 학부모에게 시선을 옮기며 말했다.

"저는 102동 805호에 삽니다. 관리 사무실에 연락해서 알아보시면 하나가 들어갔던 그 집은, 최의현이라는 제 명의로 돼 있다는 걸 알 수 있으실 겁니다. 곧 결혼할 사이라서 지금은 같이 살고 있으니까요. 그래도 의심이 되신다면 밤이든 새벽이든 아침이든 언제든 갑자기 연락해서 불러내시면 하나와 손잡고 같이 나가겠습니다. 그럼 될까요?"

학부모는 괜히 한 번 목청을 다듬으며 앙칼진 목소리로 말했다.

"알겠어요. 두 분이 애인 사이라는 것도, 이 선생님이 저 학생과 별 사이가 아니라는 것도. 하지만 충분히 그런 오해를 할 만한 여지가 있었고 그것 좀 잘못 말했다고 애를 이 지경으로 팬다는 게 말이 되나요? 이 상태 좀 보세요. 드러난 상처가 이 정도지, 허리며 다리며 온통 아프다는데. 뼈가 부러졌는지는 또 어떻게 알아요? 우리 애가 받은 정신적, 육체적 충격을 생각하면 사실 백만 원 갖고는 어림도 없지만 많이 봐 드린 거라고요."

"정신적 충격을 논하셨으니 하는 말이지만 그에 관련해서는 치운이도 피해자입니다. 듣기로는 저 학생이 단지 헛소문만 퍼뜨린 게 아니라 치운이의 아픈 가정사에 대해 모욕적인 말까지 했다면서요. 물론 폭력은 잘못한 일이지만 그것에 대해서는 요구하시는 합의금 백만 원을 드릴 테니, 치운이가 받은 정신적 충격을 고려하신다면 정학은 취소하시는 게 맞는 것 같은데요."

몇 번의 말싸움이 더 오고 가고 학년부장의 중재 끝에 마침내 사건이 마무리되었다. 의현은 그들에게 합의금 백만 원을 내일까지 지불하기로 했고, 치운은 정학 대신 교내봉사 일주일을 받았다. 그러고도 의현은 학년부장과 따로 이야기를 해서 하나와 치운의 스캔들에 대해 구체적으로 해명하고 그녀를 오해하지 말아 줄 것과, 이번 일로 그녀에게 큰 문제가 생기지 않도록 간곡히 부탁했다. 다행히 학년부장은 이런 소문은 젊은 여교사들이 흔히 겪는 일이라 크게 신경 쓰지 않고, 금방 수그러들 것이라고 말했다.

합의금에 관해서는 성수가 금방 갚겠다고 했지만 의현은 냉정히 거절하며 남은 공연이나 잘하자고 다독여 주었다. 치운은 미안함 때문인지 고마움 때문인지 의현의 얼굴을 제대로 보지 못하고 감사하다고 어색하게 인사한 뒤 성수와 함께 자리를 떴다.

상황이 대강 정리된 뒤에야 의현은 하나와 둘이 차에 탈 수 있었다. 의현은 아무 말 없이 운전을 시작했고, 하나도 그의 차가운 분위기가 어려워 선뜻 말을 꺼내지 못했다.

'우리 선생님한테 서운해하지 마세요. 연출님도 오래 좋아했으니까 알 거 아니에요. 그게 어떤 건지.'

'근데 넌 왜 거기 있는 거야?'

'그냥…… 산책하러요.'

아닐 거라고 생각하면서도 자꾸만 치운이 했던 이상한 행동들이 떠올랐다. 의현이 하나와 잘되고 나서 사실을 말한다고 한 뒤에도 자신은 연기를 계속하겠다고 한 것이나, 얼마 전 하나의 이별을 목격하고 그에게 말해 준 것이나, 평소에 하나를 보던 눈빛이나 의미심장한 말들까지. 그간의 모든 세세한 것들까지 떠올라 머릿속이 어지러워졌다. 어제 시언에게 전화가 왔던 것도 아직 신경이 쓰였는데, 치운까지 신경을 써야 하는 것이 조금 화가 나기도 했다.

결국 침묵 끝에 집에 도착했다. 시동을 끄고 차에서 내리려는데, 하나가 안전벨트를 풀지 않고 가만히 있는 것이 보였다.

"내려야지."

그가 먼저 말을 건넸다. 그러자 한참 뒤, 하나가 힘들게 말을 꺼냈다.

"……미안해요. 오늘."

"뭐가. 괜찮아."

의현은 애써 웃으며 하나의 벨트를 풀어 주었다.

"합의금은 내일 내가 보낼게요."

"됐어. 내가 해."

"왜 그걸 오빠가 내요. 내 일인데. 내가 하는 게 맞아요."

의현이 잠시 멈칫했다.

"네 일이라니. 우리가 남이야?"

"아니, 그런 뜻이 아니라……."

"그럼 됐어. 내가 해결할 테니까 이 일은 더 이상 얘기하지 마. 네 일이 곧 내 일이니까."

의현의 말투는 어느새 겨울바람처럼 싸늘해져 있었다. 하나는 물론 의현의 마음이 고마웠지만, 그의 차가운 표정과 말투에 서운한 마음이 들었다. 더 얘기했다간 그가 화를 낼지도 모르겠다는 생각이 들었다. 하나는 먼저 내리려고 차 문에 손을 갖다 댔다. 그때 의현의 목소리가 들렸다.

"……그날."

하나가 그를 돌아보았다. 그는 약간 흔들리는 눈동자로 앞만 보며 말했다.

"네가 데려다 달라고 한 거야? 치운이한테."

그 질문을 받는 순간, 하나는 마음이 따끔, 하고 아팠다.

"아니요. 집 앞 버스 정류장에 내렸는데 치운이가 있었어요. 같은 버스를 탔는데 내가 너무 아파 보여서 따라 내렸대요. 그리고 집까지 부축해 줬어요. 그게 다예요."

"그렇게 아프면 나한테 전화를 하지 그랬어."

하나가 얼핏 웃었다. 의현이 그제야 하나를 쳐다보았다.

"그때 바로 오빠한테 문자했잖아요. 아파서 공연 못 보러 갈 것 같다고. 그랬더니 두 시간 뒤에나 전화 왔어요. 기억나요?"

"문자 말고 전화 말이야. 문자는 잘 못 보니까 전화를 했으면 받았겠지."

"받았으면? 왔을 거예요?"

"뭐?"

의현의 미간이 약간 좁혀졌다.

"너 저번부터 말이 자꾸 왜 그래? 네가 남의 도움 없이는 걷지도 못할 정도로 그렇게 많이 아팠다는 걸 알았으면 당연히 갔을 거야. 공연을 포기하고라도."

"내가 전화로 아프다고 말했을 때도 오빠는 바로 안 왔어요."

"그건……."

"치운이 일, 신경 쓰이고 속상한 일인 건 알지만, 나부터 믿어주면 안 돼요?"

"뭐?"

"……."

"지금 그 말은, 내가 널 못 믿는다는 소리야?"

하나는 아무 말 하지 않았다. 의현은 짧은 헛웃음을 흘리며 말했다.

"그러는 넌 나에 대한 믿음이 조금이라도 있어? 받았으면 왔을 거냐고? 어제도 그랬어. 무슨 일 있는 거 말하면 올 수나 있냐고. 난 당연히 못 가는 사람이라고 단정 지어 버리고, 결국 무슨 일인지 얘기해 주지도 않았잖아. 그게 날 믿는 거야?"

"내가 왜 그렇게 됐는지는? 생각해 봤어요?"

하나는 울컥한 마음에 떨리는 목소리로 말했다.

"기대하고 바랐다가 실망하는 순간들이 늘어나니까. 그게 싫으니까. 차라리 아무것도 바라지 않고 싶은 거예요. 그것도 얼마나 필사적인 노력이 필요한지 알아요? 나는 오빠가 꼭 필요한데, 보고 싶은데, 지금 와 줬으면 좋겠는데, 그럴 수 없다는 거 아니까 포기해야 하는 게! 그게 얼마나 힘든 일인지 알아요?"

"내가 너한테 그렇게까지 많은 실망을 줬어? 아무것도 바라지 않는 노력 대신에, 이해해 보려는 노력을 할 순 없는 거야? 몇 번이나 말했잖아. 정말 미안하다고. 하지만 며칠만 있으면 된다고. 공연이 끝날 때까지만. 그때까지만 기다려 주면 된다고. 그게 그렇게 어려운 일이야? 네가 그 정도로 날 사랑하지 않는 건 아니고?"

"……뭐라구요?"

"아무리 기다려도 너, 사랑한다는 말 안 하잖아."

하나가 붉어진 눈시울로 그를 쳐다보았다.

"말 안 해도 알 수 있어야 한다고? 그건 불가능한 얘기야. 세상 그 어떤 누구도 말을 안 하면 알 수 없어."

"……그럼 왜 그랬어요?"

"뭘?"

"그렇게 생각하면서 왜 그런 거짓말을 했냐구요. 안다고. 고맙다고. 내가 못 하면 오빠가 대신 하면 된다고. 사랑한다는 말, 질리도록 해 주겠다고. 왜 그랬냐구요!"

하나의 눈에서 결국 눈물이 떨어졌다. 그것을 본 의현의 입술이 굳은 듯 움직임을 멈추었다.

"사랑한다는 말, 왜 안 했냐구요?"

"……"

"이렇게 될까 봐."

"……"

"아무리 많이 뱉어도 결국 소용없는 게 되어 버릴까 봐. 그게 무섭고, 두려웠어요."

"……그게 무슨 소리야? 소용없는 거라니."

"그 며칠 기다리는 게 어렵냐고 했죠? 난 어려워요. 무지 어려워요. 기다리는 그 기간이 하루든, 이틀이든, 한 달이든, 일 년이든 상관없이. 외로우니까. 단 몇 분이라도, 기다린다는 건 외로운 일이니까."

"……"

"나는, 오빠 옆에서, 외로워요."

의현은 순간 숨이 턱 막혀 버리는 것 같았다.

"……나, 그만 외롭고 싶어요."

그는 아무 말도 하지 못했다. 가슴이 너무 놀란 나머지, 더는 듣고 싶지 않다고, 그만하라고, 내가 미안하다고, 속에서 떠오르던 그 어떤 말도 뱉어 내지 못했다.

"다시 생각해요. 우리."

결국 그 말이, 화살처럼 그의 심장에 꽂힐 때까지.

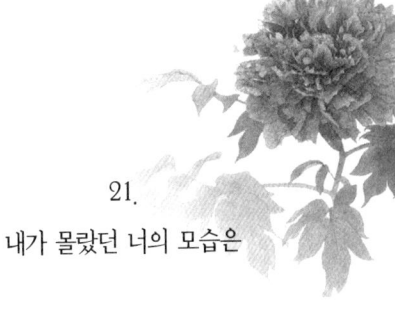

21.
내가 몰랐던 너의 모습은

　넋이 나간 듯 아무 말 못 하는 의현을 두고, 하나는 먼저 차에서 내렸다. 눈물이 앞을 가려서 차마 그의 얼굴을 보지는 못했다. 그녀가 그 말을 할 때, 그가 어떤 표정이었는지도 보지 못했다.

　그는 바로 뒤따라 내리지 않았다. 그녀가 아파트 안으로 들어갈 때까지도 뒤에서는 어떤 발소리도 들리지 않았다. 꿋꿋하게 앞만 보고 걷던 그녀는 엘리베이터를 타고 문이 닫히자마자 무너져 내렸다. 눈물이 폭우처럼 쏟아졌다. 그 순간에는 미안한 마음보다 서러운 마음이 더 컸다. 다시는 누군가에게 뒷모습을 보이는 일 따위는 하고 싶지 않다고 생각했는데, 그녀는 또 사랑하는 사람에게 뒷모습을 보이고 말았다.

　'세상에서 제일 행복한 여자로 만들어 줄게.'
　'다른 건 몰라도, 널 이 세상 누구보다 사랑할 자신은 있거든.'

'적어도 평생 외로울 일은 없을 거야.'
'사랑해. 믿어도 돼.'

미웠다. 생크림처럼 달콤하고 부드러운 말들을 속삭이며 그녀를 행복하게 해 주던 그가, 시간이 지날수록 점점 기다리게만 하고 필요할 때마다 옆에 없던 그가, 좀 전엔 서늘하게 굳은 얼굴로 흥분해서 언성을 높이던 그가, 헤어지자는 말에도 뒤따라 와 주지 않는 그가. 그의 모든 모습들이 생각나서 참을 수 없이 서러워졌다.

그는 왜 아무 말도 하지 않은 것일까. 이별을 받아들인 것일까, 아니면 받아들이지 못한 것일까. 그의 마음이 궁금하지 않은 것은 아니었다. 하지만 그때는 그가 왜 그랬는지 보다, 그가 그랬다는 사실이 더 중요했다. 어찌 됐건 그녀로서는 그의 침묵을 수긍으로밖에 받아들일 수 없었기 때문이다.

하나는 집에 들어가자마자 캐리어를 꺼내서 짐을 챙기기 시작했다. 관계가 이렇게 되어 버린 이상 더 같이 지내기는 힘든 까닭도 있었지만, 의현과 싸우지 않았더라도 어차피 챙겨야 할 짐이었다. 그녀는 애초에 3월까지만 의현과 함께 살고 4월부터는 계약한 집에서 살기로 했기 때문이었다. 입주하기로 한 날은 벌써 하루 지나 있었다. 요즘 몸도 마음도 너무 아파서 정신이 없기도 했고, 이 문제에 대해서는 의현과 깊은 대화를 해 본 뒤 결정해야 할 것 같아서 집주인에게 며칠만 시간을 달라고 부탁해서 미루고 있던 것이었다. 사실 오늘 저녁을 같이 먹으면서 이런저런 얘기와 더불어 이 문제도 상의할 생각이었는데 그러지 못하게 되었으니, 나갈 수

밖에 없었다.

　같이 산 지는 한 달밖에 안 됐지만 집 안 곳곳에 그녀의 물건이 있어서 정리하는 데 꽤 시간이 걸렸다. 3년을 함께 살았던 시언의 집에서 짐을 정리하던 때와 거의 비슷했다. 물론 정리해야 할 물건의 규모 자체가 다르긴 했지만, 그때는 충격과 배신감에 정신없이 정리를 했다면, 지금은 하나하나 얼마 되지도 않는 추억을 되새기며 마음까지 정리하느라 시간이 좀 늦어졌다. 하염없이 눈물을 쏟으며 짐을 챙기면서도, 그녀는 내심 그가 들어와서 말려 주기를 바랐다. 하지만 두 개의 캐리어를 다 챙길 때까지도 그는 오지 않았다.

　상대도, 느낌도 다르긴 했지만 마치 되감기라도 한 것처럼 전과 같은 상황이 펼쳐졌다. 하나는 방 안에서 무릎을 모으고 앉은 채, 그를 기다렸다. 이대로 인사도 없이 나갈 수도 있었지만 그와는 그러고 싶지 않았다.

　잔인하더라도 한마디라도 인사를 나누고 확실히 끝나는 편이 좋았다. 하지만 그런 그녀의 마음을 알았는지, 그는 결국 아침이 올 때까지 오지 않았다.

　하나는 이른 새벽에 콜택시를 부르고 집을 나왔다. 출근 전에 새집에 들러서 짐을 놓고 가기 위해서였다. 아파트 단지를 빠져나가는데 저도 모르게 시선이 주차장 쪽으로 갔다. 혹시 그가 아직 있지 않을까 싶었지만, 아무리 보아도 그의 차는 없었다.

　'다시 생각해요. 우리.'

　하나는 지난밤 자신이 했던 말을 떠올렸다. 충동적인 부분이 없지 않았지만 단지 그것만은 아니었다. 그동안의 아프고 괴로웠던 감정들이 누적되었다가 한 번에 분출된 것도 같았다. 그녀는 그렇게 생각하려고 애썼다. 그 말을 내뱉는 순간부터 가슴속에 스며들었던 후회를 외면하기 위해서였다. 그녀는 생각했다. 어쩌면, 당연한 일이라고. 어떤 신중한 이별도 후회는 남기 마련이니, 이런 감정이 드는 것은 당연한 일이라고. 그러니 '그래도 그가 한 번만 붙잡아 주었더라면…….' 하는 미련 같은 것은 갖지 말자고.

……갖지 말자고.

※※　※※　※※

하나는 잔금을 모두 지급하고 새집에 들어갔다. 작은 빌라였지만 지은 지 몇 년 안 돼서 인테리어도 세련되고 집도 깔끔했다. 공장에서 찍어 내는 듯 단조롭고 똑같은 날들이 반복되었다. 아침에 일어나면 혼자 밥을 먹고 학교를 가고 퇴근하면 다시 집에 와서 혼자 밥을 먹고 수업 준비나 일을 하다 잠이 들었다. 간혹 해영이나 다른 친구를 만날 때도 있었지만 그런 날은 드물었고, 만난다 해도 의현의 얘기는 할 수 없었다.

처음 며칠은 휴대폰을 거의 한시도 손에서 놓지 못했다. 차라리 분명하게 헤어졌더라면 몰랐겠지만, 관계를 다시 생각해 보자는 그녀의 말에 그가 아무런 대답도, 반응도 하지 않았기 때문에 더욱 그랬다. 이게 정말 헤어진 것인지, 그저 싸운 것인지도 애매했다. 그래서 금방이라도 그에게 연락이 올 것 같았다. 하루에도 몇 번씩 진동이 오는 듯한 환청을 들었고, 휴대폰을 켰다가 텅 빈 메시지함을 보며 낙담하곤 했다. 관계를 확실히 하자는 핑계로 그동안의 서운한 마음과 미안한 마음을 담아 장문의 메시지를 써서 보내려다가 취소하기도 몇 번, 아직까지 그로 남아 있는 단축번호 1번을 누르려다가 포기하기를 몇 번, 그를 원망했다가 또 바보 같은 자신을 원망하기를 몇 번, 그런 날들이 반복되었다.

시언 때와는 달랐다. 그때는 자신의 마음과는 상관없이 헤어져야 한다는 확신이 있었기 때문인지 적어도 후회는 없었던 반면, 지금은 날이 갈수록 점점 더 후회가 되었다. 아무리 부인하려 해도 할 수 없었다. 그녀는 하루 종일 그를 생각했다. 너무 보고 싶고 그리웠다. 하지만 용기가 없었다.

사랑하고 있을 때도 확신이 없었는데, 헤어지고 나서는 더한 것이 당연했다. 그가 한 번도 그녀를 붙잡지 않고, 연락을 하지 않는 것에는 이유가 있으리라 생각했다. 하나는 굳이 그 이유를 마주하고 싶지는 않았다.

그렇게, 열흘이 지났다. 의현에게서는 단 한 번도, 연락이 없었다.

"선생님!"

퇴근 시간에 정문을 나서는데 여느 때처럼 치운이 불쑥 나타나 그녀를 불렀다. 그날의 사건 이후로 하나와 치운에 대한 루머는 많이 수그러들었고, 아이들은 함부로 치운에 대해 떠들지 못했다. 하지만 하나는 그때의 사건이 아직 신경 쓰였다.

"붙지 말랬지. 떨어져!"

하나가 그의 얼굴에 휘이 하고 손을 흔들며 멀리 떨어지자 치운이 다시 나타나 그녀의 앞에서 고개를 갸웃거렸다.

"오늘 막공 가요?"

"막공?"

하나는 그제야 오늘이 의현의 마지막 공연 날이라는 것을 깨달았다. 그 잠깐 사이에 하나의 얼굴이 어두워진 것을 캐치한 치운이 부러 방정을 떨듯 말했다.

"에이, 뭐야. 아직도 화해 안 했어요?"

"화해는 무슨……. 네가 뭘 안다고 그래?"

이미 여러 번 느꼈지만 치운은 정말 눈치가 빠르고 섬세한 아이였다. 그는 이미 그녀가 의현의 집을 나왔던 열흘 전부터 하나에게 무슨 일이 생긴 것을 눈치채고는 줄곧 장난치듯이 신경을 써 주었다. 하지만 싸운 정도로만 생각하지 헤어졌다고는 생각지 못하는 것 같았다. 하나는 치운을 슬쩍 보고 물었다.

"너희 형이, 별말 없어?"

만일 의현이 극단 사람들에게 '헤어졌다'고 말했다면, 당연히 성수가 치운에게 얘기했을 것이었다. 하지만 치운은 어리둥절한 표정으로 고개를 젓더니, 이내 날카로운 눈매로 그녀를 흘겨보며 물었다.

"말이라니, 무슨 말이요?"

"아니, 별거 아니야."

"설마…… 헤어진 거 아니죠?"

하나는 순간 무어라 대답해야 할지 몰라서 말문이 막혔다. 아직 의현의 마음을 모르기 때문에 그렇다고 할 수도, 아니라고 할 수도 없었다. 그러자 치운의 얼굴에서 웃음기가 사라졌다.

"진짜예요?"

"얼른 집에나 가. 네가 어른들 일은 알아서 뭐 하려고."

하나가 어색하게 웃으며 치운의 이마를 톡 건드렸다. 그러자 치운이 하나의 손목을 확 잡아 내리더니 다시 진지한 얼굴로 물었다.

"진짜냐고 물었잖아요."

하나가 당황해서 눈을 크게 뜨고 치운을 보았다.

"너 지금 뭐 하는 거야?"

하나는 치운에게 잡힌 손목을 빼려고 했지만 치운이 워낙 힘을 세게 주고 있어서 쉽게 빠지지 않았다.

"애들이 보잖아. 또 이상한 소문나면 어쩌려고 그래? 이거 빨리 안 놔?"

그러자 치운은 하나를 데리고 어디론가 향하기 시작했다.

"야, 갈치운!"

치운은 말없이 하나를 끌고 학교 뒤편에 있는 공원까지 갔다. 그리고 사람이 별로 없는 곳에 자리를 잡고 섰다. 하나는 치운의 손을 뿌리친 뒤 손목을 움켜잡고 벤치에 앉았다. 하나가 치운을 원망스런 눈길로 쏘아보았지만 치운은 아랑곳 않고 무표정한 얼굴로 말했다.

"이제 얘기해요. 진짜 헤어진 거예요?"

"글쎄, 그걸 내가 왜 너한테 얘기해야 하는데?"

"언제요? 왜요? 누가 그러자고 한 건데요? 선생님이에요?"

"그걸 네가 왜 알아야 하냐니까."

"나랑도 관련 있는 일이니까요!"

"무슨 관련?"

"내가 먼저 물었잖아요. 대답해 줘요. 얼른."

"치운아."

"설마…… 그날이에요? 내가 사고 친 날?"

하나가 잠시 멈칫했다가 이윽고 아니라고 손사래를 쳤지만 치운은 큰 충격이라도 받은 듯 실소를 흘렸다.

"그럼 나 때문에 선생님이 연출님이랑 헤어진 거예요?"

"그런 거 아니야. 그냥 내 문제니까 넌 신경 쓸 거 없어."

"선생님 문제 뭐요? 뭐가 문제라서 헤어진 건데요?"

하나가 짧은 한숨을 쉬며 말했다.

"이제 네가 대답할 차례 같은데. 도대체 오빠랑 내가 만나고 헤어지는 게 너랑 무슨 관련이길래 이렇게까지 하는 거야? 오빠 때문에 그래? 그런 거라면, 너한텐 우리가 헤어지는 게 더 좋은 거 아니야?"

"왜요? 내가 연출님을 좋아해서요?"

치운이 얼핏 웃으며 물었다. 하나는 치운이 왜 이러는지 도무지 모르겠다는 듯 그의 얼굴을 빤히 쳐다보았다.

"선생님은 바보인 거예요, 순진한 거예요?"

"뭐?"

"그걸 정말 믿었어요?"

"무슨 소리야?"

그러자 치운은 잠시 숨을 고르다가 무언가 결심한 듯 한층 단호해진 눈빛으로 그녀를 보며 입을 열었다.

"제가 바라는 건 하나예요. 선생님이 행복한 거."

"……."

"선생님이 외롭지 않고, 울지 않고, 행복한 거."

하나는 항상 엉뚱한 장난만 치던 치운이 그런 얘기를 하자 약간 당황스럽기도 했지만 그의 나지막한 목소리에서 분명한 진심을 느꼈다.

"그래서 했어요. 그 연기."

"연기라니?"

"연출님을 좋아해서 따라다니는 남자애 연기요. 연출님이 선생님을 옆에 붙들어 놓으려고 꾸며 낸 남자애 연기."

"……뭐?"

하나는 잠시 기억을 되짚어 보더니 놀라서 되물었다.

"그럼 그게 다 거짓말이었단 말이야?"

부동산에 가려던 그녀를 붙잡으며 다소 급한 말투로 같이 살자고 했던 의현이 떠올랐다. 지금 와서 생각해 보니 그 순간의 그는 정말 그답지 않게 어설픈 데다 말도 횡설수설했던 것 같았다. 하지만 아무렴, 그가 거짓말을 할 것이라고는 생각도 하지 못했다. 거짓말을 하면서까지 그가 그녀와 함께 살고 싶어 할 것이라는 생각을 전혀 할 수 없었기 때문이다.

"웃기죠? 황당하죠? 말도 안 된다고 생각하죠? 나도 첨에 그랬어요. 근데 생각해 보니, 그렇더라고요. 그러니까 연출님은…… 말도 안 될 만큼 선생님을 좋아하는 거더라고요."

"……."

"선생님이 연출님이랑 왜 헤어졌는지 정확히는 모르지만, 혹시나 저 때문이면 내가 너무 괴로우니까. 선생님이 행복했으면 좋겠어서 하루아침에 게이까지 된 내가 너무 허탈하니까. 그러니까 말하는 거예요."

"……."

"8년이래요."

"……뭐?"

"연출님이 선생님을 좋아해 온 시간이요."

"그게 무슨……."

"처음 만난 순간부터 지금까지 8년을, 혼자 좋아해 왔대요. 선생님이 다른 사람을 만나고 사랑하는 동안에도……. 잘 알지도 못하는 나한테 자기의 가장 큰 비밀을 털어놓으면서, 그 말도 안 되는 부탁을 하더라고요. 연출님, 그만큼 간절했나 봐요."

하나는 그 말을 듣는 순간, 머릿속이 텅 비어 버리는 것 같았다.

"제가 이런 말 하는 게 주제넘다고 생각하실지도 모르지만, 원래 인간은 목표를 위해서 행동하는 존재잖아요. 연극에서는 인물을 그렇게 가르치더라고요. 선생님이 연출님이랑 잘됐을 때, 저는 더 이상 게이 역할을 할 필요가 없었어요. 근데 저는 계속하겠다고 했어요. 왜였는지 알아요?"

하나가 치운의 눈을 쳐다보았다.

"그래야 두 사람 주위에서 얼쩡거리면서 연출님이 정말 선생님한테 잘하는지, 선생님이 정말 행복한지 알 수 있으니까요."

"……"

"물론 저는 많은 걸 놓쳤겠지만, 그 결과 얻은 결론은 하나였어요."

"……그게 뭔데?"

"세상에서 선생님을 가장 많이 사랑할 수 있는 사람은, 연출님이에요."

치운은 하나를 보며 엷은 미소를 지었다.

"말도 안 되는 사랑을 할 수 있는 사람은, 세상에 드물잖아요."

"……"

"그냥 이 말은 전해야 할 것 같았어요. 나도 아는 걸 선생님만 모르면 안 될 것 같아서요."

하나는 심장이 몹시 떨리고 쓰려서 가슴에 손을 얹고 고개를 숙였다. 그리고 치운에게 고맙다고, 작은 목소리로 말했다. 치운은 그녀의 마음이 안정을 찾을 때까지 그 자리에 가만히 서서 기다려 주었다.

'만약에…… 이건 정말 만약인데. 누가 널, 8년 넘게 좋아했다면 말이야. 그럼 어떨 것 같아?'

'누군데요? 오빠 첫사랑이요.'

'너.'

'에이. 그러지 말고 말해 줘요. 누군지가 좀 그럼 언젠지라도. 중학교? 고등학교?'

'스물다섯.'

'……에? 진짜요?'

'응. 스물다섯.'

'너 그거 알아?'

'뭘요?'

'혹시 누가 네 어릴 때 사진을 너무 갖고 싶어 하면 말이야. 그건, 너를 많이 좋아하는 거야. 그건, 자기가 모르는 네 시간들까지 갖고 싶다는 뜻이거든.'

'……'

'너를 너무 사랑하니까.'

그녀가 부담스러워할까 봐, 언제부터 사랑했는지 물으면 말도 못 하고 그저 어렴풋이 웃기만 했던 그를 생각하니 가슴이 짠해졌다. 그런 그의 앞에서 자신이 얼마나 사랑받고 있는 줄도 모르고, 그의 사랑이 가벼운 것은 아닐까, 금방 변하지는 않을까, 불안해하고 두려워하며 한 번도 용기 내서 사랑한다 말하지 못했던 자신이 너무 미워졌다.

그리고 미안했다. 그 오랜 시간 자신을 기다려 준 그의 앞에서, 기다리는 게 힘들다고 말했던 것이, 말할 수 없이 미안해졌다. 문득 예전에 의현이 삼학도에 가서 했던 말이 떠올랐다.

'학이 될 정도로 오랜 시간 자신을 기다려 준 사람을 잃었으니까. 다시는 그런 사랑을 받지 못한다는 걸 깨닫고 나서는, 많이 외롭고 슬펐을 거야.'

'……'

'분명히 그랬을 거야.'

지금은 자신이 그 무사의 처지가 된 것 같았다.

보고 싶었다. 그녀를 바라보며 사랑한다 말해 줄 때의 그 그윽한 눈빛이, 따뜻한 온기로 안아 줄 때의 그 넓은 가슴이, 그녀의 머리를 부드럽게 쓰다듬어 주던 그 하얗고 고운 손이. 지금 당장 보지 않으면 미칠 것만 같이, 사무치게 그리워졌다.

하나는 휴대폰 속 낯익은 전화번호 위에 손을 올리고 내내 망설이고 있었다. 아무리 용기를 내보려 해도 자꾸만 걱정이 되었다. 열흘이라는 적지도, 길지도 않은 시간 동안 그는 무슨 생각을 했고 어떤 마음을 가졌을까. 만약 지금 연락을 하면, 전화를 받아 줄까. 통화 버튼에 다가가는 하나의 손이 바람에 흔들리는 꽃처럼 파르르 떨렸다.

'우리는…… 다시 시작할 수 있을까?'

* * *

'다시 생각해요. 우리.'

이별을 준비할 시간도 없이 벼락처럼 떨어진 그 말은 의현을 충격에 빠뜨렸다. 그 순간에는 몸이 굳어서 움직이지 않았다. 두려웠던 것 같다. 따라나선다는 것도, 붙잡는다는 것도. 더 얘기하다가 완전한 이별이 되어 버릴까 봐, 그게 두려웠다. 그래서 그는 도망쳤다. 스스로가 비겁하다고 생각하면서도, 완전히 이성을 잃은 상태였기 때문에 못 할 것이 없었다.

그녀와 자주 가던 한강에 가서 밤새 생각을 했다. 도대체 어디서부터 잘못된 것이고, 앞으로 어떻게 해야 하는지. 1분 동안에도 수십 번은 더 감정이 변했다. 그를 기다려 주지 못하고 떠나려고 하는 그녀가 원망스럽다가, 당장 가서 붙잡고 싶은 마음이 들었다가, 그녀와 정말 헤어지게 될까 두려웠다가, 그녀의 눈에서 눈물이 나게 한 자신이 미웠다가, 그렇다고 야속하게 떠나 버린 그녀에게 또다시 화가 나곤 했다.

하지만 아무리 생각해도 답은 하나였다. 끝이 나는 한이 있더라도 지금 그가 할 수 있는 일은 그녀를 붙잡는 것뿐이었다. 이렇게 허무하게 그녀를 놓칠 수는 없었다. 그는 다시 신중하게 얘기해 보자고 그녀를 설득할 생각으로 집으로 돌아갔다.

그런데 떨리는 마음으로 현관에 들어선 의현은 신발도 벗지 못하고 그 자리에 얼어붙었다. 집에는 한겨울처럼 시린 바람이 불었다. 평소 같았으면 그녀가 출근 준비를 하고 있을 시간이었는데, 그녀는 없었다. 몇 개 있던 그녀의 신발도 모두 사라지고 없었다. 조금 열린 문틈 새로 텅 빈 방 안이 보였다. 천천히 신발을 벗고 집 안으로 들어갔다. 그녀의 방문을 열어 보았다. 가슴이 덜컹, 하고 내려앉는 것만 같았다. 바로 어제까지만 해도 그녀의 향기와 온기가 넘실거리던 방에는 무덤처럼 차갑고 고요한 적막만이 흘렀다. 그리고 아무것도 없었다. 그녀의 옷도, 책도, 화장품도, 생필품도, 집 안 어느 곳에서도 찾아볼 수 없었다.

의현은 자리에 털썩 주저앉았다. 혹시라도 홧김에 한 말이 아닐까 실낱같은 기대를 했었는데, 터무니없는 것이었다. 아주 넓고 휑

한 사막에 혼자 버려진 것 같은 기분이 들었다. 말로는 표현할 수 없는 극한의 외로움과 상실감이 그의 온몸을 덮쳐 왔다. 아무렴, 어떻게 이렇게 한 마디 말도 없이 갈 수 있냐고, 전화라도 해서 따지고 싶었지만 차마 통화 버튼을 누를 수가 없었다. 그래도 아직은 명확한 이별의 단어를 듣지 못했는데, 그것만이 암흑 속에 갇힌 그에게 유일한 빛이었는데, 그것을 포기할 수는 없었다.

'아닐 거야. 잠깐 화가 난 것뿐일 거야. 금방 돌아올 거야.'

처음 며칠은 그렇게 생각했다. 휴대폰을 거의 한시도 손에서 놓지 못했다. 하루에도 몇 번씩 진동이 오는 듯한 환청을 들었고, 휴대폰을 켰다가 텅 빈 메시지함을 보며 낙담하곤 했다. 단축번호 1번에 손을 가져다 댔다가 뗀 적이 한두 번이 아니었다.

공장에서 찍어 내는 듯 단조롭고 똑같은 날들이 반복되었다. 새벽은 거의 지옥이었다. 그녀의 생각으로 밤을 새우고 나면 오전 중에 잠깐 잠이 들었다가 일어나서 극장에 갔다. 공연이 제대로 될 리도 만무했다. 그는 심지어 배우들이 대사를 한 페이지나 빼먹는 실수를 해도 멍하니 다른 생각에 잠겨 있었다. 일이 끝나면 집에 바로 가지 않고 드라이브를 하거나 음악을 들으며 무작정 걸었다. 몸을 혹사시키지 않으면 잠들기가 힘들었다.

아침에 눈을 뜨는 것도 괴로웠다. 며칠이 지나도, 그녀가 없는 생활에 익숙해지지 않았다. 같이 지낸 것은 고작 한 달이었고, 그 중에서도 연인으로 지낸 것은 몇 주 되지도 않았지만, 그녀의 빈자리는 무척 컸다. 원래 혼자 자던 침대가 너무 크게 느껴졌다. 아침마다 들려오던 경쾌한 도마 소리와 고소한 음식 냄새 없이 일어나는 것이 허전했다. 주방에 가면 어김없이 그녀가 앞치마를 두르고 사랑스러운 미소를 지으며 요리를 하고 있는 것 같았다. 샤워를 할 때도, 양치를 할 때도 그녀가 옆에 있는 것 같았다. 늦은 밤 집에 돌아오면 그녀가 환한 웃음으로 그를 맞아 주거나, 지쳐 잠들어 있을 것 같았다.

시간이 지날수록 처음의 원망은 작아지고 후회와 미련이 커져 갔다. 생각해 보면 그녀는 하나 잘못한 게 없다는 생각이 들었다. 그녀가 아플 때나 힘들 때 달려가 주지 못하고, 바쁘다는 핑계로 자꾸만 혼자 두었던 것은 그였다. 그녀는 가끔 서운한 티를 내기는 해도 한 번도 화를 내거나 언성을 높인 적이 없었다. 그녀로서는 최선을 다해 버텨 내고 있는 건지도 몰랐다. 그런데도 그는 다른 남자와의 불확실한 관계에 마음이 상해서 믿음보다 불신을 보여 주었다.

하지만 의현은 아직도 시언에 대해서는 자신이 없었다. 하나가 너무 오래 사랑한 사람이기도 했고, 시언도 아직 그녀를 사랑하고 있었기 때문이다. 그래서 의현은 차마 하나에게 연락하지 못했다.

그런 날들이 반복되어 열흘이라는 시간이 흘렀고, 마침내 마지막 공연 날이 되었다. 모두에게 시원섭섭할 마지막 공연이 끝나고, 공연을 찾아 준 지인들과 인사를 나누고 있는데 낯익은 얼굴이 보였다.

"오랜만이에요."

"어, 그래."

시언은 의현에게 축하의 의미로 케이크를 전해 주었다.

"고맙다."

"잠깐 얘기 좀 할 수 있어요?"

의현은 시언의 얼굴을 빤히 보았다. 시언의 얼굴은 전보다 많이 야위어 있었지만, 조금은 편안해 보였다.

"그래. 잠깐만 기다려."

마지막 공연 후라 워낙 정신이 없었지만 의현은 짬을 내서 시언과 얘기를 하러 극장 밖으로 나왔다. 그는 시언의 입에서 하나의 얘기가 나올까 봐 잔뜩 긴장한 상태로 캔커피 하나를 건넸다. 그런데 시언은 비교적 여유로운 얼굴로 희미하게 웃으며 말했다.

"연극 잘 봤어요. 좋던데요."

"올 줄 몰랐는데, 놀랐어."

"반가운 얼굴은 아니죠. 제가."

"그런 뜻은 아니야."

"알아요."

시언이 가볍게 웃었다. 의현은 목이 타는지 연신 커피만 마셨다. 잠시 침묵이 흐르고, 시언이 먼저 말을 꺼냈다.

"하나는, 잘 있나요?"

커피를 계속 만지작거리던 의현의 손이 멈추었다. 그 질문 하나에는 많은 뜻이 담겨 있었다. 하나가 집을 나간 지 열흘이나 됐고, 그들은 헤어진 거나 마찬가지였지만, 어쨌든 그 말만으로 보면 시언은 아직 아무것도 모르는 것 같았다. 의현은 뭐라고 대답해야 할지 고민하다가 얼핏 웃으며 그를 보았다.

"안부는 원래 직접 물어야지."

"연락이 안 돼서요. 저는."

시언은 꽤 당당하게 말했다. 의현은 그 모습을 약간 의아하게 보았다. 그러자 시언은 커피를 한 모금 마시며 말했다.

"죄인이잖아요. 저는."

의현은 지난번 부대찌개집에서 그를 마주쳤을 때를 생각했다.

'먼저 이별을 고한 사람은, 아무것도 하면 안 되는 건가요? 보고 싶어 해서도, 그리워해서도, 미안해해서도?'

'그럴 거면 애초에 버리지 말았어야지. 사람을 다치게 해 놓고, 죽게 해 놓고 뒤늦게 후회한다고 해서 면죄부를 받을 수 있는 건 아니잖아.'

지금 생각해 보니 꽤 잔인한 말이라는 생각이 들었다. 의현은 하나가 아무것도 하지 않기를 바라지 않았다. 그녀가 그를 보고 싶어 하고, 그리워했으면 좋겠다고 생각했다.

"뭘 그렇게까지."

"아니에요. 시간이 지나면 지날수록, 잘 알겠더라고요. 제가 얼마나 큰 잘못을 했는지. 잠깐의 실수였다고 변명을 하기에는, 너무 많은 사람에게 상처를 줬어요. 제가."

"……많은 사람?"

"얼마 전에 하나 어머니를 만났거든요. 하나한테 얘기 못 들으셨어요?"

의현은 놀란 얼굴로 시언을 보기만 했다. 그러자 시언이 작게 웃으며 말했다.

"걔가 원래 그런 애예요. 힘든 건 자기 혼자 다 감당하려고 하죠. 무슨 일이 있어도 잘 얘기를 안 해요."

"정확히 언제 어떻게 만난 거야?"

"2주 좀 안 됐어요. 8년 동안 워낙 잘해 주셨으니까, 헤어지고 나서 제가 직접 뵙고 인사를 드려야겠다고 생각했는데, 막상 제 몸 추스르기에도 바빠서 잊고 있었어요. 근데 그날 갑자기 전화가 오더라고요. 그날이 제 생일이었거든요. 지금 집에 가고 있으니까 퇴근했으면 얼른 오라고……. 매번 생일마다 직접 올라오시거나 물건 보내서 챙겨 주셨거든요."

"그래서?"

"평소랑 목소리가 똑같으셔서, 아직 하나한테 못 들었나 보다 하고, 죄송하지만 오늘 뵙고 말씀드려야겠다고 생각하고 얼른 갔는데, 집 앞에서 하나를 질책하고 계시는 걸 봤어요. 하나가, 다 자기 잘못이라고 했던 것 같아요."

"……."

"하나한테도, 어머니한테도 미안한 마음에 사실대로 다 말씀드리고 죄송하다고 했더니, 어머닌 별말씀 없이 토닥여 주시더니…… 제 생일이라고 싸 온 음식들을 주고 가셨어요. 그래서 그날 하나도, 어머니도 너무 걱정이 돼서 하나한테 전화를 했더니 역시나 많이 힘든지, 제 말을 좀 듣다가 그냥 끊어 버리더라고요. 아마 그때의 감정은 이루 말할 수가 없었을 거예요."

의현은 그때가 자신이 대신 전화를 받았을 때임을 알게 되었다. 그런 사정도 모르고 무작정 의심을 하고 불안해했던 자신이 한심하게 느껴졌다. 무슨 일이 있는 듯, 유독 힘들어하던 그녀의 모습이 선명하게 떠올랐다. 속상한 마음에 고개가 절로 숙여지고 짧은 한숨이 나왔다.

"그 후로 연락이 안 됐어요. 당연하죠. 저라도…… 저 같은 사람을 다신 보고 싶지 않을 거예요."

"……."

"이런 말 하는 거 우습게 들릴지 모르지만, 하나한테 잘해 주세요. 아시겠지만 이하나, 정말 좋은 여자거든요."

의현이 고개를 들어 그를 보았다. 시언은 쓸쓸한 웃음을 흘리며 말했다.

"제가 그렇게 매달렸는데도…… 한 번 흔들려 주지도 않고, 단호하게 말하더라고요."

"……."

"형을 사랑한다고."

미세하게 흔들리던 의현의 눈동자가 멈추었다.

"많이 사랑하는 것 같더라고요. 형이 원망스러울 정도로."

의현은, 아무 말도 할 수가 없었다. 사랑한다는 말, 그 말을 듣는 순간 심장이 멎어 버리는 것만 같았다.

그때 멀리서 성수가 의현을 부르는 소리가 들렸다. 시언이 그쪽을 향해 짧게 고개를 숙여 인사하고는 그만 가 봐야겠다고 말했다. 완전히 넋이 나가 있던 의현은 그제야 정신을 차리고 시언을 보았다.

"그래. 고맙다. 오늘."

시언은 조용히 웃어 보이고 뒤를 돌았다. 의현은 그의 가는 모습을 가만히 보다가 문득 큰 소리로 말했다.

"잘할게."

시언이 잠시 발을 멈추었다.

"네가 후회하지 않게. 미련 남지 않게. 내가 더 잘할게."

"……."

"너도 얼른, 좋은 사람 만나라."

시언은 그 말에 대답하지 않고 조용히 다시 발을 내디뎠다. 그리고 천천히 걸어갔다. 뒤를 돌아보지는 않았다. 그래서 의현은 그가 어떤 표정을 하고 있는지, 무슨 마음인지 조금도 알 수 없었다. 다만 그가 줄곧 슬픔을 억누르려고 애를 쓰고 있다는 것만 알 수 있었다.

두 달간 몸도, 마음도, 열정도 다 바쳤던 연극이 끝났다. 밤이 새도록 뒤풀이를 했다. 단원들은 왁자지껄 웃고 떠들며 술을 마셨다. 그사이에서 의현도 웃고 떠들며 술을 마셨지만, 그의 정신은 완전히 다른 데 가 있었다. 단원들과 즐겁게 얘기를 하다가도 잠깐 틈이 생기면 그새 멍하니 다른 생각에 잠기곤 했다. 그의 머릿속에는 온통 하나의 생각뿐이었다.

동이 틀 무렵에는 한 남자 배우의 집에 배우들과 성수, 의현만 남아 있었는데 그중에서도 은영을 제외한 나머지는 모두 쓰러져 잠들어 있었다. 은영은 벽에 등을 기대고 앉아 반쯤 풀린 눈으로 의현을 쳐다보았다. 의현은 베란다를 통해 들어오는 아침 햇살을 맞으며 밖을 내다보고 있었다. 그 모습이 눈부시게 멋지면서도 왠지 쓸쓸하고 외로워 보였다.

"힘들어요?"

한참 말이 없다가 돌연 뜬금없는 질문을 하는 은영을 보고 의현이 피식 웃었다.

"나 술 센 거 모르냐?"

"누가 그 얘기래요."

"그럼."

"선배가 그랬잖아요, 전에. 나중이 되면 얼마나 사랑하는가의 문제가 생긴다고. 많이 사랑하면 할수록 힘들다고. 지금 말이에요. 전보다 더 그래 보여요. 무지 많이 사랑하게 됐나 봐요?"

"……그랬나."

"근데 말이에요."

"……."

"선배답지 않아요."

"뭐가?"

"선배는 모든 일에 열정적이고 솔직하게 임하잖아요. 근데 연애할 때 보면, 그렇지 않은 것 같아서요."

"네가 날 그렇게 잘 알아?"

"난 선배를 잘 모르지만 그 부분은 잘 알아요. 내가 선배 연애에 관심이 많잖아요."

의현이 짧은 웃음을 터뜨렸다.

"그러니까, 나는 선배가 연애도 일처럼 했으면 좋겠어요. 솔직하고, 열정적이게. 그럼 단언컨대 많이 사랑한다고 힘들어지진 않을 거예요."

의현은 그녀의 말을 곱씹는 듯 엷게 웃으며 말이 없다가, 이윽고 그녀의 머리를 콩 치며 말했다.

"연애 고수 납셨네. 너나 잘해, 인마."

"도와줘도, 진짜."

작은 웃음들이 거실에 흩어졌다. 의현은 잠깐 바람 좀 쐬고 오겠다며 밖으로 나왔다. 4월 초의 아침 기온은 아직 쌀쌀했지만 춥기보다는 시원한 기분이 들었다. 거리에는 꽃 냄새가 향긋하게 퍼져 있었다. 문득 하나와 함께 벚꽃 놀이를 가기로 했던 것이 생각났다. 벚꽃이 만개할 시기는 지났지만, 아직 완전히 지지는 않았다. 의현은 주머니에서 휴대폰을 꺼냈다. 그녀의 전화번호를 보는 것만으로도 가슴이 떨렸다. 용기를 내 보려고 애를 썼지만 걱정이 되는 것은 어쩔 수 없었다. 열흘이라는 적지도, 길지도 않은 시간 동안 그녀는 무슨 생각을 했고 어떤 마음을 가졌을까. 만약 지금 연락을 하면, 전화를 받아 줄까. 통화 버튼에 다가가는 그의 손이 바람에 흔들리는 꽃처럼 파르르 떨렸다.

'우리는…… 다시 시작할 수 있을까?'

22.
영원히 너일 것이기 때문이다

하나는 결국 통화 버튼을 누르지 못했다. 그의 마지막 공연도 보러 가지 못했다. 용기 없는 자신과 싸우며 휴대폰을 쥐고 밤을 새웠다. 창밖으로 날이 밝아 오는 것을 보며 한탄을 했다. 손가락 하나 움직이는 게 뭐 그리 힘든 일이라고 하지 못하는 자신이 한심스러웠다. 하는 수 없이 씻고 출근 준비를 하기 위해 침대에서 몸을 일으켰다.

그때, 휴대폰이 길게 진동했다. 하나는 알람을 언제 진동으로 잘못 바꾸어 놓았나 싶어 아무 생각 없이 휴대폰을 들었다가 깜짝 놀라서 손에서 놓쳐 버리고 말았다. 심장이 너무 뛰어서 휴대폰을 다시 주울 생각도 못 하고 멍하니 보기만 했다. 그러다 문득 이러다 전화가 끊어질 수 있다는 생각에 얼른 집어 들고 침을 꿀꺽 삼켰다. 그 초조한 순간에 목청도 몇 번이나 다듬었다. 하나는 마지막으로 크게 심호흡을 한 번 한 뒤, 통화 버튼을 눌렀다.

"……여보세요."

그렇게나 목청을 다듬었는데도 너무 오랜 시간 말을 안 한 탓인지 가뭄에 메마른 논처럼 갈라지고 퍼석한 목소리가 났다.

— 여보세요.

그의 목소리가 들렸다. 그토록 듣고 싶던, 그의 낮고 중후한 목소리가. 그 목소리를 듣는 순간, 여보세요, 단 한 마디뿐이었는데 코끝이 찡해졌다.

— 하나야.

"……네."

그녀의 이름을 부르는 그의 말투가 너무도 자상하고 부드러워서, 하나는 그간의 모든 감정들이 봄볕에 눈 녹듯 녹아내리는 것을 느꼈다.

— 이따, 잠깐 나올 수 있어?

"네?"

하나는 생각지 못했던 말에 소스라치게 놀라며 재빨리 거울로 달려갔다. 오늘은 하필 밤을 새운 나머지 다크서클이 볼까지 내려와 있었다. 피부도 꺼칠꺼칠하고 머릿결도 말이 아니었다.

— 지금 너희 집 앞이야. 출근하기 전에 잠깐만 보고 싶어서.

"……아, 알았어요."

— 고마워.

"아니에요. 이따 봐요."

— 응.

하나는 전화를 끊자마자 한걸음에 욕실로 달려갔다. 긴장으로 손이 떨려서 샤워기가 몇 번이나 미끄러졌다. 상태는 좋지 않았지만 평소보다 몇 배는 더 공들여서 씻고 화장을 했다. 준비를 다 하고 나가려는데, 문득 화장대 위의 작은 선물 상자가 보였다. 의현이 첫 데이트 때 선물해 주었던 원석 팔찌가 들어 있는 상자였다. 하나는 잠시 망설이다가 이윽고 상자를 열어 팔찌를 꺼냈다. 조심스럽게 왼쪽 손목에 차 보았다. 다행히 오늘 옷과도 잘 어울리는 것 같았다. 하나는 팔찌를 보며 저도 모르게 미소를 지었다. 그리고 마침내 떨리는 마음을 진정시키며 집을 나섰다.

부디, 그가 자신과 같은 생각을 하고 있기를 바라면서.

그런데 현관문을 열고 나온 순간 하나의 발이 멈칫했다. 문 앞에 장미꽃 한 송이가 놓여 있었다. 하나는 의아한 마음으로 꽃을 집었다. 그리고 앞을 보는 순간 얼굴에 환한 웃음꽃이 피어났다. 하얀 계단 위에는 칸마다 장미가 한 송이씩 놓여 있었다. 처음엔 혹시 자신의 것이 아니면 어쩌나 싶었지만 그녀의 집이 있는 3층 위로는 꽃이 없는 것으로 보아 그녀의 것이 맞는 것 같았다. 하나는 꽃을 하나씩 집으며 천천히 계단을 내려갔다. 1층에 다가갈수록 가슴이 점점 더 빠르게 뛰었다.

그녀는 꽃을 하나하나 세면서 총 30개의 장미를 품에 안고 1층에 도착했다. 그런데 빌라를 나왔는데도 그는 없고 꽃이 놓여 있었다. 하나는 긴장되는 마음으로 다시 꽃을 집으며 걸어갔다. 꽃은 골목을 벗어나는 길목에서 도로 쪽이 아닌 개천이 있는 곳으로 놓여 있었다. 그동안 여유가 없어서 한 번도 가 보지 못했던 곳이었는데, 개천에는 길가를 따라 벚나무가 쭉 펼쳐져 있었다. 바람이 불자 나무에서 선홍빛 벚꽃이 사르르 떨어져 내렸다. 하나는 벚꽃을 맞으며 계단을 내려갔다. 품에는 이미 넘칠 만큼의 장미꽃이 들려 있었다.

'아흔일곱, 아흔여덟, 아흔아홉······.'

하나는 어느새 마지막 계단 위에 서 있었다. 더는 꽃이 없었다. 하나는 주위를 두리번거렸다. 바로 그때, 그녀의 뒤에서 묵직한 구두 소리가 들렸다. 하나가 돌아보기도 전에, 운동을 하거나 산책을 하며 지나가던 사람들이 박수를 치며 환호해 주는 소리가 들렸다. 이윽고 깔끔한 슈트 차림의 그가 그녀의 앞에 모습을 드러냈다.

마지막 한 송이의 장미꽃을 든 그가 계단 아래에 서더니 그녀를 보며 환한 미소를 지었다. 그 미소를 보는 순간 어찌나 가슴이 뛰던지, 하나는 차마 그를 더 보지 못하고 시선을 내렸다. 그러자 그가 그녀의 앞에 천천히 한쪽 무릎을 꿇고 앉았다. 아까보다 더 많은 구경꾼이 몰려들었고, 더 많은 바람이 불었고, 더 많은 벚꽃이 떨어져 내렸다.

"······하나야, 미안해."

그는 언제나처럼 빛나는 눈동자에 그녀를 가득 담은 채, 나긋한 목소리로 속삭이듯 말했다.

"네가 나한테 얼마나 소중한 사람인지도 모르고······ 네가 날 얼마나 사랑하는지도 모르고 널 아프게 해서······."

"······."

"내 옆에선 절대 외롭게 하지 않겠다는 말, 지키지 못해서······."

하나의 눈물샘이 뜨겁게 달아올랐다.

"근데 난, 아무리 다시 생각하고 또 해도, 답이 하나야."

"……."

"너, 하나."

의현이 들고 있던 마지막 꽃 한 송이를 그녀에게 내밀었다.

"나한테 한 번만 더 기회를 줄래?"

사람들의 환호 소리가 더욱 커졌다. 꽃을 들고 있는 그의 손이 미세하게 떨리는 것이 보였다. 그 손을 보는 순간, 미안하고 고마운 마음에 가슴이 시렸다. 무슨 말을 어떻게 해야 하는지도 생각이 안 났다. 꽃을 받아 주라는 사람들의 응원 소리와 함께 하나는 살며시 그의 꽃을 받았다. 그제야 의현의 얼굴에 함박웃음이 걸렸다.

"고마워요."

"꽃…… 자세히 한 번 들여다볼래?"

"네?"

하나는 의현이 마지막으로 준 꽃 한 송이를 들여다보았다. 이윽고 그녀의 눈에서 애써 참았던 눈물이 떨어졌다.

"뭐예요."

하나가 울먹이며 어쩔 줄을 몰라 하자, 의현이 직접 꽃이 머금고 있던 반지를 꺼내어 그녀의 왼쪽 네 번째 손가락에 끼워 주었다.

"너한테 처음 고백하려고 마음먹었을 때가 있었어. 비록 해 보지도 못하고 실패했지만……. 그때 샀던 거야. 조금 늦긴 했지만,

그때 준비했던 말들, 지금 할게."

의현은 하나를 품에 꼭 끌어안고, 그녀의 귀에만 들리도록 작게 속삭였다.

"하나야."

"……."

"그동안 너한테 말하지 못한 게 있는데, 놀라지 않고 들어 줬으면 좋겠어."

하나는 웃으며 고개를 끄덕였다.

"내가 너를…… 많이 좋아해."

"……."

"정말 오래, 좋아했어."

"……."

"너를 처음 만난 순간부터 지금까지, 나는 너로 인해서 하루하루를 살 수 있었어. 너한테 더 잘 보이려고…… 더 열심히 꿈을 꾸고 더 열심히 노력하고…… 너는 모르겠지만…… 네가 날 보지 않는 순간에도 난 항상 너를 보고 있었으니까. 근데…… 한때는 그것만으로도 충분하다고 생각했는데, 이제는 욕심이 너무 커져 버려서 그게 안 돼. 너도 나를…… 같이 봐 주면 좋겠어. 그래 줄 수 있겠어?"

하나는 자꾸만 떨어지는 눈물을 거두어 내며 행복하게 웃었다. 의현은 울먹이는 하나를 다시금 품에 꼭 끌어안았다. 그녀의 몸에서는 향기로운 장미꽃 냄새가 났다.

"……고마워. 사랑해."

"……나도."

하나는 부끄러운지 작은 목소리로 읊조리듯 말했다. 의현은 놀란 얼굴로 그녀의 얼굴을 양손으로 잡아 눈을 맞추며 다시 물었다.

"뭐라고?"

"……나도, 사랑한다구요."

의현의 입꼬리가 길게 올라갔다.

"응? 잘못 들었어."

"사랑한다구."

"뭐? 잘 안 들려."

하나는 의현을 한 번 흘겨보고 조금 더 큰 소리로 말했다.

"사랑해요! 사랑한다구요! 나도 사랑해요!"

의현은 순간 소리 내서 웃음을 터뜨리며 그녀를 와락 끌어안았다. 장미꽃이 바닥으로 떨어지든 말든 아랑곳하지 않았다. 그토록 주고 싶던 선물을 주었고, 그토록 갖고 싶던 그녀를 되찾았으니, 그는 더 이상 바랄 게 없었다. 그는 하나의 머리를 부드럽게 쓰다듬으며 그녀의 이마에 입을 맞추었다. 그러자 하나가 싱긋 웃으며 그를 보았다. 의현은 세상을 다 가진 듯 마음이 벅차오르는 것을 느끼며 그녀의 입술에 입을 맞추었다. 짧지만 간절하고, 깊은 키스가 이어졌다. 오랜만에 맡는 서로의 향기가 너무 달콤해서, 그들은 하마터면 이성을 잃을 뻔했다.

하나는 의현의 품에 안겨 수줍은 웃음을 터뜨렸다. 의현, 그녀의 이 수줍은 미소를 본 적이 있었다. 그녀는 모르겠지만, 그녀는 깊이 잠이 들었을 때, 유독 행복한 꿈을 꾸면 그런 미소를 짓는 습관이 있었다. 그러면 그녀의 볼에는 보조개가 있는 듯 없는 듯 살짝 파였고 눈은 반달처럼 예쁜 곡선을 그렸다.

8년 전. 의현은 이 미소를 처음 보았다. 하나가 윤아와 함께 밤새 과제를 한다고 그의 집에 놀러 왔을 때였다. 그때 하나는 막 시언과의 교제를 시작했기 때문에 늘 얼굴에 하얀 미소를 띠고 있었다. 의현은 하나에 대한 마음을 정리하려고 애쓰던 중이었기에 밝은 얼굴로 인사하는 그녀에게 무미건조한 대답만 하고 제 방으로 들어갔다.

그리고 밤이 깊을 때까지 방에서 나오지 않았다. 그때 그는 연극을 연출하기 위해 희곡을 공부하고 있었는데, 시적인 희곡에 빠져 있었다. 그래서 자연히 시를 쓰는 것도 좋아하게 되었다. 그런데 하나를 보자 도저히 공부가 되지 않아서, 차라리 그녀를 생각하면서 글을 쓰자는 마음으로 떠오르는 대로 적기 시작했다. 그렇게 몇 시간이 지나자 자신의 마음을 꼭 닮은 시 한 편이 완성되었다. 의현은 쓸쓸하게 웃으며 공책을 덮었다.

새벽 두 시쯤 물을 마시려고 방을 나왔는데, 윤아는 거실 소파에서 이불을 덮고 잠들어 있는 반면, 하나는 테이블 위에 엎어져서 불편하게 자고 있었다. 의현은 그런 하나를 빤히 보다가 방에서 이불을 가지고 나와서 깐 뒤, 그 위에 눕혀 주었다. 그러자 하나가 아이처럼 배시시 웃으며 이불 속으로 파고들었다. 무언가 아주 행복한 꿈을 꾸는 듯한 수줍은 미소였다. 의현은 그 순간 가슴에 통증 같은 떨림이 치고 드는 것을 느꼈다. 그는 방으로 들어가려 했지만 차마 발이 떨어지지 않았다.

자고 있는 중에라도, 그녀의 얼굴을 마음껏 보고 싶었다. 그는 결국 하나의 옆에 앉았다. 한쪽 무릎을 세우고 앉아 턱을 괴고서 그녀의 얼굴을 빤히 쳐다보았다. 어슴푸레한 새벽빛이 들어와 그녀의 얼굴 위에 나비처럼 앉았다. 그 모습을 보는데 마음 깊은 곳에서 짙은 설렘과 슬픔이 동시에 밀려왔다.

내가 너를 좋아한다고, 정말 많이 좋아하는 것 같다고, 한마디만 할 수 있으면 좋겠는데, 그럴 수 없는 상황이 너무도 고통스러웠다.

그는 대신, 잠들어 있는 그녀를 보며 자장가를 불러 주듯, 아주 작은 목소리로 말하기 시작했다. 그것만이, 그 순간 그가 할 수 있는 최선의 고백이었기 때문이다.

저 멀리 푸른 지평선에
나무 하나가 느리게 솟아난다

너는 열매로 태어나
슬프게도 탐스러운 모양을 하고
노을빛을 빌려 내게 손짓한다

걸을수록 멀어지는 지평선에
내 작은 손톱을 우표 삼아
심장을 부치고

입술을 보내며
나는 걷는다

한참을 걷다 보면 또다시
익숙한 맛의 공기가 나를 태우고
발이 떨어진다 그럼에도
멈출 수 없는 이유는

나무의 열매가 너이기 때문이다

종국엔 나의 모든 살점이 떨어져 나가
네가 나를 모른다 해도

푸른 수평선에 솟아나는
슬프고도 탐스러운 열매가
너이기 때문에

내 숨결이 닿으려는
나무의 열매가 너이기 때문에

그저
너이기
때문에

그녀가 모른다고 해도, 어쩌면 평생 모를 것이라고 해도 괜찮았다. 애초에 알아주길 바라서 사랑을 시작한 것은 아니었기 때문이다.

그래서 그는, 원래는 없었던 마지막 구절을 추가해서 저도 모르게 읊조리고 있었다. 새벽빛을 받아 더욱 빛나는 그녀의 아름다운 얼굴을 향해, 천천히, 아주 천천히, 그의 마음처럼 떨리는 손끝을 가져가면서.

……영원히
너일 것이기
때문이다

외전.
그것은 사랑이었다

 귀가 간지러운 느낌이 들었다. 바람이 부는 것도 같고, 아주 미세한 무언가 기어 다니는 듯한 느낌도 들었다. 하나는 몸을 뒤척이며 돌아누웠다. 그러자 이번엔 그 간지러운 느낌이 종아리부터 올라오더니 허벅지를 지나 배꼽을 건드리고 가슴으로 갔다. 하나가 까르르 웃음을 터뜨리며 몸을 뒤집었다. 다시 귀에서 바람이 부는 듯 간지러운 느낌이 들더니 이윽고 의현의 나긋한 목소리가 들렸다.
 "애기야."
 하나는 풋 웃음을 터뜨렸다. 그와 만난 지 벌써 꽤 오랜 시간이 흘렀지만 아직도 '자기' 외의 다른 낯간지러운 애칭들은 잘 쓰지 못했다. 그런데 의현은 마치 어제까지도 그렇게 불렀던 것처럼 능청스럽게 애기야, 라고 부르더니 그녀의 귓불을 고양이처럼 핥거나 살짝살짝 깨물면서 계속해서 그녀를 괴롭혔다.

"애기야. 여보야. 자기야. 사랑아."

"윽. 낯간지러워!"

하나가 웃으며 자신의 팔뚝을 마구 쓸었다.

"얼른 일어나. 안 그러면 계속한다? 응? 애기야~"

"알았어. 일어나."

그녀는 결국 못 이기는 척 눈을 뜨고 그를 보았다. 의현은 환한 미소를 띤 채 그윽한 눈으로 그녀를 바라보고 있었다. 하나가 너무 가깝다며 그의 얼굴을 장난스럽게 밀어내자 그가 정색을 하더니 자신의 입술을 손가락으로 톡톡 쳤다.

"뭐어."

"어어?"

하나가 짐짓 모르는 척하자 의현은 빨리 해 달라고 아이처럼 떼를 썼다. 하나는 그 모습이 귀여워서 그저 해맑은 웃음을 터뜨렸다.

"어어? 진짜 안 해 줘?"

하나는 그의 반응이 재미있는지 계속 웃기만 했다.

"어어? 오늘이 무슨 날인지 몰라? 몇 시간 만에 까먹은 거야?"

모를 리가 없었다. 그들은 밤 12시가 되자마자 그들만의 조촐한 파티를 했다. 달콤한 치즈 케이크와 블루베리 샴페인으로 한껏 분위기를 내고 그 어느 때보다 뜨겁고 행복한 밤을 보냈다. 오늘은 그들이 정식으로 만난 지 정확히 1주년이 되는 날이었다.

"변했네, 변했어."

의현이 뾰루퉁한 얼굴을 하고 뒤로 혹 물러나며 말했다.

"이제 뽀뽀도 안 해 주고. 1년 만에 사랑이 변했어."

그러자 하나는 큰 소리로 웃음을 터뜨리더니 그를 부드럽게 침대 위로 밀어뜨리고 그 위에 올라타 마침내 입술에 쪽 하고 입을 맞추어 주었다. 그러자 의현은 언제 삐쳤냐는 듯 함박 미소를 지으며 그녀를 와락 끌어안았다. 의현이 그녀를 안은 채 뒹굴어서 다시 그녀의 위로 올라탄 채 음흉한 미소를 지으며 말했다.

"우리, 1주년을 기념하는 의미로……."

하나가 안 한다며 발버둥을 쳤지만 의현은 이불을 머리끝까지 끌어 올려 덮었다. 이제는 하나의 성감대를 누구보다 잘 아는 의현이었기에 이불 속에서는 하나의 간드러지는 웃음소리가 끊이지 않았다.

벚꽃이 흩날리는 4월 초의 휴일. 따스한 햇볕이 그들을 축복하듯 하얀 이불을 비추며 들어왔다. 1년이라는 시간이 흘렀지만, 그들은 바로 어제 만난 것처럼 여전히 행복했다.

의현과 하나는 1주년을 기념하는 여행으로 차를 타고 가평으로 갔다. 하나는 운전을 하는 의현에게 아침에 간단히 싼 주먹밥을 먹여 주었다. 의현은 먹을 때마다 맛있다고 몸을 떨며 격한 리액션을 해 주었다. 만날수록 의현은 점점 애교가 많아지는 것 같았다. 의현도 그런 자신이 놀랍다고 했다. 그는 여태껏 살아오면서 한 번도 보지 못한 자신의 모습을, 하나의 옆에서 자주 보게 되었다. 의현이 또 달라고 입을 크게 벌리며 아, 하자 하나가 먹여 줄

듯 말 듯 장난을 쳤다. 한두 번도 아니고 자꾸 그러자 의현은 헛웃음을 터뜨리며 말했다.

"예뻐서 이거 혼낼 수도 없고. 자꾸 그러면 차 세우고 확 덮쳐 버린다."

"말은."

하나는 웃으며 그의 입에 주먹밥을 넣어 주었다. 그러자 의현은 입 안 가득 밥이 차서 어눌한 발음으로 흥분하며 말했다.

"어어? 진짜 보여 줘?"

"됐어. 정말. 밥이나 먹어."

"내 용기를 한번 보여 줘?"

하나가 기막힌 듯 웃으며 말했다.

"그게 무슨 용기야. 길가에서 그럼 변태적인 거지! 용기는 이따 번지 할 때나 보여 주시지?"

"저번부터 날 자꾸 얕보는 것 같은데. 내가 번지점프 그까짓 거 하나 못 할 것 같아?"

"고소공포증 있다면서. 어제 윤아랑 통화했는데 윤아가 그러던데?"

의현은 당황한 기색을 감추려 부러 크게 웃으며 떵떵거렸다.

"하하! 걘 뭐 그런 되도 않는 말을. 그걸 믿어?"

"그럴 수도 있지."

"아니야! 나 고소공포증 그런 거 없어."

"그럼 왜 내가 그렇게 하고 싶다는 번지를 1년이나 미루었을까?"

"아, 그건…… 어쩌다 보니 자꾸 그렇게 된 거고……."

"괜찮아. 나만 믿어."

"아니라니까!"

의현이 억울해했지만 하나는 그 입을 막기라도 하려는 듯 다시 주먹밥을 먹였다. 그때 하나의 휴대폰이 짧게 진동했다. 확인해 보니 엄마에게 문자가 와 있었다. 1주년을 축하한다며, 재밌게 잘 보내라는 내용이었다. 며칠 전에 통화를 했는데 오늘 1주년이라 가평에 놀러 간다는 얘기를 했더니, 기억하고 문자를 보내 준 것이었다. 하나가 기분이 좋아 보이자 의현이 무슨 문자냐며 물었다.

"엄마. 축하한다고 잘 놀다 오래. 집에도 한번 오고."

"정말?"

의현의 입가에도 미소가 떠올랐다. 그는 지난 1년 동안 하나에게 하는 것만큼 하나의 부모님에게도 정성을 쏟았다. 하나의 부모님이 갑자기 시언을 잃게 돼서 상실감과 허전함이 몹시 크다는 것도, 그 자리를 대신하기 위해서는 꽤 오랜 시간과 노력이 필요하다는 것도 잘 알았기 때문이었다. 의현과의 첫 만남 때 워낙 좋은 인상을 받았기 때문인지 하나의 부모님은 다행히 천천히 마음을 열어 주었고, 지금은 의현을 시언만큼이나 친자식처럼 아껴 주었다.

하나도 의현의 부모님을 한 번 만난 적이 있는데, 의현과 사이가 좋지 않은 아버지도 하나는 꽤 마음에 들어 했다. 아버지는 본래 의현과는 반대되는 안정적인 직업을 가진, 참한 여자를 며느리로 들이고 싶어 했다. 의현의 엄마도 잠깐이었지만 자신을 도와 요리를 곧잘 하는 하나를 보며 의현의 내조를 잘해 줄 것 같다고 좋아했다. 양가 부모님이 모두 마음에 들어 하니, 두 사람의 결혼은 무리가 없을 것 같았다. 올해로 서른네 살이 된 의현은 해가 지나기 전에 하나와 결혼을 하고 싶었다.

하나가 엄마에게 고맙다는 문자를 적어서 보내자마자 또 다른 문자가 왔다. 하나는 문자를 보자마자 짧은 웃음을 터뜨렸다.

"뭐야?"

"응, 치운이."

의현이 미간을 약간 좁히며 경계하듯 물었다.

"왜. 뭐래?"

"숙제 안 해 가면 맞아요? 이렇게 왔어."

의현은 실소를 흘리며 장난치듯 말했다.

"한 번만 더 선생님한테 개인적으로 실없는 문자를 보내면 나한테 맞는다고 전해 줘."

"오빠는. 치운이가 은인이라니까?"

"아……."

의현은 1년 전, 돌아섰던 하나의 마음을 돌리는 데 자신이 결정적인 역할을 했다는 말을 치운으로부터 귀가 닳도록 들어서 잘 알고 있었다. 이제 수험생이 된 치운은 그것을 빌미로 자신이 연극영화과에 들어갈 수 있게 연기를 가르쳐 달라며 의현을 시도 때도 없이 괴롭혔다. 그런 것은 같이 연극을 하는 너희 형에게 부탁하라고 해도 그는 성수에 대한 무한 불신을 보이며 의현에게 매달렸다.

그 바람에 의현은 지난 1년간 하나보다 치운과 같이 있는 시간이 더 많을 정도로 그와 가깝게 지냈다. 그럼에도 그는 좀처럼 치운에 대한 경계를 풀지 않았다. 하필이면 하나가 또 치운의 담임을 맡게 된 것도 내심 못마땅했다.

"그래도 그 자식도 남자야."

"나한텐 그냥 애야. 학생이고. 열아홉 살 남자애한테도 정말 질투심이 생겨?"

"그걸 말이라고 해? 내년이면 스물이고 너랑 열 살 차이밖에 안 나."

"밖에?"

"요즘 나이 차 많이 나는 연상연하 커플이 한둘이야? 띠동갑도 잘만 사귀잖아. 남자들이 작정하고 들이대면, 그거 정말 모르는 거야."

하나가 큰 소리로 웃었다.

"웃을 일이 아니라니까. 넌 예뻐서 진짜 조심해야 돼! 치운이뿐만 아니고 모든 남학생을 다 조심해! 그 자식들 다 늑대야. 남자는 특히 혈기 왕성한 10대 후반이 제일 무서운 거야."

"네, 조심할게요."

"진지하게 안 듣지? 이 오빠가 진짜 너 때문에 애가 탄다. 차라리 초등학교 선생님이었음 좋았을걸."

"자기는. 맨날 예쁜 여자 배우들이랑 같이 일하면서."

"예쁜 여자? 누구? 어디?"

"참나."

"이 세상에 예쁜 여자는 너밖에 없는데."

의현은 하나의 볼을 살짝 매만지며 말했다.

"못 이기지. 내가."

"그럼. 넌 나한테 사랑으론 절대 못 이겨."

하나는 그의 능청이 싫지 않은 듯 웃었다.

"평생 그래 줬음 좋겠어. 남자가 60, 여자가 40의 비율로 사랑해야 딱 좋다는 말도 있잖아. 여자는 자기를 사랑해 주는 사람을 만날 때, 남자는 자기가 사랑하는 사람을 만날 때 행복하다는 말도. 다 맞는 것 같아."

"당연하지. 평생 그럴 거야."

여자가 더 사랑한다고 느낄 때 그 사랑은 많이 힘들어진다는 것을, 하나는 잘 알고 있었다. 그리고 지금껏 만나는 동안 한 번도 그런 기분을 느끼게 하지 않은 의현에게 고마웠다. 지난 사랑에서의 아픔 때문에, 사랑은 영원할 수 없다고 믿었던 하나의 마음이 의현으로 인해 점점 변하고 있었다. 아직 백 프로 확신하지는 못했지만, 의현이라면 왠지 그럴 수도 있을 것 같다는 믿음이 생겼다.

"고마워."

"내가 더."

하나는 웃으며 그의 입에 다시 주먹밥을 넣어 주었다. 의현이 입가에 밥풀을 묻히고 빙긋 웃었다. 그 모습이 참 사랑스럽고 귀여워 보였다. 하나는 그에게 갑자기 확 다가가서 밥풀을 입술로 떼어 먹었다. 의현이 놀란 듯 그녀를 보며 소리 내서 웃었다.

"방금 너무 매혹적인데?"

"내가 했지만 맛있네."

"그래도 네가 더 맛있어."

"뭐야."

하나가 의현의 어깨를 찰싹 때리며 웃었다.

가평으로 가는 내내 두 사람 사이에는 시시콜콜한 이야기와 웃음이 끊이지 않았다. 하나는 얘기를 하고 있는 동안, 지금 이 순간이 큰 행복이라는 것을 느꼈다. 시언과의 만남과 이별, 의현과의 만남과 이별을 겪는 동안 무수히 많았던 크고 작은 아픔들이 그녀에게 준 선물 같은 교훈이었다.

마음껏 사랑하고 있는 이 순간이, 어쩌면 훗날에는 사무치게 그리워질 수도 있는, 커다란 행복이라는 것.

하나와 의현은 가평 리버랜드 번지점프대에 도착했다. 번지를 하고 나서는 근방을 돌아다니면서 구경과 산책을 하고, 저녁에는 미리 예약해 둔 펜션에 가서 바비큐도 해 먹고 편안히 쉴 생각이었다. 생각만으로도 기분이 좋아졌다.

번지점프대에 올라가자, 선선한 바람이 불어와 하나의 머리칼을 건드렸다. 하나는 몸을 부르르 떨며 신난다고 방방 뛰었다. 순식간에 말이 없어진 의현은 그 옆에서 가만히 웃으며 경치를 둘러보았다. 하늘에는 부드럽고 얇은 구름들이 간간이 떠 있었지만 전체적으로 바다처럼 맑고 푸르렀다. 아래에는 푸른 산등성이에 둘러싸인 아름다운 호수가 보였다. 보는 것만으로도 마음이 맑고 깨끗해지는 것 같았다.

"왜 말이 없어졌어?"

"내가? 아니야. 지금 이 경치에 완전히 넋이 나가서 그래."

"그래? 그럼 얼른 각서 쓰자."

"……각서?"

의현은 하나와 함께 고객 각서라는 것을 작성하고 몸무게를 쟀다. 번지점프를 할 모든 준비를 마친 뒤, 커플 번지를 하기 위해 함께 몸을 묶고 점프대 위에 섰다. 번지 교관으로부터 번지를 할 때의 주의사항과 안전 수칙 등을 전해 듣는데, 하나는 의현의 얼굴이 하얗게 질려 가는 것을 보고 웃음이 났다. 그럼에도 의현은 끝까지 하나도 무섭지 않다며 당당한 모습을 보였다. 커플 번지점프는, 남자가 여자를 안고 측면에서 뛰어내리는 형식이었다.

마침내 뛰어야 하는 순간이 되었다. 의현이 하나의 뒤에서 그녀를 꼭 끌어안았다. 그의 몸에서 일어나는 떨림이 그녀의 몸까지 전해지는 것 같았다. 하나는 그의 손을 꼭 잡아 주었다. 그러자 거짓말처럼 의현의 몸에서 떨림이 가셨다. 그녀가 하고 싶어 해서 싫다는 말도 못 하고 즐겁게 따라와 준 그가 무척 고마웠다.

"준비되셨습니까?"

교관의 낮고 중후한 목소리가 그들의 귀에 꽂혔다. 의현과 하나는 함께 밝은 목소리로 네! 하고 대답했다.

"자, 그럼 갑니다."

하나는 눈을 꼭 감고 자신의 몸을 온전히 의현에게 기대었다. 하나를 안은 의현의 손에 더욱 힘이 들어갔다. 본래 높은 곳을 무서워하는 그는, 하나를 위해 시야를 넓혀 먼 곳까지 내다보았다. 녹색 빛이 피어나기 시작하는 산과 하나의 마음처럼 깨끗한 청평 호수가 그에게 용기를 북돋아 주는 것 같았다. 그는 입꼬리를 살짝 올려 미소를 지었다.

그리고 바로 다음 순간, 교관의 힘찬 목소리가 들렸다.

"쓰리, 투, 원! 번지!"

교관의 말이 끝나기 무섭게 의현은 망설임 없이 하나를 안고 50m의 번지대에서 푸른 자연을 향해 뛰어내렸다. 그리고 그들을 둘러싼 온 세상이 들을 수 있도록 자신이 가지고 있는 모든 힘을 쥐어짜서, 있는 힘껏 소리를 질렀다.

"이하나! 사랑한다!"

하나가 짜릿한 외마디 비명을 지르며 웃음을 터뜨렸다. 그녀는 그가 뛰어내리는 순간 그런 말을 할 것이라고는 생각지 못했다.

"나랑 살자! 영원히!"

나랑 살자, 라는 그 말은 몇 번이나 더 메아리쳐서 들려와 그녀의 귀에서 맴돌았다. 정식 프러포즈를 하는 것은 아니었지만, 그는 그녀에게 사소하게 주고받는 형식이 아니라 진심을 다해서 결혼하자는 얘기를 해 보고 싶었다. 그녀는 그 말을 듣는 순간, 그가 맨 처음 그녀에게 거짓말을 해 가며 동거를 하자고 했던 순간을 떠올렸다. 조금은 서툴고 어설프지만, 그때나 지금이나 그는 한결같이 진심이었다.

"좋아!"

하나도 하늘 높이 울려 퍼지도록 목청껏 외쳤다. 두 사람은 하늘과 물의 사이에서, 서로를 꼭 끌어안은 채, 한바탕 자지러지게 웃었다.

행복했다. 무어라 말할 수 없을 정도로, 함께 있다는 그것이, 오로지 그 작은 사실만이 미치도록 행복했다.

하늘을 나는 것만 같았던 그때 그 순간, 두 사람의 기억 속에는 지나온 모든 시간이 스쳐 지나갔다. 의현에게는 기나긴 9년의 시간이었고 하나에게는 아직 많지 않은 1년 남짓의 시간이었지만, 그 시간의 차이야 어떻든 두 사람의 가슴속에는 똑같은 감정이 솟아올랐다.

사랑.

내가 당신을 진정으로 사랑한다는 마음.

사랑.

설렘이었고, 행복이었고, 가슴 시리는 마음이었고, 고마움이었고, 눈물이었던.

사랑.

어떤 이에게는 혼자만의 것이 되고, 어떤 이에게는 서로의 것이 되는.

사랑.

어떤 이에게는 목숨과 같고, 어떤 이에게는 삶과 같은.

사랑.

인간의 감정을 극한까지 끌어 올릴 수 있는 유일한 것.
사랑.
그래.

그것은, 사랑이었다.

—The end

작가 후기

2013년 8월 1일. 저의 보금자리가 8주년을 맞았습니다. 제가 있을 때나 없을 때나 언제나 그 자리에서 한결같이 저를 응원해 주고 사랑해 주는 사람들을 보면서, 이 소설을 쓰게 되었습니다.

한 사람이 한 사람을 얼마나 오랫동안 사랑할 수 있을까에 대해 많은 생각을 했습니다. 영원한 사랑이라는 것이 과연 존재할 수 있는지에 대한 고민도 많이 했습니다. 그 결과, 가능하다는 믿음을 품고 글을 썼습니다. 섣부른 판단일 수도 있고 앞으로도 많은 고민이 필요하겠지만, 저는 앞으로도 그렇게 믿으며 살아가고 싶고, 그렇게 믿으며 글을 쓰고 싶습니다.

어쩌면 '로맨스'에는 '판타지'라는 말이 숨겨져 있는 것이 아닐까 생각합니다. 하지만 이번 소설만큼은 판타지가 아닌 사랑 이야기를 그려 보고 싶었습니다. 현실적인 상황과 감정들을 담아내려고 많은 노력을 했습니다. 그려 내는 동안 참 쓸쓸했고, 슬프기도 했지만, 행복했습니다. 사랑에 대하여 생각할 때, 저도 모르는 새 속에 쌓여 있었던 많은 말을 거짓 없이 진솔하게 끄집어낸 글이었습니다.

이 글을 쓸 수 있도록 가장 큰 원동력이 되어 준 스윗소 여러분들과 소중한 가족들, 지인들, 그리고 하늘을 닮은 사람에게 진심으로 감사합니다.

지금 이 글을 보고 계시는 분들께도 고개 숙여 감사드립니다.

여러분들께도, 의현의 사랑과 같은 길고 진솔한 사랑이 늘 함께하기를 바랍니다.

가을이 끝나 갈 무렵, 최윤서 드림.

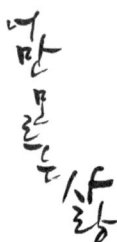

초판 1쇄 찍음 2013년 10월 24일
초판 1쇄 펴냄 2013년 10월 30일

지은이 | 최윤서
펴낸이 | 정 필
펴낸곳 | 도서출판 **뿔미디어**

편집장 | 이재권
기획·편집 | 주종숙
편집디자인 | 이진선

출판등록 | 2002년 9월 11일 (제1081-1-132호)
주소 | 부천시 원미구 상3동 533-3 아트프라자 503호 (우)420-861
전화 | 032)651-6513 / 팩스 | 032)651-6094
E-mail | dahyangs@naver.com
블로그 | http://blog.naver.com/dahyangs
값 9,000원
ISBN 978-89-6775-539-3 03810

※파본은 구입하신 서점에서 교환하여 드립니다.
※이 책은 (도)뿔미디어를 통해 독점 계약되었습니다.
저작권법에 의해 보호를 받는 저작물이므로 무단 전재와 무단 복제를 엄금합니다.

사랑, 그 설렘에 취하고 향기에 물들다.

향

사랑, 그 설렘에 취하고 향기에 물들다.